魅丽文化 花火工作室

不瞒你说

今様
著

江苏凤凰文艺出版社
JIANGSU PHOENIX LITERATURE AND ART PUBLISHING

图书在版编目（CIP）数据

不瞒你说 / 今様著．-- 南京：江苏凤凰文艺出版社，2022.3
ISBN 978-7-5594-6326-5

Ⅰ．①不… Ⅱ．①今… Ⅲ．①长篇小说－中国－当代
Ⅳ．①I247.5

中国版本图书馆 CIP 数据核字 (2021) 第 201859 号

不瞒你说

今様 著

出版统筹 曾英姿
责任编辑 张　倩
特约编辑 夏　沅　余叮咚
装帧设计 苏　荼
出版发行 江苏凤凰文艺出版社
南京市中央路 165 号，邮编：210009
网　　址 http://www.jswenyi.com
印　　刷 人民今典印务有限公司
开　　本 880mm × 1230mm 1/32
印　　张 10.5
字　　数 377 千字
版　　次 2022 年 3 月第 1 版
印　　次 2022 年 3 月第 1 次印刷
书　　号 ISBN 978-7-5594-6326-5
定　　价 46.80 元

目录 CONTENTS

目录 CONTENTS

[第一章]

演戏

· · ·　　· · ·　　· · ·

BU MAN NI SHUO

与其千方百计地去破坏婚事——不如一劳永逸，和我结婚。

“听说没，裴奚若又被分手了。”

“真的假的？”

“当然是真的，”林菲儿陷在沙发上，手指慢慢地滑过一排鸡尾酒，“很难猜到吗？她长得妖里妖气，又谈过那么多男友，宋家肯定从哪里听到了传言，才及时止损。”

“那么多次联姻都告吹，以后想嫁得好就更难了吧。”

“我都快同情她了。”

……

这是坐落于江畔的一处私人宅邸，露台的一半是无边际泳池，另一半是休息区，大好风光一览无余。

晚宴后向来是名媛们八卦的时间。她们今晚似乎独宠裴奚若，将她的花边新闻翻来覆去地讲了个遍，直到无话讲才作罢。

“欸，不行，我得去补个妆，等我回来拍照啊。”有人说着，款款地站起来，目光触及某处，忽地一僵。

“怎么了？”旁边几人看过去，亦是一副见了鬼的表情。

夜色深沉，露台上的灯光半明半暗，她们方才聊得投入，竟然没注意到话题的主角恰恰坐在几步之遥的沙滩椅上。

像是精心设计过的出场，一旁有墨绿色阔叶绿植垂下，白色沙滩椅上斜坐着的那位美女，身量纤细，黑缎子般的长发绾在一侧，柳叶眉，一双狐狸眼的眼角上挑，正一眨不眨地看着她们。

林菲儿等人尴尬爬了满脸，裴奚若倒是意态慵懒，放下手中果味浓郁的鸡尾酒，甜甜地一笑：“早知道你们也在，我该早点儿过来，免得一晚上好无聊。”

裴奚若这是给了她们台阶，林菲儿大松一口气，忙不迭地凑过去：“我也不知道你还没走，要知道，肯定说什么也得把你拉过来。”

其他几个“塑料”姐妹亦连声附和，围绕裴奚若一阵夸赞。没办法，申城裴家财大气粗，在座的几位家里不知有多少人仰仗裴家商业生存。裴奚若本人又是个极有名气的大网红，谁都想与她抱团互动蹭流量。

裴奚若今晚是受品牌方邀请而来，本来打算和好友简星然离去，想想还是折了回来——今晚这里鱼龙混杂，最适合打听某人的八卦。

林菲儿急于揭过方才的尴尬，这会儿没话找话，把周围一圈人的近况聊了个遍。裴奚若听得不太认真，满心盘算着要怎样不露痕迹地套话，倒让林菲儿一颗心始终悬着，生怕她突然翻脸。

“我说你在哪儿呢，”一道清越的女声传来，随即，简星然在一旁落座，“原来是找小姐妹玩来了——喏，你上回落在我车上的包。”

“你没走呀。”裴奚若眨了眨眼。

“看到包，顺手给你拿过来。”简星然说完，压低嗓音凑近她，“跟她们有什么好玩的，六个女人，八个群，演宫斗剧啊？”

裴奚若一笑，亦压着嗓音：“可以听八卦呀。顺便打探一下我那模范未婚夫有什么不为人知的把柄。”

简星然无语：“你记住他长什么样了？”

她俩说着悄悄话，林菲儿看在眼里，悄然有股妒意上涨。

裴奚若怎么就天生好命，闺密是家族继承人，自己也有不少的股份，每年拿一大笔分红，未来还有职业经理人替她打理一切。与之相比，她们这群人要么是出自没落的世家，要么是十八线网红，日子还没一个暴发户过得滋润。

林菲儿压下心中的妒意，望了眼远处的夜空：“说起来，今晚或许有个重要人物会来呢。”

“谁呀？”

“傅氏集团的那位，你们知道的，”林菲儿刻意停了下，才轻笑道，“傅展行呀。”

提及这个名字，原本轻松的气氛中有一瞬的沉寂。原因无他，只因傅氏集团作为家族企业，祖辈上曾出过不少在各专业领域很有建树的名家，如今主营通信业务，旗下还涉及地产、物流、航天、医药等产业，商业版图极其宏大。此外，傅氏儿女在艺术上也颇具造诣，整个家族享誉商艺两界，是当之无愧的名门。最重要的是，前不久在傅氏集团继承人之争中，胜出的那位佼佼者——傅展行，目前单身且长得很帅。

无论从哪个角度来看，他都是联姻的最佳人选。换而言之，在座的姐妹花们，其实都是竞争对手。

果然，气氛略略紧绷起来，连提起话头的林菲儿都暗自后悔——她家只是在跟傅家接触，八字还没一撇，自己不应该出于显摆心理，把这个消息分享出来的。

裴奚若正听到关键信息，却迟迟等不到后续，不由得说道：“怎么啦？忽然都不说话了。”

林菲儿刚要开口，身形却忽然一僵。她直直地望着某个方向，表情呆愣，裴奚若也跟着看过去。

领头过来的是晚宴的主办方，他抬起手臂引路，侧身而行，是略谦卑的姿态，这意味着，他身后的男人必定身处高位。

只见那男人走得不疾不徐，给人一种淡然的感觉。他个子挺高，身材极好，面容隐匿在暗淡的光线中，是好还是坏，就不清楚了。光线落在他的脚边，随着步伐，将影子斜斜地拉动。那锃亮的皮鞋，看着质感极佳。

这个画面，足以让人在脑海中勾勒出一幅美男图——近了，更让人惊艳。

眼前的男人生就一副冷淡、无欲的好相貌，浅褐色眼珠，让他看人的目光淡了些许，手腕上戴了一串直径不小的佛珠，披一身月光，傲岸、清俊。

裴奚若在心里吹了声口哨——好帅。许是心灵感应，他走过这边，停住，脚尖稍转，朝她走过来。

裴奚若愣了下，对上他的视线。他垂着眼，就这么看着她。她不明所以，眨了眨眼。

简星然不着痕迹地拽了她一下，手指在她的掌心写字——撇，横折弯……

九？

不等后一笔写完，裴奚若已有了答案，瞬间绽出灿烂的笑意："傅先生，你怎么也来啦？"

对于她的热情，傅展行有几分意外。

不过，他没在意太多，答道："见个朋友。"

裴奚若长长地"哦"了一声。

这时，他身后的秘书沈鸣低声询问："裴小姐，您聚会大概几点结束？"

"十一点？十二点？我也说不准呢。"她像是在拿乔。

"好的，那您随时叫我，傅总送您回家。"

裴奚若朝傅展行看了眼，他神色自若，像是默认了这个安排。真是初生牛犊不怕虎，他还没领教过她的可怕之处呢。

裴奚若眼睛弯出一抹弧度："好呀，那就麻烦傅先生了。"

傅展行一行人走后，剩下无所事事的裴奚若、习以为常的简星然，以及仿佛被雷劈过一般集体呆滞的林菲儿几人。

"所以，仙仙，你和傅总……"半晌，林菲儿才艰难地挤出几个破碎的字，"在交往？"

"算是吧。"裴奚若思索了下。相亲嘛，彼此带有目的地相识，见过一面，就可以算是交往了——虽然她这个男朋友注定在岗不了太久。

林菲儿一晚上心情起起落落，现下更是一瞬间气血上涌，直接晕厥了过去。

"菲儿！"一群人手忙脚乱，掐人中的掐人中，拍背的拍背。

在这闹哄哄的场景中，裴奚若托腮思考，渐渐露出微笑。

“别笑了，”简星然看不下去，推了她一下，“你这样笑起来跟狐狸精似的，好像装了一肚子的坏水。”

黑色宾利低调地停在宅邸外的梧桐树下，车牌很好认。裴奚若款款走过去，拉开车门。

“等很久了吗，傅先生？”她今晚穿了条黑色露背晚礼裙，肩线和脊背极为性感，坐进来时，刻意朝他亮了个相。

傅展行却清心寡欲，视而不见：“还好。”

“和她们聊得太开心，不小心就聊过头了。”裴奚若声调绵绵地解释，轻轻停顿一下，又道，“对了，我刚才听她们说了个八卦。”

副驾驶座上，秘书沈鸣示意司机开车，宾利打着转向灯，平稳地驶向主路。

傅展行不搭腔，显然是不感兴趣。裴奚若却很擅长一头热：“就是说，有个女孩子马上要举办婚礼，一个女生却突然带着和新郎生的私生子找上门来，最后，那个女孩只好退出了。”说完，她还颇为感叹，“这年头，第三者反而成了人生赢家。傅先生，你会出轨吗？”

傅展行眼皮也不抬：“不会。”

“真是道德高尚。”她赞道。

“彼此彼此。”

“傅先生，”短暂的安静过后，裴奚若撑住下巴，直勾勾地看着他，“你今晚特别帅。谢谢你来接我回家。不然，这月黑风高的，路上也不知有没有坏人。”

听她一口一个“傅先生”叫得甜，前排的沈鸣松了一口气。

要说这位裴小姐，据外边传闻那是非常恐怖，什么性格古怪，男女关系混乱……总之，很不适合他们家洁身自好的傅总。

现在这样看来，她也还好啊，就是个被傅总迷住的乖顺小女人。

“不客气，”傅展行淡然作答，“毕竟裴小姐天生丽质，我要看紧点儿才行。”

裴奚若弯起一抹笑：“自然。”笑完，她又有些许落寞的意味，“傅先生，我拜托你个事。”

“嗯？”

“我之前的八任未婚夫，不知为什么都跑了。你可千万要撑住，不然，我的未婚夫数量变成两位数的话，我更嫁不出去了。”

话音未落，刚松一口气的沈鸣差点儿被自己呛死。与此同时，开车向来稳如老狗的司机不知怎的也突然发挥失常，猝不及防地来了一个急刹车。

“抱歉，傅总，前面有人横穿马路。”司机冒着冷汗，小心地跟沈鸣对视了一眼，从彼此的目光中看出了某种窒息感。

“八个前任”这种事，绝对不是什么愉快的话题吧？

这裴小姐可真会聊天。

但出乎意料，傅展行脸上并不见愠色，他语气如常：“我尽量。”

“实在撑不住，也不强求，毕竟我还年轻，可以再去寻找第十春。”裴奚若眼波温柔，往他的身上绕着。

他目不斜视：“裴小姐，如果你真的感谢我，就安静一点儿。”

“哦，”裴奚若从善如流，从他的身上移开目光，眼角却弯出了小狐狸般的狡黠，“那我听听歌吧。”

没人反对——或者说，没人理她。

裴奚若自顾自地打开手机，连上车载蓝牙，没几秒，一曲重金属摇滚乐直接从音箱中炸了出来。前奏就是雷声轰鸣般的鼓点，紧跟着男声嘶吼，震得人心脏狂跳，坐在前排的沈鸣差点儿被吓得直接原地去世，而傅展行只是皱了下眉，随即便恢复了无波无澜的表情。

裴奚若有些佩服了。还真是跟手腕上那串佛珠相符啊，无论眼前发生什么，这男人都是一副清心、淡定的模样，仿佛随时可以入定，搞得她有一瞬间都不好意思作妖了呢。

大概司机也欣赏不了重金属摇滚乐之美，一路上将车开得飞快，没用十分钟，便将裴奚若送到了住处楼下。

裴奚若朝身旁的男人漾出笑意：“那我走了，拜拜，傅先生。”

“裴小姐慢走。”他微微颔首，终于正眼看了她一眼。

车门砰地关上，女人窈窕的背影消失在夜色中。

被重金属摇滚乐吵了一路，沈鸣瘫在副驾驶座上，有种虚脱之感，这会儿脑海里还是疯狂作响的回声。

“傅总，有句话，我不知当讲不当讲……”

傅展行淡淡地道：“别讲。”

不知怎的，沈鸣从傅总这两个字中听出了“已上贼船，多说无益”的无奈和复杂。

不讲就不讲吧，他估计傅总也懂——这裴小姐时而娇柔，时而狂野，着实让人摸不清路数，普通男人根本招架不住啊。

“怎么样？你觉得他最多能撑几天？”

裴奚若走进家门，简星然敷着白色面膜，从沙发后边探出头来。

“是史上最难缠的对手哪。”她给了极高的评价。

“九号选手可以啊，”简星然“肃然起敬”，又有些纳闷，“不过，他这种从小到大的模范生，不是应该很好对付吗？”

裴奚若原先也这样觉得。

她调查过，傅展行此人性子淡、喜静，最不喜花里胡哨的东西。当时她还暗暗庆幸——这不是巧了吗，她最擅长花里胡哨了。谁知那男人却很沉得住气，算上今日，两人见了两面，无论她怎样踩上他的雷点，他都无动于衷。从私生活方面入手吧，她暂时没什么收获——那位傅先生竟真如传闻中那样品行高洁，无可指摘。

“也许是头一回碰见和尚类型吧，”裴奚若并不畏惧这点儿小挫折，红唇弯了弯，“时间还长，走着瞧。”

简星然坐起来，给她竖了个大拇指。

旁人讲起裴奚若，少不了一番评头论足，其中最为人诟病的就是先后谈了八家联姻，没一次修成正果。一两个还好说，八个男人都不要她，那肯定是她有问题。

只有简星然知道，这八个人里，有两个是和平退出，四个被捉奸在床，一个闻风而逃，剩下的那个下场最好——在裴奚若的撺掇之下，大胆反抗家族，示爱白月光，如今可能孩子都有了。

“话说回来，我们的九号选手真的很优秀啊。”简星然翻出今早收藏的一篇文章，“你先看完再说吧，我觉得他甩了前八个好几条街。”

文章出自某个权威机构，讲的是国内民营航天业现状，当中便提到了傅氏集团旗下的风展科技。

当初傅展行尚未毕业，接手风展科技这个烂摊子时，没人看好，甚至有不少人就此猜疑他是被逐出了傅氏集团核心区。结果，短短两年，风展科技就在科创板成功上市，经两轮融资顺利 IPO，获得投资金额三十六亿元，股价一夜飙升，惹得原先那群人纷纷掉转方向，说傅展行正是凭这项成绩力挽狂澜，才在傅氏继承人之争中，成为最终的赢家。

文中有不少专业词汇，裴奚若瞄了两眼，就开始打哈欠。

“这么优秀的人，和我结婚就更不合适了。”她是看到数学、物理就犯困的学渣，“一定很没共同语言。”

简星然默然，好像裴奚若说的话也不是没道理。

“再说，我也不是因为他们不够好，才不愿意结婚的呀，”裴奚若笑眯眯地起身，朝洗漱间走去，顺带朝简星然抛了个媚眼，“像我这样的美女，嫁人是一种浪费。”

有人自恋得偷偷摸摸，有人却自恋得光明正大。裴奚若无疑是后者——她的微博名是“裴仙仙”，是“水仙”的“仙”，古希腊神话中纳喀索斯的化身，最自恋的一种花。

然而，没人会拿这个做文章，因为裴奚若确实长了张明艳的脸蛋，身材也是一等一的性感。崇拜者赞她天生妩媚，嫉妒者骂她。但毫无疑问，她的确有这资本。

在无可辩驳的美丽面前，自恋也无伤大雅，甚至你会不自觉地认同她的观点。

美女应该孤芳自赏，而不是随意被人采撷。

周末，裴母大驾光临，拉裴奚若去看艺术展。

艺术展嘛，裴奚若是喜欢的，她自己也算个小艺术家，只是跟裴母一起，就有点儿“醉翁之意不在酒”的味道了。这两年，裴父裴母想要她尽早定下婚事，陆陆续续给她安排了不少相亲对象——被她一个个揪住把柄给整没了。

第八任未婚夫下岗之后，裴奚若趁机提了一大串对未来老公的要求，扬言达不到这些条件，就别再往她眼前送照片。她本想让裴母知难而退，哪知家里费尽苦心，还真找到一个不抽烟、不喝酒、不玩弄感情、无任何不良嗜好、正直又禁欲，堪称“新世纪苦行僧”的模范男人。

自己定的条件，她总不好这么快就出尔反尔。其实，她跟家里人撒泼打滚、宁死不嫁给傅展行当然可以，但难保不会有下一个相亲对象。耍赖这招，也不会百试百灵。

是以，裴奚若只能迂回作战。

今日的展览位于一整栋别墅中，共计三十二间房，分别展示三十二位艺术家的作品，各具风格。

裴母当初辍学出道，成为著名演员，后来嫁给高中没念完就下海经商的地产大亨裴父，对于别人背地里总说裴家“没文化”“暴发户”一事，很是耿耿于怀。于是，她一直有意识地培养自己看展的爱好，将裴奚若从小往艺术之路上引。

“本想让你当个钢琴家或小提琴家，多高雅，哪知你偏偏喜欢什么花里胡哨的版画。”裴母恰好看见一幅草间弥生的波点作品，感觉实在欣赏不来，摇了摇头。

她跟老裴只有这一个女儿，打小就宠着，从女儿的名字就可见一斑——裴是父姓，奚是母姓，“若”则是希望女儿像他们两个。结果，裴奚若确实继承了她的美貌，也继承了老裴的聪明，却将他们两个的厌学基因也一块儿收了，从小到大都是班中的吊车尾，对经商更是一点儿都不感兴趣。

“傅家这位可是名副其实的青年才俊，”裴母想起傅展行，忍不住满意地笑，“这次我们非常谨慎地多方面打探过了，一定不会像前几个那样。若若，你和他相处感觉怎么样？”

“挺好的呀。”裴奚若眨眨眼，“不过，还要再了解了解。”她跟傅展行相亲时见的那一面，两人并没正式确立关系。“未婚夫”不过是她嘴上叫叫，谁也没当真。

“之前我们也只是不抱希望地往傅氏那探了探，哪知真能得到回应。”裴母拍拍她的手背，“你要把握住呀，尽早把婚事定下来。傅展行，多好的男人，一表人才，出身名门，洁身自好，可以说浑身上下没有任何污点。”

“嫁给他之后，我就是他最大的污点了。”她可是有八个前任的女人，风评差得很。

裴母嗔怪地打了下她的手：“瞎说。”

裴奚若面上笑意漾开，继续看展，心里却在盘算。说起来，她有好几天没见自己的未婚夫了呢，也不知道那位一表人才、洁身自好的未婚夫最近在忙什么。

与此同时，相隔千里的平城。

暮色缓慢降临，晚霞酡红未散，天空呈现出一种油画般的色彩。

和裴奚若胡乱想象中的不同，傅展行刚结束一场应酬，坐入车中。

车窗外，中年男子被几个助理七手八脚地扶着，醉得摇摇欲坠。

“这老东西，”随叙松了松领带，呼出一口酒气，“在价格上讨不着便宜，就想来阴的——也不想想，我酒场小霸王怕过谁。”

越途航天主营火箭发射业务，有意拿下风展科技接下来一整年的卫星发射任务，辗转两步才跟他们搭上线。

窗外这个醉得一塌糊涂的男人，正是越途航天的老总。大概是觉得在前几个步骤失了面子，价格上又没讨着好，到了酒桌上，他就开始灌他们酒泄愤，末了，甚至邀请两人一道去寻欢作乐。生意场上难免需要逢场作戏，傅展行处于其中却没沾染分毫恶习，面对这猥琐的提议，只授意手下灌了回去，最终把对方灌到不省人事。

“这是什么？”随叙懒洋洋地伸出手，忽而碰到一份文件，顺手拿起来看了眼，“P-02 星的整星结构？定下来了？”

傅展行神色依旧清明：“还没，有几个单机尺寸要调整。”

“大概明年能发吧，”随叙把文件扔回去，双手枕在后脑，“不过，那时候，你早就被调回集团总部了。”

这比预想中的速度还要快。

三年前，七十九岁高龄的傅老爷子还未退居二线，孙辈继承人之间的斗争却已悄然开始。在这个节骨眼上，傅展行主动接手风展科技，就相当于退出了傅氏核心区，不少人感到难以理解。

真相如今才水落石出——这三年间，傅展行的二伯坐稳了傅氏总部一把手之位，二伯膝下无子，两人早已结为联盟。而风展科技自傅展行任首席技术官之后，发展势头如日中天，一跃成为民营航天领域的佼佼者，赢得了极高的社会评价和资源倾斜。

这样一来，棋便下完了。

几个月前，傅展行正式坐上太子爷之位，算是为这辈继承人之争画下一个短暂的句点。只是，集团总部还有些顽固势力，他只要一着不慎，就可能全盘皆输。是以，前些日子，他二伯给他安排了一场相亲。

“正事聊完了，不如说点儿八卦。”随叙想到这里，来了精神，“那位裴小姐，怎么样？”他说“八卦”二字时，目光炯炯有神，无端让人想到那晚的裴奚若——

她袅袅婷婷，红唇一启：“傅先生，我听到一个八卦……”

她声线勾人，带着媚笑，就差往他身上贴过来了，一双狐狸眼，藏着的都是狡黠——跟二伯口中温柔贤惠的大家闺秀，出入太大。

不过，联姻是对他非常有利的一举，不必在意细枝末节，他对另一半本也没有定义和想象。

傅展行闭着眸，淡淡地说了句：“很难缠。”

——而且是她故意为之。

傍晚还好端端的天气，一餐饭时间，却突然下起了暴雨。

裴奚若回到家中，顺手将车上带下来的伞放入伞架。她的眼睛瞄到橡木伞柄，记忆浮现出来。Swaine Adeney Brigg，曾为英国皇室偏爱的品牌，木质手柄带有天然纹路，纯银伞骨架，黑色尼龙伞面，低调而绅士，不是她的风格。

这是傅展行的伞。

说起来，相亲那日，也是这样一个突降暴雨的天气。她安排了好几位男人出场，让他们扮演“偶然路过的前男友”，为的是在傅展行面前，坐实自己“水性杨花”的传言。

哪知这男人气定神闲，不言不语地看她寒暄，末了，视线落在其中一位男性身上：“你有些眼熟。”

那男的一抬头，吓得面如土色：“傅总？”

——裴奚若也没想到，出场费八百元雇来的演员，竟然是傅氏某位高管办公室的实习员工。

接下来，事情急转直下，这个实习员工可能是怕被“穿小鞋”，迅速把事情的来龙去脉说了一遍，还特地强调傅氏集团待遇极好，自己并没二心，只是朋友接了单却临时有事，他不得已才帮了这个忙。

满室安静，傅展行端坐在对面，别有深意地朝她看来一眼，她用菜单挡住脸。

一餐饭结束，裴奚若食不知味，走到楼下才发现天降暴雨，模糊了视线。临别时，她重整旗鼓，笑意深深地给出谏言：“傅先生，我这个人很难相处的，劝你还是知难而退比较好呀。”

他是怎样回答的？

门厅外雷声轰鸣，暴雨如注，嘈嘈切切，男人立于雨幕之前，神色静如止水，将伞递到她手中——“不巧，我这个人最喜欢解难题。”

想到这里，裴奚若有些牙痒痒。

最喜欢解难题是吗？她就让他看看，题有多难。

裴奚若清了清嗓子，拿出手机来，矫揉造作地发了条语音：“未婚夫，明天约会吗，我想起来，伞还没还给你呀。”

她发语音时，傅展行正在飞机上，到达酒店后，才看了眼手机。

他回复：你想去哪里？

裴奚若早已等得昏昏欲睡，一看见他的消息，立马打起精神。她直接打了通电话过去。

“喂。”电话那端的男中音，声线微冷，很有磁性，很好听。

“是我呀，我来和你讨论约会的事，”裴奚若笑意盈盈，“第一次约会，难道不应该未婚夫来安排吗？”

傅展行将手机开了免提，解下领带：“有道理。裴小姐平时喜欢干什么？”

裴奚若答得很没营养：“平时一般泡酒吧、打游戏、看动画。傅先生呢？”

“打高尔夫、观星、下围棋。”傅展行将领带放在一边。

她表示遗憾：“看来我们没有相同的爱好，不如明天见面再商量。”

“忘了说，我在港城。”

“啊，未婚夫真是日理万机，看来我们见不成了，”裴奚若用手指绕着长发，一副菟丝花般的小女人情态，“那伞呢？”

“送给你了。”

“好感动。”

“客气。”

……

这段假惺惺的对话，最终以裴奚若单方面挂断结束。

傅展行放下手机，走到露台，湿凉的海风迎面扑来。

他今夜下榻在合作方准备的酒店，套房色调柔和，呈现出一种自然质朴的风格，玻璃门外是露天泳池，茂密的绿植尽收眼底，更远处是波光粼粼的海面。目之所及，清淡舒服。

裴奚若于他而言，是过分鲜艳、浓烈的一笔，不在审美范围之列，不过意外地有些激发他的胜负欲。

约会没约成，裴奚若挺遗憾——她还有一身的本事没施展呢。

她不是慢性子，最爱快刀斩乱麻，前八个都解决得轻轻松松，到傅展行这里，不知怎的，就突然进入了彼此僵持的困难模式。要说他难相处吧，倒也不是，他看着清冷、无欲，脾气也温和、淡定，好像没和她发生过什么冲突，可要是说他好说话吧，那更不是了，不然也不会让她屡屡碰壁。

劲敌当前，她更迫切地想正面交锋，一探究竟。

一表人才、君子端方又如何？人总有弱点。

等她抓住他的把柄，让他主动告辞，就大功告成了。要是在那之前，他受不了她，知难而退，那就更完美了。

横竖最近见不到傅展行，裴奚若便暂时收起了狐狸尾巴，接连几天，都安安分分地待在工作室中。

她在网上以颜值和穿搭出名，是个拥有百万粉丝的时尚博主。然而，很少人知道，她还是个艺术家。

工作室位于住处的三楼，约莫五十平方米，进门处横放一张铁架桌子，一侧的墙上挂满作品，另一侧放丝网、胶刮、菲林片、感光液等工具。墙角有打印机、风扇、冲洗池，再往里，是一扇涂鸦门，连接着暗房。

裴奚若从小到大都是学渣，唯独对涂鸦感兴趣，大学在美国S大念的艺术设计专业，在五花八门的课程中，对版画一见钟情。

她在构图和色彩上向来大胆，很有波普艺术的新潮感，作品在年轻人中也很叫得上价，每年收入在五十万元左右——对普通家庭来讲还说得过去，然而生在裴家就比较悲哀了，撑不起她独立生活的底气。

要是她随随便便一幅画，能轻松叫出几百万的高价，她的婚姻大事还会任人干涉吗？

裴奚若越想越气，冲掉感光液时，连水枪都开得大了些。

这幅诞生于愤怒、不甘的版画，是一只线条卡通、神情狰狞的猪——粉红的身体，荧光黄的背景，带绿色波点，猪身上还插着恶魔翅膀，像是要一飞冲天。

她印了好几版，颜色由深到浅，一字排开，往墙上一挂，先锋艺术感扑面而来。

她拍照发给负责帮她找买家的代理人老钱，对方回了个问号过来：你受什么刺激了？

卖不出去吗？其实也在她意料之中。

裴奚若改了口：不卖，印着玩的。

老钱明显松了一口气：我说呢。

裴奚若想了想：你说送人怎么样？

老钱谨慎地问：呃，仇家？

裴奚若：？

大概是察觉到自己这话太伤人，老钱急忙找补：其实整体挺好看的，就是颜色辣眼睛了点儿，还有，猪的表情疯狂了点儿。

是吧？她也觉得。瑕不掩瑜嘛，何况这画表达的情绪很饱满呢，那就送给未婚夫好了。

心念刚动，手机屏幕便亮了起来，裴奚若探头去看，一条消息静静地躺在屏幕中央。

傅九：裴小姐，明天约会？

裴奚若收到这条消息时的惊喜，不亚于女妖听说唐僧主动送上门来。她当即答应，表示自己一定精心打扮，争取为两人留下美好的回忆。

工作室在三楼，裴奚若下楼时，眼角眉梢都漾着笑。恰巧，简星然正抱着一桶冰激凌往上走，两人在转角处相逢。

“发生什么好事了？”简星然狐疑地打量她，“笑得这么春光明媚……你把九号选手打败了？”

“还没，”裴奚若撩了撩头发，一副谦虚的模样，“不过，明天就是一决胜负的日子了。”

真叫人期待啊。

跟裴奚若认识这么久，简星然可太清楚她这个表情意味着什么了。简星然有点儿同情那位傅总，但归根结底还是站在姐妹这边，提醒了句：“仔细计划，小心行事——别把你未婚夫的长相认错了。”

简星然这话不是空穴来风。

裴奚若有脸盲症，哪怕再帅再美的人，在眼前晃一圈，也只会有一刹那让她感觉到惊艳，过后再回忆，只剩一片空白。

不过，这难不倒她。

她按约定的时间下楼，傅展行的车就停在那日送她回来的地方——黑色车身，熟悉的车牌，她看第一眼时就记住了。

七月的申城骄阳似火，裴奚若抬手遮挡了一下，朝天空望了一眼。日光如同碎金，香樟叶的边缘被照得透明。

真是个好天气。

她笑吟吟，坐进车中，瞄到身侧人腕上的佛珠，嘴角更弯：“傅先生。”声音像是掺了一斤蜜，足以腻死人。

“嗯。”他嗓音轻淡，冲散了她的甜腻。

“这是我为你准备的礼物。”裴奚若双手奉上一个盒子，似是有些羞怯。

沈鸣原本端坐于前排，打定了主意对这位裴小姐敬而远之，可一听说她要给傅总送礼物，还是没扛住八卦的本性，回头看了眼——还真是礼物。

粉色盒子，四四方方，上面绑一条银灰色缎带，配色很高级；看大小，约莫五十厘米见方，像装了画、刺绣、相框之类的。

又要搞什么名堂？

经过上次重金属摇滚乐的洗礼，沈鸣再也不是那个单纯的人了，他现在看裴奚若的眼神，就像在看蛇蝎美女美杜莎，充满了警惕。

不过，显然，傅展行的内心戏没这么丰富。他不设防地接过：“裴小姐有心了。”

“是你送我伞的回报而已，”裴奚若莞尔，“那么，今天，傅先生准备带我去哪里呢？”

缎带的扎法很复杂，傅展行并未拆开，随手将礼盒放在两人中间。他道：“现在去吃裴小姐喜欢的日料，下午看电影，晚餐吃法餐，晚上去南山赏景。”还真是行程满满，细致而周到，连相亲时，她随口一提自己喜欢吃日料，他都记住了。

不过——“电影？”她可没说过自己喜欢看电影。

“《熊出没》。”

好吧。

裴奚若挤出微笑："傅先生好有心。不过，我今天不是很想看电影，我想去逛街。"

"嗯，那就去逛街。"

"也不想吃日料。意大利菜怎么样？"她继续作天作地。

"都听裴小姐的。"他并不生气。

约会计划有了变更，司机改道开往新目的地，沈鸣则迅速做好了安排，预约了本市一家米其林三星意式餐厅。

后排重归安静。

裴奚若在脑海中回忆方才的对话——不知道自己这番举动有没有增加他对她的厌恶呢？正想着，她忽然听见傅展行叫她："裴小姐。"

她回过神："嗯？怎么啦？"

他温声开口，礼貌极了："还听歌吗？"

裴奚若："……"

听你个头。

她那天回家，自己的耳膜都发痛。

这家意式餐厅颇具情调，适合情侣前往。

傅展行一身银灰西装，衬出自身的冷淡气质，那清俊的眉宇，好似不染凡尘。走在他身边的裴奚若，却显得格格不入。

她穿牛油果绿针织吊带，露出一抹纤腰，下边一条破洞牛仔裤，头顶上架了一副明黄色墨镜，两侧耳垂各有两枚金属耳钉，左边的耳轮上还戴了两圈小银环。

他们在一起，活脱脱是模范生与社会女孩的组合。

不过，他们本人对这样的搭配似乎没意见。两人径自往里走，包厢门一关，隔开了外边的探究视线。

餐后，两人按计划去逛街。

裴奚若以征伐姿态逛完一整栋商场，傅展行全程陪伴，引得不少人艳羡侧目。

沈鸣跟在后头，手中提满大包小包，禁不住心疼起来——这女人是有多能花钱？看上件东西，试都不试就买下来，买就买吧，她还刷傅总的卡。虽然傅总不在乎这点儿小钱，可她还没名分就乱花别人的钱，这不就是狐狸精吗。

"衣服、包包、鞋子……"裴奚若点卯般地扫过沈鸣手中提的袋子，若有所思，"好像还缺点儿配饰。"

她说着，似是贴心地抬眼问道：“傅先生，逛累了吗？”

“不累。”他的回答依旧惜字如金，脸上未见丝毫不耐烦之色。

于是，沈鸣就眼睁睁地看着裴奚若又进了一家奢侈品店，不一会儿，大大小小的盒子便堆砌在玻璃柜台之上。

配饰也买了，总该结束了吧？

谁知，这场约会远不止于此。逛完衣服店逛配饰店，逛完配饰店吃甜品，吃完甜品，那位裴小姐，居然还能坐在位子上，修图修上整整半个小时。

沈鸣被折磨得一个字都讲不出来了。反观傅展行——倒还淡定如常。

“傅先生，这张图怎么样？”裴奚若把手机递过来，像是要参考他的意见。

屏幕里，一个好好的草莓蛋糕，被修得花里胡哨，缀满五颜六色的爱心和卡通贴纸。

“好看。”他的声调不显起伏。

她皱眉思考：“这颗爱心换成红色会不会好点儿？”

那张照片已经堆砌了太多元素，快把蛋糕都盖住了，浮夸得很，傅展行连看都不看，随口“嗯”了声。

她听出了他的敷衍，放下手机：“傅先生，你是不是觉得我只会吃喝玩乐，很不高雅？”

“还好。”

“也没办法，这就是我的生活嘛。”裴奚若将长发一圈一圈地绕在手指上，一副坦然的模样，“你要做好以后一年三百六十五天，天天如此的准备。”

这是句不动声色的威胁，她说出口了，细瞧他的反应，可惜他丝毫没露怯，反而微微一笑：“我很期待。”

终于结束了下午茶，沈鸣在心中给自己打气：吃了晚餐，赏完夜景，这魔鬼般的一天就过去了。话说回来，他们傅总可真是万里挑一的好脾气，时间宝贵，居然就这样陪她浪费，还不见一点儿不耐烦的样子。

果然，成大事的人，心性不是一般人可以比拟的。

沈鸣本以为接下来能按部就班地走完流程，不料吃过晚餐，裴奚若又有了新想法。

“南山夜景，我看过好多次了呢……”她望向身侧的男人，嘴角上扬，“傅先生，去过酒吧吗？”

沈鸣真怀疑裴小姐是故意拣着傅总的雷点踩。

傅总性子淡，她性格跳脱。傅总喜静，她爱摇滚乐。傅总不爱喝酒，她居然要去酒吧。

但傅展行本人没提出异议，沈鸣也不好说什么。

他们去的是申城外滩的一家露台酒吧，里面人头攒动，电音狂乱，主持人朝天竖起手指，不断炒热气氛，钢管舞表演到精彩之处时，人群如沸腾一般，尖叫震天。

裴奚若带着傅展行往里走，一路上，和不少衣着清凉的美女擦肩而过。

男人一身商务风西装，眉眼冷然，气质和这样的场合大相径庭，真如唐僧进了盘丝洞。

“傅先生，喝点儿什么？”裴奚若像是来到了自己的主场，淡定地坐下，打开酒水单。晚餐后，她补过妆，唇是饱满的红色，一双狐狸眼内勾外翘，更像是盘丝洞里的头号妖精。

“裴小姐随意。”男人的语调中终于有了一丝凉意。

这里乌烟瘴气，她看他的表情就知道，他忍不了。

裴奚若露出笑意，放下酒水单，终于进入铺垫了一日的正题：“傅先生，既然不习惯，就不要逞强了。”

又一阵音浪袭来，傅展行的脸色比方才又冷了些，连眉头也轻蹙起来。她乘胜追击，将话挑明：“其实，傅先生一表人才，应该有很多人喜欢吧？虽说是联姻，但彼此合不合拍也很重要呀……与其互相折磨，不如找个兴趣爱好相同、更适合你的女人，对不对？”

傅展行看着她，没回答。

“今天花的你的钱，我都会退给你的。”她笑意深深，补充道。

“傅先生，”裴奚若倾身凑近他，吐气如兰，“你听见我说话了吗？”

他嘴角有一瞬的绷直，那是下意识排斥的表现。

裴奚若在心中偷笑。她等着他骂她轻浮，大着胆子又贴上去一点儿。

这下，手腕却突然被人攥住。裴奚若方才只是朝他倾身，坐的位置没动，冷不防被拽过去，两人的距离一下就变得十分暧昧。

“傅展行！”她下意识地喝止。

她乱了阵脚，那男人却一副镇定自若的模样，视线垂下来，落在她惊慌失措的眉眼上：“裴小姐，下次要色诱，不如直接坐进我的怀里。”

嗯？这么“野”的吗？可不像是他该拿的剧本啊。

裴奚若还处在惊吓中，一时想不出反击的话。

他松开她的手腕，神色淡淡：“这样才更像。”

这晚的计划，因为那个突如其来的肢体接触而失败。

直到回了家，裴奚若还是没能缓过神来。简星然觑着她的脸色，就知道事情恐怕不顺利。

简星然给她倒了杯水："发生什么了？先喝点儿热水缓缓。"

简星然不提还好，一提，她就想起在傅展行那里碰的软钉子，一下子丧气到极点。她从无败绩的传说，在今天毁于一旦。不光如此，她还让他占了便宜，真是"赔了夫人又折兵"。

被男人握过的手腕有股奇异的灼热，裴奚若盯着手腕，久久出神。

不知道……只剩左手的话，还能画画吗？

车子在别墅门前停下，沈鸣从另一侧打开车门，抱出裴奚若送的礼盒，捧到手里才发现，比想象中的重："傅总，裴小姐送您的礼物……"

傅展行只瞥了一眼便道："放地下室。"

"您不打开看看？"老实说，沈鸣还挺好奇的。

酒吧的音乐震耳欲聋，耳畔这会儿似乎还有回声。傅展行揉了揉眉心，脚步未停，径自踏入门厅："你想看，可以拆。"

沈鸣捧着盒子追上去。他一跑，里头的东西跟着晃，像是很多块木板撞在一起。他推翻了原先的猜想，好奇心越发浓重。他跟在傅展行身边多年，知道傅展行向来不开玩笑，这么说的意思，就是不介意他真的去拆。

于是，他捧着它到了地下室。

傅展行不常住申城，这栋别墅的地下室被做成了藏书室，兼具储物功能。

沈鸣将礼盒放在桌上，拆掉缎带，打开盒盖。可没等他看清里边是什么，就有个物体唰的一下弹了出来，吓了他一跳。他退后几步，再定睛看去——竟然是个装了弹簧的拳套，可以称为"弹簧拳头"。

这……八百年前流行的整蛊把戏，裴小姐可真是童心未泯。

沈鸣捂着自己的胸口，一边在心里骂了裴小姐八百遍，一边小心翼翼地探头去看。这次没弹出什么了，里边是三幅画，一样的图案，区别是色彩，由浅至深。

沈鸣跟那一脸愤怒的猪对视几秒，感觉它下一秒就要拿起砍刀行凶。画什么不好，画猪。猪多可爱，裴小姐把猪画成这样，简直是对猪的侮辱。

他颇有意见地把礼盒放进柜子，没忘自己的职责，给傅展行发消息汇报："傅总，裴小姐送的是三幅画。"

傅展行略感意外地一挑眉。他原以为是整人的东西，没想到还真是礼物。

沈鸣："画的都是猪，线条乱七八糟，表情也扭曲得很……像喝多了时画的，您不看可太明智了。”

扫了一眼消息，傅展行轻轻哂笑。

看来，这位裴小姐，确实如她自称的那样——很难相处。

裴奚若优点不多，敢于直面挫折算一个。

短短一个晚上，她回忆了这一日的失败之处，觉得自己又能行了。其实，这天她的表现不赖，好几次她都感觉到了傅展行的厌恶和排斥，只不过他大概真的信佛，早就练就了一身处变不惊的本事，没有表现在明面上。最大的败笔就是，在被他握住了手腕的那刻，她自乱阵脚了。

她就不信，他会真的把她怎么样。

恰巧隔日，傅展行邀请她做女伴，去参加晚宴。

“傅先生有没有觉得我们最近见得有些频繁？”虽然隔着电话，他看不见，裴奚若嘴角依旧扬起弧度，“不会是被我迷住了吧？”

“才见两次，不算频繁。”他自动忽略了她的后一句话。

“昨天也见了。”她掰着手指。

“裴小姐不来？”

“哪里，”她笑容绽开，尾音藏了小钩子似的，“我迫不及待。”

这晚，裴奚若穿了条绿色绸缎礼裙，乌黑的长发绾起，耳际颤巍巍地落下几缕，款款走动起来，腰肢如柳，女人味更浓。

似是为了一雪前耻，她主动挽上傅展行的手臂，两人一起入场，非常登对。

晚宴后段，安排了一场古典音乐会。大厅悬挂着深红色丝绒幕布，灯光熄灭，只留舞台那一小圈。舒缓的序章开启，每个人脸上都浮现出陶醉的神态。

座椅太舒服，裴奚若没一会儿就开始犯困。她百无聊赖地盯着前方看了几秒，朝傅展行凑过去：“傅先生，这下，我们算是一报还一报了。”

他们距离有些近，她身上的香水味在空气中散开，若有似无，掺了点儿性感。傅展行不动声色，等她的后文。

“我带你去酒吧，你就带我来听音乐，”她绕着垂下来的发丝，眨了眨眼，“不会是蓄意报复吧？”

“裴小姐想多了，”傅展行淡声解释，“我事先并不知道有音乐会。”

假若知道，他不会带她来。这对音乐会是一种破坏。

“暂且相信你好了。”裴奚若又坐端正。

过了好一会儿，身旁的女人也没作妖，傅展行侧眸看了眼。她左手搭扶手，右手搭在小腹上，偏过头，姿态自然舒展，竟就这么睡着了。不同于平日里的街头弄潮风，今晚她穿得颇为正式，绿绸缎衬得她肤色愈白，那一弯红唇，不说话时，弧度更美。

音乐会结束，裴奚若悠悠转醒。也许是音乐有提高睡眠质量的作用，这一觉睡下来，她除了脖子略有些不舒服，可以说体验良好。

“好棒的演出。”她拾起银色手包起身，笑得很像一回事。

傅展行没拆穿她：“你喜欢的话，下次再带你来。”

“好呀。”她挽上他的手臂，好似很期待，“那我们的下次是明天吗？”

傅展行还未答，身后忽然传来一道女声：“裴小姐？”

裴奚若回头，只见一男一女站在不远处，他们牵着手，挨得很近。

我认识她吗？

裴奚若试图在脑海中回忆，仍是对不上号。

“是我呀，唐好，”短发女人不知道她脸盲，还以为是自己留给她的印象不深，主动解释道，“他是刑跃，多亏了裴小姐，我们才能在一起。”

这么说就有印象了，裴奚若的笑意一瞬间漫上来：“是你们呀！”

刑跃是她第一任相亲对象。对付他极其容易。她打探出他有个暗恋多年的白月光，两人碍于一系列狗血误会才没在一起，于是在暗中推波助澜，轻松地把人送了出去——跟身边这尊怎么送也送不走的大佛相比，简直是简单模式。

裴奚若瞄瞄傅展行，暗自腹诽。

碰上面，免不了一场寒暄，唐好笑眯眯地看向傅展行：“裴小姐，这是你的男朋友吗？好帅呀，你们站在一起好登对。”

这话可不是在奉承，眼前这一对男俊女美，确实养眼。唐好刚才看见他们两人的互动也很甜蜜，裴小姐对他说话时，笑靥如花。

真好呀。有种万事圆满、好人有好报的感觉。

不等唐好再感叹，就见裴奚若挽上身侧男人的手臂，亲昵地点了点头：“是呢，这是我的第九任。”

唐好：“啊？”这都第九任了？

她婚后不怎么关心八卦，对裴奚若的“情史”一无所知，一时不知道这话该怎么接。

傅展行倒是从容淡定，对他们点头致意，没半分不自然。

“他话比较少，”裴奚若眨眨眼，表情似害羞，“其实是很爱我的，是不是呀，傅先生？”

他看了她一眼：“嗯。”

唐好连忙拉着刑跃附和了一番。

寒暄结束，裴奚若与傅展行先行告辞。唐好站在原地，望着两人的背影，默默地纠正了自己多年的审美。

她原以为，裴小姐这种妖里妖气的女人，应该配个更狂野的男人，两人携手浪天浪地。可今天看见傅展行，那俊美的眉眼，清寂无欲的气质，竟与裴小姐的气质大相径庭。

她忽然觉得，这两个类型不一样的人也很配啊。

走出大厅，夜空中月朗星稀，有种独属于夏夜的静谧。

裴奚若将刑跃和唐好的故事简单讲来，末了，自我陶醉一番："我真是人美心善的红娘啊。"

她方才枕着椅背睡了一觉，此刻头发更显随意，落下来几缕，很是好看，肌肤在夜色中白如凝脂，衬得那红唇更美。

很难得的是，傅展行未在心中表示异议。

"傅先生，你有喜欢的类型吗？我可以给你介绍哦，不用客气。"她大概是当红娘当上瘾了。

"免了，"他看着她，不咸不淡地回敬，"我对裴小姐爱得深沉，有你一个就够了。"

好吧。

裴奚若无趣地转开眼，这男人可真是嘴上不饶人。

暗中斗了一晚上，她有点儿累了，决定就近去简星然家睡觉。反正她们俩在彼此家中各自有房，平时就是东住几天，西住几天，全看哪边方便。

"我今晚去朋友家睡觉，傅先生，送我到下下个路口就好了。"上车后，裴奚若和他交代。

哪知，傅展行却道："裴小姐，约会还没结束。"

这都几点了？是想打破她的纪录吗？男人的胜负心，真是好可怕。

裴奚若暗自腹诽，面上还是打起精神，露出一个甜蜜而期待的微笑："哦？傅先生还想带我去哪里玩呀？"

"我家。"

"啊……会不会太快了？"她佯装被吓到。

"裴小姐。"

"嗯？"

他没有陪她再演下去："聊聊。"

聊聊？裴奚若以为自己听错了。从相亲那天至今，他们谁也没撕下过虚伪的假面，仿若真是一对互相满意、奔着结婚去的情侣。她假意柔情，他更是配合到位，就方才在唐好面前的一番表演，他的演技并不输她。

然而，这种相安无事的现状注定不长久。毕竟，她硌硬人的招数有限，他的忍耐力也有限。

这是一场比谁更沉得住气的持久战。

“聊聊”这两个字，就像是他单方面宣告战争落幕，要与她进行一场谈判了。

她很意外。

傅展行这个人看上去就是那种定力特别好的人。平心而论，在两人的较量中，他并不落下风。明明占据优势，他却要和她谈判。难道他有什么非她不娶的理由，已经按捺不住了？

这是一幢南洋风格的别墅，坐落于长街尽头，车子驶过草坪，一路直达门廊。别墅有三层高，灰白色外立面，在夜色中更显低调，凑近细看，方知是 20 世纪的大师的手笔。

“好美的房子呀，傅先生好有钱。”裴奚若合掌感叹，像是要拜上一拜。

她大学时接触过西方建筑设计，对于这幢花园别墅有很多可以聊的，比如石砌柱子、喷泉、雕塑、彩色花窗……但她选了个最俗气的开场白。

傅展行替她开门，并未言语。

这种不搭理的态度，让她的心也悬了起来。

不过，既来之，则安之，裴奚若并不怯场。她款款踏进门厅，浅金色高跟鞋踩在花纹繁复的釉面砖上，轻起轻落，留下细细长长的一道影子。

走了几步，她似是想到什么，一回头，朝他轻抛媚眼：“傅先生，我这样像不像民国年代的阔太太？”

男人径自越过她，像是没听到，擦肩而过时，却飘下四个字。

“像姨太太。”

裴奚若：？

“傅先生，你说我是姨太太，是不是说结婚以后，你会在外边彩旗飘飘呢？”裴奚若佯装天真，托腮问。

不容易，这几次相处，哪怕暗地里早已刀光剑影，明面上，傅展行对她从来都是彬彬有礼的绅士模样。而今终于被他呛了一回，她简直可以说是喜上眉梢，当然要揪住这个机会不放。

这会儿两人上了二楼茶室，靠窗而坐。复古的朱红色窗框，彩色玻璃半开，窗外是繁茂的绿植，夏夜的凉风。

如果换作一对有情人坐在这里，不互诉一下衷肠，都是浪费情调。只是，坐在这里的是她和他，就免不了一番厮杀较量。

“看来裴小姐记性不好。”他给她倒了杯热茶，推过来，“这个问题，我们讨论过。”

裴奚若用食指转了转杯沿：“有吗？”她倒是想起来了——第二次见面那晚，他们的确讨论过“出轨”话题。他的回答是否定。

“哎呀，不好意思，我记性不好，念书时成绩差，课文要背三十遍才记得下来，”她一副羞愧的模样，眼睛眨呀眨，就差把“花瓶草包”四个字写在脸上了，“傅先生不要见怪。”

“不会。”

“听说孩子的智商大多遗传自母亲，我压力好大。”

“裴小姐不用担心，我们不会到那一步。”

裴奚若习惯性想再发挥几句，忽然嗅出他话里的不同意味，愣了下。

“裴小姐是聪明人，闲话我也就不说了，”傅展行坐在对面，手肘撑在桌上，双手随意地交叠，“不知道这几次约会下来，裴小姐对我的评价如何？”

这么直奔主题？她要是答“很好”的话，下一步是不是就该确认婚期了？

“傅先生一表人才，又是傅氏未来的掌权人，当然是不可多得的青年才俊了，在一众名媛千金间，可不要太抢手。”她先将他夸了一通。

他神色淡淡，不见反应。

裴奚若敛起笑意，接着道：“所以，有什么非我不可的理由呢？”

她对联姻的抵抗态度，早在酒吧那晚就和他挑明。他却不识趣，存心和她作对。

“能和傅氏联姻的家族，裴家不是唯一的，却是最优的。”傅展行不遮不掩，回答了她，“个中缘由，涉及枯燥的商业布局，裴小姐愿意听，我可以细讲。”

免了。好多年前，裴父一度想让她继承家业，变着法子给她灌输商业常识，导致她现在一听到“商业”两个字就头疼。

她做了个简单粗暴的总结：“就是你看上了我的钱呗。”

傅展行“嗯”了一声。

准确地说，是裴家流动资金数额庞大，能在短时间内支撑起他的一系列大动作。裴父为人又诚笃，一旦两家联姻，在商务合作上必不会偷奸耍滑。

不过，她这样理解，大方向上也没错。

“这几年，傅氏由我二伯掌控。不过，我有个表弟，他背后有几位董事撑腰，势力不小。”他将情况说得更明白了一些。

听起来，二伯是他这边的，表弟则是反派了。

裴奚若下意识地问："那你爸妈呢？"

话音落下，傅展行朝她投来一眼，那目光转瞬即逝，很难说清是什么意味。不过，他回答时，声线很平稳。

"父亲早年出车祸，成了植物人。母亲自那以后，在寺庙清修。"

裴奚若没想到是这个答案，有些讶然。

不等她说什么，傅展行便跳过了这个话题。

"裴小姐是裴家的掌上明珠，联姻之事上，你父母提起过，会尊重你的意见。"

上一秒还在讲悲惨身世，这一秒，这个男人就能平静地切换到婚姻谈判模式，也不见情绪有丝毫波动，真是好可怕。

裴奚若把心头泛上来的那点儿柔软同情收回去，又进入了草木皆兵的备战状态。

尊重她的意见……确实是裴父裴母一直以来的态度。她相信，哪怕她对傅展行百般挑剔，最后还是不嫁，他们也不会威逼。他们是真的想要把她托付给一个靠谱的人。

只是，她压根就不想和谁结婚。

裴奚若没想好怎样回答，转开视线，忽而看到茶桌角落摆着两个胖胖的罐子，有盖，黑瓷质地，带白色纹理，表面看着很光滑。

"傅先生，我们来下棋吧？"她心血来潮。

傅展行随之看过去："你会？"

"不要看不起人，"裴奚若摸出一颗棋子，举到眼前，十分自信的模样，"在五子棋上，我难逢敌手。"

他轻哂一声，倒也在意料之中。

格子棋盘，她执白子，他执黑子，相对而坐，可以说是近日来最为平和的场面了。

裴奚若将白子按在棋盘中央："所以，傅先生今天说这些，是希望我答应联姻？"

傅展行提醒她，执黑子先走，裴奚若傲娇地并不理会。

"两年之后，裴小姐想离婚，我随时奉陪。"他落下黑子，"这期间，我们只做外人眼中的夫妻。"

"演戏？"

"可以这么说。"

"你好直白，我第一次听说跟人求婚时，用离婚做筹码的。"她抓了一把白子放在手里玩，没说“好”，也没说“不好”。

“不欺骗，不隐瞒。这是我的诚意。”

“那我有什么好处呢？”

“联姻最大的好处，向来不在个人，裴家能从这场联姻中获益多少，你可以回家问一问，”他赢得很快，一颗颗收好自己的黑棋，“至于裴小姐，这两年，只要是不过分的要求，我都将尽我所能地满足你。”

“那我要这栋别墅。”她狮子大开口。

“可以。”他答应得眉头都不皱。

“这么爽快，你不会赖账吧？”她狐疑。

“不会。”

“你把手举起来发誓……”

傅展行瞥她一眼，没搭理。她立刻揪住他的漏洞：“不是说不过分的要求都可以吗？”

“我们还没结婚。”

裴奚若：“……”

好清醒一男的。这样的人在商场上，想必也是很可怕的吧。

“听起来很让人心动，不过……”她见他三颗黑子排成队，立刻堵住一头，“我这个人对物质要求不高，自己家的钱也够花，对于另一半什么的，实在是没有需求呀——你看我有八个前任就懂了，我这辈子都不想嫁人的。”

“傅先生，这栋别墅，还是留给它真正的女主人吧。”

五颗白棋漂漂亮亮地排成一条线，她绽开笑容，顺带替换了他一颗黑棋，她带着胜利的得意望向他。

“裴小姐，在这之前你已经被我替换了五颗，”傅展行食指指了下他这边的白棋，“不要高兴得太早。”像是一语双关，随即，他轻飘飘一句话便让她愣在了当场，“裴小姐有没有想过，第十任会是什么样的人？”

第十任？她还真没想过。于她而言，无论是第几任，都是面目模糊、需要打败的对象罢了。

“第十一任、第十二任又如何？”他紧跟着发问，在棋盘上落下一子，“只要裴小姐没有安定下来，就会有接连不断的‘未婚夫’出现。”

她光是想想就窒息了。别的不说，万一遇到一个比傅展行还难缠的对手，那可真是要命。

“既然裴小姐会选择这样的方式，就说明抵抗不过家中势力，与其千方百计地去破坏婚事——”话音落下，他又替换掉她一颗白棋。

裴奚若无言地看向棋盘。

白棋七零八落，节节败退，黑棋不动声色，乘胜追击——

“不如一劳永逸，和我结婚。”

这番话结束，有个电话打进来，傅展行扫了眼，朝她示意：“合作商。”

裴奚若点点头。

他起身去了阳台，恰好留给她思考的时间。

回来后，傅展行在对面落座：“裴小姐，考虑得如何？”

裴奚若抬眼瞄瞄他。这男人，放在古代，一定是个玩弄权术的大阴谋家，最懂得洞察人心。今日这场谈判，他说的每句话、每个字，都精准地扎在她的心坎上。

不过，她不想让他胜得如此轻松，还是要为难一下。

“别的都好，只有一个问题，”裴奚若绕着自己的发丝，好似很在意地说，“两年之后，我就是离过婚的女人了欸。”

“裴小姐说一辈子都不想和人结婚，”他声线淡淡，“按照世俗的眼光，离过婚，岂不是更难嫁？”

裴奚若：他说的话好有道理。

傅展行大概真的是有备而来，她对他一番刁难，最终答应之后，他便吩咐沈鸣将婚前协议书送了上来。

裴奚若仔细看完，签了字，心头才涌上那么一丝丝“把自己卖掉”的慌张，忍不住问：“这上面写的互不干涉、两年后离婚，你不会赖账吧？”

他看她一眼：“白纸黑字，骗不了人。”

也是，就算他要赖账，她也有裴家撑腰呢。

“欸，”裴奚若看他将协议书收进文件袋，忽然灵光一现，“傅展行，你不会早就暗恋我吧？为了娶我不择手段，连婚前协议书都早早准备好了。”

“裴奚若。”男人的声线很平静。

“嗯？”

“清醒点儿。”

[第二章]

结婚

BU MAN NI SHUO

毕竟新婚之夜，她注定要让他独守空房了啊。

得知裴奚若答应与傅展行结婚，裴母乐开了花。

“我就知道，小傅一表人才，年轻有为，家世品性都没得挑，你肯定喜欢。大师说了，你们是天造地设的一对，果然好准。”裴母美滋滋地打开微信，给大师转账八千八百八十八元，转完账，她又闲不住，“你前几次相亲都黄了，我还觉得可惜呢，现在一想，都是正缘未到——你看，小傅根本就是照着你的标准长的。”

裴奚若原本只想告诉家里一声，好断绝裴母的旁敲侧击，哪知，听了一耳朵的“傅展行赞歌”。她呵呵一笑，没感情地点头道：“是啊。我真是太喜欢他了。”

裴母被喜悦冲昏头脑，没听出异样，已经兴致勃勃地挑起了黄道吉日。

这桩婚事，傅、裴两家的侧重点不同，可对于结果，均是满意得不能再满意。是以，双方一拍即合，将婚期定在了十月，本月先领证。

简星然刚听到婚讯时，很是震惊，等裴奚若解释完来龙去脉，她也就理解了。

常人或许会觉得这种婚姻态度过于儿戏，不过，既然能跟裴奚若玩在一起，那简星然也必然不是什么囿于成见的寻常女子。她从卧室抱出电脑，往裴奚若面前一放，开始了颇有前瞻性的战略计划。

“自古婆媳矛盾是一大难题，仙仙，我们来全面了解一下你未婚夫的家庭情况，看看这两年要怎么过。”

如傅展行那日所说，他父亲自车祸后便成了植物人，母亲于同年去往寺庙清修，两人在公司的股份，出让给了几位高管。那年，傅展行才十四岁。

简星然没想到会是这样的结果，斗志忽然弱了几分。她一言不发，用鼠标下拉页面，看到了一篇文章。这篇更为详细，基本上能代表外界对傅展行父母的评价。

傅渊是位温文尔雅的慈善家，在上流社会的声望很高。其妻宋觅柔则是著名钢琴家，两人因一场演奏会相识，婚后鹣鲽情深。对独子傅展行，他们更是关爱非常。然而，一场车祸，就让这一切毁于一旦。

“好可惜，本来是很幸福的一家啊。”简星然关掉网页，有些不知道该怎样讲。

她和裴奚若都是家庭和睦、泡在蜜罐中长大的孩子，饶是能品尝到一点儿酸咸苦辣，那也不过是生活的调剂。

裴奚若没有说话，亦有同感。不过，她还有点儿在意另一件事：报道上写，傅渊车祸、宋觅柔清修后没多久，傅展行就休学了近一年，后来连跳两级，不仅将差距补上，还甩开同龄人一大截。他都休学了，应该受了不小的影响吧。

既然夫妻俩都很宠爱这唯一的儿子，宋觅柔又怎么会选择清修，将他一个人扔在豪门之中呢？

不过，她不了解傅家，当然不该乱用阴谋论去揣测。也许，是她睡前狗血故事看多了。

裴奚若收起天马行空的想象，继续浏览起网页。

有条新闻配了张合照，傅老爷子和一众晚辈出镜，当中有仪表堂堂的商务大亨，亦有气质高雅的作家、画家、舞蹈家……个个在专业领域，名号都不可小觑。

“十五岁那年，傅展行被送往他二伯家寄养，”简星然指了指照片上儒雅的中年男子，又指了指他旁边那位气质婉约的贵妇，“这是他老婆，唐嵇玉。不出意外，他们就是你事实上的‘公婆’了，看着都挺好相处的。”

“幸好不是真结婚。”裴奚若仰面躺在沙发上，只有这一个想法。

这一大家子的画风，如此阳春白雪，和她真是太不符了。

简星然恰巧和她想到了一处：“怎么看，他们家都不会喜欢你这个类型的，难道是傅展行对你一往情深？你看傅家，对婚事多积极呀。”

裴奚若打了个哈欠——是很积极。

这些天，傅、裴两家长辈往来密切，好似生怕晚一秒，她就会反悔。要不是那男人已经一个多礼拜没联系过她，她都要怀疑，他是真的爱上了她，一刻也等不及了。

和裴家确立联姻关系，于傅展行而言，是一场布局落定。至于那位裴小姐，既然两人达成了共识，短期内，就没有再联系的必要了。

想必，她也不愿看见他。

他到傅宅时，傅洲正在书房自己跟自己下棋，见到他，笑起来：“阿行，你来得正好，陪我下棋。”

他脱去西装外套，交给保姆，踏入书房。

傅洲是爱书之人，最常待的地方就是书房。室内古色古香，推开雕花樱桃木窗，是一眼泉水，极具风雅。

依旧是纵横交错的棋盘，玉石制的黑白棋子，一局下完，两人都未过瘾。

“青出于蓝啊，下不过你了，”傅洲捡着棋子，“最近是不是跟谁练过？”

傅展行道：“没有。”他倒是下过五子棋。

傅洲一笑：“围棋玩得好，胜负心都不弱——看来，我可以把傅氏放心地交给你了。”

傅展行十五岁住进这里，对于傅洲的照拂，自然十分感激。两人交谈起来，并没那么多试探。到如今，傅洲的放权之意更是明显。

傅展行道："还要二伯多多指点。"

"对了，那位裴小姐，你和她相处得还好？"傅洲将一枚棋子放进棋盒。

傅展行颔首。于他而言，相处得好不好并不重要，毕竟婚后未必能见上几面。

"其实，前不久，陈家、林家都表露过这个意思，不过，我觉得裴家那位温柔细心，应该是最适合你的类型，就擅自替你做了决定。"傅洲话起家常，"她是不是真的跟文章里写的那样，人美心善、温柔贤惠、文静体贴，厨艺还好？"

傅展行没有问傅洲是从哪里得到的错误信息，想来，应该是裴家送来了误导性极强的资料，还在网上买了一堆颠倒黑白的通稿。

想到那女人花枝招展，一笑，狐狸眼眼梢都要飞起来的模样，傅展行违心地道了一句："嗯，很文静。"

"好，"傅洲终于露出满意的笑容，拍拍他的肩，"明天带她来家里吃饭，恰好你伯母要去听音乐会，缺个伴儿。"

晚八点。

裴奚若洗过泡泡浴，躺在沙发上敷面膜。

她这阵子刚参加完一个推介展，受到了如潮好评。老钱那边，又牵线将她的画卖给了一位收藏家，成交价令人满意。

这么一想，本月也算顺风顺水，是她的吉月。这念头刚产生一秒，手机铃声便响了起来。

裴奚若瞥了眼备注，顿时觉得有些打脸，没接，反而将手机往靠枕下塞了塞。

铃声响了很久，才自动挂断。屏幕上的未接来电，明晃晃地挂着"傅九"两个字。

真是奇妙，白天刚闪过那么一瞬的念头，晚上，这失联已久的未婚夫就给她打电话了。该说巧还是不巧呢？

裴奚若拿出手机随意地转动着，没想好要不要回拨。刚才，她只是下意识地不接，这会儿仔细想想，以傅展行"无事不登三宝殿"的行事风格，怕是有事找她。

有事找她……好像就更不能接了呀？

裴奚若及时地保持了清醒，还没放下手机，下一个电话又紧随而至。不过，是陌生号码。

她接起来。

“裴小姐。”传出来的却是她那位未婚夫的声音，声线略冷，又带点儿君子般的彬彬有礼。

裴奚若噎了一下。原来在这儿等着她呢。

“未婚夫？”她故作惊讶，“咦，你换手机号啦？”

“你不接，只能换个号码了。”他不和她“打太极”。

好直白的男人。裴奚若呵呵一笑：“哪里，我是在敷面膜，没听见呢。这么晚了，未婚夫找我有事？”

他没和她计较：“嗯，明天裴小姐有没有时间？”

“明天呀，”裴奚若又开始绕自己的长发，好一会儿才道，“有。”

“来平城一趟，见见我二伯。”傅展行翻过一页文件，语气像是在谈公事。

联姻毕竟是大事，饶是私下签了协议书，明面上的工作，该做还是得做。这一点，两人早已达成共识。裴奚若倒不至于全然不配合，只是，关于那晚的交锋，她仍是有些耿耿于怀——

那晚，就在他将婚前协议书推过来的那刻，她说：“傅先生，婚姻大事不能这么草率，虽然你的方案听起来会双赢……我还是想回去想一想再做决定呀。”

他却只用一句话，就击碎了她的犹豫。

“裴小姐，早结婚早离婚。”

当时她头脑一热就签了字，事后越想，越觉得中了那男人的奸计。两年都能熬过去，还在乎多这一天两天吗？

如今说什么都晚了，两家联姻是板上钉钉的事，裴奚若心中的不甘，只好全部化作矫情，为难起他来。

“要去平城呀？那好远好远，机票好贵好贵的。”

“我会给你买。”

“其实，人家明天还有个小聚会啦……”她的声调仿佛扭成了麻花。

“裴奚若，”傅展行放下手中的文件，似是终于有些头痛，“好好说话。”

好吧，为难也为难够了，还是谈正事吧，谁让她人美心善呢。

裴奚若一秒恢复正经：“那几点见？”

他说了个时间：“我来接你。”

“傅先生真好，”她的嗓音裹着蜜，赞道，“还有什么事吗？”

“我二伯心脏不好，希望裴小姐稍稍收敛一些。”

裴奚若立即会意，来了兴趣：“哦？是要我演小白莲？”她最喜欢演戏了。

“不用，”傅展行声线凉凉，“少说话就好。”

裴奚若：“……”

次日一早，裴奚若精心打扮一番，从家中出发。

离飞机起飞还有一小段时间，坐在贵宾候机室，她百无聊赖，刷起了微博。

这阵子忙着跟傅展行斗智斗勇，她落了一期穿搭分享，最新留言都是催更。

当初不过是闲极无聊随手一注册，用来分享日常，哪知凭借独特的穿搭眼光，她的粉丝量疯狂上涨。她也发过几幅版画作品，倒是反响平平。

于是，这几年，裴奚若专注地做起时尚博主来，在网络上混得风生水起。

裴母对此颇有微词，总觉得“网红”不是什么好词。

昨夜，知道裴奚若要去平城，她特地送了条裙子过来，并叮嘱了一番。

前阵子，为了塑造裴奚若温柔贤惠的好形象，裴母在网上买了好多文章，将她吹成了名门闺秀。现在她要去见傅家长辈，当然不能露馅。

裴奚若换上长裙出来，裴母立即闭眼开吹：“好，很淑女，有书卷气。”

简星然在一旁无语凝噎。

镜子中的女人，鼻梁高挺，红唇美艳，分明一袭白裙也遮不住眉眼的妖气，哪来的书卷气？

“再戴副眼镜，就更有文化了。”裴奚若像是还挺满意，不知从哪摸出一副黑框眼镜，往鼻梁上一架。

好嘛，像个混进学堂的狐狸精，不伦不类。

这下连裴母也闭眼认命：“你还是该怎么穿怎么穿吧……”

最后，裴奚若穿了条芥末绿吊带长裙，外头搭一件潮流款白西服，称不上太正式，但对她而言，已经是最端庄的穿法了。

飞机抵达平城，机场外，早有一辆黑色宾利等候多时。

车门打开，裴奚若弯腰，第一眼看到里头坐着的男人。

其实，脸盲也不全然是坏处。它可以让人一次次去认识同一张脸孔，每次都是崭新的体验。有时候，因为特定的光线、角度，会让人产生“某个人好帅”的印象，而下次见面，对方换了个登场方式，原先的惊艳感往往也就消失了。

但傅展行打破了这个常规。

两人的见面次数屈指可数，每次都是在不同的情境下。她却不得不承认，眼前的男人骨相皮相俱佳，五官清俊，哪怕用目光一寸寸地去审视，也挑不出败笔来。

似是察觉到她的目光，傅展行抬了抬眼皮：“裴小姐，这边不能久停。”

好吧。

裴奚若遗憾地钻入车中。

美男是美男，可惜多长了张嘴。

傅家二伯的宅邸坐落于平城市中心运河旁，是一座占地近千平方米的中式庄园。

车子在门前停好，裴奚若踩着高跟鞋款款下车。外头光线好，盛夏的阳光洒在她的长裙上，绿得鲜亮。远远地，一对中年夫妻迎面走来。虽然她不认识他们的脸，不过，看那穿着、气度，一定是二伯傅洲和二伯母唐稖玉了。

裴奚若做了做心理建设，主动挽上身侧的男人。

一次是接触，两次也是接触。她就当是为了演艺事业而奉献自己吧。

傅展行出门向来不带女伴，自然也没有让人挽着的习惯，直到裴奚若抬手搭上来，才略弯了下手臂，让出小一点儿空间。

两人手挽手，一起迈入大门，好似真是一对眷侣。

"二伯，二伯母。"傅展行微微点头，裴奚若也跟着打招呼。

她不刻意做作时，声线就没那么妖，听着很舒服。

唐稖玉满意地望了望裴奚若，侧头对傅洲笑道："长得比照片上还好看呢。"

傅洲没吭声，向来和蔼的脸上，眉头不易察觉地皱起。眼前的侄媳妇，模样好看是好看，可那柳叶眉、狐狸眼、桃红唇、窈窕身段，哪有半分温柔文静的模样。怎么跟网上说的有点儿不一样呢？

这次见家长，裴奚若虽然收敛了几分，却也没特地去装什么小白花——她也装得不像。

几个小时相处下来，傅洲已经感觉到哪里不对。他私下交代秘书，让他快速去调查。

"若若，"唐稖玉倒是十分喜欢这个侄媳妇，已经叫上了她的小名，"你对古典音乐有没有兴趣？晚上一道去听吧。"

两人这会儿正在庭院中侍弄花草。唐稖玉弯腰，用剪子修剪掉多余的枝叶。

"好呀。"裴奚若绽出一个笑，衬着树荫漏下的丝缕阳光，鲜眉亮眼。

隔着客厅的落地玻璃，花园里的这一幕，十分融洽、和谐。

傅洲看在眼里，越听电话那头的汇报，眉头拧得越紧。根据秘书的反馈，什么温柔细心、贤良淑德，都是骗人的。真正的裴家大小姐，十指不沾阳春水，谈过很多男朋友，每年都要花大把时间外出旅游，浪得没边。

而这些，在申城小姐太太圈，早就传得尽人皆知。

傅洲向来不关注这些连花边新闻都谈不上的东西，当初，只在收到裴家发来的照片时，问了问比较关心豪门圈的唐稖玉。

唐稚玉道："裴奚若？有点儿印象，好像是个艺术家，没听说有什么负面传闻。你让阿行自己去接触呀，这种事，我们不要过多干预。"

傅洲一想，也是这个道理，再说艺术家，应该差不到哪儿去，跟傅家也正合适，便着手安排两人见面。

这会儿，他真是不知道该怎么说了。

"阿行，"傅洲清了清嗓子，"对于这位裴小姐，婚事还没定，你要是有什么意见，尽管说，不用顾虑二伯。"

傅展行立在窗前，似在出神，闻言"嗯"了一声。

"她看起来，跟你很不合适，她之前那么多门婚事都告吹，传出去对你不好。"傅洲斟酌了下，还是道，"林家那个小女儿，一直很仰慕你，她是京大中文系毕业，温柔懂事，和你更相配。"

虽是联姻，但阿行的终身幸福也很重要。傅洲早年有过一段失败的婚姻，后来才遇到唐稚玉，深有感触。

"不用了。"傅展行停顿一会儿，目光再度落到窗外的草坪上，"她很合适。"

她看着妖里妖气，却意外单纯，和他只有最简单的合作关系，没有算计、欺骗，也没有所谓的爱情。

"各取所需很好。"他道。

傅洲久久无言，好半晌才道："阿行，你是被你爸妈的事影响了，其实他们……"他像是说不下去了，又像是已经说过很多次，知道说完也是徒劳，所以最终只长长地叹了口气。

而傅展行依旧神色淡漠地立在窗前，只轻轻地转了转腕上那串佛珠。

"阿行的名字，取自一首诗——'烧移僧影瘦，风展鹭行疏'。他爷爷那时候囿于集团事务，最大的愿望就是去隐居，又觉得年轻一辈取名字，避世意味太浓不好，所以就取了'展行'二字。"从花园回来，唐稚玉带裴奚若去收藏室，边走边闲聊。

这位二伯母，形象高雅，气质佳，裴奚若还以为她是高冷那一挂的，没想到这样健谈。

此刻，裴奚若很是配合，天花乱坠地吹："这个名字真好呀，光风霁月，又有君子大展宏图、前程远大之意。"说完，她瞄瞄斜后方的傅展行，没看出他神色有什么变化，倒是旁边的傅二伯，不知怎的眉头一松，露出了一个极其赞许的眼神。

从收藏室出来，唐稚玉拉着裴奚若，故意落后两步。她颇为神秘："再带你去个地方。”

二人走过拐角，是另一间收藏室。门开的刹那，光影一晃，裴奚若差点儿以为走进了自己的画室。

因为，这间收藏室中挂了好几十幅版画，大部分是她的——前几天她以高价卖出的那幅，恰好挂在最醒目的位置。

裴奚若愣在原地，看看墙，又看看身边的二伯母，忽然明白了什么。

“若若，我很喜欢你的画。”唐稚玉笑着证实了她的猜测。

“谢谢二伯母，”裴奚若望了望室内，还是有些不可思议，“没想到，您这么潮啊……”

“难道，我看起来很土？”唐稚玉故意板着脸。

当然不是。

眼前的女人保养得当，岁月留下的皱纹不仅没有使她丑陋，反而添了许多说不出的韵味。她一身褐色亚麻旗袍，人不算瘦，看起来更温婉。

裴奚若弯了弯唇：“怎么会呀。”

——不知为什么，这一瞬间，她对这外人眼中闪闪发光的名门傅家，忽然就生出一点儿亲近感了。

听完音乐会，已过了十一点。

傅展行与傅洲在书房里谈事，又下了几局棋，才将她们等回来。

临别时，唐稚玉十分不舍：“若若，以后常跟阿行回来玩呀。”

她从去年开始收藏裴奚若的画，对外边的风言风语，也有所耳闻。不过，常言道“众口铄金”，裴奚若本人如何，应该靠自己去判断。所以，前阵子傅洲突然提起跟裴家联姻，她暗中助推了一把。

“好的呀，二伯母。”裴奚若笑吟吟，挥了挥手，和两位长辈道别。

入了深夜，风不冷不热，吹到人身上感觉正合适。夜空中挂着一牙弯月，景致也美。

裴奚若舒展了下手臂，忽然愣了下：“你看我干什么？”

月光下，男人和她目光交汇，脸庞分外英俊。

傅展行平铺直叙：“他们很喜欢你。”

听唐稚玉的意思，这晚的音乐会，裴奚若不仅没睡着，还和她相谈甚欢。而傅洲，方才也在书房同他道，也许裴奚若很适合他。

“那当然，我想要讨人喜欢，分分钟的事呀。”被夸了一句，裴奚若还得意上了，“没人能逃过本妖女的魅力。”语毕，她瞄了下岿然不动的傅展行，又迅速更正，“好吧，和尚例外。”

裴奚若说这话时，没指名道姓，不过，这里就两个人，跟直说也没什么差别了。傅展行意会，“和尚”指的是他。

他没搭理，她倒是得意忘形起来，话也比平时多：“未婚夫，我其实特别好奇一个事。”

“嗯？”

“你修的是不是闭口禅哪？”相处至今，如非必要，这男人极少开口，好似他说一句话，连标点符号都是天价。

似是觉得这问题无聊，傅展行瞥她一眼：“我不信佛。”

“不信佛，你戴什么佛珠。”裴奚若嘀咕着，看向他的手腕。

那串深棕色佛珠，被西装袖口略微遮住一点儿，珠子的直径不大不小，在月色下透着一股清心的意味。

她忽然有了猜测，抬起头来：“难道，是为了提醒自己不要犯杀戒？”

动漫里不是有吗，这串佛珠，就像封印，一旦摘下来，眼前的男人就会性情大变。

裴奚若下意识地望了望月亮，眼前浮现出狼人嗷嗷叫的场面。

然而，男人轻哂了一声，让她脑海中的故事瞬间崩塌：“裴小姐，你很有想象力。”

裴奚若的好奇心来得快，去得也快。到酒店，她已经完全忘记了这码事。

“住酒店好，显得比较矜持，”电话那头，裴母称赞她的做法，“还没正式订婚，确实不能住到人家家里去。”

其实，裴家没那么多古老的观念，只是傅家家风清正，裴奚若的名声又不太好，才要特别注意。这些天，裴母总有种被好事砸到头的虚幻感，生怕下一秒，傅家听说了风言风语，前来退婚。

“是呀。”裴奚若装得很像那么一回事，点头道，“不能让未婚夫觉得我太轻浮了。”

事实上，都不用她提，从傅家宅子出来，傅展行连问也没问，就将她送到了附近的五星级酒店。不得不说，在少见面这一点上，两人倒是极有默契。

“若若，既然到了平城，就玩几天再回来吧。”裴母道。

她佯装遗憾：“未婚夫太忙了，我只会打扰到他。”

“顺便把证领了，”裴母补上的后一句话，显然才是重头戏，“户口本、婚姻状况证明，都在你的包里。”

裴奚若无言片刻，视线转向沙发上那个包——什么时候放进去的？

隔日再见到傅展行，裴奚若并不意外。想必，两家早就通好了气。

门外的男人，西装革履，气质清冷，很是人模狗样。他目光平淡，看着她："裴小姐，走吧。"

不知道的，还以为他们这是要上谈判桌。

裴奚若原以为自己对待婚姻的态度已经够随意了，不料这人更胜一筹，情感淡漠得如同机器一般，连领证这天，都与平时没什么不同。仿佛两人即将去申领的，不是绑定婚姻关系的合法证书，而是普通的纸本。

她转身拿起包包，又架上一副黑色墨镜，摆出一副不输他的飒爽姿态："走啊。"

十分钟后，一家私人摄影工作室内。

摄影师将脑袋凑近相机，看了下，又非常头痛地抬起头："那个……两位新人，笑一笑好不好呀？"

眼前这对男女，外表那是绝配，随便拎一个出来，都令人眼前一亮，但组合到一起，就出问题了——结婚可是大喜事啊，但是这两人的表情怎么像是互相不想搭理。

已经拍了好几版，裴奚若只想快点儿结束，配合地绽开一个笑。

"再靠近一点儿点儿，对，这个距离可以，"摄影师重新盯住取景框，深吸一口气，又抬起头，"美女，你笑得太假了。结婚，应该是发自内心的那种喜悦……"

裴奚若又试了一下，摄影师还是摇头。

"帅哥的表情可以，他本来就长得清冷，这样拍也不违和，"摄影师干脆走过来，比画道，"美女，你呢，要是笑不出来，就想想高兴的事情。"

他说完，又走了回去："两位新人调整一下，我们再来一次。"

高兴的事啊…… 裴奚若还没想出什么，身旁忽然落下一道声线："那栋别墅，随时可以过户给你。"

什么别墅？裴奚若已经忘了这茬，眨了眨眼。

傅展行瞥了眼墙上的时钟，又换了个思路："后年这时候，我们就离婚了。"

裴奚若一下没忍住，喜笑颜开。

最终洗出来的照片很不错。男人清冷傲岸，目光平淡，女人红唇弯起，笑意飞扬。

双方都很满意——傅展行接下来安排了会议，耗不起太长时间。裴奚若则是觉得，这张证件照，把她拍得也太美了吧。

唯一崩溃的是摄影师。真是八百年没见过这么绝的情侣了。

工作人员在结婚证上盖下钢印的那刻，意味着一切尘埃落定。

联姻这件事，铺垫了也有小半个月，不算突兀，可真正将证拿到手中，裴奚若内心还是有点儿复杂。

记得中学时代，情窦初开的少女们聚在一起聊天，讨论学校里长得帅气的男生，互相分享自己的理想型。

有人见她坐在一旁，热情地问道："若若，你以后想嫁给什么样的人呀？"

她转了转手中的笔："我呀，要嫁给自己这样的。"说话时的笃定仿佛还在昨天，可转眼间，就啪啪打脸了。

想到这里，裴奚若瞄了瞄身旁的男人，想看看他会不会也涌上一点儿复杂的情绪，却被沈鸣挡住了。

"傅总，刚才沈董那边突然因为我们不再采用睿合科技的处理器而大发雷霆，一定要看 6A 处理器的性能报告。"沈鸣快步上前，说话声音低却很快，"但研发中心那边的人说，新机搭载 6A 处理器的测试效果很不理想，报告怕是出不来……"

裴奚若没有想到，平日里看着颇为斯文、面面俱到的沈秘书，说话也可以像打机关枪一样快。她脑袋里就像飘过了一大片密集的弹幕，其他什么也没剩下。

傅展行也不知是用什么方法听清楚的，边走边道："研发中心的负责人叫什么？"

"姓徐，徐安志。"

他"嗯"了一声："告诉沈董，我会亲自将报告送过去。"

可 6A 处理器的研发是傅总一手推进的啊，送上报告不是打自己的脸吗？

沈鸣愣了下，还是如往常那般应道："好的。"

两人说到这里，似是才想到，这里还有第三个人。

"没事，你们聊，"裴奚若呵呵一笑，"我打辆车就走。"

她一只手举着伞，另一只手里还捏着那本结婚证。她将它当作扇子，一下一下地扇着风。阳光落在她的红唇上，闪出一点儿微金色泽，倒难得地让人赏心悦目。

傅展行停顿一会儿："我送你。"

送完裴奚若去机场，宾利这才掉头往傅氏集团总部开。

早在傅老爷子那辈，傅家便开始与沈家联姻，两家强强联手，彼此渗透，才成就了如今这个繁荣兴盛的名门望族。发展至今，却逐渐有了些人心不和的迹象。

今日发难的这位，沈复德——论辈分，傅展行还要叫他一声“姑父”。

如今继承人之争短暂落幕，落败者沈郁被发配芬兰，傅展行即将入主傅氏的消息，几乎已经传遍集团每个角落。

上午十一点十分，傅展行踏入总部大门，迎来无数人殷勤或探寻的目光的同时，消息也经某个眼线传到了沈复德那里。傅展行登门时，沈复德坐在办公桌后，端的是一副山雨欲来的架势。

傅展行气质温和，气势却并不减，略低了下头：“姑父。”

“你还叫我一声姑父，”沈复德面无表情地点点头，从扶手椅上站起来，“我问你，为什么不再跟睿合科技合作？”

傅氏集团旗下的智能手机品牌，早已深入市场。原先大部分处理器是由睿合科技提供，却在傅展行逐步接手傅氏业务时，第一个被换掉。

“因为傅氏已经有了自主研发的能力，”傅展行不紧不慢，“一味靠别家公司，主导权永远到不了自己手上。”

“大道理谁不知道？研发一款处理器动辄十几亿的费用，有这钱，投什么不好？授权费、专利费，哪笔不是钱？研发也不是那么好做的，”沈复德冷冷地看了他一眼，“就算风展科技在你手上活了，也别忘了，送一颗卫星上去，背后有多少颗没上的。”

“没上天的星？”傅展行顿了下，似是终于理解他的话意，“姑父是说论证星？”

沈复德早年也试图让风展科技起死回生，怎会不懂论证和实际发射的差别——论证星，那是本就停留在理论阶段的卫星，当然不用发射上天。

这小子是在偷换概念。

沈复德一声冷哼，干脆把话挑明：“我说的是发射失败的卫星。”

卫星的造价何其高昂，坠毁一颗，几百万甚至上千万资金就全部打了水漂。

“是零。”

“什么？”沈复德皱起眉头。

“我接手这几年，发射失败的卫星，数量是零。”傅展行将话说得更明确了些。

而且，也不知他是故意，还是为证明话语的准确性——强调了是他接手的这几年，就不免让人联想到，风展科技早年在沈复德的手上时，屡次失败的记录。

沈复德很显然就往这方面想了，顿时面露愠色：“傅展行，我看你是傲得不得了了！”

秘书刚准备送茶进来，被这声吼吓得手一颤，茶水泼在了当场。她立即收拾完，大气也不敢出地撤退。

这个小插曲，倒是让怒火上头的沈复德冷静了下来。他不耐烦地敲了敲桌子："6A 处理器的性能报告呢？"

傅展行将一份文件放在桌上。沈复德心浮气躁，草草地翻了几页，脱口道："不对。"

"什么不对？"

跟他之前看到的版本不一样，少了好几个问题数据。他刚想开口，突然反应过来，差点儿惊出一身冷汗。

幸好，眼前有个眼熟的错误数据，他伸手一指，圆上了自己的话："你看，这个数据根本不符合常理。"

"是吗，"傅展行点了点头，"不愧是姑父。"

沈复德一时摸不清他这话从何而来，就听见了他的下一句——"还没看过报告，就知道会出问题的数据在哪一页。"

近日来，傅氏集团内，流传着这样一条小道消息。

沈复德串通研发中心负责人徐安志，故意出了一份假性能报告，阻碍 6A 处理器的研发，正在接受监事会的调查。据说，是太子爷亲自出手，将人拉下马的。

"你这话可太损了啊，沈复德本来就挺介意人家说他没本事，你倒好，直接拿刀子往人心上扎。"随叙随意地半躺在沙发上，"采访一下，是不是蓄意报复？"

"人在盛怒之下，比较容易露出马脚。"傅展行道。

随叙想了想，认同了这个说法。

傅展行这人行事向来干脆、果决，每一步安排都直奔目标，确实没这个闲心去损人。

"不过，你是怎么发现沈复德跟徐安志勾结的？"他好奇道。

"因为沈复才。"

随叙想了想："沈复德他亲哥？因为挪用公款，进去了的那个？"

傅展行"嗯"了一声："几年前，我见过徐安志从沈复才的办公室出来。今天让沈鸣一查，才知道，徐安志是沈复才招进来的。"

"服了，你的脑子是什么高清记录仪吗？"随叙目瞪口呆。

傅展行在文件上签下一个名字，忽然问："几点了？"

"两点半，怎么了？"

他起身："要去趟申城。"

"申城？"随叙一下子来了兴趣，"不会是要去见裴小姐吧？刚好，我也有事要过去。"

这阵子，裴母一直念叨，要请傅展行上门做客。

裴奚若大概知道缘由——她回申城不久，唐嵇玉就到这边大学做讲座。这位二伯母专程来了裴家一趟，言语间，毫不掩饰对裴奚若的喜爱，还侧面印证了她和傅展行的感情。

这对于裴母来说，无异于天上又砸下一个惊喜。

本着展现丈母娘热情的心，她坚持要求裴奚若将傅展行请上门来，连一向不八卦的裴父，也在一旁附和。

裴奚若只好答应，还表现得颇为娇羞："那我问问，不知道他忙不忙呀。"好似她之前的不愿意，都是为他着想。

这天傍晚时分，裴奚若和裴母一道出现在机场。

"这么多人呢，"裴母略略皱眉，"若若，你小心，不要将人看漏了。"

裴奚若的台词张口就来："怎么会，我可是每天都看一遍他的照片呢。"

其实，她回申城这十几天，一直在四处晃荡，早就把他忘到了九霄云外。

等了一会儿，不远处，走来两个身形颀长的男人。裴奚若还在看手机，裴母轻轻拍了她一下，催促道："还玩手机？快去呀。"

来了？

裴奚若抬头，一眼看到不远处那气质出众的两人。她做出十分欣喜的模样，朝那边走去。

走近了，她才发现不妙。

他们一个穿黑色西装，另一个穿深紫色，面容俱是英俊非凡，旁人或许能瞧出显而易见的差异，但对裴奚若来说，第一眼没认出来，就等于没戏——过于长久地盯着一张脸看，五官反而会被割裂开，一会儿看这个像，一会儿看那个更像…… 更不巧的是，他们的左手腕居然都空空如也，谁也没戴佛珠。

裴奚若顿时迟疑，只觉得一道难题摆在眼前。

到底哪一个是傅展行？

她要是当着裴母的面，认不出"每日盯着看"的未婚夫，那好像也太说不过去了。

裴奚若心念一转，很快有了主意，目光轻轻地从两人身上掠了一下，哪边也没停留："傅先生。"

“嗯。”穿黑色西服的男人看了她一眼，“裴小姐。”

这不就找到了吗，裴奚若喜上眉梢，视线立即在他的身上落定：“傅先生美如冠玉，站在人群之中，真是引人注目。”

傅展行却似乎不吃她这套：“裴小姐，你刚才看的是那边。”

“没有呀，”裴奚若坚决否认，眨了眨眼，“哦，可能是因为我有点儿斜视吧。”

傅展行轻哂了下，也没计较她这话的真假。

裴奚若余光瞥见裴母正看着这边，连忙又做关切状：“傅先生一路坐飞机过来，真是辛苦了。”

“不会。”

“等一下到家，我给你按按。”她十分贤惠的模样。

“……”

随叙旁观两人对话，感觉信任在眼前逐渐崩塌——这就是傅展行口中的“商业联姻”“各取所需”？“塑料”夫妻平日会这样相处？

裴奚若目光转向他：“这位是？”

傅展行道：“随叙。”

“我是阿行的朋友，”随叙别有深意地看了傅展行一眼，自然地打了个招呼，“裴小姐好啊。”

他这一笑，跟傅展行的区别就很明显了。他眼角上扬，有种不拘小节的浪子气质。

其实，脸盲也不是无药可救，针对一张脸，寻常人记的是整体长相，裴奚若努力一下，可以记住细节。

记住发型、痣、斑、胎记，或是鹰钩鼻、吊梢眼之类的明显特点，基本能让她应付日常需要。怪只怪，这两人脸上干干净净，什么特别的地方也没有，走过来时，还都面无表情，简直是故意为难人。

随叙来申城还有正事，很快告辞。

裴奚若回头一看，裴母不知何时也悄悄走掉了，看来，是想给他们创造独处的机会。也好，没了旁观者，不用扮深情，裴奚若得以自在起来。

两人一同往外走去。傅展行在这时开口：“裴小姐。”

“嗯？”她的注意力被远处一对吵架的情侣吸引，随口应了声。

“你演技很浮夸。”

这叫什么话，裴奚若将视线收回来，答道：“傅先生不懂。女人谈起恋爱来，就是这个样子的。”

“是吗。”

“哦，忘了傅先生没有谈过恋爱，”裴奚若一副理解的模样，“你看那边的情侣，女生哭得梨花带雨，等一下，男生就要去哄了，然后就是你侬我侬。”

傅展行似乎并不觉得这话有说服力：“你也说，那是哄人。”

“好吧，”裴奚若想了想，又道，“那我看过的一部名著改编成电视剧，女角色跟心上人说话时，也很做作，很甜腻。”

她不像是会看名著的，傅展行难得地多问了句：“什么剧？”

“《西游记》。”

傅展行停顿一会儿，而后了然。

里边的女妖精，确实是她这个样子。

见到真人之前，裴父裴母就对傅展行十分满意，见面后，更是赞不绝口。

这男人的容貌、家世、品性、能力，样样都出挑，真的可以说是青年才俊，而且，竟然能受得住裴奚若的性格，这比前几个优点还要难能可贵。

本该是宾主尽欢的一餐饭，谁知，傅展行从家里离开之后，裴奚若却被留下来谈话，不外乎是那几个点。

“嫁进傅家，要守规矩，酒吧那种乱七八糟的地方啊，都不要去了。还有，你的耳洞，打了那么多，堵掉几个，剩下两个也够吧？耳轮上那两个，看着就觉得痛。”裴母颇有耐心地道。

裴父给裴母递了一瓣橘子，给她补充水分，然后亲自上阵：“小傅这个年轻人，性格沉稳，前途无量，你要好好珍惜。”

在说教这方面，裴父的口才不如裴母，几句话过后，又将接力棒交回了她手上。

“傅家的太太，可不是那么好当的，你也要学点儿商业常识呀。”

裴奚若听得眼前发黑，仿佛已经看见了未来自己如笼中鸟一般的生活。

傅展行出席酒会的时候，她也要跟着去？不仅如此，还要跟平城的小姐太太们打成一片，拉近关系？酒吧不能去，吊带裙不能穿，头发不能随便染……

她是结婚，还是坐牢？

裴奚若第一次发现，生活好像失去了掌控。

结婚前，裴家宠着她，连傅展行也和她签好协议，讲明除必要情况之外，互不干涉。可结婚以后，她发现一切没有想象中的那样简单——陪他出席应酬，算不算“表面工作”？在长辈间周旋，算不算“必要情况”？按合同，她都该履行。

从裴家离开，裴奚若跟司机报了地点，便打开了手机。她径直找到傅展行的对话框，一气呵成道：我想离婚！

寻常人好端端收到这样一条消息，第一反应，应该都是问“为什么”吧。

裴奚若打开一看，差点儿翻白眼。她这便宜老公，居然回了更为冷漠的六个字。

傅九：毁约赔三亿元。

今晚是裴奚若一位网红小姐妹的生日会。

这位姐妹平日在圈子里人缘不错，邀请了很多人，在酒吧包场举行生日会。

下车前，裴奚若还在思考未来何去何从。可一来到熟悉的场所，她便瞬间丢下烦恼，像只花蝴蝶一般飞进了人群。

“仙仙来啦。”小姐妹亲热地和她拥抱，“坐我边上可以吗？”

“好呀。”裴奚若将自己的礼物送上，便坐到了卡座中央。

空气中弥漫着浓郁的香水味，这里作为酒吧的黄金核心区，坐了五六个女人。一见到她，她们便纷纷笑道：“仙仙，你来晚啦。”

她们的妆容差不多，穿着差不多，就连长相也有八分相似。这对裴奚若来说，无疑是个极大的考验。

好在，她有认人的特殊技巧。

那个洛丽塔风的，是艾丽丝，某站著名动漫区博主；蓝色卷发的是豌豆；拿自拍杆在直播的短发女人，是甄小蕾……

裴奚若一一跟她们回了个招呼。大家其乐融融，聊起了美妆、穿搭。

甄小蕾跟大家插科打诨了好一会儿，然后转回头对着镜头解说：“刚才又有新朋友来了。”

弹幕早就飘过一片。

“这个美！”

“这是谁呀，以前怎么没见过。”

“是我‘老婆’裴仙仙，啊啊啊！”

“新朋友也太好看了！”

直播意外被人抢了风头，甄小蕾并不生气，反而笑嘻嘻的：“都想看她吗？那我们就一起看好了！”弹幕一片“哈哈”。

接下来，甄小蕾又好几次有意无意地提到裴奚若，话里话外，营造出一副两人极其熟络的样子。其实，论粉丝量，全职博主甄小蕾是裴奚若的好几倍，根本不需要巴结她到这个程度。可架不住她是网红圈里罕见的真正的白富美，和她玩得好，利益不言而喻。

“仙仙，她蹭你呢。”豌豆贴过来道。

这群姐妹如简星然所说，平日里抱团玩耍，互相带流量，暗地里却少不了互相攀比、拉踩，生怕对方超过自己。

裴奚若虽不在意，可也懒得给她们当枪使。一局狼人杀结束，她便丢下手里的牌，起身去了洗手间。

这酒吧的洗手间，做得极具金属朋克风，镜面处理得很好，照得人脸极为漂亮。

裴奚若出来时，几个女人正在镜前，一边照镜子，一边补妆聊天。

“她今晚可真是好大的排场，请了那么多人。不过，她男朋友也没照片上那么帅嘛，害我白期待。”

有人故意打趣：“桃啊，别人的男朋友，你期待什么？”

“讨厌，好奇嘛，”桃桃一边补妆，一边道，“还有，你们看见甄小蕾没，一直贴着裴奚若蹭。”

“我听说裴奚若要嫁进傅家了啊。”

“哪个傅家？”

“还有哪个？平城那个。”

“不是吧？”桃桃一下放下手中的粉饼，“她家不是暴发户吗，私生活还那么乱，能嫁到傅家去？”

朋友还未答，桃桃倒是已经收拾停当，不经意地转过头来，顿时吓了好大一跳——裴奚若居然就在她们身后。

桃桃下意识地捂住胸口，脸上浮现出尴尬的神色。

裴奚若走上前来，倒是笑眯眯的：“刚才看你们在忙，不好意思打扰，这下，终于可以洗手了。”

她这云淡风轻的态度，反而让桃桃摸不清虚实：“你都听到了？”

“我又不聋。”

桃桃被呛了声，一时不知该撤退还是该继续。

裴奚若对着镜子左右偏了偏头，才问：“你是新婚不久，所以对别人的婚姻也那么感兴趣吗？”

裴奚若这就是明着挑衅了，桃桃索性冷哼道：“怎么？以为‘高嫁’就很了不起吗，背景差距大，嫁进去也是受委屈，还以为自己多幸运呢。”

“哦，”裴奚若眨了眨眼，“所以，你是考虑到这点，才嫁得那么‘低’？”

“你！”桃桃一下被戳中痛点，脸色难看得像是要吃人。

桃桃这个名字，裴奚若是听过的。

据说，她进圈就是为了捞个富二代，前阵子终于得偿所愿，却被扒出她的婚纱、钻戒都是高仿，连带着那装阔老公的皮也掉了个干干净净——原来，不过是个家业凋零、游手好闲的“小开”。

裴奚若故意像小说中的恶毒女配那般，呵呵笑了两声，将纸巾丢进垃圾桶，就要离开。门口却忽然传来一道来者不善的女声：“你就是裴奚若？！”

这又是谁？

裴奚若看去，只见是一个约莫二十岁的女孩，容貌称得上清丽，神情却带着一股刁蛮。

视线相对，那女孩挺了挺脊背，更加高傲道：“我是傅展行的表妹沈思妙。”她这语气，分明是来找碴的。

桃桃顿时在心中暗爽，预备看裴奚若吃瘪。

哪知，裴奚若却听不出火药味似的，弯了下眼，十分自然地接道：“哦？那你该叫我一声表嫂呀。”

话落，沈思妙瞪大眼，一脸的不可置信。

她居然就这样以表嫂自居了？真是好厚的脸皮。

“你们还没结婚呢，少占我便宜了，”沈思妙将排斥明明白白地写在脸上，“况且在我心里，只有一个人能成为我的表嫂。”

裴奚若似是很感兴趣：“是吗？”

沈思妙得意地点点头，凑近道：“你想知道呀？”

“是呀。”裴奚若配合道。

“她就是……”沈思妙余光一扫，发现闲杂人等太多，便环抱手臂，一言不发地盯着她们。没几秒，桃桃等人立即自觉地作鸟兽散。

等其他人都走了，沈思妙这才道：“听说，你是个画家？很巧，凡伊姐姐也是画家，只不过，她身体不好，一直住在疗养院里。”

裴奚若长长地“哦”了一声，等她继续。

“她和我表哥从小一起长大。”

裴奚若点头：“青梅竹马。”

“没错。而且，凡伊姐姐特别温柔，知道很多东西，跟你这种狐狸精一点儿也不一样。”沈思妙越说，越是带着一种自得，“她和我表哥，才是真正的灵魂伴侣。表哥肯定是因为要和你结婚，才没有表白。”

裴奚若没想到，自己只是参加个生日会，还能意外地挖掘到傅展行的一场风月。

好刺激。

不过，她仔细想想，觉得这多半是一场假风月——这个表妹，逻辑推理能力比她还要差。

裴奚若道："你表哥已经二十六岁了，这个月才认识的我。他要是喜欢她，过去十几年干吗了？"

沈思妙被噎了下，还是不服输道："不许我表哥开窍比较晚？"

"当然可以。不过很可惜，就算他们两情相悦，"裴奚若从包里摸出一本结婚证，夹在指间一晃，"你那个凡伊姐姐呀，也晚了。"

看见那红艳艳的本子，沈思妙一下子瞪大眼，声调也拔高了八度："你们什么时候结的婚？！"

裴奚若十分欣赏她此刻的表情，一笑，眉眼愈发流露出艳丽之色："你猜。"

这副狐狸精得逞的样子，把沈思妙气了个半死。

"好啦，只是一点儿小事而已，你这么生气做什么。"电话那端，传出一个女人轻柔的嗓音，"从小就这个急脾气，小心伤肝。"

"凡伊姐，你要不要这么养生，都火烧眉毛了啊！"沈思妙气呼呼地靠在大理石台边，她刚才着实体会到一种气急攻心的感觉。

那个裴奚若，真的好气人，花枝招展的，长得就是一副狐狸精的样子，一笑，能把男人的魂都勾去了。也不知道，表哥看上了她什么。

她越想，越咽不下这口气："凡伊姐，男人是不是都只看脸啊？好肤浅。"

电话那端，女人笑了笑："嗯？"

"除了脸，我想不通表哥为什么会娶她啊——要学历没学历，要人品没人品，不到两年就谈了八段恋爱，一定很花心。"

董凡伊似是在想什么想得出神，过了会儿才轻声道："她不是S大毕业的吗？"

"谁知道是不是自己考的啊，"沈思妙翻了翻白眼，还想说什么，突然抓住了关键词，"欸，凡伊姐，你还说自己不喜欢表哥，明明连情敌的底细都打探清楚了嘛。"

董凡伊很淡地笑了下，语气无奈："思妙……"

她的声线仍然带有病中的柔弱，让人一下子想到被风吹开的薄纸，沈思妙的目光暗淡下来——是呀，喜欢又怎么样？她的身体不好，估计就是因为这个，才一直隐藏着自己的心意吧。

沈思妙心头涌上一股难过，下意识地扯开话题："那个，凡伊姐，对不起啊，我是不是打扰你了？这么晚了，你应该已经睡觉了吧。”

“还没有，今晚月亮很好，我在画月亮呢。”电话那端，传来轻轻放下画笔的声音，停顿许久之后，董凡伊忽然说，“妙妙，像你说的，我想我确实是喜欢你哥哥的。”

这么多年了，沈思妙时不时就要打趣一下傅展行和董凡伊，每每这时，两人一个神色淡淡，另一个无奈地带笑，似是谁也没将她的话放在心上。

而今，终于听到一方承认，沈思妙却没有喜悦，只剩揪心。

“凡伊姐……”

“不过，我不想破坏什么，”董凡伊轻轻地说道，“能以朋友的身份陪在他身边，就够了。”

在洗手间呛了沈思妙这事，裴奚若一点儿都不心虚。

她自认为还是很讲道理的——人家巴掌都挥到眼前了，她总要打回去吧。要是这所谓的小姑子去找傅展行告状，那就更好不过了，最好他一怒之下，把她休了。

傅展行啊……

一想到傅展行，裴奚若就牙痒痒，对这桩婚事的不满越发强烈。要不是他机关算尽，步步为营，诱导她签下协议，她现在还是只单身美丽的小蝴蝶呢。

想到这里，她的报复心忽然噌噌噌地涨了起来。

她拿出手机，用很嗲的声音给他发语音消息：傅先生，到家了吗？

他没回复，她自顾自地说下去：刚才在酒吧，碰到你表妹了，她好过分，居然骂我是“狐狸精”，你要给我评评理。

宫斗剧里的皇帝，不是最讨厌嫔妃叽叽喳喳吗，她今天就要做个长舌妇，报那三亿元之仇。

墙边的古老座钟指针指向深夜十一点，傅展行坐在窗边，视线落在那串修好的佛珠上。下午从平城登机时，它的线忽然断了，深棕色佛珠四散砸落，滚了一地。

这种事，有人会将它当作不祥的预兆。不过，傅展行不信佛。

佛珠的线断了，不过是因为它年岁太久而已。但不知怎的，见到那佛珠掉落时，他脑海里却忽然冒出一个更无聊的想法——佛珠的线断了，他的封印要解开了。

稍一追溯，他才想起这个说法来自谁。

当时，他让她收起想象力。其实，她的猜测也不无道理。

明明他们相处时三句话都聊不到一块儿，她倒意外地道破了它的来历。

傅展行似是自嘲般地勾了下嘴角，收回思绪，将它戴上手腕。而后，他摆开棋盘，一人执了黑白两子，就这么下了起来。

以前，为静心修身，傅展行试过很多种办法，现在自己跟自己下棋倒成了习惯，哪怕不心浮气躁，闲时，也会坐下自己跟自己来一局。

就在这时，手机屏幕接连亮起，同时进来了很多条消息。

第一条来自二伯母：阿行，你看，婚礼的事，要告诉你妈吗？我知道你基本不跟她往来，但怎么说，也是你的人生大事呀。

他眼皮轻垂，许久才回复：不用。

第二条是裴奚若发来的。

他这位名义上的太太，着实多变，前脚无缘无故地闹离婚，后脚又忽然换上一副甜腻的语气，要他评理，不知她葫芦里卖的什么药。

一来一往地发消息，效率太低，傅展行直接拨了通电话过去。接通后，他不说废话，只问："哪个表妹？"

"就是那个叫沈思妙的呀，"裴奚若找了个安静之处，手指不断地绕着长发道，"傅展行，你之前说我们只是合作关系，可是现在，你表妹都踩到你合作伙伴的头上了欸。"嗓音还是嗲嗲的，一副要他为她做主的模样。

寂静的夜色中，她的声音顺着手机传来，像是神话中的海妖，黏腻得吓人。

这样的态度，傅展行曾见识过——在两人刚刚认识的时候，她就是如此矫揉造作，后来才略微恢复正常。只是，他不知道她最近为什么又突然发作。

他抬了抬眼皮："裴小姐是因为表妹的胡言乱语，才想跟我离婚？"

"唉，不是啦，我那只是一时冲动。"裴奚若假装无事发生，她可赔不起那么多钱，"傅先生不要放在心上。"

"哦？"

"不是有那个说法吗——婚前恐惧症——我只是突然犯病了。"裴奚若做娇羞状。

他提醒："我们只是演戏，不用这么投入。"

"没办法，我比较敬业。"

傅展行轻轻哂笑了一下，倒没有再和她继续掰扯："裴小姐，不早了。"

"等等！"裴奚若生怕他挂了电话，连忙拿起恶毒表嫂的剧本，连声线也下意识地恢复了原样，"那你表妹欺负我的事，就这么算了？不应该好好教训她一顿，让她来给我磕头道歉吗？

"她还口口声声说我勾引你呢，你再不昭告天下说爱我爱到发狂，这个锅，我可背不动哦。”她使劲地作。

反正结婚以后，她就要变成笼中鸟了，不如发挥本领，让他也没安生日子过。

本以为傅展行多少会有点儿不耐烦吧，可她一通话说完，他却只丢下三个字：“知道了。”

裴奚若一愣，头皮忽然有点儿炸。

知道了？知道什么了？他不会真要照着她说的去做吧？

一来真的，裴奚若立马就害怕了。她对这桩婚事，一向秉持能保密就保密的态度，从没主动向外界说过。

毕竟，傅家那么有名，她和他的事要是真的传遍全国，只怕离婚后，她走到哪里，哪里就会有一大群人在背后议论：“喏，那个就是傅展行的前妻。”

她不要做傅展行的前妻。她希望自己永远是裴奚若。

“傅先生，你这话一定是在开玩笑。”她干笑两声，开始给自己找台阶下。

“那要看裴小姐是不是在开玩笑了。”

裴奚若翻了个白眼。这男人的风格还是一如既往，不将她呛回去就不舒服似的。

怕他胜负心太强，真的将婚事高调地公布出去，裴奚若决定认输：“我当然是开玩笑了，你看今天也这么晚了，不如我们忘了这个话题行吗？”说完，自己也有点儿心虚——明明是她起的头，却也是她先求和的，似乎确实不讲道理。

他会答应吗？

裴奚若心中一阵忐忑，忽然急中生智，很有内涵地说道：“当然，你要是实在‘不行’，我也没办法。”

电话那端，沉寂了片刻。

裴奚若眨了眨眼：“傅先生？”

人呢？被她吓跑了吗？

好在下一秒，男人开了口，声线很稳，看不出被吓过的样子。

“可以。”

裴奚若忽然想笑。

一转眼，八月尾声将至。

往常这个时节，裴奚若都在世界各地飞，半是工作需要——画家嘛，灵感用多了，总有枯竭的时候，需要接触新鲜事物；半是为了避暑，夏天，她偏爱往挪威、瑞士、俄罗斯这些地方跑。

可今年她被婚事给“捆”在了原地。

不能往外跑，她干脆在画室宅了起来，傍晚时分，才会和简星然出门去游泳。

她就这么规律地过了二十来天，便到了傅氏一年一度中秋家宴的日子。

裴奚若作为新成员，自然收到了邀请，傅展行提前打了电话告诉她，自己会路过申城，将她捎回去。

这就属于“必须配合”的情况了。裴奚若扔下铅笔，将扎着的头发放下，换掉白色T恤和卷边牛仔裤。上车时，她一下就从朴素的艺术家，成了眼角眉梢都飞着媚意的狐狸精。

“走吧，傅先生。”她刚完成一件很满意的作品，估计可以卖高价，心情好，看什么都顺眼。

傅展行倒是因为这过于轻快的语气而朝她看了眼，以为她又有什么花招。他不知道，裴奚若吃了上次的败仗，哪敢轻易挑衅，接下来的一路，都本本分分，安静如鸡。

两人到达傅家老宅时，天色尚早。

傅老爷子已经八十二岁高龄，身体却依旧健朗，许是久居高位，神情不怒自威。

话题围绕商事谋略，他们一问一答，一板一眼。裴奚若听了两句便觉得无聊，忍了好一番才没打哈欠。

“对他来说，是解脱，也是赎罪，醒不过来就醒不过来吧。活到我这把年纪，也没什么看不开了。”出神间，忽而听见傅老爷子沉沉地叹了口气。

裴奚若的思绪被拉回来。怎么气氛突然变得沉重了？

她下意识地去看傅展行，却见男人容色冷淡，似是不愿聊起这个话题。橙色夕阳余晖从窗子外透进来，也没给他添上丝毫暖意。

直觉告诉她，他们聊的是傅展行躺在疗养院中的生父。而这一家人的关系，必然不如外界传言的那样美满。

裴奚若忽然有点儿坐立不安——她不是傅展行的什么人，万一听到狗血的八卦豪门秘闻，之后被他灭口就惨了。

于是，她赶紧找了个理由走出书房。傅老爷子倒没阻拦，估计也觉得留她在这里不合适。

出了书房，她才觉得这坐落于山脚的宅子空气上乘，沁人心脾。她伸了个懒腰，顿时觉得浑身上下都活泛起来，在苏式庭院里边走边赏景。

不料，她和傅氏七大姑八大姨狭路相逢。她们正在回廊中闲坐，互相攀谈、嬉笑。

“表嫂？”人群中，忽然传出一道女声。

裴奚若疑惑地眯了下眼——这里能一眼认出她并且叫她表嫂的，应该就是沈思妙吧？可沈思妙对她的态度怎会如此亲密？

谨慎起见，裴奚若微微一笑："嗯？"

"表嫂，你怎么对我这么冷淡啊，我们上次不是刚见过面吗？"沈思妙过来，竟亲热地挽上她的手臂，将她往一干人等面前带。

裴奚若这下确定是沈思妙了，面上带着笑，手上却使了劲，挣脱了她。

"表嫂？"沈思妙疑惑道。

"我怕你推我下水。"裴奚若笑眯眯的，嘴唇翕动。

沈思妙在心里翻了个大白眼，宫斗剧看多了吧。

当然，她也确实没安好心——这回廊中坐的女人，不是出自傅家，就是出自其他有名望的豪门，都是名门闺秀。她要告诉裴奚若，名校出身、多才多艺、举止高雅的人，才是傅家的标配。

"给大家介绍一下，这位就是新加入我们大家庭的表嫂——裴奚若。"众人谈得正欢，沈思妙突兀地开口，眉飞色舞，"她是个网红，在网上特别有名，随便发张照片，就有好多网友评论呢。"

这一招是幼稚的明褒暗贬。

裴奚若虽没想到她这么直白，不过也没在怕的，轻笑了下，正要开口，却有一人先道："若若，你来了呀。"

那人的嗓音带有独特的辨识度，加之那一身亚麻旗袍、亲切的叫法……

裴奚若看过去，惊喜道："二伯母？"

唐稚玉就坐在不远处，可还是站起身，亲自过来带她入座："刚才在书房陪阿行吧？"

裴奚若也上道，乖巧地点了点头："现在爷爷和他讲公事，我就出来透气了。"

"刚好来陪陪我们。"唐稚玉笑着看向众人。

其他人也不是傻的——唐稚玉相当于是傅展行的养母，傅洲目前又稳坐集团一把手之位，连她都表达了对裴奚若的认可，她们还愣着干什么。于是，哪怕心里觉得"网红"不是正经职业，大家也还是纷纷表达了对她的赞赏，夸她漂亮、有灵气、讨喜。

沈思妙一脸菜色，满腹怨气地坐到了一旁。

"若若还是个艺术家呢，"唐稚玉笑了笑，"她的画呀，和人一样，有个性、有灵气、有想法。"

众人附和称赞，接下来基本围着她说话。

"奚若呀，你大学学的什么专业？艺术设计？哪个大学？啊，S大，那有没有上过格雷森教授的课？我和你说，他……”

这还算是裴奚若感兴趣的，能聊上两句，可后来随着话题打开，她扛不住地越来越困。可能是唐嵇玉给她立了个艺术家人设吧，这会儿，有人和她聊文学，有人和她聊戏剧，有人和她讲古典音乐……全都是催眠神器。

而且，篇幅又臭又长，语气还慢条斯理。

“等以后你和阿行安定下来，大家就是一家人了。我们平时很热闹的，经常约着去听歌剧呀、音乐会什么的，以后我让思妙叫上你。”沈思妙的妈妈，也就是傅展行的姑姑道。

裴奚若眨了眨眼，如实地讲来：“姑姑，我可能听不懂。”

“怎么会听不懂呢？”

“若若，你不用拘谨，喏，这里也有几位你的嫂子，你们可以先约着玩一玩。”姑姑看样子很想将她拉进大家族中，“多接触接触这样的活动，慢慢就爱上了。”

“是呀，若若，十二月有京芜剧团的专场芭蕾演出，一起去看吧？”

裴奚若还没说话，另一人很感兴趣地追问道：“哪天？”

“我看看，嗯……十二月一号。”

“一起去吧？”

裴奚若刚张了张嘴，旁边立即有位长辈嗔怪道：“一起去什么啊？人家才刚刚结婚。”

“也对，也对，先过过二人世界。”一个嫂子立刻笑道，“对了，你们什么时候要孩子呀？要不我们约着一起怀吧，有个伴儿呀。”

……

这话题一波接一波，已经到了裴奚若无法预料走向的程度。

毕竟是不好撕破脸的场合，她下意识地将目光投向唐嵇玉，却见这位二伯母带着温柔慈祥的神情看着她，好像默认了这是她和傅展行迟早的人生计划。

裴奚若绝望了。

沈思妙在一旁看着，发出幸灾乐祸的笑声，凑近她道：“早和你说了吧，傅家不是这么好进的。”

这一刻，裴奚若竟然都不想反驳。

是啊。这哪是傅家，简直是座锁妖塔。

她居然还签了两年协议，现在想离婚都不行。

离婚……

裴奚若忽地眼前一亮。不能离婚，但她可以跑啊！

中秋一过，时间好似快马加鞭，转眼便到了婚期。

这几个月里，裴奚若和傅展行这两位主角仍在各忙各的，丝毫没有培养感情的自觉。不过，婚礼的各项事宜倒是有专人在有条不紊地推进，连婚纱也有专员从伦敦送过来，供她挑选。

简星然一开始陪得兴致勃勃，后来，表情逐渐麻木：“刚才那三条到底有什么不同？”

跟这种衣柜里永远只有西服、衬衫、小套裙的女人，裴奚若解释得分外详细：“第一条是V领露肩，第二条胸口镶的珍珠比较大呀，第三条是丝绸的，裙摆有小开衩。”

解释完，她仍然没能做出取舍：“你说，婚纱这么好看，怎么婚礼上就只能穿几条？”

“好几条还不够，你是要去走秀吗？”简星然瘫在沙发上，有气无力道，“要不你问问傅展行，能不能办个三天三夜的婚礼。”

裴奚若道：“我还不如多嫁几个老公，试试不同的主题。”

简星然：“……”

这思路比她的还离谱。

饶是裴奚若哪条都喜欢，但因为婚礼流程简单，最终还是只定了四条。

主纱带点儿中世纪元素，上半身很紧，勾勒出她纤瘦的肩背和柔软的腰身，自腰际开始，裙摆荡开，缀满繁复的花纹，在灯光下带着金光细闪，那是缀在上头的宝石和珍珠。

她试这条主纱时，恰好傅展行在场。他公务繁忙，很多事都交给下面的人对接，自己并不过问。

婚礼策划师好不容易逮到他一回，连忙汇报进程，末了，恭敬道：“傅总，您有什么意见吗？我们这边会立即进行修改。”

傅展行还未答，余光忽而扫到试衣室门帘轻动，缓缓向两边拉开。工作人员侧身从里边走出来，将空间完全让出。

裴奚若穿着一身白纱，站在试衣室的中央。她黑发低低地绾起，戴珍珠头冠，披白蕾丝头纱，可气质仍旧偏妖媚，那是再圣洁的白也盖不住的，狐狸眼水光潋滟，反而多了种清纯又美艳的风情。

“傅先生，怎么样？好看吗？”裴奚若摆了个拍杂志封面的造型，朝他眨了眨眼。

傅展行抬眼，破天荒地“嗯”了一声。

裴奚若也不指望他能舌绽莲花吹出什么“彩虹屁”来，得到这个答案，已在脑内自动美化了十倍，当作盛赞听了。

这阵子，两人的关系算是有所缓和。傅展行一向没有主动找架吵的兴趣，她不来招惹他，他也不会主动招惹她。

而裴奚若这么佛系，则是因为她发现了“和尚”的几个优点。

英俊，这是第一位的，看着养眼。第二，多金，她想买什么就可以买什么，从不必考虑价格。第三，话少，这是个初看不怎么样，实际是无比珍贵的优点——对于婚礼，他极少反对她的意见，她心血来潮要布置那栋山间别墅，他也答应了。

他似是在完美履行签协议时对她的允诺——“只要是不过分的要求，我都将尽我所能地满足你。”

裴奚若不是白眼狼，男人一样一样做得到位，她再为难就过分了。于是，她这几天也收拾了下心情，准备当她的美丽新娘。

另外，也有一点儿愧疚的小心思在——毕竟新婚之夜，她注定要让他独守空房了啊。

婚期定在十月三十日。

真正到了这天，裴奚若才觉得日子选得有水平。秋日艳阳高照，温度也比平时高了一点儿，山上红枫次第铺开，像一团团火焰，景致极美。

这场婚礼只邀请了傅、裴两家的亲朋好友，闲杂人等连进都进不来。偌大的山间别墅中，宾客或攀谈或赏景，很是闲适。

“傅家竟然真的会答应，好奇怪。”简星然站在三楼窗前，粗略地数了数在门廊前停好的车，“一般他们这种世家大族，不是应该有很多商业往来的伙伴吗，都没请？”

“只请了最重要的几位。傅老爷子好像什么都看开了，二伯和二伯母也不讲究这些。”裴奚若玩着自己的头发。

简星然道：“还有个重要原因。”

“什么？”

“傅展行呀。他现在已经被正式调任为傅氏集团总裁了，大权在握，谁敢讲闲话。”

也是。

裴奚若不由得脑补出了“和尚”端坐于王位的场景——别说，他那副清冷寂寥、无情无欲的气质，还挺合适。

婚礼开始前不久，裴奚若才又一次见到傅展行——两人早上出外景拍了几段录像和一些照片之后，便各自分开应酬了。

这会儿，不知是不是灯光的原因，她总觉得是种新体验。

男人穿着低调的深蓝色礼服，剑眉星目，清俊挺拔，站在暖黄的灯光下，眉眼也添了些许温和之意。

“裴小姐，时间到了。”他略低了低手臂，朝她递出。

裴奚若笑着挽上：“傅先生，你后不后悔？”

他迈开脚步：“嗯？”

“我要是你呀，对于这场婚礼，应该又喜又悲。”通往一楼的楼梯很长，她有了闲聊的兴致。

“哦？”

“喜的是，能娶到我这么美的天仙。”她不忘自恋。

傅展行还算给面子：“很荣幸。”

“悲的是，以后你就要成为二婚人士了，”裴奚若真心实意道，“本来，你可以找个心意相通的女人，白头偕老的。”

“那裴小姐呢？”

“我呀，我当然是去祸害下一任了。”她朝他抛了个媚眼。

傅展行微微颔首：“裴小姐谦虚了，能娶到你是我八辈子修来的福气，谈不上被祸害。”

好吧。

裴奚若知趣地不再招惹他。毕竟在打嘴仗这方面，他一向战无不胜的。

傍晚六点，婚宴准时开始。

清寂的山间别墅被暂时布置成欧式古堡模样，大厅中，繁花似锦，极尽奢华。中央的高台上，有座被深绿色藤蔓缠绕的透明玻璃罩，小心翼翼地保护着一枝鲜艳欲滴的玫瑰。

婚宴场地，随处可见精巧手笔，在场宾客无不轻声赞叹。为了营造童话般美轮美奂的场景，婚礼策划师别出心裁，将证婚的地点放在了高台之上。

而这，恰恰给裴奚若提供了契机。

到接吻环节，灯光瞬间熄灭，玻璃在夜色中闪闪发亮，花瓣上犹带明亮的露珠。墙上只留一对剪影，浪漫非常。

吻当然是借位，却要停留些许时间。

傅展行的手，轻轻揽在她的腰侧。与他保持这样近的距离，于裴奚若而言，是头一遭。

影影绰绰间，她生怕别人看出端倪，脸上仍带着新娘甜蜜的笑，心却像在油锅中煎熬着。她用余光瞟了瞟傅展行，只见男人神色极淡，也像完成任务一样，和她呼吸相闻。

原来尴尬的不止她一个。

裴奚若忽然就淡定了。她来了闲心，嘴唇翕动：“傅先生，你这表情不情不愿，不知道的，还以为是我抢亲呢。”

“裴小姐很悠闲？”

“当然了。”她一副“我什么大风大浪没见识过”的语气。

“那把手放开。”他眼睛轻轻一瞥。

裴奚若一僵，而后反应过来——她的手指竟然一直紧紧地拽着他西服袖子的一角。

婚礼仪式过后，便是婚宴，再是舞会和小型派对。所有流程结束后，裴奚若已经累瘫。

偌大的别墅里灯火通明，宾客乘专车接连离开。

裴奚若躺在床上，捞过手机看了眼——已经快到跟简星然接头的时间了，但傅展行还在三楼。

这可怎么办？

她没想出主意，去了趟洗手间。再回来时，她看见沈鸣站在门口，主卧的双开门半关，里头依稀传出女人的说话声。

“阿行，祝贺你结婚。”

男人的声线很淡：“谢谢。其实你不必过来。”

裴奚若耳根忽然一动，感受到了八卦的味道。她连忙走进去。

里面的女人回过头来。她身材纤瘦，像是风吹就要倒，面庞生得柔美，给人一种我见犹怜的病弱感。

裴奚若直觉，她就是沈思妙说的那个“凡伊姐”。

“你好，我叫董凡伊。”果然，女人的自我介绍印证了她的猜想。

“裴奚若。”裴奚若有点儿得意。她可真是福尔摩斯转世。

董凡伊抿了抿唇，友好地朝她笑了一下：“我一直住在疗养院里，平时也没什么机会和阿行碰面。今天感觉身体还好就出来了。这幅画，是送给你们的新婚礼物。”

裴奚若看过去，那是一幅油画，暗蓝色的天幕中，云和雾气相互交叠，托出一轮明月。

“好漂亮。”她捧起那幅画，赞叹道。

“你喜欢就好，那我就不打扰了。”董凡伊笑了笑，视线在站得很远的两人之间停留，微怔片刻。

傅展行点了点头，淡淡地道：“我送你。”

裴奚若正装模作样地欣赏那幅画，冷不防听到这三个字，忽然喜上眉梢——机会这不就来了吗？

两人前脚离开，她后脚就换掉了礼服，赶忙为出逃做准备——作为一个新娘，她毫不担心自己老公送一个女人出门会不会暗生情愫，反而担心他回来得太快，会破坏她逃之夭夭的计划。

幸好，到她溜之大吉为止，傅展行也没有出现。

“不好意思，耽误你时间了。”方才刚到门厅，董凡伊忽然发现自己的手镯不见了，于是又折返，找了好一会儿。

这会儿傅展行跟沈鸣送她到门廊下，等她的司机将车开过来。

“没事。”傅展行语气轻淡如常。

他送董凡伊下来，一是待客之礼，二是要顺路去书房取一份文件，谈不上耽误什么。

知道他会是这样的回答，董凡伊微微笑了下。从得知他的婚讯到现在，她自认为已经可以淡然接受，可临到头，心中仍是不免泛起些许苦涩。

气氛一片沉默。

不远处车灯光斜打了过来，傅展行朝她点了下头，并没有临别要多谈几句的意思。

董凡伊收回了腹稿。

好像从以前开始，就是这样。哪怕她和他是邻居，是从小到大的校友，在外人眼中已算亲密，可实际上，他们的关系也淡得像水。

董凡伊黯然离开，她的心路历程，傅展行并不知情。

他去二楼取了份文件，本打算留在书房，想想到底是新婚之夜，还是先去看看那位裴小姐又有什么吩咐吧。

哪知到了三楼，却一片静悄悄的。傅展行走进卧室，瞥见床头柜上多了一封信。字迹还算工整，不过，相较于女人妖媚的长相，字体略显稚气、圆润。

“傅先生，刚才我看你和她聊得那么高兴，非常受打击，突然犯了从小就有的一种怪病——为了不让这虚弱的样子吓到你，我还是先出国养养身体吧。拜拜。”

傅展行又扫了一遍这封信，目光在“聊得那么高兴”几个字上停留半秒，蓦地轻轻哂笑。

分明是自己想跑，倒挺能颠倒是非。

沈鸣急匆匆地跑上楼，一眼看到卧室空空如也，脑袋嗡的一声，脱口道："傅总，刚才我听说，裴小姐跑了。"话音落下，他才觉得用"跑了"不合适——好像她是被抓来的。

沈鸣连忙补充说明："有人看见一个身形很像裴小姐的女人，从二楼窗台翻下去，然后就不见了。"

傅展行的视线从信上略抬："窗台？"

"是啊。"沈鸣也觉得很不可思议。

真的要离开，也该走楼梯、门厅吧？这裴小姐是武学爱好者吗，一言不合还能翻窗的。

"门厅人多，她是担心走不了。"傅展行淡淡地道。

沈鸣恍然大悟，可没半秒，忽然觉得哪里不对——新婚之夜新娘跑了，难道不应该立即去追吗？难道两人又吵架了？

联想到方才董凡伊来过，沈鸣冒出了个大胆的猜想："傅总，裴小姐她……会不会是吃醋了？"

傅展行未答，将信纸折起放在一边，而后迈步出门。沈鸣摸不清这二位目前的情感状况，跟在后头，犹豫了下，还是道："傅总，裴小姐那么远嫁过来，可能是觉得孤独了。您看，需不需要我去找找？"

听到这猜测，傅展行不由得冷笑。

孤独？恰恰相反。此刻，她定是在哪个地方喜笑颜开，乐得连狐狸眼眼梢都要飞起来了。

他走进另一间卧室："沈鸣。"

"在的，傅总。"他连忙道。

"去订张机票。"

"好嘞，"沈鸣应完，下意识地问了句，"去追裴小姐吗？"

傅展行看了他一眼，似在无言地责备他的不机灵："去港城。"

傅展行抬脚走进衣帽间，再出来时，已换了身银灰色商务西装。

沈鸣突然就明白了。

他哪里是去追什么裴小姐，分明是要去谈生意。

新婚之夜，这对夫妻，竟一个比一个无情，从某种程度上来说，也真是天造地设的一对呢。

夜阑人静，月明星稀。

一辆红色法拉利在山间大道上飞驰，裴奚若将车窗全部打开，迎面感受山风、下坡、弯道，心情畅快无比。

“姑奶奶，你可真是想一出是一出，为了你，我连酒都没喝。”简星然握着方向盘，那表情像是痛失了五百万元，“今晚搭配龙虾尾的那个香槟，闻着味道就知道是极品。”

裴奚若心情大好，笑眯眯地接受她的抱怨：“过几天我问问是哪个酒庄的，买一瓶送你赔罪。”

“问谁？傅总？你都干出逃婚这种事儿了，还打算主动送上门呢？”简星然觉得很神奇。

裴奚若撩了撩头发：“我明明是办完才跑的，不算逃婚。”

再说，她的理由很正当呢，疗养身体嘛，第一位的。就算傅展行有意见，他也抓不住她的把柄，就算抓住了把柄……那也抓不住她的人啊。

“不过，你一直开着窗不冷吗？”简星然抽空瞄了眼车载液晶屏，“外边才六摄氏度。”

话音刚落，裴奚若就应景地打了个喷嚏。山间别墅带恒温系统，她办婚礼时全程露肩也不冷，这会儿才觉得身上的衬衫单薄，连忙从行李箱里翻了件毛衣出来。

穿上以后，她的心情才再度沸腾。

裴奚若仿佛看到美好的未来在向她招手。

这次行程的目的地是法国尼斯。

平城直达尼斯的航班只在每年四月至十月才有，裴奚若错过了，干脆直飞巴黎，一路经戛纳、昂蒂布，边玩边走，一周后才在尼斯落脚。

十一月的尼斯，已初露冬日端倪。

街边色调缤纷的公寓楼迷宫般排列着，拥着狭窄的小巷，地面灰砖一路延伸至远方，不知名的繁花簇拥在街头、巷尾、阳台。海风蹿过街道，带来一阵透心刺骨的凉。

裴奚若在毗邻马塞纳广场的街道旁租下一间公寓，刚落脚，便睡了个天昏地暗，醒来时，外边已漆黑一片。

她竟从下午睡到了深夜。手机已经收到很多消息，大多来自群聊，有人看了她微博分享的照片，问她是不是在法国。

裴奚若回完又跟她们聊了一阵，忽然收到艾丽丝的私戳。

艾丽丝：仙仙，你在法国哪里？

艾丽丝：十二月我刚好要去巴黎拍视频，结束了去找你玩？

裴奚若欣然报上地点，和她说了有空见面。

正要摁灭手机屏幕，她却忽然收到一通语音电话。持续亮起的屏幕上，熟悉的头像让她头皮一紧——这是裴母打来的。

这几天，裴奚若跟以往一样四处旅游，无拘无束，都快把已经结婚的事实抛到了脑后。而这通电话，就像是将她拽回现实的一双无情的铁手。

裴奚若做好了被批评一顿的心理准备，才摁下接通键。谁知，电话接通，裴母那边说的却是："若若，在干吗呢？刚才打了你一个电话，你没接。"

听语气，她不像是兴师问罪来的。

裴奚若决定静观其变，慢吞吞地打了个哈欠："啊，我刚才在睡觉呢。"

"都十点多了，还在睡呀，"裴母似是嗔怪道，"在傅家还习惯吧？"

裴奚若愣了下，脑中快速转过弯来。

怎么回事？傅展行居然没把她跑了的事情说出去？

"若若？"

"啊？"裴奚若被短暂地叫回了神，打起精神应付道，"嗯……不是很习惯。"

裴母："怎么了？"

"感觉傅家的人都好高雅，今天看歌剧，明天去酒会，讲的话题，我又听不懂。"她结合了一下那天在回廊中听到的话，胡编乱造。

果然，裴母道："早跟你说平时不要老贪玩，多学点儿东西，现在后悔了吧？幸亏我前几年就给你请老师专门训练，不然吃餐饭怕是都要闹笑话。"

裴奚若很识趣地没有开口狡辩，像是羞愧极了，心里却始终被一个问题萦绕：傅展行竟然这么讲义气？

裴母埋怨了她一会儿，又转向了重点："那，小傅对你怎么样？"

"他呀，"裴奚若下意识地绕着自己的发丝，本想思考一下，却不知怎的脱口道，"挺好的。"

"你别是报喜不报忧？"

裴奚若故意做出娇嗔的模样："怎么会呀，要不我叫他接一下电话，亲口和你讲好了。"

"他在你身边？"

"在呀。"她料定裴母不会要他接电话。

电话那端，裴母似是欲言又止，最后再开口时，声音似喜又忧："好了，若若，好好休息吧。"

这么快就不聊了？裴奚若嘀咕着挂了电话，没几秒，裴母又发了条微信过来。

她一头雾水地点进去。

裴女士：若若，新婚宴尔，起得晚一些可以理解。

裴女士：不要耽误他的公务。

裴母的车轮子已经碾到了脸上，饶是这方面的经验是空白的，裴奚若也听得懂她在讲什么。

她倒不是在意被长辈误会，反正这种事嘛，自己知道没发生就好了。

令人耿耿于怀的是另一点——难道在裴女士眼里，傅展行是那种清心寡欲的正直帝王，而她就是个拨雨撩云的祸国妖妃？

同一天，早晨九点，海市。

这是一家专门服务于高端人士的疗养院，坐落于郊外，一面靠山，一面滨海，景色极佳。

深秋时节，气温低到了三摄氏度。修剪平整的草地上结着霜，人工湖面上泛起一层薄雾。

傅展行自车内下来，沈鸣立即给他送上大衣，并递上东西。

“傅总，疗养院上个月更新了安保系统，这是新的门禁卡和密码。”

傅展行点了下头：“知道了。”而后，他往疗养院的大楼走去。

沈鸣站在原地，并未跟随。

这算是惯例了。饶是陪同傅展行来了几次，沈鸣也从没亲眼看见过那位传闻中斯文儒雅的傅渊先生——他入职的时候，傅渊就已经躺在疗养院了，只有一张傅渊西装革履的照片还留在集团董事会办公室，确实是温文尔雅，一表人才。

因一场意外成了植物人，傅渊在这里一躺就是十二年。身上的肌肉，应该都萎缩了吧，可能干瘪、无力、瘦削，想必，让人看了很感伤。

怪不得每次傅总从这里出来，心情都不太好。

房门无声地开启，傅展行将门禁卡收起，抬脚踏入。

这是傅老爷子钦定的、本院最高规格的一间病房，里边躺着一个被医生判定为植物人状态的傅家前任接班人——傅渊。

不出意外的话，直至停止呼吸，他的余生都将在此度过。他死后最大的贡献，是给这有钱也买不到位置的疗养院空出一张高档床位。

傅展行一身寒霜地走进来，也不知是外头太冷，还是他本身自带的。

他跟查房医生打了个照面，对方拘谨地朝他弯了弯腰，很快退了出去。知道他并不关心这位生父的情况，久而久之，查房医生也缄默了。

一年多没见，病床上的男人，似乎又萎缩了一些。

人在久病中，首先失掉的是精气神，然后外貌也会渐渐改变——面部塌陷，颧骨突出，皮肤干瘪，只剩一具躯体，悄无声息地陷在柔软的被子里。再俊雅光鲜的皮囊，也看不出往日的模样。

傅展行久久地盯着他看，眼底渐渐起了霜，一幕幕往事，走马灯般在眼前回放——哐当碎裂的瓷花瓶，男人拽着女人的头发殴打，女人先是哭，后是狂笑，歇斯底里地抖落真相，随后大门哐的一声被重重摔上，失控的汽车在地面翻滚……

傅展行猛地收回思绪，视线触及腕上的佛珠，才像是终于寻得一点儿清净，渐渐平顺了呼吸。

傅奶奶给他这串佛珠时，告诉他，以后可以常来看看傅渊。

哪天不再囿于往事，他就不用来了。

看来，离这天还很远。

“傅总，”沈鸣觑着傅展行的脸色，小心翼翼地汇报日程安排，随时做好了他一个眼神不对就立刻闭嘴的准备，“中午您和瑞易控股的陈总有个饭局，下午要去视察研发中心，之后……”

虽然说，沈鸣在傅氏集团这么多年，还没见傅总生过气，但上司脾气好，并不代表下属可以在上司心情不好的时候随意蹦跶，这是“二百五”才会干的事。

他正想着，“二百五”就来了。

沈鸣盯着手机屏幕上的一行“裴奚若邀请您语音通话”，感觉有点儿牙疼。

从相亲那会儿起，沈鸣就感觉这位裴小姐不是善茬，后来证明果然如此。她先是自曝有八个前男友，后是送“阴间小猪”画，最后更是过分，新婚之夜居然就这么跑了。这会儿也是，裴小姐早不打晚不打语音电话，偏偏在这个时候打，一开口，肯定又是专门气傅总的话。

他有心截下这通电话，到底还是没敢僭越，奉上傅展行的手机：“傅总，裴小姐的电话。”

傅展行此时心情好不到哪去，投向手机的视线也很冷淡，最终还是接了起来。

“喂。”她的声线难得轻柔，又带了点儿婉转。

傅展行开口：“裴小姐，有何贵干？”

男人的嗓音一如既往地淡，却又像夹杂了些许情绪。

是错觉吗？

电话那端，裴奚若握着手机，一句虚伪的问候卡在了嗓子眼，上也不是，下也不是。

也不知道为什么，平时吧，跟傅展行针锋相对，你来我往，她从没心软过，可一旦感觉到他真的情绪不佳，她就开始心虚了。

新婚之夜，连招呼也不打一个，她就丢下“合作伙伴”跑了，好像确实不太道德……

想到这里，裴奚若放弃了迂回的念头，清了清嗓子道：“傅先生，你在生我的气吗？”

车子缓缓启动，傅展行接过沈鸣递来的文件，听到这句时，略感意外。而后他淡定地翻起了文件：“难得，裴小姐竟然会考虑我的感受。”

这话说得好像两人真的情投意合似的，裴奚若都不知道怎么接话了。然后，她选择了和他一样虚伪，放低姿态道：“当然在乎了，我这不是来道歉了吗？”

“哦？”

“那天晚上，我不应该把你一个人扔在婚房里。”她诚恳道。

傅展行又翻过一页文件：“那裴小姐是打算回来？”

“想回来，也得等身体养好呀。”

“不知裴小姐得的什么病？”

“一种怪病，本来以前都治好了，”她装模作样地叹了口气，“也许是因为那天晚上受了刺激，才复发的吧。”

这是她逃跑夜临时想到的说辞。有个生病的前提，她就可以名正言顺地出国疗养了。而且，病因还在老公和他的青梅身上，真是要多刺激有多刺激。

傅展行不咸不淡道：“裴小姐，我和她只是相识而已。”连朋友都谈不上。

“那傅先生解释得有点儿晚，我已经犯病了。”她病得很霸道。

傅展行将手中的文件丢到一旁，靠向椅背：“裴小姐是在吃醋？”

裴奚若顺着话茬，虚伪地笑：“是啊，我的牙齿都发酸了。”话说完，她就感觉走偏了——她不是来道歉的吗，怎么说着说着，又呛上了。

可杠都已经抬上去了，她总不好半路下场吧，那多没面子。

这么东想西想的，她一时也想不到该怎么继续。

一时间，两人都陷入沉默。裴奚若怀疑他挂了电话，下意识地“喂”了一声。

“嗯？”男人清越的声线。

好吧，还在。

裴奚若清了清嗓子，开始打太极：“总之，等我养好身体，一定很快回去。再说，傅先生公务繁忙，没了我，不是正好清静一点儿吗？”

傅展行没有开腔，在脑海中思量她这番说辞的客观性。

如她所说，两人性格迥异，相处起来，势必有很多摩擦。她走了，给他留一片清静地，似乎是个对彼此都好的选择。

不过……

不等他说话，裴奚若便生怕他给出否定的答案似的，快速接道："那没别的事，我就先挂啦。傅先生，你也要好好照顾自己哦。"

声音透过听筒传来，在他的眼前勾画出她此时的样子——定是倚在哪处，绕着长发，鲜眉亮眼的，捏出一道娇滴滴的嗓音。

傅展行轻哂了下："知道了。"

他将手机放在中央扶手盒上，而后闭目养神。

方才那通电话，沈鸣全程听在耳中，此刻心中升起一股奇异的感觉。

怎么说呢，傅总给人的印象，一直以来都是云淡风轻、不喜不怒的，好似下一秒就要成仙。但和裴小姐相处时，他却落入了凡尘——竟然还会和她抬杠。

要知道，傅总平时寡言少语，哪里跟人斗过这嘴皮子呢。

沈鸣低头看了眼手表，呵，他们居然聊了十三分钟。

打完这通电话，裴奚若的良心得到了极大的安慰。

这间位于马塞纳广场附近的公寓，景观极好，站在阳台，能望见远处起落的白鸽，低头，又仿若跟挨挨挤挤的人潮、鲜红的墙，只有咫尺之隔。

她就这么开始了在尼斯的度假生活，每天睡到自然醒，去各大美术馆、海滨村庄、港口、教堂采风。

当然，她也不忘偶尔跟裴母汇报一下近况。凭夸张丰富的想象力和三寸不烂之舌，裴奚若将自己在傅家的生活描绘得多姿多彩——今天和二伯母去剧院，明天和傅展行看电影，后天又去音乐会……当然了，对音乐会和剧院，她讲完之后，总要哀哀地叹一口气："实在是太无聊了。"

这么符合本性的措辞，果真还瞒过了裴母。

只是，裴奚若没能高兴太久——十二月初，她预备从尼斯离开，去巴黎和艾丽丝会合的时候，忽然接到了傅展行的电话。

"傅先生，你想我啦？"她心血来潮，一上来就演起了"身在国外，挂念老公"的好妻子。

男人却不解风情："裴小姐，明天你父母要过来。"

尼斯这天阳光明媚，裴奚若听到这句话，无异于晴天霹雳。

虽说，她也没觉得能瞒上好几个月，可这才三十多天，她那么卖力地编故事呢，难道只因为一餐饭就要败露了吗？

她眨了眨眼，拐弯抹角地试探："傅先生这么忙，应该没有时间吧？"

他一句话打消了她的念头："我没有拒绝的余地。"

也是。那还能有什么办法呢？

尼斯到平城没有直达的航班，就算她现在买机票赶回去，也来不及了。

裴家虽然宠她，但并不意味着能纵容她的一切所作所为，起码的是非道德、礼仪规矩，她还是得守。新婚之夜逃跑的事，要是裴母深究起来，她一定没好果子吃。

“傅先生啊。”裴奚若东想西想，忽然灵光一现。

“嗯？”傅展行直觉她没什么好话。

“要不就说，按傅家的规矩，新婚妻子不能随便和娘家人见面吧。”

亏她说得出来。

傅展行道：“傅家没有这种规矩。”

裴奚若发愁了：“那你给我想一个？”

这本是随口一说，可说完，连她自己也觉得大有希望，于是，给他吹起“彩虹屁”来：“毕竟傅先生是天之骄子，青年才俊，一定有办法拯救我于这无边的苦海之中的。”

傅展行道：“倒是有一个办法。”

“嗯？”她带着极大的希冀，洗耳恭听。

男人清淡的声线传过来，还真的带上了几分淡定的意味：“苦海无边，回头是岸。”

裴奚若没忍住，翻了个白眼。

最终，她选择了跟裴母坦白。

她当然没有全盘托出，只说自己是跟傅展行过了好一阵甜蜜生活之后，为了寻找灵感才出的国。

裴母心事重重：“若若。”

“怎么啦？”

“你别是受了欺负吧？”

受到谁的欺负？裴奚若眨了眨眼。

“前几次，我上午打你几个电话，你都没接，下午打，却都能接通。”裴母慢慢道，“我就奇怪了，后来一想，是不是因为有时差？”

裴奚若：你才是福尔摩斯转世吧。

“你爸说我瞎想，所以才决定约你们出来吃餐饭。本以为见到你能安心一点儿，哪里知道你还真的去了国外呢。”裴母顿了下，“若若，是不是傅家瞧不起你呀？”

裴奚若怎么也没想到会是这个走向，连忙否认。

“那是小傅他……”

“那更不是了，”裴奚若将声调拉得软绵绵的，一副甜蜜的口吻，“他对我可好了，刚才我们还在打电话呢。”

裴母这下不信道：“对你好，你还出国？”

“他忙嘛，哪有那么多时间陪我，我又不喜欢和他家长辈周旋，只好往外跑了，”裴奚若道，“反正过几天他出差，我们也会在国外见面的。”

她一番话说得合情合理，将小女人的情态拿捏得恰到好处，裴母不由得有了几分松动：“真的？”

“真的呀，他还很支持我的事业，让我尽管在外找灵感呢。”裴奚若边说边想，这番话要是让傅展行听见，怕是要以为她得了妄想症吧。

裴母“哦”了一声，语气听上去只信了八分。

裴奚若也没着急解释——用力过猛，反而会引起怀疑。她跟裴母又说了几句闲话就挂了电话，接着又打给了傅展行。

拨通他的电话之后，裴奚若伸了个懒腰，揉了揉耳骨——这一天，可算是把她好几日的电话都打完了，撒谎可真不是容易的活。

电话通了，她的声音重新热情洋溢起来：“喂，傅先生？我刚才已经主动坦白了，他们明天也不会来找你吃饭了。现在，有件小事，需要你配合一下呀。”

这话说得像是她帮他解决了一个麻烦似的。

“什么事？”

“你看一下微信嘛。”

夜深人静，傅展行正在书房里看一份招股企划，手机开了免提模式，被放在一旁。闻言，他顺手点开聊天页面。

两行字蹦进视野。

裴奚若：老公。

裴奚若：想你想得睡不着。

与此同时，他听见电话里传来她一本正经的指示：“你记得回复一下哦，我要截图秀恩爱。”

[第三章]

抽签

· · ·　　· · ·　　· · ·

BU MAN NI SHUO

据说陌生人抽出来的最准，看来我的大事要成了。

裴奚若走进巴黎歌剧院对面的咖啡馆，一眼便看到了艾丽丝。

女孩穿洛丽塔式蓬蓬裙，头发染成灰色，妆容艳丽，正在和助理翻看着相机里的照片。

两人碰上头，聊了几句，艾丽丝请她一道参谋："帮我选一下照片嘛。"

"好呀。"裴奚若接过，一张张认真翻看起来。

她自恋很有一套，"替别人自恋"的眼光更是不在话下，完美避开了艾丽丝的"缺陷"角度，选出的照片上，艾丽丝显得五官精致小巧。

艾丽丝满意到不行，很快发了微博，立即收获粉丝一大片好评。

"对了，仙仙，明晚你有什么计划？"艾丽丝发完微博，抬头，"没别的事的话，不如和我们一起去看烟火秀吧？"

"当然好了，我正无聊呢。"她的灵感在尼斯用完了，现在大脑里空荡荡的。

"那就这么说定了。结束后，我还有个小派对，到时候介绍朋友给你认识。"

在一众姐妹花里面，裴奚若跟艾丽丝算是比较谈得来的。两人坐在靠窗的角落，很低调，可架不住那全套的拍摄设备起眼，以及她们出众的外形。

客人走进咖啡馆，视线第一时间会被艾丽丝吸引过去，毕竟，即便是在繁华的巴黎街头，穿艳丽洋装的女孩也很少。何况她肤白胜雪，睫毛如蝶翼，像个精致的洋娃娃。

随即，视线移向对面，才知道什么叫惊艳。

裴奚若正在研究点哪款蛋糕，她将册子展开，遮住小半张脸，露出来的双眼，内勾外翘，似是一瞥就能将人勾魂。等她把册子放下，露出妖媚且明艳的五官，便更叫人移不开视线了。

咖啡馆的小风铃响了一声，有人推门而出。

裴奚若抬头，往那边瞥去一眼，只看到一个男人的背影，清瘦，高挑。身旁跟着一名秘书模样的人。两人走过咖啡店前的玻璃窗，很快消失不见。

想多了吗？她总感觉那人刚才在盯着她看。

"沈总，刚才沈惜小姐打电话过来，说她向您道歉，邀请您去她那里吃晚餐。"助理边走边汇报，小心地觑着沈郁的脸色。

他原本是欧洲分部的，被指派过来跟在沈郁身边不久，对这位阴晴不定的沈总，可谓捉摸不透——就拿刚才来说，这位沈总明明才进咖啡馆，却又一言不发地马上出来了。

"和她说我会去。"对于沈惜的服软，沈郁似是早有预料，语气淡淡。

"好的。"

沈郁回忆着方才见到的那张脸，似是生起了闲谈的心思："刘助理，你信不信缘分？"他问问题，是需要听到明确答案的，不然就会不高兴。

刘助理心一横："信。"

"是吗。"

"是的，"刘助理小心地擦汗，试探着聊下去，"沈总刚才是碰见了什么人吗？"

沈郁不答，勾了勾嘴角。

他似是沉浸在了自己的世界中，没有再开口，一路上眼里都含着笑意，往沈惜的住处走去了。

路过花店，他还买了一束她最喜欢的铃兰。

巴黎的夜风很大，可人们挤在河畔，像不怕冷似的，到处都是兴奋又期待的交谈声。

烟火秀尚未开始，裴奚若打开微信，又开始骚扰傅展行。

她的伪装恩爱计划进行得很顺利，靠着一张张聊天记录截图，终于让裴母安心。这会儿，她心血来潮，拍了张夜空照发给傅展行：老公，在干吗呀？

迟迟得不到回复，她也不虚：还在忙吗？你要注意多休息，不要累坏身体哦。

发完，她像完成任务，将手机一丢，便投入狂欢的人群中。

夜空被城市的灯光映得光怪陆离，盛大灿烂的烟火又让灯光黯然失色，耳畔人声嘈杂，反而成了一种混沌的安静，抬头仰望，只感觉美不胜收，心潮澎湃。

烟火秀结束后，众人的心情还处于震撼中，到派对开始时，气氛更是热闹非常。露台上横放着好几张沙发，音响中放着一首劲歌，有人喝得高兴了，踩上沙发起舞。

裴奚若从舞池里跳回来，身上都出了汗，被夜风一吹，十分畅快。

散场之后，她收到艾丽丝发来的视频，拍的是她看烟火秀时的视频。她道了声谢，欣赏了一遍，上传到微博和朋友圈。

比起众多美妆博主，她算是营业得最不走心的一个，照片从来是想发就发，可架不住人长得美，一发出去，评论纷纷涌来。

"美女！"

"说起来，仙仙到底是干什么的啊？怎么微博里什么广告也没有，作为一个网红不卖货、不搞直播，像话吗？仙仙，你这样不赚钱的，知道吗！"

"楼上的事业粉笑死人了，仙仙不用赚钱啦，她家很有钱。"

裴奚若家里很有钱，倒不是她自己抖出去的。

起因是去年有个博主，专门扒网上的假白富美，挂出来公开“处刑”。吃瓜网友看得意犹未尽，不知是谁提名裴奚若，博主摩拳擦掌，仔细一扒，好吧，扒到个真的。

在大名鼎鼎的裴氏地产的公开信息中，裴奚若的名字赫然在股东一列。那次之后，她又涨了一大堆慕名而来的粉丝。

裴奚若扫完这些评论，最在意的不是夸她美的，也不是说她有钱的那些，而是问她什么职业的这条——

她当然是有职业的，还是业内小有名气的版画家呢。可是，“我是版画家”这句话发出去，未免有自吹自擂的嫌疑——哪个艺术家会自称艺术家呢，她只能低调地等着被人发现了。

与此同时，平城。

巴黎已快过十二点，平城的天色才刚刚亮。

傅展行通宵工作后，拿起手机便看到了裴奚若的新消息。他刚想回复，忽而看见她的头像跳了下，换了一张新的。

漫天绚烂的烟火下，女人红唇弯起，笑得比烟火还灿烂，暖光打在她的脸上，将妖气衬得更盛。

名片页面，可以点进朋友圈。傅展行平时极少有闲心看这些，但这会儿也不知是顺手，还是别的什么原因，他点进去，刷到了她的最新动态。

一段十五秒的视频，背景是夜空和盛大的烟火秀，她在这片璀璨中回过头来，举起香槟，笑意飞扬：“自由万岁！”

自由万岁？

傅展行重播了一遍，而后退出她的朋友圈，视线落在那句“不要累坏身体哦”上，轻轻嗤笑了一声：裴小姐，身体好了？

安静如鸡。唯有这四个字，能形容裴奚若此刻的状态。

她怎么也没想到，这位日理万机的便宜老公，居然有空光顾她的朋友圈，还发来带着嘲讽意味的一句话。

也怪她，玩过了头，居然忘了把他屏蔽。

事已至此，要她承认是不可能的。

裴奚若正想删了动态来个“毁尸灭迹”，还没行动，聊天页面却又跳出一条消息：我猜，裴小姐现在一定想将它删了。

她吓了一跳，环顾四周，想看看他是不是在某处装了监控。

她没找到，倒是发现窗户没关严。巴黎十二月的冷风，嗖嗖地往温暖如春的卧室内灌，怪不得她刚才收到消息时，汗毛都有点儿立起来了。

关上窗，她裹紧浴袍，温度有所回暖，心里也跟着有底气起来。

怕什么？隔着屏幕，有本事，他就来把她抓回去啊。

裴奚若蜷在沙发上，开始了今日份的假惺惺：怎么会，我就是发给傅先生看的呀。

傅展行道：哦？

她一本正经：经过一个多月的疗养，我最近精神满满，已经能参加聚会了。

傅展行道：是吗？

凭着这么多次跟他交锋后得到的直觉，裴奚若觉得，傅展行的答案一定不止两个字这么简单。

果然，下一秒，她就看到他不紧不慢地接了句：我还以为，裴小姐是打算在国外待上两年，回国恰好离婚。

他怎么就猜到了呢？真是好聪明。

她扯出一个笑来：傅先生想多了，我怎么会这么无耻呀？

他不跟她讨论这答案过于明显的问题，道：我有认识的医生，专治疑难杂症，可以过来给裴小姐看看。

裴奚若的笑凝固在嘴角。

其实，她觉得自己装病这事，傅展行从一开始就是知道的。只不过，这男人性格冷淡，公务繁忙，不在意身边多她一个、少她一个罢了。毕竟，两人又不是真夫妻。

只是，她不知道，他为什么突然计较起来啊。

她萌生出一个猜测，问道：傅先生今天心情不好吗？

傅展行道：嗯？

裴奚若有理有据：不然，好端端的，干吗来找我的碴呀。

傅展行看了眼屏幕，没有回复。

前阵子，几个朋友聚会，不少人都带了女伴。结束之后，他跟随叙还有些公事要谈，便找了个地方闲坐。

临近尾声，随叙似有所感叹："我总觉得，你是把性子磨得过了头，连起码的春心都不动了。裴小姐那么漂亮，你就一点儿感觉都没有？"

傅展行语调平淡："她漂亮，我就要有感觉？"

"问题是不漂亮的，你也没感觉啊。要是觉得裴小姐太妖艳，清纯系的也有一大把，你动过心吗？"

傅展行转了下腕间的佛珠，难得沉默。他青春期的躁动，全部放在了对傅渊的叛逆上，确实没体会过动心的滋味。

何况傅渊和宋觅柔这对“伉俪”，早已让他明白，媒体口中的“天造地设的爱情”，不过是一件包裹着阴暗、肮脏的光鲜外衣。

对于女孩的示好，他本能地排斥。所有过剩的精力，都被他放在学业上。旁人望而却步的难题，他见了，反而兴奋。他解出一道题，掌控感就会更强。

这种掌控感填进少年的骨子里，让他觉得，有朝一日，自己有了力量，一定能将宋觅柔从傅渊的手中解救出来。

就这样，他一直长到十四岁。

宋觅柔揭穿真相的那天，他就站在楼梯上，看着一室狼藉，有种被命运开了个天大玩笑的愤怒。原来，她不是受害者，傅渊更不是。他们只是互相折磨，把他当成向对方捅刀的工具。

后来的变故更是始料未及，傅渊发生车祸，宋觅柔离开，一切纠葛还来不及爆发，便突兀地收场。

傅家忙于挽救动荡的股价，一时半会儿，没人顾得上他。等傅二伯察觉到时，他性格里的叛逆因子已经疯长，变得越来越冷漠暴躁，难以沟通。

后来，是傅奶奶将他带回了正确的路。如今每逢傅奶奶的忌日，他都会去墓地看她。公墓在远郊一座山上，寺庙旁，风景很好。他祭拜完，也会去和住持聊上几句，虚度小半日光阴。

如傅奶奶所愿，他已经去掉了性格里不稳定的因素，越来越平和。

随叙刚认识傅展行时，并不知道他的过去，还暗暗惊叹这人竟然这样沉稳、淡定，一点儿都不像二十来岁的毛头小子。后来了解到一些内情，随叙才渐渐理解。

不过，他总觉得，傅展行是“沉”过了头，把七情六欲也给灭了，这样也不好。于是，他这会儿又建议道：“既然你们都结婚了，要不就处处看？机场那次见面，我看裴小姐不错啊，好像挺喜欢你的。”

傅展行淡淡地道：“那是她装的。”

“装的？”随叙惊讶了下，不过很快就回味过来，“装的就更有意思了。阿行，你这样的，就适合找个花招多的。”

是吗？暂且不论爱情于他而言有没有吸引力，对于裴奚若，傅展行原先只将她当成合作伙伴。

他在谈判时说的话并非虚假，为了表现自己的诚意，自己会尽可能地满足她的要求——那会儿，他以为她会要一些物质方面的东西，这对他而言，完全是小事。不料，她戏瘾很重，天天拉着他演戏，倒是比物质需求更难应付。

就在这时，裴奚若发了个问号过来：傅先生，你睡着了吗？

傅展行收回思绪，回答了她上一句话：哪里，我只是关心你。

裴奚若呵呵一笑：傅先生果然是迷上我了，要不这样，再等两个月，两个月以后，我就回来，保证天天在你眼前晃，晃到你眼睛疼。

她暗示她回国以后，会给他带来精神污染。

傅展行却不介意般：裴小姐说话算话？

裴奚若道：耍赖是狗。

这句誓言，不痛不痒，跟没发誓毫无区别。

傅展行扫了一眼，倒也没让她重新发一遍。

其实，他今日找她，并没想让她回来——跟随叙说的一样，他用了太大力气磨平了自己的暴躁，压抑了自己的痛苦，连带着把感情这种虚无的东西，也一起灭掉了，要再复苏，很难。

何况，只要他跟裴家的合作还在，裴奚若回不回国，意义并不大。

他只是难得碰到了对手，给乏善可陈的日子增加了一些鲜活、生动。

裴奚若近来很是低调了一阵子，公开的社交平台没再更新，朋友圈分组可见，连不熟的人的消息都不回了，生怕傅展行哪天又抽风，要她回国。

一月，巴黎初雪来临，静静地从灰白色的天空落下来，飘过哥特式建筑的塔尖。

今日，勒隆画廊将有一批最新藏品展出。这间画廊向来以展出国际知名艺术家的作品为特色，风格包罗万象。

这次的展品很符合裴奚若的审美，她一路沿长廊欣赏，时不时拍照留念，忽然看见前方有个女人微微仰头，望着眼前的画。女人的侧颜很是柔美，大概是看得专注，如鸦羽的睫毛仿佛凝固了，一点儿也没颤动——不像个观赏者，倒像已经变成了画中人。

裴奚若下意识地朝画看去，画上是一只秀美的花瓶，被藤蔓紧紧缠绕，有人拿锤子想将它敲碎，藤蔓便仿佛更紧地保护它，将它勒出丁点儿裂纹。

画面张力极强，看着就像要窒息了一样。裴奚若瞥见落款，是个荷兰画家，这画的名字翻译过来，叫作《爱意》。

比起这画廊中的其他作品，它要表达的意思倒是直白。

她正想着，那女人回过头来，神色微微惊讶：“裴奚若？”声音像三月的春风，轻轻柔柔的。

裴奚若很快道：“是呀。你是？”

“沈惜。”

沈惜？裴奚若想起来了。

申城沈家的女儿，跟林菲儿算是远房亲戚，不过，两人关系不太好，沈惜一贯独来独往，也很少参加名媛的聚会。

前几个月的那场晚宴，林菲儿在背后嚼舌根，提到沈惜被第三者带着私生子找上门来，所以跟丈夫离了婚，境遇很惨。

“你一个人来的吗？”沈惜问。

裴奚若点了点头。

“要不，一起逛逛？”沈惜轻声征询她的意见。

“好呀。”

说是一起逛，可沈惜的脚步却停留在原地。裴奚若顺着她的目光看去，不由得问道：“你很喜欢这幅画？”

沈惜似是被叫回了神，轻轻摇头：“不喜欢。”

她却没再说其他。

她给人的感觉和董凡伊有点儿像，都是柔弱的美人，不同的是，董凡伊是因为生病，她却像是生来如此，一颦一笑，楚楚动人。

裴奚若和沈惜在申城时，只是点头之交，不过，对彼此的印象都还不错。今天，她们边逛边聊，发现有不少相同爱好，便更投缘。

逛完展，沈惜邀她一起吃餐饭。

两人选了市中心一家坐落于花园中的法式餐厅。夜色降临，雪花在窗外旋转下落，烛火顽皮地跳跃，银质餐具散发着柔和的光。

点完餐，沈惜去了洗手间，好一会儿没有回来。

裴奚若玩了一会儿手机，忽而察觉眼前光线一暗，抬眼看去，有位西装革履的男子在对面落座。他有双细长、阴柔的眼睛，望向她时，含着一抹笑意：“裴小姐，你好。”

这男人出现得莫名其妙，再配上这过分轻柔的语调，不显得亲切，倒更像是不怀好意了。

裴奚若放下手机：“这位先生，你好像坐错地方了。”

“原先坐在这里的人不姓沈？”他就这么堂而皇之地占了沈惜的座位。

“姓沈，不过是个女人呀。莫非你也是？”她看他一眼，目光隐含调侃。

“裴小姐的玩笑，让人不知道怎么接啊，”男人笑了下，终于道，“沈惜是我妹妹。”

裴奚若瞄他一眼，并未打消警惕：“是吗？怎么称呼？”

“沈郁。”

他自报家门倒是爽快。

裴奚若直截了当地问：“沈先生找我有事？”

“裴小姐不用警惕，我让沈惜约你出来，没有别的意思。”

“哦，纯吃饭？”

“不错。”

说话间，有侍者陆续上菜，白色桌布上，摆着渍鲜蘑菇、冷萃汤、酸橘汁腌鱼，色泽诱人。

裴奚若好想叹气——逛了一下午，她早就饿了，本以为能跟沈惜打卡这家新摘星的法式餐厅，哪知却是一场鸿门宴。

她打起精神应付着他。

“裴小姐，你不用这么警惕。我不会在菜里下药。”沈郁似是看出了她在想什么。

“那谁知道？”他都让沈惜把她骗来这里了，还有什么事干不出来。

沈郁一副无奈的样子：“别误会，我只是想和你交个朋友。”

来搭讪的啊。

裴奚若瞄瞄他，还未开口，便听他慢慢道：“半个月前，裴小姐是不是在歌剧院对面的咖啡馆？”

裴奚若轻轻眯了下眼：“是啊。”她还记得，自己和艾丽丝坐在窗边，察觉到了一道视线。

“那时，我对裴小姐一见钟情了。”

“你们这样的人，一见钟情都很轻易。”裴奚若不以为意。

男人长得很俊，甚至可以说俊得过了头，反而显得阴柔了。再温和的话语从他口中说出来，也像带了一抹轻挑的邪气。

沈郁察觉到她的排斥，一笑：“看来是我今天有些唐突了，抱歉。不过，裴小姐应该不常住巴黎，所以就算我想让你慢慢了解，时间也不允许。”

这话倒是有几分可信度，像个痴情的浪子会说的。

裴奚若也跟着笑了一下：“沈先生说得我好感动，要是没结婚，一定和你交个朋友。”

“结婚了，就不能做朋友？”他反问了这一句，仿若他口中的“朋友”，真的像普通朋友那么单纯。

两人对视一眼，眼眸映着烛火，似是心照不宣。

裴奚若弯了下唇，随手拿过餐桌上的便笺，压在掌心，写了些什么。

“既然是普通朋友，那当然可以了。”她用便笺折成一只千纸鹤，起身时，轻轻放在他的桌沿，“你以后可以到这个地址来找我。”

女人款款地离开，沈郁脸上的暧昧之色也随之淡去。

早就听闻傅展行娶的这位太太，情史颇丰，不安于室，他今日只是随意试探，要是失败，还有其他手段。只是，他没想到，她会这么容易上钩。怕是他不出手，她迟早也会给傅展行戴绿帽子。

沈郁嘴角挑起一个讥讽的笑，慢条斯理地拆开手中的千纸鹤。

而后，他神色一凝。纸上写的根本不是地址，而是一幅简笔画，总共就两个主角——天上飞了一只白天鹅，地上趴着一只灰不溜秋的癞蛤蟆。

画工潦草，却传神地点出主题：癞蛤蟆想吃天鹅肉。

不知何时，外头的风雪更大了。

裴奚若拦了辆的士，报了公寓地址，靠到椅背上，才略舒一口气。

透过车窗的防窥膜看出去，天色黑得浓郁。路旁尖顶建筑物上，积起薄薄一层雪。

她想起两人在餐厅坐下时，沈惜说的话。

“裴小姐，其实，今天，我是有意接近你的。

“有人想见你一面，要我帮忙。我有把柄在他手上，没办法拒绝，抱歉。”

裴奚若没想到，自己竟然会被这样摆一道，还没来得及生气，沈惜便压低嗓音，飞快地丢下一句话：“他这个人，向来不达目的不罢休，要是可以，你尽早离开巴黎。”

除了这些话，别的，沈惜一个字也没有讲。她像是多留一秒都害怕被发现似的，匆匆离开了。

裴奚若越想越蹊跷，拿出手机，想打电话问一问沈惜需不需要帮忙。她这才想起，沈惜连联系方式都没给她留。

这夜的雪，让路况变得有些糟糕。

长龙一般的车队，雪色下，意外地显得好看。一路走走停停，直到看厌了前方的红色刹车灯，她终于到达下榻的酒店。

零下几摄氏度的雪天，羊绒大衣已经不扛冻，裴奚若牙齿打着战，小跑几步，到了酒店门廊。她抖落身上的雪花，刚要迈步，忽而听见身后有脚步声。

男人穿一身黑色大衣，在夜色中拾级而上。有小雪飘落在他的头发上，又被风吹开，视线跟着往下，映入眼帘的，是一张冷淡清俊的脸。

他身后跟着好几个助理模样的人，有人低声汇报，他侧耳听，目光无意识地扫过这边，没有停留。有人递来一份文件，男人抬手接过，展开来看。

裴奚若脚步蓦地顿住，微微睁大了眼。她看见男人的手腕上戴了一串深棕色佛珠。

傅展行？可他怎么看见她一点儿反应都没有？

裴奚若犹疑不定，正要再看一眼，不料身后突然有什么东西一下撞上了她的腰。

伴随着一声女人的惊叫，裴奚若只觉得一下子失去重心，整个人被推着往前一扑，就这么不偏不倚地撞进了那男人的怀里。

男人抬手护了她一下。动作太过自然流畅，以至于面对那男人身后几人的目光时，裴奚若也有点儿无地自容的感觉。

她连忙站直，抬眼。

男人松开手，低声道："小心。"他的音色听起来很是陌生。

裴奚若微怔了下。

"对不起！"有个法国女人连忙赶过来，带着身旁那乱跑的小男孩一道弯腰，小男孩低着头，十分羞愧地说，"我真的很抱歉。"

"没关系。"裴奚若不懂法语，也知道这是在道歉。

小男孩低着头，这下，她看清楚他这颗实心球一般的脑袋了，在心里暗暗抽气——这一下撞在腰上的话，她的腰真要废了。

两人走了之后，裴奚若向眼前的男人道谢。只是不知为什么，她越看，越觉得他有种熟悉感——身高差不多，气质类似，连佛珠也同样戴在左手。

巧合？双胞胎？还是一个人？

要不要试探性地问一句？

裴奚若这边脑内天人交战，殊不知，傅展行也在看她。方才两人视线对上，裴奚若毫无反应，他以为，她是想装作不认识，便也未急着开口。

这会儿，他却发现，她似乎是真的认不出他。

"这位小姐，"傅展行温声开口，"伤到哪里了？"

"我没事。"他用这么温柔的语气跟女人说话，就更不像傅展行了，而且，以那"和尚"的性子，有女人扑过来，只会淡定地走开，生怕被玷污清白吧。

裴奚若心中的天平歪斜了寸许，却还是忍不住偷偷打量他。谁知，男人的目光却很敏锐，准确地捕捉到了她的视线，抛来一个略带疑问的眼神。

裴奚若只好说："你和我认识的一个人有点儿像。"

"哦？"

"他也戴佛珠。"裴奚若越想越觉得巧。

"这个？"傅展行的视线随她的瞥向自己的手腕，拨了下，"戴着玩的。"

是吗。傅展行应该不是戴着玩的吧，印象中，他只取下过一次。

就在这时，一个秘书模样的人走上前来，跟他低声说了句什么。风雪声太大，裴奚若听不清内容，但看那秘书，金发碧眼，鼻梁高挺，身材高挑，总不会是沈鸣。

就算沈鸣烫头、染发、戴美瞳，那身高呢？他的腿可没这么长。

至此，裴奚若心中的天平终于有一边倾斜下去，彻底打消了疑虑。

恰巧秘书的汇报告一段落，那男人也朝她看过来。

咕……裴奚若的肚子却十分突兀地叫了声，气氛瞬间尴尬。

裴奚若完美地保持着笑容，秉持着“只要我不尴尬，尴尬的就是他们”的理念，跟他们道别。男人很有修养，并未流露出一丝嘲笑的意思，反而问她要不要一道去用餐。

今天是怎么了，她的桃花竞相开放。

裴奚若可不想再遇到莫名其妙的男人，便搬出已婚的身份来：“不好意思呀，我老公占有欲比较强，不让我和别的男人单独吃饭，如果被他发现，后果很严重的。”

男人眸色淡淡：“是吗。那他让你一个人来酒店？”

“他没时间呀。”裴奚若娇嗔道。

“生意人？”

她随口胡诌：“不，他是佛学大师呢。每天要给数不清的人讲课，还要打坐参禅，抄写佛经，很忙的。”

“……”

到了深夜，这场雪依旧没有收敛的意思。

雪粒夹杂在风里，打着卷儿，纷纷扬扬地飞过街道。人坐在屋中，隔着一道玻璃看出去，像看一个水晶球。

沈惜静静地坐在窗前，手肘压着一本书。空气有点儿闷，她将窗推开了一些。雪花立刻卷进来，空气里渐渐漫开一股风雪的凉意。

这时，大门嘀的一声，忽然打开、落锁。

她不用回头，也知道是谁。刚才刮进窗户的风雪好应景，像是为他的到来做铺垫。

“沈先生。”她还是回了下头，嘴角跟着轻轻提起来。

沈郁未答，迈步走至窗边，视线落在窗外，话却是对她说的：“怎么不开灯？”他的语气柔和，像情人的体贴关切。

沈惜也后悔没开灯。此刻，只能借着路灯洒进来的光打量他。橘色调的暖光照在男人的面容上，无端有种温柔在里面。

他有双细长、阴柔的眼，即使不笑，也带着几分温柔，脾气很好似的。

“刚才看书困了，想睡一觉，灯光太亮就关了。”她手边确实有一本摊开的书，身上也披着薄毯。

沈郁终于转过头来，视线落在她的脸上，那目光又深又冷，带着审视的意味，似是要瞧出什么端倪。

沈惜下意识地蜷起了手指，只觉得空气里慢慢布满凉意。思绪乱糟糟时，她却听他轻声笑了笑：“紧张什么？只要不是坐在这里看男人，看书、看景，有什么差别。”

寂静的雪夜里，他的声音很轻、很柔，沈惜却完全无法放松。他的态度越温柔，她脑海中不祥的预感就越强烈。

“不早了。要是困，就去睡吧。”沈郁又道。

沈惜拿开身上的毯子，一只脚踩在地面上，顿了下，又慢慢地抬头看他。男人身形本就高挑，此刻低垂着视线，像是高高在上地等她自投罗网。

明知他等的就是这句话，偏偏，沈惜无法闭口不提：“沈先生，今晚的事怎么样了？”她没法忽略对这件事的在意，是她把人带去了餐厅，如果有什么后果……

“这样才对，坦诚点儿不好吗，”沈郁似是得到了满意的答案，抬手拂开她的发丝，这才告诉她，“很顺利。”

沈惜蓦地一惊，手指无意识地颤了下。下一秒，男人的手覆上了她的手，将它牢牢牵住，似是觉得她指尖太凉，他关上了窗。

“骗你的。”

沈惜心下一松，面上还是没有露出端倪：“是吗？”

“只怕她很快就会离开巴黎，”沈郁笑了声，“要真是这样，那么这位裴小姐的警惕性可真高。”

听见“离开巴黎”那句时，沈惜就知道瞒不过去了。

平常人当然不会因为遇到男人搭讪，就离开这个地方。如果裴奚若很快走了，就很容易让人怀疑，是她透露了沈郁具有危险性。

她闭了闭眼：“是我让她走的。”

“哦？”是惊讶的语气，沈惜却知道他并不觉得意外。

明明知道是一场猫捉老鼠的游戏，她却不得不配合，紧紧地咬了下嘴唇，又慢慢松开：“沈先生没有考虑过我的感受。”

沈郁打量着她，静默不语。

“我不想看见你和别的女人在一起。”她的声音带了些许颤抖。

“我不会碰她。”沈郁神色漠然。

沈惜轻轻摇了摇头，似是在说“那也不行”。

一室安静，空气像凝住了一般，偶尔被外头的汽车鸣笛声打碎。

男人绕至背后，微微弯腰，吐息在她的颈侧，声线带了一抹嘲讽：“沈惜，你的演技还要进步。”

沈惜莫名觉得嗓子发干。她闭了闭眼，想起年少时的沈郁。

那时候，他虽然想法让人难懂，却没有这样阴晴不定，说出的话，也不需要她仔细揣摩后才能回答。

什么时候开始变了呢？

她离了婚，出了国，遇到他的时候，虽然不免尴尬，更多的却是欣喜。不承想，她一步步落入了他的陷阱。

“沈惜。”

她出神间，发丝忽然被他挑起一缕把玩。

沈惜轻轻出声：“嗯？”

他的气息似织成了天罗地网，将她笼罩。

“等我将傅氏收入囊中，你失去的，我会一一帮你拿回来。你现在什么都别做，不然，我没法保证你弟弟安然无恙。”

听着前一句，沈惜尚能保持平静，到后一句，却是猛地收紧手指，脱口道：“疯子！”

“是啊，”沈郁倒像是得了盛赞般笑起来，“我倒是后悔没早一点儿让你看清我是个疯子，任你踩着我的底线，嫁给了那个姓赵的。”

即便没有沈郁这段插曲，裴奚若也没打算在巴黎多待。

次日，她便从机场飞去了意大利。

恰逢简星然在罗马出公差，两人一道考察了几家酒店，闲时一聊天，对比明显。

“没天理，不都说一入豪门深似海吗，”简星然妒意深深，“你这都快上天了，傅家都不管？”

裴奚若笑眯眯的：“不管。”

傅家那边，只有二伯母找她闲聊，其他亲戚，根本没指手画脚的资格。

“也就是你们没感情，你才这么放心，”简星然忽然想起什么，“你不知道傅九有多抢手，以前还有女人打探到他住的酒店房号，想办法混进去，故意躺在床上等他回来呢。”

简星然带来的是陈年八卦，裴奚若听着却觉得新鲜：“后来呢？”

“被保镖扔出门，合作也取消了。”

哇，好不留情面。

裴奚若赞叹之余，又觉得在情理之中：“因为他不近女色吧。”

就拿董凡伊来说，那么柔弱的一个美人，和他一起长大，他却视而不见，真可以说是郎心似铁。

“这样的人倒是少见，”简星然顿了下，目光忽然落在桌角，“这是什么？”

那是一盒包装精致华丽的纸牌，盒面图案充满异域风情，牌面也可圈可点，可以当作艺术品反复鉴赏。

“一种算命的卡牌，前几天在一个村子里买的，很有意思。”裴奚若来了兴致，将盒子拿过来，“要不要给你算一下？”

“免了，免了，”简星然道，“你还是给自己算算吧，不是说过了二月就得回国了？”

裴奚若一秒钟蔫掉：“哪壶不开提哪壶。”

不过，她并没兑现诺言的打算。她早已打好腹稿，准备再耍赖一次。

其间，老钱联系过她一次。说是平城有家美术馆，将要举办一期青年艺术家推介展，规格比较高，机会难得，邀她送一幅画过去。

裴奚若让简星然帮了个忙，将她去年最满意的一幅版画送了过去，还叮嘱老钱，务必帮她拍一张展览照。

转眼二月即将走到尾声，傅展行那边，像是忘了和她的约定，没再催她回国。裴奚若求之不得，每天睡前都要拜一拜“卡牌之神”，祈祷傅展行不要找上门来。

可惜，这西方的神灵不太管用。三月第一天，傅展行的电话，就像瘟神一样飘来了。

“裴小姐，两个月已经过了。”他开门见山。

有阵子没联系，冷不丁听到这男人的声音，裴奚若还有些不适应。她呵呵笑道：“傅先生，你好准时。”

原来他压根没忘，掐的正是三月第一天这个点，多半是看穿了她会一直拖延。

对于这句算不上称赞的话，傅展行并未搭理：“不知道裴小姐打算哪天回来？”

“很快，很快。”她开始打太极。

他不吃这套：“裴小姐还是说个时间，沈鸣好提前买机票。”

“一张机票而已，我还是买得起的，就不麻烦傅先生了。”她客气道。

他直白道：“裴小姐难道想耍赖？”

几个月不见，这男人的读心术越发长进了。裴奚若干笑：“怎么会呢，只是这里风景太好，我灵感大发，想多画几幅作品而已。”这也算是实话，她的确沉迷于绘画。

男人轻轻应了声，似是赞许：“看来，裴小姐很有艺术追求。”

“是啊。傅先生一定可以理解吧？”说完这句，不等他回答，裴奚若就将手机拿远，佯装信号不好的样子，“喂喂”几声，就这样把电话挂了。

方法是过分了点儿，但她本来也不是什么正人君子啊。

裴奚若会耍赖，可以说在傅展行的意料之中。

他倒也没催她。说白了，他想要她回国，连自己也不甚清楚原因，而跟傅氏那群老狐狸的交锋，却显而易见地更有乐趣。

这小半年，傅展行已将沈郁留下的羽翼剪得七七八八。

他有一副温和清冷的外表，任谁看了都要夸一声君子如玉，内里却年轻好胜，手段果决，不到半年，便坐稳了太子爷之位。

对于这位傅氏集团的年轻主人，高层早已分为两派，八百年前就斗得死去活来，到如今尘埃落定，败者已掀不起什么大浪。其间，倒是有人自恃长辈身份，想过过嘴瘾，数次刁难。

谁知，傅展行一改往日给人留下的佛系形象，直接用对方在股市内幕交易牟利的证据，将人送进了监狱。这番举动，堪称杀鸡儆猴。一时间，原本有二心的人也收起了狐狸尾巴，拐弯抹角地向他示好。

傅展行倒也没赶尽杀绝，一面提防着他们的动静，一面留意适合他们职位的更好的人选。

这本来是个权宜之计，却让人以为傅展行有容人之量，连带着忽略了他和沈郁的争斗，感叹两人毕竟是表兄弟，说不定，以后会相安无事地收场。

这猜测，同样传入沈郁的耳中。

他笑笑，晃着杯里的酒：“相安无事？说这话的人，怕是个蠢货。”

恰恰是因为血缘，他们之间才只能是成王败寇。

自从那天裴奚若挂了傅展行的电话，他连续几天都毫无动静。

她还没来得及高兴，催她回家的人便成了裴母，连二伯母也旁敲侧击，问她是不是跟傅展行的感情出了问题。两人你方唱罢我登场，就跟说好了一样。

起先，裴奚若倒还没有起疑。后来，老钱的一个电话，让她找到了其中的某种关联。

“裴小姐，之前那幅画，美术馆那边又说不要了。”

裴奚若虽在业内小有名气，可毕竟还年轻，以前也有过临时取消合作的事，老钱顶多在微信上和她发两句牢骚，骂两句合作方。这次，他却连越洋电话都打来了。

裴奚若有些奇怪：“说了理由吗？”

“官方给的理由是展位没安排过来。”老钱停顿了下，还有后话，“之后我问了美术馆一个熟人，人家好不容易透露跟我说，你的展位是被人给抢了。”

“谁抢的啊？”

“知道这个有意义吗？对方背景挺大的。”

“当然有意义了。”裴奚若道。

她平时低调，不爱拿家世显摆，连老钱也不知道她的背景。但人家都抢她的展位了，她不打回去，还当她是纸糊的呢。

老钱只好说：“画家的真名，我不知道，画给你拍下来了，说是平城傅家的人。”

傅家的人？

裴奚若点开微信，果然看到老钱发来的画。看小图时，她还不觉得有什么，放大一看，她的目光顿时凝滞。

耳边，传来老钱的声音：“别跟我说你不知道平城傅家，就是那个一家子都很厉害的名门啊，不是‘付出’的‘付’那家，而是‘太傅’的‘傅’那家……”

裴奚若冷声笑了笑。“傅”字啊，她可太知道了，不就是她那个便宜老公的“傅”吗？

屏幕中那幅油画，暗蓝色天幕作底，绘着云烟、雾气，托出一轮明月。

裴奚若记不住人脸，却记得住画。正是新婚之夜，董凡伊送给傅展行的那幅，何况画面下边，有一个字迹浅淡的签名——“Yvonne”。

伊凡。

这让人想自我说服都难。

这男人是在用青梅竹马的画作，打原配妻子的脸啊。

裴奚若磨了磨牙，还没来得及找傅展行理论，房间的门铃却忽然被人摁响。是酒店一名侍者，将一个信封交给了她。

裴奚若打开信封，从里头倒出一张伦敦飞往平城的机票，日期恰好在明天。这就奇怪了，他怎么知道自己最近在伦敦，像是掐准了时间在此时送达一样。

裴奚若面色凝重，刹那间，什么都明白了。这一环环，根本就是傅展行故意安排的。

上次通话，他是怎么说的？

“看来，裴小姐很有艺术追求。”

当时她听了没太在意，这会儿，才品出其中的深意——她为了“艺术”迟迟不回国，他就抢她的展位，逼迫她低头。

这男人，真是好一副“顺我者昌，逆我者亡”的霸道总裁的派头啊。说不定，连裴母和二伯母突然频繁起来的催促，都是他的手笔呢。

裴奚若瞄了眼机票，再度冷哼。

本来就没感情，又被他摆了一道，不离婚，留着过年吗？

次日，伦敦一改“雾都”一贯的天气，竟难得是个晴日。

即将跟狗男人正面对决，裴奚若反而平静，走出酒店时，摸出一副墨镜戴上，宛如即将上谈判场的女王。

傅展行很是大方，她回国乘坐的是著名豪华航班的头等舱。

起飞之后，她便将座椅调成平板床，正要躺下，却瞄见邻座是个容貌清俊的男人。

头等舱座椅之间相隔一条不宽不窄的走道，两边的隔板很高，裴奚若也没心思偷窥，兀自躺了下去。

她本想找部影片打发时间，后来一想，还是拿出了那盒卡牌。她将牌面朝下，摊开，默念着问题，而后抽了一张。

她看了一眼，顿时噎住。答案直白得连她这个入行不久的人都解得出来——手执镰刀的黑衣骷髅，相当于人们常说的“下下签”。

难道离婚的事不会顺利？

裴奚若不信这个邪，重摆牌阵，想着同样的问题，又抽了一张。

这次是个山羊头的恶鬼，在流传的古老文化中，依旧是不吉的象征。

裴奚若深吸一口气，默念“事不过三”，又抽了一张。

她在这边摆牌阵摆得全情投入，殊不知自己测算的对象恰好在旁边的座位。

前几天，傅展行到伦敦巡视旗下企业，得知裴奚若也在伦敦，便让沈鸣送了张机票过去。

机票不过是随手一送，意在提醒，他不认为她会来。所以，在这一刻见到她，才叫他意外。

半年没见，她用一副墨镜遮住了最具有标志性的狐狸眼，却不难认。她肤白唇红，一副妖精的长相，走起路来，满室生香。

傅展行还记得初见时，她打扮得花枝招展，身上也喷了很多香水，味道浓郁得过了头。此刻却不然，她经过他身边时，有股淡淡的、不惹人讨厌的脂粉香。

他不动声色，将腕上的佛珠取了下来，继续看平板电脑上的文件。她毫无察觉，放平座椅，倒头就睡下去了。

不过，很快，傅展行就知道，她并不是在睡觉。因为没过一会儿，裴奚若就从旁边探出头来，跟他挥了挥手中的卡片："这位先生，打扰一下行吗？"

傅展行的视线从平板电脑上抬起来："嗯。"他不欲多开口说话，免得她听出他的声音。

算是旗开得胜吧，起码这位看起来略显高冷的男人没有拒绝，裴奚若笑吟吟地将牌摆好："帮我抽个签。"

她刚才自己连抽三张，都是不祥的预兆，也许，换个陌生人来抽会好一点儿。

男人倒也配合，不言不语地抽了一张，她满怀期待。

她将卡片翻过来，女王头戴王冠，举着权杖，背后是金灿灿的太阳，再明了不过的成功之意。

裴奚若看了眼，喜笑颜开："据说陌生人抽出来的最准，看来我的大事要成了。"

"哦？什么事？"

"离婚，"裴奚若转着卡片，想到即将发生的喜事，不介意和他分享，"我看我那便宜老公不爽很久了。"

"是吗，"男人倒是没有多少喜色，轻飘飘地斜她一眼，"你再看看？"

也许是被那句"你再看看"蛊惑，裴奚若下意识地往男人脸上扫了眼。他微靠椅背，意态自若，目光与她相接，任她打量。

艺术家看人，有艺术家的眼光。这男人骨相绝佳，皮相更是清朗、英俊。从飞机舷窗透进来的光将他眸色映得浅了几分，像琥珀。他身上有一种淡定、温和的气质，与相貌相得益彰，是可以反复欣赏的类型。

几秒后，裴奚若忽地一惊，后知后觉地明白了他为什么要她再看看——这是撞到正主了。

她到底是什么运气啊，飞机上随便找人抽张卡片，居然能找到这便宜老公的头上。

傅展行见她一脸惊愕，倒是心情很好似的，温声开口道："裴小姐，好久不见。"语调一如既往，丝毫没有算计过人的心虚。

裴奚若不由得佩服。

这男人真是占了他这副长相的便宜。有这样一副清朗、英俊的容貌，即便前一秒提刀杀人，后一秒放下刀来，也会让人以为他是个正人君子。

她毫不怀疑，就算她现在说起展位的事，他也会佯装不知。

毕竟她没有证据。

裴奚若往走道边的隔板上一倚，干脆只字不提，假笑道："傅先生，你真是好会给人制造惊喜。一别近半年，我都快忘了你长什么样。"

"过奖。"傅展行将佛珠戴上手腕，这才瞥她一眼，"这样，裴小姐应该认识了。"

看清他的动作，裴奚若差点儿没气个倒仰。所以，他是早就识破了她的认人技巧，才故意不戴佛珠坐在她的身边？

真是好深的算计啊！

说起来，脸盲虽然不算什么无法启齿的毛病，但裴奚若从来不愿意跟人家讲。

她还在念小学的时候，班里有个同学被校医查出色盲。下课后，总有同龄的孩子围到他的桌前，叽叽喳喳地问各种各样的问题。

"真的分不出颜色吗？"

"欸，你看红色是什么样的？"

"我第一次见到色盲。"

他们没有恶意，像是将他当作一个神奇的生物来观赏。

裴奚若不想自己被这些蠢问题包围，更不想以后被别人提起时，还附赠一个"脸盲"的标签，于是，一直靠独特的认人技巧撑到现在。

这么多年，倒是有人奇怪她为什么记不住脸，不过，他们都朝"不上心""目中无人"等方向猜去了。没想到，这个秘密会被一个没见过几面的男人看破。

"你什么时候发现的？"裴奚若此刻有种被冒犯、被设计的不悦，连假惺惺的态度都懒得装了。

傅展行轻轻拨了下腕间的佛珠，这个动作，让她回忆起了什么。

那个雪夜，她撞上的陌生男人，在聊起佛珠时，也有这样一个动作。深棕色佛珠，带有淡淡的木纹，戴在男人的手腕上，被修长的手指拨动，与雪夜相得益彰，透出一股清净、禅定的意味。

一瞬间，裴奚若什么都明白了："那天是你……"

还没说完，飞机突然一阵颠簸，她脚下晃了两步。有空乘过来，小声提醒她坐好。

话题就这样被打断。

坐好后，裴奚若越想越气，忍不住朝那边扬高声调道："傅展行，你很闲吗？千里迢迢跑去巴黎，装陌生人来耍我。"

隔着过道，傅展行的声音传过来，依旧不咸不淡：“裴小姐想多了，那天只是偶遇。”

“那么巧，你在巴黎，又那么巧和我住同一个酒店？”

“那家酒店，傅氏持股百分之二十，裴小姐不信的话，可以去查。”

“傅先生都这样说了，我怎么好意思去查呢，好像很不信任自己老公似的。”她故意把那两个字咬得很重。

傅展行轻轻哂笑了下：“不是说要离婚？”

没记错的话，短短几个月，这是她第二次提出离婚的要求了，想必当时就嫁得很不情愿。

不过，落子无悔。他不会任由她胡来。

“想离，可赔不起钱啊。”反正都露馅了，裴奚若干脆笑眯眯道，“要么傅先生借我点儿。”

“裴小姐想好了？”

“好得不能再好了。”她想到自己被抢的展位，几乎咬牙切齿。

“可惜，我不开银行，只做生意。”得到她的答案，傅展行话锋一转，“你的忙，我怕是帮不上。”

“想想也是。”裴奚若也没觉得太意外，从隔板后探出头来。

等男人的目光扫向自己，她才托腮娇滴滴道：“毕竟，傅先生早就迷上我了。”

她本想硌硬他一句，哪知，男人却轻轻颔首：“嗯，我对裴小姐确实痴迷已久，所以离婚的事，以后不要再提。”

要不是那语调平淡如水，裴奚若还真有可能就信了。

不要再提？也行啊，那她就让他主动提。

[第四章]

做梦

• • • • • • • • •

BU MAN NI SHUO

他要她在身边，不止这两年。

回国十几个小时的航程，两人异常沉默。

裴奚若长到这么大，除了傅展行，还没在谁手上这样吃过亏，真是越想越生气。到了该睡觉的点，她躺在平板床上戴好眼罩，依然翻来覆去睡不着。

思维东跑西跑，她想起简星然之前学粤语，和她说："欸，发现没？傅九的九，粤语念'狗'欸。"当时，她还纠正了这个说法——傅展行是狗，那她岂不是嫁给狗了，不行，不行。

现在，她却觉得这"昵称"太合适了。她沦落到今天，都是拜傅狗所赐。

想到这里，裴奚若稍稍探出头，发现邻座的阅读灯还亮着，心中一喜，就开始挑刺："傅展行，你的灯光太亮了。我睡不着。"其实这灯光柔和得很。

傅展行瞥了眼，见她两只手扒着隔板边缘，从上方探出头来，朝他得意地笑，像个趁夜色翻墙而出的女鬼。

他一哂，伸手关了灯。

飞机降落在平城国际机场时，约是正午时分。

裴奚若受够了伦敦被雾笼罩的天气，本以为迎接自己的，起码是个艳阳天，哪知却是淅淅沥沥的小雨。天是青灰色的，仿佛格外近，压在人心头似的，是怎么也化不开的一种烦闷。

裴奚若仅剩的一点儿期待也没了，下飞机时，神色都蔫了几分。

沈鸣尽职尽责，关切道："裴小姐，您是不是哪里不舒服？"

裴奚若望着前面那男人的背影，呵呵道："没有啊。我舒服极了。"她那要笑不笑的模样，凉飕飕的声线，让人知道她说的就是反话。

沈鸣无语凝噎。

这位裴小姐，看来是记恨上傅总了，偏偏傅总也不会低头——毕竟，两人不是情人间闹别扭，而是一种难逢敌手的较量。

就这，他们还怎么住在一起啊？

沈鸣想到两人互呛的画面，顿时一阵头疼。

车程很长，等裴奚若悠悠转醒，车子恰好停下，窗外一片山色。满山枫林笼罩在雨雾中，四周极为幽静。

"这是哪儿？"她一骨碌坐起。

"是明山墅，傅总的住所。"沈鸣说明，"裴小姐，傅总去公司了，让我先送您回家。"

行吧。她这次也做好了打持久战的打算，不急于一时。何况经历这么长时间的飞行，她早就累了，一时半会儿也打不起精神和他作对。

等晚上，她养精蓄锐之后，再兴风作浪不迟。

见她久久不言，沈鸣轻声询问：“裴小姐，要不我带您在家里走走？”

裴奚若弯唇一笑，推开车门：“好说。”

别说，傅展行的住所还真的挺有档次。

站在庭院中，只觉得极为清净，别墅内陈设极简，却不单调，裴奚若大概参观了下，一楼是客厅、餐厅、茶室、观景室，二楼是卧房、书房，三楼除了一间大书房外，还有着超大的观景台。她粗略地一扫，看见了一架天文望远镜。

她逛了一圈下来，对傅展行住在这里的日常，可谓一目了然，无非是下棋、品茶、观星，佛得可以，没有一个是她感兴趣的。尤其是那间观景室，可谓禅意深深，一面墙上挂着龙飞凤舞的巨幅草书，一面涂成灰白色，中央摆了张楠木茶桌，往外看去，古朴山色一览无余。

裴奚若忽然有所感慨，怪不得傅展行有着清淡无欲的气质。要是在这里多住几天，怕是她也想去弄个木鱼敲一敲了。

沈鸣安置好她，便起身告辞。

也许是山间空气养人，裴奚若小憩了一会儿，就觉得神清气爽。她在脑内盘算了一遍等会儿要祭出的杀招，自觉把握十足，不料这晚傅展行连面儿都没露。

住家阿姨解释：“太太，傅总有时应酬晚了，不回这边的。您别等他了。”

听到“太太”这个词，裴奚若瞬间起了层鸡皮疙瘩。沈鸣知道两人的“塑料”关系，一直沿用婚前的习惯，称她“裴小姐”，还能让人接受，这句“太太”，却像是一下把她叫老了十岁。

裴奚若刚想纠正，忽地灵光一现，顺势点了点头：“那麻烦你告诉他，我今晚等了好久好久。”

住家阿姨笑了笑，表示自己懂。

裴奚若便心安理得地回到了别墅内，坐上客厅的沙发。

客厅配了最先进的影音设备。住家阿姨说傅展行平日不怎么用，倒是刚好解了她的无聊。

裴奚若挑了部最近很火的，集撒糖、狗血、伦理为一体的泰剧，津津有味地看起来。

傅展行回来时，便看到她躺在沙发上睡熟了。

电视没关，正上演着捉奸的情节。一个穿艳红色裙装，脸上敷三层粉，睫毛涂成蜘蛛腿的女人正用魔性泰语破口大骂：“你这个女人勾引凯哥，看我今天不扒了你的皮！”

随即，是清脆的一声——啪。她捂着脸摔在了地上，不可置信地瞪大眼：“凯，你居然打我！”

“……”

这一通吱哇乱叫，聒噪到了极点。傅展行关掉电视，朝裴奚若看了眼，对她的品位不敢苟同。

这一眼，倒让他的视线短暂一停。她的睡姿实在称不上雅观，只能说很放松，极为舒展地躺在沙发上，细腰、长腿，姣好的身材展露无遗。那双狐狸眼闭着，不再媚意乱飞，倒是难得地看起来人畜无害。

他忽然想到半年前的某天，二伯叫他到书房那日。他们谈完正事，说起联姻，在几张照片中，傅展行一眼就看到了裴奚若。

她穿了条白色长裙，手中还像模像样地捧了本书，好似很温柔娴静。妆容减淡了她的妖艳之气。当时，他也被照片蒙蔽过去，但又隐隐觉出某种不同似要跃出照片来。

家世条件相同，二伯已有了偏向，拿起照片道：“我觉得裴家这位很适合你。”他没有反驳。

谁都说，温柔文静的女孩更适合他。

只有他才知道，自己会被什么类型吸引。

意识昏沉间，裴奚若做了个怪梦。

天色阴沉，大雨倾盆。她成了一个蛇妖，被冷血无情的和尚镇压在佛塔下面。

她奋力挣扎，痛苦地扭动。和尚一身白衣，转动手中佛珠，站在不远处。他面无表情，声音浮在雨雾中。

“裴奚若，起来，去睡。”

起来，去睡？

她低头一看，自己果然蜷缩着躺在地上，怀里紧紧地抱着一个枕头。枕头上，一头小猪双目圆瞪，对她愤怒地龇牙。

裴奚若被这头猪吓了一大跳，瞬间清醒过来。

入耳是淅淅沥沥的雨声，室内灯光大亮，飘着一股淡淡的沉香味道。梦里的那个和尚，此刻没穿白衣，被一身黑色西装勾勒得肩宽腿长，就站在她的眼前。

佛珠好好地戴在他的腕间，没变成让她头痛欲裂的大杀器。

裴奚若只晃神一瞬，便狐狸精似的侧弯起一条长腿，冲他眨了下眼：“傅先生，刚才是你叫我吗？”

傅展行“嗯”了一声：“上楼去睡。”

“好呀。”她很配合地站起来，一边跟他上楼，一边左顾右盼，“我今晚睡哪儿？”

傅展行道：“客房。”

“这怎么行呢，”恰好两人走至二楼，裴奚若赶紧快走了两步与他并排，略带娇羞地暗示道，“我们不是夫妻吗？”说着，她还很形象地将两根食指贴在一起，弯了弯。

她保持这动作，抬眼看他，眼中的甜腻、媚色像蛛网，铺天盖地地朝他飞来。

傅展行视而不见。

裴奚若忙不迭地绕到他前面，嗓音嗲嗲的：“傅先生，你千方百计把我从国外带回来，现在装起君子啦？”

“我可打算从今天开始就做你的傅太太呢，”她绕了绕发丝，受梦中蛇妖的启发，倚靠在墙上，扭得极尽风情，“等我洗好澡，就在床上等你哦。”

这话比起调情，更像威胁。

傅展行瞥她一眼，往某处轻抬下巴：“裴小姐自便。”

那是主卧的方向。

裴奚若面上做惊喜状，连连答应，心中早将他骂了一万遍。

战书已经下达，不赴约倒像是怕了他似的，裴奚若洗完澡，径直来到他门前，捏出一把娇柔的声线：“傅先生，我来啦。”

说着，她飒爽地一推门，却惊讶地发现，他的房门锁了。

沈鸣最近觉得世界非常诡异。

转眼，傅总已经和裴小姐同居一周了，跟他当初预料的不同，这两人非但没有一言不合互相抬杠，反而相敬如宾，十分和谐。

不过，也难说。有时候，平静的海面之下汹涌的暗潮，反而比海啸的杀伤力更大。

这天早晨，傅展行从家中出门时，裴奚若照例在门口，演了一出“十八相送”。

“傅总，裴小姐她……”沈鸣欲言又止。

刚才他替傅总关上车门，回头看了眼，发现裴奚若还靠着廊柱，正用手帕抹眼泪，真是要多夸张就有多夸张。

“不用理她。”傅展行靠着椅背，淡淡地闭眼。

自从那天扬言要做傅太太之后，她便时不时地有这种假惺惺的举动。

凭着多年经验，沈鸣直觉，傅总这样喜静的性子，应该被烦得不轻。但他转念想想，觉得也未必。

真烦的话，傅总就不会天天回来了。

傅展行的车刚走，下一秒，裴奚若就将依依不舍的情态收得一干二净，转而发起愁来。

已经一周了。她还是没能成功将傅展行恶心到，也不知这“傅太太”的角色，还要扮演多久。

雪上加霜的是，老钱那边也没帮她弄来有力的证据。

“我那个熟人，吃这碗饭也不容易。我第一回找他，他勉强透露了点儿，第二回找他，他就警惕起来，连原先的说法都不承认了。”

各行有各行的难处跟规则，裴奚若想想也就算了。最主要的是，她有种直觉——就算自己找到人证物证，也于事无补。

傅展行那道貌岸然的伪君子，说不定还会坦然承认：“哦？我就是无耻了。裴小姐，有本事赔三亿元啊。”

光是想想，裴奚若就已经开始生气了。

她一言不发地回到别墅，开始睡回笼觉。

跟傅展行较劲，实在是个“伤敌一千，自损八百”的行为。为了时刻硌硬到他，她这几天定了十几个闹钟，逼自己起床陪他吃早餐、送他出门。

送他出门后，回到别墅时才八点不到，她每次上楼，脚步都是虚浮的。

唯一的安慰大概就是，傅展行确实对这种矫揉造作的风格很是不喜，她勉强算占了上风。

她一觉睡醒，神清气爽。

裴奚若决定暂时抛下烦恼，出门转一转。

她回国这一周，日子过得很无聊。她倒完时差，陪傅展行回了趟傅家，剩下几天都用来折腾自己的卧室了。

卧室太素净，她干脆买了一批潮玩，按自己的喜好摆放好。

积木熊到了一部分，难买的限量联名款还在路上。狮子造型皮质懒人椅昨天送达，摆在窗下，俏皮可爱，倒意外地不违和。

下楼时，她看见住家阿姨，这才想起自己不是在繁华的申城市中心，而是在平城郊外的别墅中。

裴奚若不抱希望地问了句有没有司机，得到的答案果然是否定的。

“太太，家里平时没别人来，傅总身边的司机就一个。您要是无聊，我可以陪您在附近散散步。”

荒山野岭的，散步有什么好玩的？裴奚若可不想早早过上“夕阳红”的日子，当即摇头。此刻，她分外想念市中心的繁华热闹，灯红酒绿。

她试着在软件上叫车，可距离太远，好几次都无人接单。

裴奚若泄了气，丢掉手机，躺在沙发上。

就这样虚度了一下午，傍晚时分，瞥见汽车驶向门廊，她几乎要喜极而泣了。

“傅先生，你终于回来了，”这回，她十分真诚，“我一下午无聊到冒烟。”

傅展行看了她一眼，似是在判断她又出什么招：“没出去玩？”

“傅先生没允许我出门，我怎么敢出去呢。再说，我又不会开车。”她正常不了几分钟，又开始扭捏作态，好似他对她很坏。

傅展行轻哂：“那明天和我一起。”

“可以是可以，”裴奚若眨了眨眼，“但万一哪天我起晚了没赶上，不是又要被你囚禁在这荒山野岭了吗。”

话音落下，她瞥见傅展行身后有什么东西，注意力一下被吸引过去，也忘了等他回答：“那是什么？”

傅展行倒没和她计较，稍微侧了一下身，将空间让出来。

是个白色机器人，圆头圆脑，戴宽宽的、大大的护目镜，身子微微下蹲，像穿着笨重的宇航服一样，有种莫名的呆萌感。

“好可爱。”裴奚若眼中露出惊喜，“你买的啊？”

“实验室做的。”

这是傅展行个人的兴趣所在，毕竟，这种级别的智能机器人造价高，市场还不具备足够的接纳度。整个国内也就这么一台。

裴奚若有点儿期待：“以后放在这里？”

“嗯。”

“它会干什么呀？”

她会对机器人感兴趣，倒是有些出乎他的意料。他道：“唱歌、下棋、陪聊、倒咖啡。”还有一些，他没一一列举。

听起来还挺多才多艺。

裴奚若又问：“那它有名字吗？”

“没有。”

没有啊，有点儿遗憾。不过，也在情理之中——傅展行这样的人，应该没有什么闲情雅致去给机器人取名字。

裴奚若想了想，露出一抹狡黠的微笑：“那就叫它星期五吧。”

“星期五？”

“是啊。”裴奚若摸了摸它的脑袋，“我是流落荒岛，叫天天不应的鲁滨孙。”

短短一句话，她叹了三口气，仿佛真的委屈至极。然而细看，她眼角眉梢又都是做作的意味，分明在暗暗对他进行指责。

他早说了，她的演技很浮夸。

傅展行拍了拍机器人的脑袋，它自动后退到了门边。

裴奚若眼看着前一秒还在乖乖被她摸头的机器人，后一秒就背叛似的跑了。她还没来得及表示不满，便听见他道："明天我带你出门。"

裴奚若无动于衷："我起不了那么早。"

"我等你。"

"真的？"她眼睛一亮。

"嗯。"

裴奚若试探："中午？"

"九点。"

"十点吧？"她讨价还价。

"九点半。"

"好吧。"裴奚若稍感遗憾，在心里默默接受，过了一下，又抬眼瞄他，"不过，你难得这么好心呀。"

"难得？"

"是啊。比起你在国外的所作所为，现在这样，简直让人想以身相许了呢。"她不忘给他添堵，朝他抛了个媚眼。

她知道，用这招对付他，很有效。

比如前几天某个夜晚，她特意洗了澡，赶在他锁门前，倚到了书房门口。男人正在办公，坐在灯光下，一副清心寡欲的模样。她撩起浴袍一角，摆出一副妖娆的模样："看腿吗？"当然，她没真的露什么。

他抬了抬眼皮，面色不悦："裴奚若。"

"怎么啦？"她佯装听不懂，还走了进去，故意破坏书房的清净。

最后，他冷着一张脸走了。

她轻易地获胜一局。

裴奚若以为，这回傅展行也会冷着脸离开。不料，他却瞥她一眼，神色淡然地点了点头："那今晚我不锁门。"

不锁门？他说得轻巧，裴奚若才不信他真有这么大的胆子。

于是，这晚，她洗完澡后，如约去敲他的门。

她的手刚抬起，转念又放下，直接摸上他的门把手，试探性地一拧。咔嗒一声，门锁弹开，响在安静的夜里，格外清晰。

裴奚若明显感觉到，手中的阻力小了，好像有一股力量将门往里推去。

她慢慢将门把手旋回原位，慢慢转身，佯装无事发生地回房了。

“傅总，裴小姐。”大清早，沈鸣照例跟车过来，一见傅展行和裴奚若，便恭敬地问好。

他注意到，今天的裴小姐一改往日那种黏人的情态，跟傅总隔了快两米远，连眼神都不给一个。

吵架了？还是演不下去，干脆原形毕露地摆起脸色了？

沈鸣按捺住好奇心，坐进车中。

车门一关，空间忽然就显得狭窄了，方寸之间，给人一种略有动作就会碰到的错觉。裴奚若不自在地调整了下坐姿，始终看向窗外。

她从早上起床就是这个状态，仿佛触到傅展行的视线，会引火烧身似的。

他想起昨夜门把手上传来的动静，手指叩了叩中央储物盒：“裴小姐，昨晚没来？”

裴奚若正沉浸在昨夜突然胆怯的丢脸里出不去，冷不丁听见话音，不由得一喜——他昨晚没听到？

没有见证者的退缩，就不能叫作退缩了。

裴奚若一秒恢复生机，撒谎不带脸红地说道：“当然了。我只是开个玩笑而已，难道傅先生还专门给我留了门，等到大半夜？”

“那倒没有。也许你来的时候，我已经睡熟了。”

“不是呀，我就是没来。”

“那躲着我干什么？”他淡淡地一瞥。

“没有啊。傅先生一定是看错了，”裴奚若十分自然地和他对视，“我躲你还会上你的车吗，那我应该巴不得天天见不到你才对。”

她恢复精神之后，演技也跟着恢复了。

傅展行达到目的，便没再开腔，毕竟今日会议上，还有场硬仗要打。

前排的沈鸣听这两人“来不来”的，听得一头雾水，不过明显感觉空气中的胶着沉闷缓解不少，也不由得舒了口气。

裴奚若今天是要去赴一位网红朋友的约。

这位朋友名叫戚听，是平城本地戚氏集团的千金，家世显赫，粉丝量也很多。她从小到大顺风顺水，不弯弯绕绕，为人很爽快。

戚听之前被“绿”，手撕渣男时，骂得对方恼羞成怒，就要扑上去打她。

裴奚若恰好在旁，伸脚一绊，让渣男给戚听磕了个响头。

两人就这样结缘。

半年前，戚听出国在外，也是刚巧，最近才回来。

两人约在一家私人会所。裴奚若到的时候，包厢中已坐了几个女人。

“仙仙！”最早开口叫她的这个，应该就是戚听了。

裴奚若对了对特征——微卷发，没刘海，鼻尖一颗小痣，都能对得上。不同的是，戚听头发长了些，两边各挑染了一缕红色长发。

“戚听。”裴奚若弯唇。戚听的网名就是真名，大家都直接这么叫。

“快过来，我给你介绍一下。”

随着戚听的话音，那几个女人也转过头来，冲她笑了笑：“嘿。”

她们各自介绍名字。

戚听是纯天然美女，尚且有辨识度。眼前这几个却动过刀子，美是很美，但千人一面，对于裴奚若来说，简直是地狱级别的难度。

好在大家坐成一团，似乎也不需要特意记住谁。

女人甲刷着手机，忽然惊喜：“哇，刚刚服务顾问跟我说，C 牌那款限量黑白链条包到了欸。”

“真的吗！几个啊？”

“就一个。我要赶紧下手了。”

乙轻拍了下她的手：“不是说好先给我的吗。”

“唉，行吧，行吧……”女人甲只好忍痛割爱，还不忘加一句，“那下次先给我啊！”说罢，她低头跟服务顾问定下包包，讲明寄到乙的地址。

发完消息一抬头，女人甲愣住了：“仙仙，你那个包是？”

裴奚若正跟戚听讲近日的琐事，被打断后不明状况：“什么？”

“是我们等了好几个月的包包啊……”女人甲颤抖着双手，痛哭流涕，“哪里买到的？”

她把裴奚若的包拿过去，都不用端详，看一眼就知道了：“就是这款啊。”

C 牌的今春新款，白色鱼子酱皮，黑色双 C 按扣，肩带链条是白色小牛皮配黑色玳瑁，极为特别。

这是前几天二伯母送的。

其实，裴奚若对奢侈品没有太大的欲望，相比之下，她对潮玩艺术品、小众画作倒是有一定程度的收集癖。

裴奚若正要说话，包厢门却被人推开。她没看见人，先听见了那道有几分熟悉的女声：“她们说你在这里，我就过来玩了。欢迎吗？”

“当然了。”戚听道，“坐啊。”

林菲儿笑笑，正要带几个小姐妹坐下，目光忽然凝滞：“仙仙？”

早在林菲儿开口说完第一句话时，裴奚若就听出来了——她的声线略带一点儿沙质，可以说很独特，偏偏她本人喜欢捏出一副甜嗓子，弄得奇奇怪怪，很是违和。

“好巧啊。”迎上她的目光，裴奚若大方地一笑，“菲儿。”

林菲儿此刻并不愿意跟裴奚若如此亲近。可以的话，她甚至都不想见到这个人。

这几个月，裴奚若不在申城，光环就落到了她的头上。她的日子，不知道有多光鲜。

人吧，往往有这样一种心态，再怎么嫉妒一个人，他不出现在面前，就觉得还好。一旦出现，他还主动跟自己搭话，自己的心理便会加倍煎熬、扭曲。

然而，裴家的背景摆在那里，她摆一张冷脸是不可能的。于是，她也假惺惺地奉承道：“你们刚刚是在聊包包吧？谁的呀，这么好看。”

“仙仙的。”女人甲又一次捶胸顿足，“我那个服务顾问一直没给我抢到。”

林菲儿一笑：“人家老公可是傅展行欸，你抢不到不是很正常吗。对吧，仙仙？”她说这话，本意真的只是想奉承裴奚若一番，结果没控制好心情，说出口就带了一股酸调子。

话音落下，空气中一阵安静。连闪烁的灯球，都像是被这诡异的气氛影响到似的，转得格外缓慢。

“怎么了啊。”林菲儿尴尬地左右看看，心说就算她语调略酸，她们也不至于是这么夸张的反应吧。

戚听一脸震惊地转向裴奚若：“你结婚了？”

剩下的人眼中也俱是惊讶，不过，她们更惊讶于“傅展行”这个名字——裴仙仙的老公居然是傅展行？

裴奚若没说话，从茶几上挑了杯蔓越莓风味的鸡尾酒，喝完，捏了捏手中的玻璃杯，笑得很冷：“是啊。”

这世界上，又多了几个人知道她和傅展行结婚了。

聚了一小阵，途中，裴奚若和戚听一道去洗手间。

“欸，你也太不够意思了啊。我连有过几个男人都跟你分享，你结婚都不告诉我。”戚听照着镜子，翻翻白眼。

裴奚若道：“又不是真结婚。”

戚听是她除了简星然之外，难得能说上几句真心话的朋友。两人交情不算深，但三观挺契合，也不会拿彼此的事胡乱出去说。

戚听了然："联姻啊。"

"我正想离婚呢。"裴奚若不吐不快，倚着洗手台，大致讲了讲事情的来龙去脉。

"青梅竹马这种最烦人了，搞不好就是白月光，再帅的男人也不能要。"戚听一下就来了共鸣，"你看我前男友，前一秒还陪我看电影呢，白月光一哭，立马飞过去了，以为自己是情圣呢。"

裴奚若深有同感。

傅展行不也是吗，为了小白莲，都抢她作品的展位了呢。这么深情，他倒是离婚了去娶那个凡伊啊。

"对了，仙仙，你真想离婚啊？"

"我看起来很留恋吗？"

戚听中肯道："不，你看起来生无可恋。"

裴奚若郑重地点头。

"其实，我想说，你也不一定非要从他身上入手啊。像傅家那种名门，都很重视公众形象的，"戚听开始出主意，"你越不伦不类、不够端庄，他们家意见越大，到时候全都帮你离婚。"

裴奚若一听，觉得很有道理啊。

她看见戚听耳畔垂下来的两缕红发，忽然心动："你这头发是在哪里染的？"

"傅总，裴小姐刚才说，要晚几个小时回家。"傅展行出了会议室，沈鸣紧跟着道。

傅展行接过手机："她要干什么？"

"裴小姐说，"沈鸣的表情有些一言难尽，"说她要把头发染成绿的。"

"……"

晚上十一点，平城市中心仍繁华热闹。高架桥纵横交错，织成一条条橙黄灯带。

黑色宾利一路行驶，最终停在安平路旁的巷口，打起双闪。

裴奚若收到傅展行的消息，早已困得打哈欠。她本以为今晚会让他等，不料他这苦行僧竟然可以持续不断地工作到这个点。

习惯性地撩了下头发，手感却轻了许多，裴奚若这才想起自己换了发型，一时心情美起来，又对着镜子欣赏了好几分钟才下楼。

“傅先生呀。”她拉开车门，准备给他一个大惊喜。

车内亮着柔和的阅读灯，傅展行从一则财经资讯上抬起眼睛，就看到女人钻入车中。

她染的不是绿色，而是一头鲜亮的樱花粉，小波浪般起伏，发梢刚到肩膀。这样的发色，搭白肤红唇，完美衬出了她的妖气，鲜眉亮眼的。

也许和她待久了，他的审美也越来越偏。此刻，他竟觉得不赖。

他没说话，裴奚若更得意：“傅先生，对于我的新造型，你不想评价一下吗？”她觉得，他心里说不定在讲脏话。

傅展行道：“好看。”

“认真的？”裴奚若惊了下，她撩了撩头发，故意用香气去惹他讨厌，“你再感受感受，你不觉得不伦不类、不够端庄吗？我这样子去参加晚宴不会给你丢脸吗？”

他只有两个字：“不会。”

“傅先生真是紧跟时尚。”她只好虚假地夸他一句，然后话锋一转，“但别人不一定这么想啊。明天不是要去爷爷家吗？我这样，说不定会被赶出家门的。”

“裴小姐，事情不会和你想象中的一样。”他知道她打的什么主意。

“是吗，你知道我在想什么？”被看穿，裴奚若还有点儿不服了，“我刚刚想的明明是——你不会和我离婚。”

“这话倒是说对了。”

裴奚若没辙了，干脆不和他弯弯绕绕：“傅展行，你就说，喜欢我哪一点吧？我好改正。”

戚听今晚说的一句话，提醒了她——诚心和傅家联姻的不止裴家，傅展行明明有太多的选择余地，却偏偏选了她。

傅展行没答，反而问：“那裴小姐呢，为什么想离婚？”

“我说了，你就答应离婚？”

“可以考虑。”

裴奚若想了两秒，觉得说了也不亏：“你知道我以前调查过你吧。人活在世上，总有欲望，总有缺点，但你好像什么都没有。没有问题，就是最大的问题，也许，你是个深藏不露的……”“变态”两个字，在她的舌尖转了个圈，愣是被硬生生压了下去。

因为，她看到傅展行轻轻笑了下。

他们认识这么久，他笑过几次？还是在听到这样一句话的时候，他却笑了，真的是变态吧？

“裴奚若。”

她有点儿警惕：“干吗？”

“知己难寻。这婚，我越来越不想离了。”

他居然为了呛她，不惜承认自己是变态？

裴奚若对他的认知又上升了一个层次，除了尴尬地笑一笑，摆不出其他表情：“傅先生，你真的好爱我。”

她在说反话，傅展行怎会无知无觉：“裴小姐。”

她张口道：“不在。已经被气死了。”说完，她扭头看窗外，连坐姿都透露出几分跟他老死不相往来的意思。

傅展行扫了一眼她的背影，倒也不慌：“沈鸣，放几首歌，给裴小姐消消气。”

沈鸣：“好的。”

几秒之后，一首带着禅意的曲调缓缓在车里响起。裴奚若愣了一下，还以为自己听错了。

紧跟着，那深邃低沉的声音，就如海浪一般滔滔涌来，浑厚连绵，回音不绝，像铁了心要度化她这个犯了嗔戒的孽障。

车子一路前行，佛经也放了一路。

起初，裴奚若还气得头脑发昏，可随着时间推移，困意涌上来，她也顾不上生气了，只想快快睡觉。

车开得不算快，灯光成片地从眼前滑过。

诵经声无孔不入，喋喋不休。裴奚若上下眼皮频频打架，生无可恋道：“傅先生，我已经不气了。”

一句话比什么都有效，佛经立即停放。

这安静来之不易。裴奚若第一次感觉要珍惜，难得没再作妖。

傅展行这才道：“我并不是想让你生气。”

相亲时，她花招频出，他难得有了种棋逢对手的兴味。后来，他则是觉得，娶这样一位太太回家，不至于了无生趣。

如今，他更是不想离婚。

“好话坏话都让你说了，我能说什么呢。”裴奚若倚着车座，发现自己居然出现了幻听，一时非常生无可恋，“等我恢复精神，再和你决一死战。”

对于她这下得毫无底气的战书，傅展行报以一笑：“不急。”

裴奚若连翻白眼的力气都没了。

以为车程还长，她找了个舒服的姿势靠好。谁知不过昏沉片刻，忽然传来沈鸣像唐僧念咒般的声音：“裴小姐？裴小姐，到了。”

裴奚若睁开眼皮，看了看他。这人二十七八的模样，看着也挺斯文端正，没想到竟是傅展行座下的“走狗”。

她没忘刚才就是沈鸣放的佛经，这会儿很记仇地赏给他一记眼刀，撩撩头发，高跟鞋踩在地面上：“傅展行呢？”

她下车才发现，这里还是车流如织的平城市中心，随处可见繁华的街景。搞什么，还在市中心？

“傅总约了个朋友，在会所小谈几句，刚才先进去了。”沈鸣被她看得浑身凉飕飕的，不自觉地摸了下鼻子，“喀，裴小姐，今晚来不及回明山墅了，您和傅总先住这边。”

随着他的话音落下，裴奚若看清了眼前这幢大厦。

柏嘉府，坐落于平城市中心商务区，寸土寸金的淮平街南边。作为面向高端人群的酒店服务式公寓，开盘之初，它便以单价数十万元的天价闻名于网络，成为众多网友梦寐以求的观景豪宅。

想到之前住家阿姨的话，裴奚若了然。看来，这就是傅展行在市中心的住所了。

一路过来，从入户大堂到私人会所，简约风格体现在每个细节，倒是跟清静的山间别墅迥然不同。

此时，傅展行和徐潮生正坐在会所大堂的沙发上。

“行哥，这次你真的救了我一命，不然，现在我的腿肯定被我爸打断了。”徐潮生是专程过来道谢的。

他刚接手公司事务，无意中得罪了一位重要的合作商。这位合作商心直、嘴臭、脾气硬，连徐老爷子也要敬上三分，扬言要让他这个小毛孩长点儿记性。

最后，是傅展行出面帮他摆平。

“小事。”傅展行道。

两人又聊了几句，前脚刚告别，后脚裴奚若就走了过来。

她在车上睡了一会儿，连带着也养足了精神，于是，又开始胡说八道：“傅先生，怎么没看见你约的那位朋友啊？”

傅展行走至入户电梯厅：“刚走。”

“哦？是男朋友还是女朋友啊？”她走入电梯，故意把“的”字省略。

他抬脚跟进去：“不男不女的朋友。”

裴奚若后悔自己没录音，不然，下次放给他的那个朋友听听多好。

电梯门缓缓合上，门外的沈鸣不由得擦了把汗。

傅总和裴小姐之间的气氛真的太诡异了，明明看起来亲密、和谐，却好像下一秒就能大打出手。

他夹在中间，时不时感觉人生很艰难啊。

指纹门锁发出轻微的开启声，柔和的感应灯次第亮起，灯关洒在玄关长廊。

一整排智能鞋柜贴墙而立，拼花大理石走廊径直通往十字厅。厅中挂了四幅极具现代艺术感的绘画，黑白线条勾画出一张张不同的写意侧脸像。

裴奚若没有想到，傅展行的这套住宅会是这样的风格。怎么说呢？好有艺术感，好现代化，她几乎一眼就喜欢上了。

门厅的墙上嵌了一块智能魔镜，分为多个板块，能看见户外情形、天气、地图，室内新风调控系统、三恒系统，甚至可以充当居家电子导航。

裴奚若驻足，在屏幕上戳戳点点，很快就摸了个透，顺手将语音交互功能打开。

“您好，欢迎回家。”一道电子女声温柔地响起。

她跟智能魔镜对话了几句，扭头道：“傅展行，你怎么不开这个语音功能啊，好有意思。”

傅展行正坐在半圆形大厅的岛台边，朝她看去一眼：“太吵。”

“我要开着。”裴奚若宣布。

要是在朋友家，她还会考虑一下礼貌问题，可对方是傅展行，就没这个顾虑了。她巴不得他生气，而且他越生气越好，最好把她扫地出门。

不过，傅展行让她体会过了太多次“事与愿违”，这回也没有例外：“随你。”

裴奚若先是对他良好的修养感到失望，随即又豁达了起来——他同意也好，不然，显得她多霸道呢。

于是，她又转过头，专心研究镜面。

傅展行将近几日的金融科技信息看完，回了几条消息，冷不丁发觉裴奚若有好一会儿没说话，便抬了下眼。

也是在他抬眼的这瞬间，裴奚若有了动作。

她稍微退几步，边照魔镜，边眉飞色舞：“魔镜魔镜告诉我，谁是世界上最美的女人？”

她边说边撩起头发，声线起伏夸张，整个人花枝招展，宛若在演一场大型舞台剧。

偏偏她还摸清了门路，把智能魔镜的回答也设置好了。

那道温柔的女声回答她：“当然是您了，我的女皇陛下。”

裴奚若笑得很灿烂，为自己的聪明机智，也为她的新发型。

——幼稚、自恋、略带傻气的举动。

傅展行收回视线，不知怎的也挑了下嘴角。

这朵水仙，栽到哪儿都能肆意生长。

柏嘉府这套房子接近四百平方米，足够大。裴奚若选了离傅展行最远的那间卧室。

饶是如此，洗澡之前，她还是很不放心。

“和尚”不再是清心寡欲的“和尚”了——今晚他刚承认过自己是变态，昨夜还不锁门。她仔细想想，第二次约会，他还拉过她的手腕呢，她不得不防。

进浴室之前，裴奚若特意观察了下傅展行在哪儿。

她走到起居室：“傅展行？”

没人应声，她又去书房。结果，哪里都找不到他。

跑哪去了？

裴奚若的心悬起来，故意扬高了声调：“傅展行，我要洗澡了！”

就在这时，她听见玻璃移门被拉开的声音。

在开放式书吧后面，直通全景阳台，玻璃门敞开后，有风灌进来。男人站在夜色下，穿着白衬衫、休闲西裤。旁边摆着一台天文望远镜，三脚架，黑色镜筒，格外醒目。

裴奚若好奇地走过去：“你在干吗？”

“看月亮。”

看月亮啊？想不到他还挺浪漫。

裴奚若抬眼望了望天，只见一轮明月挂在夜空中，似乎比往日更近、更圆。

她忽然想起今天染发时随手刷过的微博，好像说，“超级月亮”会在今晚出现。

也许是被“月亮”那种团圆的意境影响吧，虽然她和傅展行在一块儿称不上团圆，但好歹是两个人，不孤单。于是，她没有马上走开。

再说，她也挺喜欢月亮的，又浪漫，又温柔。

傅展行立在一边，问她：“你找我干什么？”

今晚过招了太多个回合，裴奚若这会儿有点儿倦了，难得不想招惹他：“看看你在干吗。”说着，她往目镜中瞄了一眼。

她这一眼其实什么也没看清，就是个随意的动作。

过了一会儿——

“好冷，我回去了。”她发现，不抬杠的时候，自己跟“和尚”委实没有共同语言，勉强待在一块儿，也很尴尬。

何况，四月的平城气温还没完全回升，夜凉如水。谁知，傅展行却叫住了她：“裴奚若，要不要一起看？”

裴奚若停住脚步，又犹豫了：“好看吗？”

傅展行“嗯”了一声。

这台天文望远镜是锐星旗下高端产品，搭QHY168M黑白相机、宇隆2寸LRGB彩色滤镜、艾顿CEM70赤道仪，是傅展行最常用的设备。

可透过这设备，裴奚若只看到一个坑坑洼洼的月球。

温柔美好的月亮呢？怎么它表面嶙峋起伏，还是土绿发灰的颜色，深一块浅一块，像剥落的漆。

她满腔热情顿时一扫而空，恹恹地收回视线，心想：以后，绝不能轻信“和尚”的审美。

环顾一番，她倒是发现他不见了。

正要返回，他恰好过来，递给她一条干净的毛毯。

“你干吗这么好心？”裴奚若警惕起来，又想到了两人的敌对关系。

傅展行看了她一眼：“明天要去爷爷家，你冻感冒的话，会影响我的风评。”

她这才放心地裹上。

柏嘉府虽然不如明山墅那样，有无比秀美的自然风光，可处在市中心，优势也显而易见。

住了一晚，裴奚若已经不想回去了。

早晨出门时，她一步三回头，又跟傅展行百般暗示，可男人好像听不懂一样。又或者是，他听懂了，却故意不搭理。

于是，裴奚若又捡起自己的作精剧本：“傅先生，等一下见了你爷爷，要是他批评我的发型，你要帮我。”

“嗯。”他答应。

“还有之前，你们家七大姑八大姨，说要带我去听什么音乐会，我能不能不去啊？”她娇滴滴的。

“当然。”

她顾虑重重：“那她们一起朝我施压怎么办？”

“不和她们见面。”

“那不是很没礼貌。我听说傅家是传统大家族，很看重亲缘、规矩的。”

“你可以例外。”

“哦？”他这么配合地出演“昏君”，裴奚若一下来兴趣了，“那我可以在傅家作天作地、肆意妄为，想住哪里就住哪里？”后面这句才是重点。

“有一个条件。”

“什么？”

“不许说离婚。”他看向她。

裴奚若想瞪他一眼——想得可真美。在房子和离婚之间，傻子都知道怎么选。

她挺了挺背，坐端正了，又抚了抚裙角，笑眯眯道：“那我还是端庄一点儿吧，婚还是要离的。”

傅展行瞥她一眼：“随便。”反正她一个人离不了婚。

为了来见傅老爷子，裴奚若特地早起，化了个全妆，不为别的，就是为了把自己身上那股“不像正室”的妖艳之气充分发挥出来。

本来，简星然是建议她扮丑的，就像当初相亲时，建议她往脸上贴几颗长毛的痣一样。

但裴奚若觉得这招“杀敌一千，自损八百”，对她的美女形象伤害太大，最终不予采用。

小算盘认真打了一通，没想到的是，裴奚若这天根本没见到傅老爷子。傅展行去了书房之后，留她在会客厅。

这房子位于平城市郊，是一套大四合院，沉稳而大气。内置全套黄花梨木的家具，会客厅和茶室之间，由一面金丝楠木博古架作为隔断，上面摆放着古董、古书，老气横秋的。

裴奚若不喜欢这种硬质沙发，怎么找姿势，都靠得不舒服，干脆去庭院里散步。转了几分钟回来，她忽然听到两个保姆在议论。

“那是谁呀？好像没来过这里。”

“半年前来过的，那时候你还不在。她就是傅先生的太太啊。”

“傅先生居然会娶这种类型的？不瞒你说，我刚才差点儿以为是傅小少爷回来了，又带了哪儿的网红呢。”

“她比网红漂亮多了，看一眼就忘不了。傅小少爷每次带回来的，那才是几乎长得一模一样，我都分不清。”

“但这个看着妖里妖气的，能嫁进来也用了不少手段吧。”

“那谁知道。这些事，我们就不要说了。”

“……”

话题就这样戛然而止。

然后，两个保姆各做各的事，又开始忙活。

裴奚若回到会客厅，刚坐下，傅展行就过来了：“走吧。”

“才十分钟，我凳子都没坐热。”裴奚若赖着不动。她太想让傅老爷子看看自己的新发型了。

“等你坐热，太阳都下山了。”他不为所动。

她没办法，只好站起来：“你们聊什么啊，这么快，小说里霸道总裁和长辈谈话，一聊都是三四个小时的。”

傅展行回复她：“我话少。”

裴奚若跟他往外走，只想呵呵：“你和我抬杠的时候，话一点儿都不少。”

两人走了之后，年长一点儿的保姆停下手中的活计，用手肘撞了撞另一个：“欸，你有没有觉得傅先生变了点儿？”

“哪儿？”

说不上来，但是年长的保姆记得，以前傅先生回老宅，都给人一种谦谦君子的感觉，话少，也冷淡，仿若天生如此。

现在看来，他是什么样子，大概要取决于对方是谁。

见完傅老爷子，傅展行还有公务在身。

裴奚若让司机把她送到电影院，看了场最新上映的动作大电影，然后找戚听消磨下午时光。

“怎么样？你这个发型有没有吓到他。”一见面，戚听就迫不及待地问。

裴奚若道：“没有。他昧着良心说好看。”

“你怎么知道他是昧着良心，也许，他是真的觉得好看。”戚听是真的这么想。昨天，裴奚若原本要染成绿色，是她极力建议改成这种鲜艳的樱花粉。

这颜色太美，也太挑人，她觉得裴奚若的头发染成这个颜色正好合适。

“要是他真觉得好看，说不定就是不好看了。”裴奚若想起昨晚让她上当受骗的月亮。

戚听被她绕晕了：“算了，算了。你还是吃蛋糕吧。”

恰巧此时，身着燕尾服的侍者用推车将下午茶送过来，几道甜品摆上洁白的餐桌，配上苦橙鸡尾酒。

要保持好身材，甜品是大忌。即使裴奚若是怎么吃都不胖的体质，也不敢太过放肆，戚听也是只吃了一小口就放下了勺子。

两人闲闲地聊天打发时间，中途戚听去了趟洗手间，带回了艾丽丝。

“早知道你们在这里，我干吗单开一桌啊。”艾丽丝穿蓝白相间的洛丽塔套裙，长发染了新色，烫卷，扎了两个马尾垂到耳边，“害我无聊死了。”

于是，打发时间的又变成了三个人。

裴奚若接到沈鸣的电话，便和她们道别。刚好艾丽丝也要回工作室，三人便一起出了酒店。

黑色的宾利早已停在街边，艾丽丝远远一看，便竖起大拇指：“这车牌牛啊。”与之相比，车都不够叫人惊叹了。

傅展行将车窗降了些许，一眼就看到了不远处的裴奚若等人。

人以群分，看来这个词并非虚假。那几个女人，发色各显神通。裴奚若是一头樱花粉小波浪，左边那个是蓝色大卷，右边那个是黑色，耳边醒目地垂下两缕红发。

她们站在一处，对人的审美是一种挑战。

但等裴奚若走近了，单看她，又还好。

车子最终抵达明山墅。

晚间时分，山间别墅十分静谧。

裴奚若躺在沙发上继续看她的泰剧。剧情已经进展到男主发现女主是亲妹妹了，也不知该怎么继续往下演。整个客厅回荡着激昂的泰语。

“星期五，给我倒杯果汁。”她将腿架上另一侧的沙发上，俨然是女皇姿态。

机器人闻言，缓缓开始行动。它迈步时，身子有些佝偻，矮矮的，很可爱。

一杯果汁被递来，裴奚若正要接过，余光却发现有哪里不对。

她抬眼看去，握着玻璃杯的那只手，分明骨节修长，深蓝色的西装袖口，还能看到戴过袖扣的痕迹。

裴奚若将杯子接过，放在茶几上，没喝，瞄瞄他：“你干吗？”无事献殷勤，非奸即盗。

傅展行道：“顺手。”

他从楼上下来，恰好看到机器人——她口中的星期五，端着水杯，走得比蜗牛还慢。

她不信：“说实话，你是觉得良心有愧吧。”

他倒是笑了：“我有愧？”

“是啊，俗话都说，一日夫妻百日恩呢。你却连我小小的心愿都不满足。”

“裴小姐有什么心愿？”

“明知故问，”裴奚若翻翻白眼，“我要住柏嘉府。”

傅展行在单人沙发上坐下来：“可以。”

她闻言一喜，正要起身，却又听他淡声道：“条件，我早说过。”

那还是算了。裴奚若又躺下去。可能是因为他过来了吧，她怎么躺，怎么觉得不舒服。

但她还是故意做出很舒适的样子，惬意地喝了口果汁：“其实这里也很好呀，山静景美，空气清新，还有可爱的星期五。”

她原本想气气他，让他知道，她也不是好拿捏的。

可男人轻轻颔首：“裴小姐想得开，那是最好。”

裴奚若快把玻璃杯捏爆了。

接下来一段时间，傅展行明显感觉到了裴奚若的疯狂反击。

她似是在明山墅轰轰烈烈地进行着一场“开荒”。他今天回家，看见起居室墙上多了把吉他；他明天回家，看见客厅摆满大大小小的置物架。

置物架上，陈列着一排排造型奇丑的“艺术品”。花开富贵的地毯，春华秋实的挂画，各种粗制滥造的装饰品出现在各个角落。

又土又花哨的风格，一下就把这幢别墅空灵幽静的意境破坏了个百分之百。

她订的东西还有很多在路上，接下来会源源不断地往家里送。连家中常点的沉香也被她换成了一种柑橘调的香薰，好在，味道还算清淡。

大概是因为，如果太浓，她自己也受不了。

对于这些，傅展行不置一词。和她吃晚餐时，那颇具乡村风格、绿底红花的花瓶就摆在两人中间，他看见了，跟没看见一样。

一段时间过后，裴奚若沉不住气了。她开始反思自己的审美。难道，这些东西还不够土吗？还是说，傅展行真的已经遁入空门了。

看来有必要来点儿更刺激的了。

这晚，傅展行照例去了书房。

门一打开，映入眼帘的是大亮的灯光，紧跟着，一首土到极致的音乐响起。跟着歌里富有节奏的女嗓音，裴奚若脚尖点地，抬手拍掌，全情投入地跳起了舞。

“姐就是女王，自信放光芒……”

还没跳到一半，裴奚若就听到书房门砰的一声关上了。

她连忙按下暂停键，飞快地打开门，将他的话原样奉还：“傅先生，现在后悔还来得及。”

回答她的，是傅展行冷漠的背影。

这晚睡觉之前，裴奚若心满意足。

她觉得，自己胜券在握，用不了多久，傅展行一定会投降。

没想到的是，她隔天醒来，星期五就不见了。之前，她天天都会要它给她端茶倒水，突然没看见它，真是好不习惯。

“星期五，”住家阿姨适应了下才说，“星期五被傅先生带走了。”

裴奚若：“啊？”

没几天，她发现，司机也不来接她了。

原先，即便她住在明山墅，只要一个电话，司机就会立刻赶过来。现在，不光星期五，司机也没了。

裴奚若感觉到了，这一定是傅展行的某种“制裁”。

然而，她偏偏毫无办法。

申城的房子是家里给她买的，平城这边，房价高，她又买不起，住酒店……以她的年收入，根本不够。

这么多年，因为花钱大手大脚，她也没什么积蓄。到年底，公司分红倒是有一大笔，可她的每笔流水，裴父目前都能查得到。

投降，还是不投降？

裴奚若望了眼满室花里胡哨的装饰品——这些，她都是挑最土、最便宜、最俗的买的，辣眼睛的程度，她这个买家都受不了了。傅展行居然能镇定自若，只字不提，简直不是人。

她跟狗有什么好斗的呢？

既然要投降，那当然越早越好了，她当即给他打电话：“傅展行，我以后不说离婚了。你把星期五和司机送回来。”

电话那端，男人分明早有预料，笑了声：“裴小姐，你不会反悔吧？”

“反悔是狗。”

“这个誓言，你上次就发过了。”

他记性还挺好，裴奚若深深呼吸，保持微笑，问道：“那傅先生想要我怎么样呢？”

“不如赔钱好了。”他早看出来了，钱才是她的死穴。

“行，”裴奚若咬牙答应，再度重申自己的要求，“把星期五和司机送回来，我要去、逛、街。”

“好说。”

跟傅展行过招时，不觉得时间过得飞快，等正式搬进柏嘉府，她才惊觉，平城已是盛夏了。

这个城市的夏季，色彩斑斓而又燥热。

裴奚若决定，今天就待在家中，不出门了。她摸了摸星期五的头，满怀喜悦：“以后，这里就是我们的家了。”

根据设定好的程序，星期五立即捧场：“我非常高兴。”

裴奚若越看它，越喜欢。

以前她养小动物，养什么死什么，渐渐就不爱养了。现在，她把星期五当作小动物，就再也不必有这种烦恼。

这天，裴奚若在家悠闲度日。她看完了那部泰剧，下午放水在大理石浴缸泡了个澡，舒舒服服地披上浴袍。

她刚从冰箱取出一瓶鸡尾酒，却耳尖地听到大门开锁的声音。

她不可置信地走过去，就看见了傅展行。

已是盛夏时节，他却仿佛自带一股清净之气，穿白衬衫、黑色西装，站在那里，也是一道风景。

裴奚若很快反应过来，仓促地拢紧浴袍：“你怎么回来了！”

男人看她一眼：“这是我家。”

“但你不是喜欢住在山上吗？”

“既然是我家，”他迈开步伐，神色自若，“我想住哪就住哪。”

裴奚若想把玻璃瓶捏爆了。

她看了眼星期五，下了个结论：“有贼人要破坏我们的二人世界。”

于是，就这样，即便搬到了柏嘉府，裴奚若也没能逃离跟傅展行同居的命运。不过，好在他工作忙，她每天起床时，他早已不见踪影。晚上，两人也未必能打到照面。

周末，二伯母邀他们回家吃晚餐。

裴奚若还是很乐意看见二伯母的，刚好，她有一幅作品的创作想法，想参考参考多方面的意见。

谁知，二伯母今日不和她聊画画了。

“阿行过了今年，也二十七岁了，你们呀，有些事也可以准备起来了。”二伯母笑眯眯的，“你们感情这么好，生几个孩子还不容易呀。”

老一辈人的观念，尤其是傅家这样的传统大家族，对于子孙，当然是越多越好的。

裴奚若光是想想就头皮发麻。看着微笑着的二伯母，她特别想提醒一句，人类不可能无性繁殖。

虽然面对催生时，裴奚若十分排斥，不过转头，她又很乐意拿这个去烦傅展行。

“傅先生，”她坐进车里就开始了，“刚才二伯母和我说，要我们快快生个孩子。”

“连感情都没有，生什么孩子。”男人的调子很冷。

哈哈。他果然好讨厌这类话题。

裴奚若清了清嗓子，决定把自己前几天丢的面子捡回来：“没感情，可以培养啊。现在，我是真的想通了，你不让我离婚，我就不离了，我好好和你培养感情。”

“哦？不知道裴小姐要怎么培养？”

“约会，一天一次是必须的。送花，九百九十九朵玫瑰那种的。看电影，我喜欢看喜剧片。还有吃饭，你要带我吃完平城所有餐厅。

“这样的话，我一定会爱上傅先生的。”她眼中情意满满。

然而，这种如水波般充满柔情的眼神，并没打动男人分毫。

他只瞥她一眼，淡淡地撂下一句：“你先把我的脸记住。”

她今天看他之前，又是先看了一眼佛珠。

隔天，他们又要去傅老爷子家。裴奚若很奇怪：“为什么我也要去？”

“协议上写了，义务。”

有这一条吗？裴奚若决定，等回了申城，要把协议翻出来仔细看看。

傅老爷子叫傅展行回来，是说沈郁的事。

在一众孙辈里，论手腕、才智，无人能与傅展行比肩。但傅老爷子打心底最喜欢的，其实还是那个失散多年、被找回来的外孙沈郁。

沈郁的母亲是傅老爷子最疼爱的一个女儿，可惜她身体不好，孩子丢了之后，郁郁寡欢，没多久就去世了。到最后，她都没能见到亲生儿子一面。

有这些因素在，沈郁刚被找回来时，傅老爷子就将他接到身边，住了好几年。

傅老爷子对他的深爱与看重，不言而喻。

沈郁本人也很争气。他七八岁进傅家，完全没有同龄孩子的淘气。傅老爷子送他进国际学校，他起初跟不上，便偷偷努力。没过一年，他已经在各方面吊打同级生了。

那时，傅展行已是出类拔萃的天之骄子，很多人都说，再过两年，沈郁或许会是第二个。

傅家这辈人，真是藏龙卧虎。

傅老爷子看在眼中，心里升起了担忧。

傅、沈两家虽有着纵横交错的联姻关系，可沈家多年来无论是背景还是财富，都略逊一筹。而沈郁即便姓沈，事实上，也是傅家的人。

在傅老爷子眼里，外孙沈郁和其他孙子并没有什么不同。可傅展行的才干摆在那里，沈郁再出色，也难以和他较量。

傅老爷子有了私心，便迟迟拖延着，没有退居二线。

原本想，拖几年，等沈郁羽翼渐丰，他就可以放手了。只是，他没想到，傅渊会出事，成了植物人。

失去最器重的儿子，傅老爷子一度一蹶不振，二儿子傅洲力挽狂澜，赢得了众人的支持。

事到如今，连傅老爷子也不得不承认，即便再多给沈郁几年，他也成长不到傅展行的程度。傅老爷子安排他去芬兰，是表明自己的态度，也是希望傅展行不要赶尽杀绝。

傅展行自然懂这意思，半年来，未曾对他出过手。

傅老爷子觉得时机差不多了，便来做说客，意思是，希望能将沈郁调职，做欧洲区的负责人。

傅老爷子原以为傅展行一定会同意。毕竟，年轻一辈中，他的性情最平和，对权势好像也没那么大的野心。让他没想到的是，傅展行拒绝了。

傅展行还是那副平静的神色，用平淡的口吻，条分缕析，最终，将他的建议回绝，让他找不出话来再劝。

看着眼前这个清冷、淡然、彬彬有礼的继承人，他一时无言。

半晌，他才哑然失笑。也许他是活糊涂了，只看到了傅展行君子的一面，却忘了去思考，真的没野心的话，又怎么会卷入继承人之争呢？

“傅先生，你好慢。我已经饿到跟鱼抢吃的了。”

出了书房，沿着长廊往前走，拐过弯，他听见的第一声就是她的抱怨。

裴奚若正坐在回廊边，有一下没一下地往鱼池里扔掰碎了的小面包。碧绿的池塘中，一群群漂亮的红白鲤鱼甩尾，争相跃起，水珠四溅。

也许是书房太暗、气氛太压抑，眼前这幅鲜亮的画面，轻易触动了他的心弦。连她的抱怨声，都很悦耳。

傅展行脚步稍停。

跟长辈给他留下的阴影有关，傅展行对于感情，一直看得很淡。对裴奚若，他更多的时候，只是凭着本能行动。一年半后，如果她还坚持离婚，他不会不放手。

但这一刻，他的脑海中有了个清晰的念头——他要她在身边，不止这两年。

“裴奚若。”

“干什么？”裴奚若上下打量他。不知为什么，她现在听到他叫她的大名就心里发毛。

傅展行接过她手里的面包，丢进鱼池中：“带你去吃饭。”

只是吃饭啊？他忽然叫她的全名，她还以为有什么大事呢。

不过，傅展行要带她去吃饭，她还真不太乐意。她不用想也知道，是回柏嘉府吃。

柏嘉府公寓里没有住家阿姨，物业服务均由楼下五星级酒店一站式管理，连大厨也是。什么菜都有人能做，口味也还可以，当然，比不上蜚声业界的名厨。

裴奚若吃了几天，就吃厌了。她是俗人，味蕾得到满足，才会有极大的幸福感。

但傅展行和她相反。她几次跟傅展行一起吃饭，都觉得他就像在举止优雅地完成一个任务，毫无对食物的欣赏可言。

裴奚若怀疑，傅展行是真的断绝七情六欲了，连美食都诱惑不了他。

裴奚若把指腹上面残存的一点儿面包屑蹭掉，从廊椅上站起来：“傅先生要带我去吃什么啊？”

本想等他开口，她再推托，哪知，他这回还挺尊重她的意见：“你想吃什么？”

裴奚若自然不会客气，张口就道：“火锅、烧烤、麻辣烫。”反正他肯定不爱吃，那就赶紧放她走人。

没想到，傅展行脚步稍顿，问的却是：“到底想吃哪一个？”

花梨木桌中央，摆着一口子母锅。周围一大圈，红辣椒混着各式香料在锅中翻滚，辛辣随蒸腾的雾气一起被激发出来。

光是闻着，就让人食指大动。

服务员出去，包厢门关上。空气中，火锅味越发浓烈。

裴奚若瞄了瞄对面的男人，感觉他这一身做工考究的西服，今晚算是废了。

点锅底时，她特地钩选：“加麻加辣。”

现在摆在两人中间的，是色泽浓郁的一锅红汤，八角、桂皮、香叶在红油间起伏。中间一口小圆锅是奶白色汤底，汤面上漂浮着几根葱蒜。

这地儿是沈鸣选的，富有格调的内饰，很是古色古香，每日只开六桌。

据说，老板是个土生土长的四川人，八岁那年就拜师学艺，光是为了寻到最满意的花椒品种，他就曾走遍全国——果然够麻、够辣。

裴奚若只吃一口，就不由得“咝”了一声。难得碰上这么够劲的味道，她这个火锅爱好者，只觉得又辣又爽，酣畅淋漓。

傅展行吃的是清汤。他不重口腹之欲，不喜荤腥，口味清淡，只吃了几片莴笋、几块豆腐，面前的油碟一动也没动。

两人相对而坐，对比非常明显。

裴奚若这边的垃圾桶，已经堆了许多餐巾纸。

她辣得眼泪汪汪，唇嫣红漂亮，连说话都带着一点儿含混："傅展行，你不吃辣，会觉得人生少了很多乐趣的。"

傅展行叫来服务生，点了杯牛奶："吃这么辣，你小心胃痛。"

"我有一个朋友，对海鲜过敏，但是特别喜欢吃海鲜，"她没有管他，"所以，她每次先买好过敏药，然后才放心痛快地吃。这是一种境界。"

这是正常人干不出来的事情。傅展行看她一眼，把牛奶往她那边推了推："喝牛奶。"

从包厢里出来的服务生暗暗好笑。这一对男女，两人各说各的，谈话竟然也这样奇异地进行下去了。

这家火锅店坐落于市中心的一条深巷中，由四合院改造而成。古典的砖墙、门楣，朱红漆金的如意门，门边一般是一对圆形抱鼓石，光看外观，谁也想不到这里会飘出这样一种浓烈、辛辣的味道。

裴奚若只吃了七分饱，饭后，走路消食。巷子深而静，傅展行走在她身边。

两人身上都是浓重的火锅味，被夜风一吹，散了些许，仔细闻，又好像一点儿都没淡。

小路七拐八绕，他们走着走着，前方热闹了起来。

这是前几年开发的一条商业古巷，如今生意做得如火如荼，两侧开满商铺。巷子两边栽了槐树，挂起小小的花灯。糖葫芦在灯光下被照得晶莹剔透，裴奚若买了一串，咬在嘴里慢慢吃。

吃完糖葫芦后，嫌甜的吃着单调，路过小摊，她又买了一份臭豆腐。

付完账一回头，裴奚若发现一个怪事。

"傅展行，你今晚没事？"那个日理万机的霸道总裁去哪了？

她转身时，手中拿着盛着臭豆腐的纸盒子，差点儿碰到他的鼻尖，一股刺鼻的气味传来。

傅展行后退一步，面色不悦。见状，裴奚若故意把臭豆腐往他面前递了递："你不想吃吗？"

他看她的眼神，好似她在说一句废话。

裴奚若假装看不懂，用竹签扎了一块，刚要抬起手，他却仿佛看穿了她的想法，转身就走。她小跑几步追上他："傅展行，你不想一辈子都闻着臭豆腐的味道吧？"

"不想。"他很坦诚。

"那离婚啊。"她趁机说道。

"免谈。"

没意思。裴奚若自己扎了块臭豆腐，没吃，把它当作傅展行，用力戳了好几个洞。

"裴奚若。"冷不丁，他又叫她的大名。

裴奚若吓了一跳，手也停下来："干吗？"

"你刚才说了一次离婚。"他淡定地提出，"再有下次，回山里住。"

沈鸣本以为，这几天傅总和裴小姐的关系有所缓和。这不，晚上两个人都一起去吃火锅了。

火锅啊。难以想象，傅总会喜欢吃这么重口味的东西，多半是因为裴小姐要吃。

想到这里，沈鸣的脑洞又开始了。毕竟，这两个人从外形来说，是真的很配。至于性格迥异，从另一个方面来说，也刚好互补啊。

可不料，这两人散了个步回来，又是互不搭理的状态了。

沈鸣看得出，主要是裴小姐在甩脸色。傅总倒是一如既往地淡定，她不理他，他也没特意没话找话。

过了一会儿，后排传来对话。

"傅展行，既然要长住，我要弄一间工作室。"

"可以。三间书房随你挑。"

"那我明天就请设计师。原来的东西呢？"

"沈鸣会处理。"

他们一问一答，气氛不知不觉又变正常了。

沈鸣这才明白，原来裴小姐并不是真的在生气，而傅总显然明白得比他更早。

夜半时分，裴奚若忽然被一阵剧痛惊醒。仿佛一柄烧红的刀径直刺穿肚皮，带来难以忍受的剧痛，她几乎一瞬间就出了一身冷汗。

颤抖着摸到床头灯点亮，她下意识地就去找傅展行。

这种时候，分住在走廊两端的劣势就显现出来了，裴奚若咬牙一路过来，像走了一个世纪那么漫长。终于到了傅展行的门前，她一只手捂着胃部，另一只手抬起敲门。

好在，傅展行睡眠并不深，很快，门就被打开了。

裴奚若扶着门，抬眼望他，声音都带了点儿颤抖："傅展行，我胃疼……"

他一看她的脸色，就知道哪里出了问题，不等她说完，便将人扶到床边坐下，立即拨打电话。

裴奚若一沾到床，就自动躺下蜷成了一团。

原来痛到极致，人真的会意识模糊。她听不清傅展行在电话里说了什么，胃部脆弱得像是被人揍过一拳，剧痛到痉挛，额头上不断冒出冷汗。

不知过了多久，忽然闻到一股干净又好闻的味道，裴奚若转移自己的注意力，努力去分辨，最后辨认出，是黑檀木混着雪松的味道，很淡。迟疑几秒，她发现，好像是傅展行身上一直以来的气息。

随后，这股气息靠近，将她完全包围。

傅展行抱起她，往门口走去。

他们到楼下时，救护车已经抵达。经医生诊断，她这是急性胃炎，需要立即输液。

待她在病床上安置下来，已是午夜一点多。

也许是输进去的药水快速发挥了作用，也许是本来就过了最痛的那个阶段，裴奚若躺在床上，意外地平静、安详。

"裴奚若，你是不是有点儿傻。"整晚忙下来，傅展行的眉头没有松开过，然而望向她的目光，又没有一丝被麻烦到的不耐烦。

他说她傻。她很想翻白眼。

她以前也不是没吃过这么辣的火锅，都没出问题。要怪，应该怪沈鸣，是他选的好地方。但她没力气开口讲话，只好无声地用眼睛瞪着傅展行。

傅展行无视她的目光，帮她调了下点滴的速度："回去一个月，不准出去吃饭，让张姨过来。"

裴奚若浑身上下每个细胞都叫嚣着抗拒。

张姨就是明山墅的住家保姆，有一手质朴无华的好厨艺，很养生。然而，养生也意味着食物很清淡。

但她现在虚弱地躺在床上，开口拒绝的话，万一傅展行一气之下，拔掉她的输液管怎么办。

她只好用缓兵之计，点了点头。

痛了这一场，再精神的人也憔悴了，尤其她的嘴唇失了些颜色，更显柔弱。然而，她还很不安分，一直在四处乱看。过了一会儿，大概是胃没那么痛了，她又开口招惹他："傅展行，你是不是乌鸦嘴？"

傅展行没回应，而是对她道："闭眼，睡觉。"

她的大脑本来也昏昏沉沉的，闻言，像是受到了某种催眠一样，还真就睡着了。

等醒过来，她已经满血复活。

窗外晨光熹微，裴奚若刚想掀开被子，第一眼看到的是自己手背上的胶布。

昨晚，她就那样睡着了，是谁帮她叫护士来拔的针？她还记得，自己半夜迷迷糊糊要喝水，也有人倒来一杯温开水给她。

答案呼之欲出，却又让人那么不可置信。

就在这时，门锁传来轻微的声响，男人迈步走进来，身后跟着沈鸣，拎着几个大大小小的袋子。

裴奚若着实惊了一下。从相识至今，傅展行一直是西装革履、谦谦君子的模样，优雅得仿佛下一秒就能去拍商业杂志广告。

可这时的他，只穿了件白衬衫，没打领带，最上边一颗扣子没扣，领口略有些松垮，裤子也是条休闲的西裤，头发难得地有些凌乱，要是再戴上一副金丝边眼镜，妥妥的一个斯文败类。

昨晚的记忆，慢慢涌上来。

裴奚若愣住了。傅展行问她："还有没有哪里不舒服？"

她呆滞地摇头。

沈鸣将洗漱用品和早餐放到桌上，傅展行则拎起其中一个黑色纸袋，去了洗手间。再出来时，他换了身西装，又恢复了往日的模样。

沈鸣解释："裴小姐，傅总等下有个重要会议，我在这里陪您。"

说是重要会议，但傅展行并没急着走。

他换完衣服，走到她旁边："不舒服就叫医生。"

"哦。"裴奚若点了点头，终于发出一个单音节，随即，又忍不住问，"昨天是你陪的我？"

他"嗯"了一声："不然呢？"

"你干吗这么好心啊，"按沈鸣说的，他今天还有重要会议，完全可以随便叫个人来吧，裴奚若警惕地揪了揪被角，"怕是黄鼠狼给鸡拜年——没安好心吧？"

本以为，傅展行会冷笑一声，拂袖而去，或者解释来龙去脉，比如，她生病了，影响他的风评，所以他要留在这里之类的。没想到，他却顺理成章般反问了一句：

“我们不是在培养感情？”

培养感情？好冷的笑话。从他嘴里说出来，更冷了。

裴奚若抖了抖，干脆做出一副娇滴滴的模样：“那傅先生可要做好打持久战的准备哦。”她已经开始胡说八道，说明精神不错。

傅展行瞥她一眼，没说话，径直走了。

这会儿不过七八点，裴奚若只短暂地精神焕发了一下，喝完粥，回答完医生的问话，很快又睡起回笼觉。

沈鸣打开电脑，开始处理文件。等他把所有事项安排好，该落实的都落实下去，已经不早了。裴奚若依然在睡。

于是，他站起身来：“裴小姐，该起来吃饭了。”

裴奚若坐起，才发现张姨也在。病号餐是南瓜蒸饭、清炒菠菜、鸡蛋汤，从保温盒中倒出，盛在木碗中，米饭上还撒了几粒黑芝麻。

食欲不振时，能吃到这样简单的一餐饭，不失为一种小小的满足。

裴奚若吃到八分饱，就被张姨没收餐具。然后，她继续躺在床上休息、打吊针、玩手机。这个姿势累了，她就换一个姿势躺，宛如一条舒服自在的咸鱼。

沈鸣在一旁看着，暗暗惊叹。他长期跟在傅展行的身边，习惯了快速、有序的工作节奏，哪里见过人这样消磨时光？

虽然是病号，可这病号笑得也太精神了。

沈鸣想起自己的女朋友——雷厉风行，说一不二。他问过她，喜欢自己什么。她说，喜欢他细心、耐心，和她互补。他呢，刚好喜欢她的果决、干脆。

这么说来，也许人和人之间互相吸引，很大一个原因，就是“互补”了。

所以，傅总是有点儿喜欢裴小姐的吧？不然，傅总也不会让他来陪裴小姐。

想到这里，他忽然觉得自己肩上的担子重了起来。他握拳，轻咳了一声：“裴小姐。”

裴奚若正在看一档相亲节目剪辑，眉开眼笑的，闻言，抬起头：“嗯？”

“傅总说，多注意休息，少玩手机。”其实，傅展行没有说过，不过，沈鸣觉得这样表示一下关心，肯定没错。

哪知，裴小姐却收回视线，不太在意的样子：“哦，知道了。”然后，她继续看视频。

沈鸣一时竟无可奈何。他平时接触的人，都很讲道理。商业合作中，倒是有那种老奸巨猾的“老油条”，但商场上的事，自有商场上的手段，可裴小姐跟那些人不是同一个路数。

“裴小姐，不知道您最近在柏嘉府生活得好吗？有没有什么不方便？”他决定从侧面入手。

“有啊，”裴奚若将手机的声音调小，笑眯眯道，“家里有个男人，我哪儿都不方便——你就这样告诉他好了。”

沈鸣只好解释：“这不是傅总让我问的。”

几句对话，已经如此艰难，沈鸣禁不住开始回忆傅总到底是怎么跟裴小姐聊天的。

他没思索出结果来，裴奚若倒是主动开口了：“沈秘书，你是不是很无聊啊？”她看出来，他已经坐在这里一上午，下午不办公的时候，坐立不安，好像凳子上有钉子一样。

“没有。”沈鸣不敢说实话。

“不如我们来聊天好了。”裴奚若坐直了点儿，将手机扣在被子上，弯了弯眼梢。

经过一夜的休养，她的气色已经恢复了些，这样笑起来，眉眼有一种天然的妖气，像是有点儿不怀好意。

沈鸣不由得心生警惕。

“就先聊聊傅展行吧——沈秘书跟在他身边这么多年，知道他喜欢什么样的女人吗？你说得越具体越好。”她想从沈鸣口中套话，好从其他方向继续努力。

没想到，沈鸣的一番话颠覆了她所有的预想。

“呃，这个问题，我没有问过傅总。这么多年，也没见他身边有什么女人……不过，我感觉，应该是妖艳的那种吧，神经大条，性格也不用太温顺。”沈鸣绞尽脑汁地替傅总“暗示”了下。

裴奚若听了，一下子醍醐灌顶、追悔莫及。

怪不得，傅展行今天这么不对劲，还说出要和她培养感情这种话。原来是她恰恰踩中了他的喜好。

出院后，裴奚若果然被要求在家休养。张姨负责安排她的三餐。

反正盛夏的平城，跟桑拿房没有差别。裴奚若懒得出门，倒也默认了这个安排。

她每天待在家中跟星期五做伴，监督一下工作室的施工进度，再看看动画片，小日子过得很是舒坦。

不过，无论白天多舒坦，到傅展行快回来的时候，她就会自动切换成虐恋情深的韩剧模式，在那里伤春悲秋一番。而等他回到家，她便更加低眉顺眼，连说话的声音都小了许多。

起初，傅展行以为她又犯了什么戏瘾，不动声色地看她表演。直到某天，沈鸣跟他提了一嘴医院里的对话。

于是，这天，傅展行下班时，买了一束花——九十九朵红玫瑰。

裴奚若跑去给他开门时，吓得愣在了原地。不过，下一秒，她就做好了表情管理，惊讶中带上一抹欲言又止："傅先生，这是……"

可惜，她天生妖艳，演温顺的女孩也演得不像，只像扮作良家妇女的狐狸精，连摆出充满柔情的神态也像在勾引人。

傅展行将玫瑰往前一递，她费了好大力气接过，一脸发蒙地看着他。

"裴小姐，说实话，之前我对你有很多偏见，"傅展行神色自若，"以为你妖里妖气，一点儿也不温柔。"

这话说出口，裴奚若脑海中立即冒出一种不祥的预感："傅先生……"

"我向你道歉，"他没有让她说完，"其实，你很善良、很矜持，也很细腻。"

事情的转折来得猝不及防，望着眼前这忽然温柔起来的男人，裴奚若的脑袋轰然一片空白，只有一个想法——她要去撕了沈鸣。

她整个人被傅展行这几句话肉麻得不轻，连忙把花塞回他的怀里："不，我很恶毒，很放肆，也很粗线条。傅先生不要看错人了。"

傅展行迟疑片刻，原本温柔的眼神慢慢地重归冷淡。

裴奚若松了一口气，生怕他不信似的，又说了自己很多缺点，末了，还朝他抛媚眼："傅先生，这段时间，只不过是我在学着勾引人而已，果然，把你勾引到了。"

傅展行撇下她，兀自迈开步伐进屋了，声调很冷："你想得美。"

裴奚若望着被扔在玄关的花——热烈的红玫瑰，抚了抚胸口，顿时有种劫后余生的感觉。

之后，裴奚若再也不装小白花了。何况，工作室已经装修完毕，她也没那么多时间用在和傅展行的钩心斗角上。

一有正事儿，她其实还是很安分的。

柏嘉府里一共四间书房，傅展行占去一间，剩下的三间里，裴奚若选了间最大的，毕竟，还要隔出一个暗房，用来放曝光仪。

她画画时，一旦全情投入，旁边无论什么动静都能忽略。

因此，这天，傅展行的敲门声，她也没听见。傅展行敲了三下，拧开门把手："裴奚若。"

他一眼就看见，她微微弯着腰，伏在一张木板桌上，正在给版画上色。她只穿了件黑色紧身吊带，露出大片雪白的肌肤，勾勒出匀称却并不单薄的身形。尤其是在加压刮墨时，手臂会绷出漂亮柔韧的线条，更是有一种别致的性感。

他忽然不欲开口，仅仅驻足欣赏。

起初，他喜欢她身上的韧劲，能和他势均力敌，后来，连她的妖艳也能欣赏。所以她装温柔、文静时，他只想让她变回去。

可此刻，她安静、专注得过分，眉宇间不藏一丝妖气，却也那么吸引人。

工作室里，响着一道低沉、浑厚的背景音，像是有声小说。他刚开门时，注意力都在她身上，慢慢地才听清里边的内容。

“广阔的星空，蕴含着无限的神秘，错综复杂的星象，直指人心。古老的咒语，让我们一同去探寻十二星座的秘密……”

饶是知道她不会听什么正经东西，傅展行也无言了片刻。同样的星空，他观察星云、月球表面，她想的却是如何算命。

“傅展行，你怎么来了？”裴奚若这才发觉墙边站了个男人。

“接你去吃饭。”他这才开口道。

裴奚若想叹气。

这就是大家族的坏处了，注重亲缘关系，大大小小的聚会，很是频繁。她好几次都表示自己不愿意去。然后，他就会拿“培养感情”来堵她。

偏偏她不能示弱，只能迎难而上：“好呀，那我就好好和傅先生培养感情。”

——为了“培养感情”，他们这几天，已经一起吃了好几餐饭。裴奚若真的有种“搬起石头砸自己脚”的感觉。

有时候，她好奇怪，他这样一个霸道总裁，怎么可以吃饱了撑的似的，天天和她较劲。这是一种变态的乐趣吗？

“傅先生，你要等人家印完。”裴奚若不想丢下一个半成品，故意用撒娇的语气说。

“嗯。不急。”傅展行环顾她这间工作室。

之前，只听说过她是个画家，又听沈鸣描述过那幅水平堪忧的小猪版画，他自然以为，她和许多富家名媛一样，只把画画当作向人炫耀的资本。

可这间工作室，从设计到装修，都是她亲力亲为。如今墙上挂的几幅画，色彩明艳，个人风格也很强烈。

她是不一样的。

蓝牙音箱里，继续播放着神秘兮兮的占星术语。这是裴奚若的习惯，画画时，要放一些背景音乐才能更投入。大多时候是摇滚乐，偶尔，她会随便点一首蓝调歌曲。

今天她随手点到这个解说，恰好和她之前学的卡牌游戏对应上了。

裴奚若听着听着，忽然有点儿好奇：“傅展行，你是什么星座的？”

傅展行答：“不知道。”他又不信这个。

好吧。裴奚若换了个问法：“你的生日是几月几号？”

“二月十四号。”

裴奚若不由得朝他看去一眼：“哇，情人节啊。”这么浪漫的节日，居然是一个“和尚”的生日。

傅展行似是听懂了她的感叹，一笑，不置可否。他也觉得，这是个极具讽刺意味的生日。

裴奚若印完了，顺手将版画支起，晾在一边，才说：“傅展行，你是水瓶座，我是狮子座，我们最不般配了。这位星座大师说，迟早要离……”“婚”这个字没说完，她自己先意识到了，快速咽回喉咙，“我什么也没说。”

本以为傅展行会揪住她的小辫子发难一番，没想到他只是迈步过来，关掉了音箱：“以后少听这些。”

她愣了下：“为什么？”

“迷信。听多了，影响找到真爱。”

裴奚若才不想找到什么真爱。她把手机拿过来，转了一转：“傅先生，你不知道，我是独身主义，找不到真爱有什么关系。”

他随她往外走去：“为什么？”

“因为我就是最美的，不需要真爱了。”她粲然一笑，自恋又神气。

傅展行轻哂，走在后面，替她关上了工作室的门。

知道又有饭局时，裴奚若挺不乐意。

不过，上了车，她也就放弃挣扎了。对于无法改变的事，她一直都很懂得节省自己的力气。

黑色宾利在深巷入口停下。这片老城区，街巷较为狭窄，车开不进去。步行走到底，是一座食府，古典门楣上红底金字，题着“寻锦宴”三字。

这流传于平城富人圈中一座难求的餐厅，于傅家人而言，只是随时可光顾的食堂。

穿过长长的回廊水榭，他们便到了包厢之中。进门前，裴奚若练习了一下微笑，在门打开的那一刻，眸中甜蜜的笑意恰到好处地飞向眉梢。

沈思妙正要从包厢出来，一眼看到她，忍不住在心里骂道：狐狸精！

然而，这个“狐狸精”不知用了什么法子，还深得表哥的喜爱。

沈思妙永远也忘不掉上次有个姨妈说裴奚若染发的事。其实，那姨妈也没有说过分的话，只不过委婉地讲了句“不像样子”。结果，裴奚若就摆出一副委屈又娇嗔的模样，拉着路过的表哥为她做主。

偏偏表哥还真的开口了。他虽然措辞温和有礼，却不难看出真实的护短之意。

那之后，没人敢拿她的发型说事。

所以，这会儿，哪怕心中千般万般讨厌裴奚若，沈思妙也不得不挤出一个笑来：“表哥，表嫂。”

裴奚若笑意更浓，声音也嗲嗲的：“思妙表妹。”

沈思妙被这嗓音恶心得起了层鸡皮疙瘩，实在是说不出一句话，连忙往外跑了。

裴奚若露出胜利的微笑。这时候，身边的男人道：“裴奚若，你很幼稚。”

她一笑：“多亏傅先生威武，我才敢呀。”她知道，沈思妙会这么服服帖帖，是看在他的面子上。

傅展行轻笑，恰逢有一群小孩子接连跑过，他顺手将裴奚若拉过来了点儿：“看路。”

裴奚若刚才正看着墙上的山水画出神，没听见他的话，冷不丁被拉着靠近，还以为这是要开始演恩爱夫妻了。于是，她顺势挽住他的手臂，眉开眼笑道：“这距离行不行？”

傅展行瞥她一眼：“太近了，你离我远点儿。”

“我不。”她挽得更紧。

她跟傅展行一道来吃饭，除了花费点儿时间之外，其实也没别的负担。她不需要跟其他小姐、太太那样应酬，互相看眼色。大家知道傅展行宠她，二伯、二伯母也喜欢她，所以，非一般情况，都不会来找碴。

就算有不识相的，傅展行也会帮她挡掉。

大家其乐融融，裴奚若也就没把满肚子坏水往外倒，除了发色出格了点儿，还算得上一位举止得体的傅家太太。

“听你这样说，感觉傅展行对你挺好的啊。”

这会儿宴席已至尾声，裴奚若出来接了个简星然打来的电话。简星然问她能不能帮忙设计酒店壁画，她答应下来之后，两人又闲聊了几句。

裴奚若靠着朱红的廊柱，一只手搭着栏杆，闻言，只想翻白眼：“哪里好了，想离婚都离不掉。”

“裴奚若。”听到男人清冷的声线，她吓了一跳。

回过头，她才发现，傅展行跟她有一定距离，他应该没听见。

裴奚若跟简星然讲了声“回聊”，挂掉电话。

“走了。”傅展行走过来。

“这么快？结束了？”

“嗯。”

裴奚若望了眼，果然看见大家从门内陆续走出来。

别说，傅氏大概真有天生的好基因，无论男女，长相都很好看。傅展行应当是其中的佼佼者，她到现在还没看腻。

今天在席间听他们说，傅展行的生父也是一表人才，斯文俊雅，四十多岁时，还迷倒了万千少女。不知道傅展行四十岁的时候会是什么模样？大概只会更出色吧。毕竟，他这么养生。

不过，她是看不到了。

思绪东飘西荡，她回过神来时，已经走到了门口。

沈思妙站在那里，看来是等待已久：“表哥！”

相比于她的雀跃，傅展行只轻轻点了下头，嗓音也很淡：“嗯。”

“凡伊姐说，那幅画的事，谢谢你啦。她一直在说，让你帮她这个忙，非常不好意思。”

他停顿一会儿，似是在回忆，末了，道：“不客气。”

沈思妙说完，也没有逗留，很快就跟司机走了。

傅展行走下一级台阶，回头看了眼：“裴奚若？”

裴奚若原本靠着门，环抱着双臂，不知在想什么，闻言，一秒就切换成笑意盈盈的样子：“来了，老公。”

不远处的沈思妙听见这娇滴滴的一声，差点儿又被气了个倒仰。

对于那声“老公”，傅展行一开始并没在意。

裴奚若也不是第一次这样叫，有时候戏瘾大了，或者是纯粹为了腻到他，一声接着一声地叫。

他从不理她。结果他越不理，她越来劲。

但是，随着时间推移，他感觉出，她的不满越来越重，调子也越来越冷。

于是，有一天，他问她：“裴奚若，你生什么气？”

裴奚若用小银叉在蜜瓜上戳洞，笑得很假：“没生气啊。”

傅展行想起，随叙有个妹妹，时常会跟他说一些与女人相关的话题。虽然不感兴趣，但他还是能想得起来。

“我妹和她男朋友吵架，打电话的时候，就算气得咬牙切齿，也只会笑眯眯地说‘没生气啊’。女人大多是这样，得靠你去猜。”

傅展行望着对面的女人，沉吟片刻：“你是想离婚？”

裴奚若闻言，眼睛一亮：“你愿意离婚？”虽然她这次不是因为要离婚而发作，但要真能歪打正着也是极好的。

“不愿意。”他还是一样的答案。

她气得把小银叉丢在盘中：“傅展行，你不要和我说话了。”

[第五章]

动心

· · ·　　· · ·　　· · ·

BU MAN NI SHUO

她对他没有防备，殊不知他要在心中为自己建几座监牢。

展位被抢的事，说实话，裴奚若都快忘了。

然而，那天，沈思妙的话帮她补充了前因后果。

是董凡伊要拿那幅画参展，傅展行帮她送了进去，连带着挤掉了她的展位。不管他知不知情，这仇都结下了。所以，连续几天，她看他时，都在心里默默磨牙。

后来，她干脆眼不见为净，飞到申城去了。反正，她刚好要帮简星然的酒店设计壁画，借口也有了。

飞机落地时，简星然过来接机："你知道吗？你这会儿像极了和老公吵架、跑到闺密这里避难的豪门弃妇。"

裴奚若深以为然地点点头："现在，就等他什么时候把我弃了。"

"我看难。资本家从来都不会让自己吃亏。"

简星然这次负责的酒店项目位于申城市区，三月份开始修建，如今已快要完工，算是简老爷子交给她练手的一个小项目。

酒店主打新潮风格，恰恰给了裴奚若发挥的余地。

先前，裴奚若除了完成自己的作品之外，也跟各大美术馆、策展人合作过，不过，从没有担任过一整座酒店的壁画设计师。

整个八月，她都专注于设计各种方案，一次次拿给简星然和几位室内设计师看。

傅展行问起，她也有底气和充足的理由："我在忙事业。傅先生，你不能因为一己之私，就把我变成一只笼中雀。"

见她发来的照片，有模有样，加之集团这边确实抽不开身，傅展行便也任由她在外了。

其间，裴奚若也回了趟裴家。她刚回去时，裴母的反应比傅家人还要大，就差揪着她去把头发给重新染了。

直到她翻出自己顶着一头粉色头发跟二伯母的合照，合照上，两人亲切地凑在一处，才打消裴母的顾虑。

转眼，八月就到了末尾。申城夏季的温度，也达到了峰值。裴奚若在工作室中，有一下没一下地画着稿，等傅展行来接她去参加一个聚会。

在她独自待了二十多天之后，傅展行终于找上门来了。

他要过来，她才不怕。何况申城可是她的地盘。

傅展行这天是来申城出差。当然，这趟差事，换个集团副总过来也完全说得过去。冷不丁他大驾光临，倒是害得底下的负责人慌了好几天的神。

例行视察结束之后，傅展行推掉饭局，过来接裴奚若。

二十多天没见，她还是之前的模样，狐狸眼水光潋滟，看着就不像安了好心。

"好久不见，傅先生，你是不是想我了？"她一上车，眼角就飞出媚意。

这样的场景，倒是让他想起去年在申城见到她的时候。那时，他只觉得她像一枝妖娆的玫瑰花，太浓、太艳。

那天，她从他车上下去，他降下车窗，通了好久的风，才将女人的香水味驱散。谁能想到，此刻他的心境会大为不同。

傅展行的手指叩了叩中央储物盒，发现她这话说得没错。

他确实想她了。

聚会的地点在盛景会。

这地方青砖白墙，闹中取静，外人路过，一眼看去，还以为是什么文物保护单位。这里环境清幽、高雅，像是傅展行这样的人会来的。

裴奚若一边走，一边有一下没一下地想。他的朋友应该也是差不多的一类人吧？聚会也弄得像商务会谈。

果然，两人进了包厢，傅展行就跟一个男人聊起了金融动态。

那男人生了一双桃花眼，却一点儿也不显多情，身上的气质十分冷冽。他还带了老婆，姓时，名颜，是位温柔的小美人。

裴奚若看见美女，比看见帅哥还要开心，当即摸出手机来，和她一起打游戏。

裴奚若还看见了徐潮生——她其实早就认识他，在一个网红朋友的生日宴上，后来陆陆续续见过几次，不过，今天才又一次把人对号入座。

寒暄过后，大家开始打牌。

裴奚若自然地坐在傅展行的身侧。她知道，在很多人眼中，自己一点儿都不像正牌太太，干脆也没刻意端着，怎么舒服怎么来，反正受影响的是傅展行的风评。

这一张桌上，两边坐的是徐潮生和另一个朋友，对面那个长着桃花眼、气质冷淡的男人叫晏礼。

裴奚若看得出，他和时颜感情很好。她刚才听说，他们是中学时代就认识、互相喜欢了，再看看身边这个男人，却不能跟中学时代的白月光长相厮守。

啧。裴奚若不由得望了傅展行一眼，却发现他手气很不错。

刚好，他叫她帮忙看牌，于是她一点儿也没客气，拿过他的牌，乱出一气，一下就将他的牌打乱。

对面，晏礼发出一声轻笑。

傅展行瞥她一眼，倒是没有说话。

将这场聚会应付完，裴奚若原本以为自己能走了。没想到，司机拉着她，在申城的辉煌灯火中，转了一圈又一圈。

她终于反应过来："傅展行，你要带我去哪？"

傅展行没有说话，将他的手机递过来，放在两人中间的储物盒上，点了一下。

沈思妙的声音传出来。

"表哥，我真不是故意的。我就是觉得凡伊姐那幅画很好看，她自己也说，是非常喜欢的画，还没送出去参过展呢。刚好你又不稀罕，我当然就问你要了。我也不知道抢的是表嫂的展位啊。"

一条语音消息播完，裴奚若看了他一眼，伸手点了下一条。

"是，我那天是故意提了一嘴。我这不是想让表嫂以为你和凡伊姐关系好吗。"

"表哥，表哥，你回我个电话？你不会真的不让我去公司实习吧，我真的错了。我以后再也不敢了。"

聊天页面显示，沈思妙打了好几个语音电话，傅展行都没接。

裴奚若瞄了眼时间，这番对话，发生在几天前。

怎么说呢，她的心头升上来一点儿点儿非常微妙的感觉。知道不是他干的之后，她好像突然松了口气。

裴奚若还没来得及细细分析自己的心路历程，就看到男人收回了手机，淡淡地瞥来一眼："裴小姐，在把我想成卑鄙小人之前，是不是应该先当面对质一下？"幸好他后来仔细追溯，最后想明白她态度骤变是始于家族聚餐那天。

这兴师问罪的语气，裴奚若竟无言以对。

她现在想来，怪就怪一切都太巧了。再说，傅展行从说服她结婚起，就是一副居心叵测、步步为营的样子，她自然以为他是罪魁祸首。

不承想，事情还能反转成这样。

"我……"裴奚若自知理亏，视线在车内乱飘，半晌才开口道，"我给你赔礼道歉。"

"怎么赔？"他明显不打算让这事轻飘飘过去，"裴小姐，今晚，你害我输了不少钱。"

他这样一个霸道总裁，还在乎这点儿小钱？别是趁火打劫吧。

裴奚若警惕地看了他一眼，强调："要钱没有，别的条件，你看着说吧。"虽然简星然支付给她一笔不菲的报酬，可她要存起来做私房钱。

"那裴小姐就记住我的长相好了。"他提议。

"为什么？我后来又没有把你认错过。"裴奚若不服。

傅展行略过她的问题，碰了下佛珠："那就赔钱。"

他完全是不讲道理的债主模样。

裴奚若深吸一口气，含笑看他："好，那从今天开始，我就天天看着傅先生，一定好好记住你的样子。"

酒店壁画的设计敲定之后，申城这边，就没裴奚若什么事了。

九月中旬，她又飞回了平城。自上次在申城别过，裴奚若跟傅展行又有十来天没见了。

不过，对她来说，几小时没见也好，几天没见也好，自己面对的，都是一张陌生的脸。

当然，这话是不能说的。

"今天傅先生格外帅气，远远地，我就认出你来了。"裴奚若没忘自己"赔礼道歉"的任务，一上车，就开始展现诚意。

"你认的是车牌。"傅展行一眼就将她看穿。

十来天没见，他还是一如既往地直白。裴奚若呵呵一笑："为了记住傅先生的长相，我已经做了很多努力，看。"

她从包包里掏出一串东西。那是一串"项链"，由两寸大小的照片穿成，收起来时像一沓卡片，展开来立即成了一长串，可以挂在颈间。

裴奚若把"项链"挂在脖子上，随意地拿起一张，朝他飞去一个笑眼："这样天天对着看，一定能记住傅先生的样子。"

傅展行几乎要佩服她的智商："裴奚若，你真是别出心裁。"

"过奖，过奖。"

裴奚若说到做到。

在家里时，她还真的戴着那串"项链"，走来走去。尤其是在傅展行面前，她更加使出了十二分的努力，像背英语单词那样，仔仔细细地盯着琢磨。

然而，他摘掉佛珠，与她偶遇，她还是没办法认出来。

于是，傅展行知道了，她这脸盲的毛病，没办法治。

"裴奚若，算了。"大不了以后他都戴着佛珠。她这样天天挂着一串照片"项链"，晃来晃去，更像个女神棍。

他没说什么事算了，但裴奚若是一下就听明白了，当即在心中一喜。

想她和他认识以来，吃过多少次败仗？现在好了，她终于咸鱼翻身，让他投降了。哈哈，值得载入史册。

"这怎么行呢！"裴奚若乘胜追击，面上摆出一副依依不舍的样子，"我都答应要记住傅先生的样子了，不好出尔反尔的。"

"没关系。这次例外。"

“我过意不去呀，”她瞄了瞄餐桌，忽然心生一计，“要不，我给傅先生做一餐饭，我们就一笔勾销了吧？”

傅展行看了她一眼：“你会做饭？”

“当然啦。”

傅展行不应酬时，每日的午餐都由专门的私厨做好送过去。

这天，裴奚若则扮演了一回“私厨”。归根到底，她还是太无聊。

毕竟，前几天刚完成那么大一个工程，她的脑袋这会儿已经空了，没有灵感，急需找点儿事做做。何况，她难得在跟傅展行的斗法中偶尔获胜，当然要一鼓作气，杀到他害怕为止。

没想到，她却在门禁这关被卡住。

前台小姐轻声有礼，然而看她的眼神，已将她当成了纠缠不休的、来路不明的女人。

“不好意思，这位小姐，我们傅总现在正在开会。没有预约的话，您是无法进去的，还请谅解。”

裴奚若只好跟沈鸣说了声。

没一会儿，沈鸣就急匆匆地跑了下来。

“裴小姐，您怎么来了？”

“来给傅展行送午餐呀。”裴奚若晃了晃手里的保温食盒，笑得十分像贤妻良母。然而，她的长相就跟“贤妻良母”背道而驰。她笑得越温柔，反而让人心里越不踏实。

沈鸣被这笑容吓得全身麻了一遍，感觉她像是不怀好意的白骨精，拎着不知是癞蛤蟆还是石头变的东西，预备去毒害他们傅总。

考虑到消防因素，傅展行的办公室并不在总部顶层。电梯一路上行，十几秒后，到达目的地。整个傅氏的装修，都透露出一种现代高科技感。这一层楼也是如此，不同的是，多了几分清寂的意味。

没等一会儿，傅展行就开完会回来了。他显然是还有正事没说完，走进办公室时，身后跟着一众高管。

裴奚若还没来得及躲起来，就立即有眼尖的马屁精发现了她：“啊，这位就是傅太太吧？”

裴奚若只好朝他们微微一笑。

对于她的出现，傅展行略感意外。不过，瞄到茶几上摆的食盒后，他便了然。

“傅太太真是贤惠啊，还给傅总送饭来。我家那位要是有你一半贴心，我就心满意足了。”这位高管说完，其他人也发出附和的笑声。

这人是傅老爷子留下来的，能力尚可，就是爱拍马屁。傅展行不喜这种花哨的言语，不过，也未表现在明面上。

高管们一看，傅总太太都来了，这显然不是自己能存在的场合，于是方才还叽里呱啦说事的，也有眼色地撤退了。

总裁办公室的门关上，室内就恢复了安静。这办公室的装潢是冷色调，却不让人感到凄凉。色调简单优雅，不失现代科技感，还隐约飘着一股檀木香。

傅展行在对面坐下："裴小姐吃过了？"

"是呀。"裴奚若将两个食盒拿出来，打开其中一个，"傅先生，今天的饭菜可是我费了好大力气才做出来的，你要吃完。"

他没答应，静静地看她操作。

食盒的盖子被揭开，露出这餐午饭的真面目。有什么东西，蓝紫色糊成一坨，另一格中，则是碧绿碧绿的颜色，米饭是深巧克力色，散发出一股甜腻的味道。

"这是什么？"有几样食材已经面目全非，让人无法辨认。

"蓝莓炒蛋、黄瓜炒丝瓜、奥利奥米饭。"裴奚若十分自豪地挨个介绍。

傅展行连筷子都未拿起，朝她投去一眼："裴小姐，这餐饭，我吃不起。"

"没关系，"裴奚若似是早有准备，又敲了敲另一个食盒，"这里面呢，是味道完全正常、一点儿都不'黑暗'的糖醋小排。"

傅展行向后倚着沙发，明白她有后话："裴小姐有什么条件？"

"傅先生果然是聪明人。"裴奚若跷起二郎腿，望他，眸中笑意更深，"我要与傅先生和睦相处，井水不犯河水。"

"我们现在不是？"

"和睦的意思是指，你不会随便威胁我。"裴奚若强调。

傅展行的视线落在她得意扬扬的脸上，几乎没怎么思考，便道："可以。"

"你这就同意了？"倒是裴奚若觉得有点儿不可思议了。

"嗯。"傅展行拾起筷子，他本来也不想和她斗。

"好吧，"裴奚若放下心来，看着傅展行也觉得顺眼了许多，"欸，傅展行，你真的不想试试我的创新菜式吗？听说，很多名牌大学的菜谱就是这样。说不定，那些学霸脑袋瓜聪明，就是因为吃了这些菜。"

"不了。我还想多活几年。"

裴奚若达成目的，心满意足地走了。

沈鸣小心翼翼地从门外探进来一个脑袋："傅总，需要我帮您叫一份外卖吗？”

傅展行站起身：“不用。”她的厨艺确实还可以。

“好的，还有……”沈鸣似是有点儿犹豫，“前董事沈复德说想见您，现在就在楼下。”

“让他上来。”

电梯一路上升，望着跳动的红色数字，沈复德内心涌上一股难以言喻的悲凉感。总部第十六层，随着新主人的入驻，已改头换面，仿佛昭示着权势的更迭。

他推门走进办公室，依旧是两人对立，一站一坐，连天色都跟那日有几分相似。不同的是，地位已完全互换。

傅展行从座椅上礼貌性地起了个身，示意他坐：“姑父。”

他看了傅展行一眼，感觉胸中那股压抑许久的怒火又蹿了上来。然而，此刻容不得他再摆长辈的谱，便一声不吭地坐下了。

“姑父找我有什么事？”傅展行不紧不慢地问道。

不是没做好开门见山的准备，只是真正到这一刻，沈复德还是有些抹不开面子。

半年多前，他因串通研发中心负责人造假一份手机处理器的性能报告，被傅展行送到了监事会接受调查。

能坐到他这个位置的，有几个人手上真正干净？因为处理器报告的事，拔出萝卜带出泥，他之前的暗箱操作也紧跟着一件件东窗事发。高楼大厦，一夜将倾。最终，他被罢免董事身份，家产也赔了个七七八八，曾经集团内举足轻重的人物，转眼就一无所有。

看在他是傅家人的分上，又或许存了点儿安抚的意思，傅展行倒是允诺每年给他一笔分红。然而，这点儿微薄的“退休金”，跟之前的财富相比，更像是一种羞辱。

“阿行，”沈复德暗暗提了口气，撑出自己长辈的一点儿尊严，缓声问，“我想问问，你准备拿你四姑父怎么办？”

傅展行的四姑父，也就是沈复德的亲哥哥沈复才。早在去年，沈复才便因涉及股市内幕交易被刑拘，转眼，最终审判的日子即将来临。

“姑父，”傅展行笑了笑，“四姑父的事早已移交法院，不是我想插手就能插手的。”

沈复德耐着性子，好言相劝：“阿行，大家都是一家人。你四姑父就算有什么不对，好在发现及时，没有给公司造成太大的损失。我们是站错了队，落到现在的下场，我们不怪谁，只希望你高抬贵手，放过他这一马——

“你爸出事之前，你四姑夫还是他最信任的左膀右臂，你小时候，他可喜欢你了……”

他言辞恳切，但无论是摆出长辈的架势暗中施压，还是打亲情牌，傅展行永远是端坐于椅子上，不出声打断，也未表示赞同。

傅展行神色平静，在听到“你小时候，他可喜欢你了”时，也没有一丝波澜。

沈复德苦口婆心地说了一堆，见他依然毫无反应，有限的修养终于消耗殆尽，不禁冷笑：“所以，你根本就是想把我们逼到绝路。”

傅展行抬眼看着他，语调再平常不过：“我为什么不？”

像是没想到傅展行会这样说，他一下子愣住了。在他的印象中，傅展行虽是这一辈中少有的厉害角色，但性情温和，难得锋芒毕露；毕竟，狗急跳墙、过犹不及的道理，谁都懂。

他和沈复才早已落败，傅展行还有什么好赶尽杀绝的？到底有什么深仇大恨？

半晌，他终于想起了什么，猛地抬头：“因为你妈妈的事，你都知道了，对不对？”

这一瞬，脑袋运转得格外快，促使他说出第二个猜测：“我哥的事，也是你在背后设下陷阱，诱导他入局的，是不是？”

傅展行没有回答，只抬手搭上腕间的佛珠，轻轻地转过某一颗。

他很难得地一笑。

十月，山间枫叶又一次红起来时，裴奚若也回了明山墅一趟。倒不是她怀念山居生活，而是平城的秋季过于可怕了。

去年，她只在平城短暂地待了几天，来不及体会秋季的干燥和风沙。

最近，她却发现，天气越来越干燥，只好进山休养几天。

“太太，您这是秋燥，一会儿我给你煮碗雪梨汤，润润肺。”张姨笑眯眯的。

明山墅这边一直是张姨在打理，没人住的日子也窗明几净，透着隐居者的雅趣。

裴奚若在沙发上躺下，四仰八叉的。

她这个南方人，嫁到北方来，已经感觉自己脱了一层皮。

张姨从厨房走出来：“对了，太太，您刚说最近脾气躁，会不会是……有了？”

裴奚若正在摸沙发上的零食，闻言，差点儿呛到：“没有，张姨，您别想多了。”

“哦、哦。”张姨笑了笑，回厨房了。

裴奚若吃零食的兴趣也没了，又躺回了沙发，刷起微博。恰好这时，简星然打来电话。

“过几个月酒店开业，这几天公关那边就要准备发官博造势了，想用墙绘艺术，行走的画廊为卖点，我想着署名处写你的微博吧，省得大家老以为你是花瓶、草包。”

“好呀。”裴奚若道。

她本来也不是低调的人，曾经也在微博高调宣传过自己的画，结果呢，粉丝不断上涨，全都是来看她的颜。说起来有点儿离奇，她的颜值和才华，仿佛天生犯冲。

裴奚若估计，这次即便简星然有意替她宣传，也掀不起什么大浪花。

她又刷了一会儿微博，然后扔开手机，躺在沙发上看动画片。

一部高智商反转动画。画风极其古怪，人脸像锥子，主角长了一对三角眼，活像个反派。可架不住剧情实在精彩，集集反转高能。而且，除了主角，其他基本上是炮灰，没有认脸的压力。

傅展行回来时，裴奚若正倒挂在沙发上，仰脸朝着静止的电视屏幕。

这是个稍有不慎就会整个人滚落到地上的姿势，可她微妙地保持住了平衡，非但如此，还平衡得很好看，被夕阳余晖勾勒出柔韧的曲线。

走近看，她眼神空洞，仿若生无可恋。

“怎么了？”因为这几日天气不佳，她接连几天都没什么精神，像脱水的鲜花。本以为住进明山墅会好一些，没想到她更没精神了。

“动画片看多了，智商跟不上。”她喃喃，“我缓缓。”

傅展行瞥了眼屏幕：“动画片也能看不懂？”

这是显而易见的外行人语气，裴奚若一只手撑住沙发，利落地翻身下来：“傅展行，你不能看不起动画片。有些动画片很深奥的，你都未必看得懂。”

他挑了下眉梢，似是不赞同。裴奚若坐正，点了播放。

前情提要是男主角收到邀请，参与一场赌博游戏，以石头牌、剪刀牌、布牌的方式，轮流出牌，按照传统的胜利规则，赢家能摘掉输家的星星。到游戏结束，玩家要保持完整的三颗星，并将初始的十二张纸牌用完，才算获胜，不然，就会背上巨债。

裴奚若没打算跟傅展行讲来龙去脉，就在旁边静静地等着瞧好戏。没想到，瞧着瞧着，自己又看进去了，忍不住问：“他为什么看见记牌器就一脸大事不妙的样子？”

“根据记牌器，场上剪刀牌消耗的速度很快，布牌几乎没少。他大量囤积了石头牌，赢面只会越来越小。”傅展行看了她一眼，又将背后的深意解释了出来，“说明有人和他用了一样的策略，只不过，囤的是布牌。”

果然，动画下一秒，男主也有了类似的猜想。

裴奚若有点儿郁闷，抓了个靠枕过来，不得不承认有的人智商就是赢在了起跑线上。

傅展行见她气焰逐渐熄灭，也没再往屏幕上看一眼，转而递给她一张黑金色的卡。

裴奚若好奇地接过："这是什么？"

"嘉里酒店的私汤池。"

男人还是一贯的话少，也没个解释，不过裴奚若读懂了。

秋季嘛，养生润燥，泡泡温泉，吃吃梨，喝喝水——大家都会讲的养生大法。

"傅展行，我发现你也挺有良心的啊。"她收下卡，笑眯眯地看着他。

别说，自从她给他送过那餐饭之后，两人像是真的进了休战期，日子和平不少。

"不过，这风沙要什么时候才过去？"她很关心这个。听说平城冬天雾霾还特别严重，别风沙刚走，雾霾又来了。

"再过几天，三十号左右。"

"三十号？"裴奚若似是想起了什么，眼前一亮，"那不是我们的结婚纪念日？仔细想想，居然还有一年就要离婚了，幸福来得好突然。"

这话题，傅展行不爱听，瞥见茶几上有水果，弯腰给她递过去一个梨："多吃水果，少说话。"

裴奚若还沉浸在快乐中，瞄了瞄那梨，顺嘴道："梨啊梨。"她刚要伸手接过，傅展行却收了回去，害她扑了个空。

"你干吗？"裴奚若有点儿奇怪地看着他，最近两人不是好好的吗，他干吗突然又耍人？

傅展行重新给她拿了个蜜瓜："你不是不喜欢吃梨吗？"

"蜜瓜还得切呢，"裴奚若也不介意换种水果，只想趁机使唤他，"要不然，傅先生给我切一下？"

没想到，傅展行还真给她切了。木制的餐盘上，放着一块块青绿的蜜瓜，看着分外青翠、可爱。裴奚若用牙签扎了一块，咬在嘴巴里。

她瞥见傅展行洗了个手回来，正用一张纸巾慢条斯理地擦干。他应该是刚从商务场合回来，还穿着浅灰色西装，肩宽腿长，很是养眼。

这样一位青年才俊，给她切蜜瓜。

虽然是"塑料"夫妻吧，可这"塑料"的质量是不是太好了点儿？

月末，放肆多日的风沙终于退去，天气果然好了起来。晴日里，平城的天空重新显露出一种辽远的淡蓝，天气格外凉爽。

裴奚若迫不及待地搬回了柏嘉府，继续过她的都市艺术家生活。

这阵子，她跟戚听也混得越来越熟，隔三岔五就有约，今晚，是约在一处打牌。

裴奚若的牌技很烂，运气却还不错，连续好几局，牌都很好。她正打在兴头上，沈鸣的电话进来，说车子已到了楼下，等她下去。

“才十点，老公就来接啦？”一位牌友挤眉弄眼，“感情很好哦。”

裴奚若扬唇笑了一下。

方才牌局上，有个男人向她表露好感，她便言简意赅地道：“我结婚了。”旁边有戚听帮忙证实。所以，这位牌友才产生他们“感情很好”的误解。

反正大家只是萍水相逢，以后也不一定有什么交集，裴奚若便默认了这个说法。

戚听送她下楼，倒是重提了这茬：“仙仙，你真没觉得你老公对你不错？”

裴奚若轻微抖了两下：“不要说‘老公’，说名字。”她难以把傅展行那清冷的模样和俗气的称谓联系在一起。

“好吧，”戚听顿了下，继续阐述自己的观点，“其实上一次我就想说了……吴歌雨这个人，你记得吧？”

裴奚若回忆了下：“记得呀。”

吴歌雨曾在圈子里短暂地红过一阵，那段时间，“塑料”姐妹花们碰上面，时不时就会提起“吴歌雨命真好，嫁进豪门，对方还那么喜欢她”。流量崛起的年代，吴歌雨靠拍短视频走红，积累了近千万个粉丝，被奉为“宅男女神”。最后，她嫁给了一个苦追她多年的温柔的富二代。

起初，“塑料”姐妹花们讨论起她，语气总不乏艳羡与酸气。慢慢地，随着时间的推移，吴歌雨这个红极一时的名字，竟就这样淡出了众人的视野。不过短短一年，网络上就“查无此人”了。

而和她同时期红起来的那批，哪怕当时风头不敌她，现在也通过带货、开店的方式，赚得盆满钵满。

“还不是怪她那个婆婆，说网红不是正经职业，要她别在外抛头露面。那男的呢，喜欢是喜欢她，可凡事都站在他妈那边，也觉得女孩抛头露面不对，一点儿魄力都没有。”戚听对这事还算了解，鄙夷地发出一声冷笑。

裴奚若深有同感，这样的例子在生活中并不少见。她见过的完美的爱情和婚姻，屈指可数。所以，她一直觉得，像裴父和裴母那样的爱情，可以称得上童话。

“所以爱有什么用，对你好就行了。”戚听做了个总结，又把话题绕回来，“傅先生，对你就很好。”

她们这个圈子中，有多少女人嫁进豪门之后过得一天不如一天，没人关心不说，还要容忍老公在外面拈花惹草，钱袋子再晃，也只能听个响，离婚也不能拿走一分一毫。

起码，傅展行经常来接裴奚若，多少真夫妇都做不到。

难得的是，裴奚若有那么一丝丝的认同。也许是最近两人不知不觉中休战了的缘故吧，傅展行对她还真可以称得上体贴、周到。

她出行，必有车接车送，他还不声不响地替她办了泡温泉的卡。前几天，她陪他出席一场慈善拍卖会，拍下来的珠宝古董，也归她了。

那场慈善拍卖会的规格挺高。她得到的那套珠宝，还包括一条20世纪30年代的彩宝手链。无论是艺术价值，还是收藏价值，它都不可估量。

“傅展行，”拍卖会临近尾声，她和他确认，“那些东西，我跟你离婚了，也能带走吗？”不能的话，就带走那条手链也行，好美。

“不行。”他很冷漠。

这家伙还真是不让人占一点儿便宜。

裴奚若佯装叹气，抽出一张纸巾点了点眼下：“原来我就是个工具人罢了。”

他突然问：“真的喜欢？”

“当然。”裴奚若张口道。没有女人不喜欢珠宝。只不过，珠宝在她这里排不上第一喜欢罢了，但是单拎出来，也是很具诱惑力的。

她决定再为自己争取一下：“傅展行，你看我这双手，戴手链是不是很好看？”拍卖厅的天花板上镶了星星灯，发出熠熠光辉，她抬起一只手，反复翻转。她手腕上戴了一条多圈手链，不是今晚拍下的这条，上边镶了彩色宝石，比星光还艳丽几分。

傅展行望过去，只觉得更艳丽的是她的容貌。

裴奚若一只手托腮，绽开笑容：“除了我，谁配得上它。以后你要是有了新的老婆，还可以给她买新的啊。”

傅展行沉吟片刻：“要是我不想娶别的女人呢？”

“为什么？”裴奚若奇怪道。

“麻烦。裴小姐能续约是再好不过了。”

是了。裴奚若想起来了，他们当初签订的协议，说的是两年期满，她提出离婚的话，他才会奉陪。这就代表，傅展行一开始就是不太愿意离婚的吧？

毕竟，这可不是什么光彩之事。何况，他都选择了商业联姻，另一半是谁又有什么关系。能娶到她这种肤白貌美、性格好的天仙，才是前世修来的福分呀，他当然舍不得放手了。

思路一通，裴奚若不由得挺了挺背，义正词严地拒绝：“傅先生，人要言而有信。为了一条手链就再嫁你一次，我岂不是很没有尊严。”

傅展行“嗯”了一声，倒不是很意外的模样，没再开腔。

裴奚若坐端正了，继续盯着拍卖师手中的槌子，佯装出一副无可留恋的模样，心里却在想着那条手链。

方才在拍品名册上，她一眼就注意到它了。它的整体造型像一条蜿蜒的白色藤蔓，上面有规则地嵌入红宝石、祖母绿、蓝宝石，边缘缀黑色珐琅和一溜儿钻石。花里胡哨又不乏艺术感，是她最爱的风格。

也许是知道自己得不到吧，这会儿她更喜欢了。

裴奚若忍不住瞄了瞄傅展行。

他这就不开口啦？也不讨价还价几句？也许她心一软，看在手链的面子上，勉强和他多续约几个月呢。

拍卖会隔天，裴奚若就忘了这件事。直到傅展行将一个黑色丝绒盒子递给她：“手链送到了。”

“谢谢傅先生，我会好好戴的，”裴奚若甜甜蜜蜜地打开盒子，看到心爱的手链，忽然想吓他一下，“真的好美哦，你就这样给我了，万一我舍不得还给你怎么办？”

他倒是改了态度：“那就送给你了。”

十一月，简星然出差来平城，裴奚若带她去泡了私汤池。

简星然一面不忘享受，一面对她表示控诉：“亏我在申城辛苦做项目，你呢，竟在这里当富太太。”

裴奚若额头上搭着一条毛巾，忽然想起之前傅展行对她的评价：“据说，我的气质比较像姨太太。”

简星然噎了一下，竟然觉得有些道理：“也对，富太太都要相夫教子，只有年轻漂亮的姨太太可以肆意潇洒。”

“不过，你最近一直和傅展行住在一起？”

“是呀。”

“会不会不方便啊，毕竟是异性嘛。”简星然摸过一只温泉蛋，随口道。

这个问题，裴奚若之前也担忧过。后来，她才发现，她的担忧根本就是多余的。

记得她刚回国时，为了挑战他的底线，她还趴在书房门口，故意问他要不要看腿。结果呢？傅展行好冷漠地瞥了她一眼。

裴奚若虽然神经大条，但对于假正经和真禁欲还是分得清的。他那个样子，分明是对女色毫不感兴趣。何况，两人现在已经一起住了这么长时间，要是伪装，他也早该原形毕露了。

可昨天她洗完澡，想起有东西落在了工作室，便趿拉着拖鞋走过去。不巧，她撞上了走出书房的傅展行。

“想象一下，幽暗的光线下，一位裹着浴袍的美人，头发湿漉漉的，身上还散发着沐浴后的清香。”裴奚若拿下额头上的毛巾，绘声绘色地描述。

当时，两相对视，她警戒线拉起，差点儿就要贴着墙根溜了，人也下意识地摆出防备的姿态。不料，人家的视线只在她的身上停了一秒，便无波无澜道：“不冷？”

仿佛她身上的风景，压根不值得让他的视线停留。

简星然听完之后，都不知道该摆出什么表情：“我突然有了个小小的猜测。他是不是不正常？”

裴奚若认真思索了下：“不像。”

他更像是那种看破红尘，对男、对女、对俗世消遣，都不感兴趣的出家人。

这样的他，作为“塑料”老公来说，再让人称心不过。

深秋时节，早晨起来时，树叶染上一层白色。

傍晚，沈鸣过来接她——去陪傅展行出席一个私人晚宴。

裴奚若换上一条银灰色露肩礼服裙，这条裙子出自黎巴嫩著名设计师艾莉·萨博之手，布料带了低调的细闪，黑暗之中不明显，被灯光一扫，便带出一道银色流光，独具匠心。她的手腕上戴了那条新的手链，与礼服、项链、耳坠相得益彰。

气温已经有些低了，出门时，裴奚若披了件大衣，到目的地才脱下。

她挽着傅展行的手臂，踏入门廊，立即吸引了许多人的视线。

晚宴的主办方赵先生和傅展行有些私交，一听说他来，立刻下楼迎接。两人要谈些公事，赵先生热情地邀请裴奚若一道上楼品茶。

傅展行淡笑了一下，替她婉拒：“我太太喜欢闲逛。”

裴奚若十分满意地绽出一个笑。

这别墅占地面积很大，装修是中式风格，像是20世纪藏于幽暗时光中的老宅。一楼被布置成艺术展厅，展出了赵先生素来引以为傲的收藏——种类丰富，包括山水画、瓷器、雕塑之类。

裴奚若尤为喜欢其中的一幅版画，色彩明艳，画的是龙抬头、鲤鱼甩尾，灿金云丝缀于其中。

她刚才是跟傅展行一起来的，不少人都看在眼中。平城说大，可上流圈子也就那么大，没几分钟，她是傅太太的事就无人不知了。很快有人凑上来，拉她一道去聊天。

对于这种场合，傅展行说过，她可以不用加入。他不需要她假意逢迎，和谁家太太建立“塑料”友情，给他套取商业情报。不过，裴奚若闲着也是闲着，便笑眯眯地答应下来：“好呀。”

她们来到展厅尽头的休息厅中，这里早就三三两两地坐了些人，都是富太太的模样。

裴奚若刚坐下没多久，不远处便传来一阵小小的骚动，像是某位自带光环的人物驾到。

“狄薇？”身边有个女人好奇地探了探头，“边上那是……她最近新交的男朋友吧，还真挺帅。”

裴奚若顺着大家的目光看过去，只见叫作狄薇的女人正挽着一个男人款款走来。她下巴微抬，顾盼神飞，俨然是趾高气扬的公主样。边上的男人斯文清瘦，像是大学中文系的某位年轻教授，文质彬彬。

在平城待了几个月，对于世家分布，裴奚若也有了点儿粗浅的了解。何况狄薇也算和她有一点儿渊源。

狄家也是做地产起家，如今主要占据北方市场，和裴家实力相当，早几年，还有“南裴北狄”的说法。

狄薇过来落座，和几个熟人亲热地打了招呼。众人也拾起方才被打断的话题，重新聊起天来。

裴奚若端着酒杯，一边在手中晃了晃，一边简单地应和。她百无聊赖地打开微博看了一圈，再抬头时，发现狄薇带来的男人似乎正看着她。

四目相对，他立即收回视线。狄薇可能是察觉到了什么，短暂中止跟朋友的谈话，朝他看去一眼。

那男人露出微笑，凑近道：“怎么了，宝贝？”

狄薇没答，目光又移向裴奚若，过了一会儿才不冷不热地朝他道：“刚盯着哪边看呢？”

“没看哪边啊，一直看着你呢。”男人执起她的手，扣住，摩挲，“你是不是又胡思乱想了？”这动作像是表达忠心耿耿的爱意。

狄薇毕竟没揪住什么把柄，瞪了裴奚若一眼，哼了一声，也就作罢了。

“别理她，”旁边的女人将一切看在眼中，小声道，“她自己长得不怎么样，找了个这么帅的男朋友，挺没安全感的。以前，她就因为吃了些捕风捉影的醋，还打过人。”

裴奚若弯了下唇，表示受了她的好意。不过，裴奚若并不觉得那男人有多帅，也就是路人之上的水平吧。

也许，是傅展行提高了她的审美水准。前段时间，她天天看着他的照片，虽然不乏演给他看的成分，可自然而然，也欣赏了好多遍他的长相。

其中有一张，是让沈鸣找的傅展行高中时期的旧照。那时候，他还是个清俊少年，穿黑色校服，薄唇星目，是可以原地出道演青春偶像剧里的尖子生的水平。

裴奚若想，即使二婚，傅展行也一定非常抢手。

不多时，晚宴开席。赵先生在这里举行晚宴，明为请各位合作伙伴带上家眷联络关系，实则还有另一个目的，就是将自己的侄子引见给傅展行。

幸亏他跟傅家有些私交，不然，这种娱乐性质的私人晚宴，也请不动傅展行——也正因为是娱乐性质的，狄薇这种被家里人捧在手心长大、不知人间疾苦的小公主才有资格参加。

晚宴分两桌。

裴奚若毫不犹豫地选择和傅展行分开坐："你们聊的话题太枯燥了，还是听八卦有意思。"

知道她的性格，怕是真会坐不住，傅展行也没有勉强："那结束之后，我来找你。"

"好呀。"裴奚若便跟方才认识的几个女人一道，坐另一桌去了。

席上，狄薇正跟男朋友牵手说话，带着一种撒娇的神情，还时不时地瞥向她们，优越感简直快溢出来。

女人甲看不惯："这也太刻意了吧，秀给谁看呢，好像谁贪恋她男朋友似的。"

有人安抚："好啦，好啦，人家秀幸福，我们不看就行了。"几人挑了离他们最远的位置坐下。

今晚赵先生在食单上做了颇为细致的安排，其中一道蟹酿橙，合了所有人的口味。用餐时，气氛很是融洽。

吃完，裴奚若到后院走了走。后院别出心裁地建了一方泳池，如今快接近冬季，气温很低，泳池派不上用场，却依然打理得很干净。

夜幕降临，后院的地灯次第亮起。池水泛着光，一波一波地漾。

"裴奚若。"

身后响起一道略显阴柔的嗓音，阴森森的，像不怀好意。

裴奚若转过身去，没认出来："你是谁？"

"谈喆。"男人报上大名。

谈喆？

裴奚若惊了一下，上下打量着他。将近一年没见，他摘了眼镜、换了发型，腿也不瘸了，简直和之前判若两人。

他像是很满意她的反应，上前一步，道："裴奚若，你害我害得很惨啊。"

他永远也忘不掉，相亲相到她时，自己是怎样一种欣喜若狂的心情。因为裴奚若实在是太漂亮了，身材也没得挑，所以一见完面，他就收起了平日里的花花肠子，伪装成一副模范女婿的模样，赢得了她父母的欢心。

谁知，裴奚若表面上顺从地接受，暗地里却调查他，甚至抓到了他私会别人的把柄。他抵死不认，混了过去。可没想到，她竟然还能雇人勾引他。

本来，他不至于上当，可架不住那自称模特的女人确实长得漂亮，两人相遇时，又是在一处沙滩，气氛浪漫到不行，仿佛是一种天意。他加上了模特的微信，天天和她聊，尺度之大，不知天地为何物。

最终，他的聊天记录被发到家族群，婚事取消，长辈震怒，一拐杖敲下来，没把控住力道，把他的腿打折了。隔天，模特就销声匿迹。

谈喆终于想明白，一切都是裴奚若设下的圈套。躺在床上养腿伤的那几个月，他翻来覆去，把裴奚若恨上了几百遍，还恶狠狠地放言要报复。

起初，裴奚若紧张了一小阵。不过，随着时间的推移，他没什么实际行动，她也就渐渐放松了警惕。

毕竟这事无论从哪个方面讲，她都占理啊。是他先出轨不认，她才出此下策。那女模特，也不是她逼着他加的好友。

然而，眼下不是讲道理的时候。何况，两家联姻告吹之后，为了报复，裴父围追堵截，把原本就出现衰败苗头的谈家的实力又打压了一番。谈喆显然是气不过，来算总账的。

裴奚若在脑海中飞速地理清思路，定了定神，也换上一副笑眯眯的样子："谈先生现在不是过得挺好吗？你女朋友不知道你以前的事吧。"

"你威胁我？"谈喆面色变青。

"要看谈先生怎么理解了，"裴奚若一笑，笑出了一种红颜祸水般的味道，"毕竟，我现在的老公，也算不上脾气很好的呢。"

仔细想想，她根本没必要心虚。在平城，只要搬出傅家太太的头衔，谁敢动她。

话落，谈喆一下子不可置信道："你结婚了？"

他去国外休养了一阵子，和狄薇勾搭上就回国了，压根没听说裴奚若结婚的事，更没听说过她嫁给了谁。有那么多前男友，她竟然还嫁得出去？！

他转念想想，也许嫁的不是名门吧，眼前这个女人，顶着一头不伦不类的粉色头发，长相太过妖媚，绝不是名门喜欢的类型。今晚，他也没见她身边出现什么男人，可能她的丈夫就是个普通角色。

想到这里，他心中又泛开一股酸意。

其实他会来找她，半是存了点儿报复的心思，半是真的想见见她——自从遇见她，他再没觉得哪个女人有这么美。哪怕她现在的头发染成了粉色，可她肤白貌美，身材窈窕，是人间绝色。

再开口，他的声音中带了一丝连他也没察觉到的酸意："不知道你老公是哪位啊？"

裴奚若弯唇一笑，正要开口，不远处却响起一道怒意满满的女声："谈喆！"

是狄薇。

看她那微微扭曲的表情，就知道气得不轻。

裴奚若立刻摆出一副看好戏的姿态："呵呵，前任遇现任。"

一听她这看热闹不嫌事大的语气，再看杀过来的狄薇，谈喆什么有的没的都不敢想了，当即喝道："你别胡说，我跟你算什么前任！"

裴奚若笑眯眯的，不答。

她早看出来，谈喆对狄薇更多的是攀附、讨好之意，毕竟谈家如今已经大不比往昔，当初裴母看上他，看的就不是家世，而是小伙子长得帅、性格好。

转眼之间，狄薇就走到了两人眼前："你们在这里干什么？"

"薇薇，你别误会，"谈喆立即解释，"我们什么都没有，只是在这里偶遇。"

"谈喆，你别糊弄我了，刚才她们都和我说了。"狄薇冷笑了一声，指着裴奚若，"这个女的，是你前女友吧，你们差点儿就结婚了，对不对？"

狄薇无法想象自己刚才听到这些事时的表情。

当时，谈喆和她说要去洗手间，她没细想，让他一个人去了。谁知他前脚刚走，后脚席间就有人凑近，低声道："薇薇，你出去看看吧，刚才那边那个女人也先走了。"

想到谈喆看那女人的眼神，狄薇心中凉了一下，面上若无其事道："你想太多了吧，我出去干吗。"

"不是啊，你不知道吧，"那人凑近了，"他们以前交往过，都到谈婚论嫁的地步了。"

狄薇当即冲出别墅，一眼便在泳池边见到了他们，像被雷劈了般，火气从脚底蹿到胸口。

此刻，见谈喆眼神飘忽，她更是怒不可遏："你说话啊！"

这女人精神状态好像有点儿不稳定，裴奚若谨慎地往边上挪了两步，远离泳池。

谁知，狄薇在谈喆这里得不到答案，便将怒气撒在了她身上，双手一用力，将她推下了泳池，还伴着一道尖刻的嗓音：“无耻，勾引有妇之夫，下去清醒清醒吧！”

她本就生得纤瘦，哪里扛得住狄薇的力气，一下子跌进冰冷刺骨的深秋凉水中。水自四面八方包围，如厚重的冰毯，兜头涌来。那一瞬，冰冷的水径直灌进天灵盖，带来近乎刺痛的冷意。

耳畔轰轰鸣响，她下意识地挥舞手臂，就在这时，她便感觉一股力量揽过她的腰，带她浮出了水面。

出水那一刻，裴奚若吐出水来，大口呼吸。她脸上还挂着水珠，意识也不太清晰，看一切，都像带了一层模糊的滤镜，只感知得到他的怀抱温暖有力，夜色中，有水珠顺着他的脸颊滚下来。

好俊的一张脸。

很快，她就上了岸，立即有人送上毛巾和西装外套。

也许是落水那刻下意识闭气了，她并没呛进多少水。她坐在椅子上，裹着西装外套，嗅到一股熟悉的雪松檀木香味，愣愣地抬头。

傅展行只穿了件深蓝色衬衫，就站在她眼前，一边接过毛巾，一边问：“伤到哪里了？”他身上有水滴滴答答地落下，是谁救的她，不言而喻。

“没受伤，就是，”裴奚若坐在椅子上，抬起一只光溜溜的脚，“鞋掉了。”

短暂的十几秒时间，岸边已聚集了不少人，毕竟，名媛为男人争风吃醋，一人将另一人推下水，可不是每场晚宴都能见到的。

待看清主角，大家更是倒抽一口凉气。

“牛啊，狄薇知道她老公是傅展行吗？”

“一看他们感情就很好，傅总身边跟了保镖，还亲自跳下去救。”

“感情肯定好啊，不好怎么会允许她顶着一头粉色头发啊。我看见时，还以为眼睛出毛病了。”

也不乏幸灾乐祸的：“狄薇嚣张这么久，现在才踢到铁板，也算‘命运垂怜’了。”

这些言语随着秋风，不断往狄薇和谈喆的耳中灌。等弄清裴奚若到底是谁之后，狄薇一下子没站稳，竟软倒在了地上。

一场好端端的晚宴，出了这么大的事，连赵先生都有点儿提心吊胆，生怕受到牵连：“傅总，要不先带你太太上去换一下衣服。”他吩咐助理，将看热闹的一干人等引到偏厅休息。

这时，裴奚若幽幽地叹了口气。傅展行看过去："怎么了？"

赵先生也非常紧张。

"这是我最喜欢的鞋，捞上来也没法穿了。"裴奚若盯着池水，鞋子沉入水中，已经看不见了。

傅展行无言片刻，径直弯腰抱起她："赔你一双就是。"

横竖少了只鞋走不了路，裴奚若也没太在意这个动作，抬手揪住他肩胛处的衬衫，让自己被抱得更稳："说话算话？"

"嗯。"

还没进屋，一阵凉飕飕的秋风吹来，裴奚若的裙子湿透，这会儿贴在身上，就像敷了层冰。她打了个哆嗦，本能地往男人怀里缩了下。

因为傅展行不近女色，她对他潜意识里并没什么防备。殊不知傅展行只穿了件衬衫，她这样，跟贴着他磨蹭几乎没有什么差别。

偏偏她被他抱着，闲适无比，还有心思东张西望，随后，又抬头看看他："傅展行，这是不是你第一次抱女人？"她感觉得出，他的动作并不熟练。

他望着前方，目不斜视，"嗯"了一声。

"那你好赚啊。我是不是特别香、特别软？"她又开始自恋。

傅展行压了压遐想，声音很冷："裴奚若，少说话。"

裴奚若哼了一声。这个老公真是太不讨人喜欢了。

傅展行抬脚进屋，影响了裴奚若的姿势，她略微侧了侧身，调整了一下。她只不过是轻轻一动，谁知，这男人又有话讲。

"别乱动。"

又不是故意的，裴奚若好想翻白眼："你佛珠硌到我的腰了，好硬。"

傅展行深吸一口气。

深秋时节落水，滋味绝不好受。一路被傅展行抱上楼，裴奚若冻得直哆嗦，洗完热水澡才缓过来。

她将浴袍在腰间系了个结，抬脚走出热气腾腾的浴室。刚拿起吹风机，她便听到门被轻叩两下："裴奚若。"

男人已经换上干净的衬衣，西裤包裹下的腿长而笔直，裤子上没有一丝褶皱。他递给她一个袋子："你的衣服。"

裴奚若接过，顺势将门打开。傅展行这才问："刚才怎么回事？"

用完餐后，他和赵先生在二楼窗口闲谈时，瞥见窗下泳池边的一幕。

裴奚若和一个男人正站在一起说话。两人站得不远不近，她的气质偏妖艳，笑起来媚意横生。

傅展行转身，朝楼下走去，结果到后院时，她就落水了。

“是对我因爱生恨、恼羞成怒的第七任，”裴奚若道，“他勾搭上一个霸道女，霸道女以为我是狐狸精，想教训我一下。”

傅展行在床尾凳上坐下：“叫什么？”

轻描淡写的一句，可莫名很有气势。裴奚若眨眨眼，顺势发嗲道：“男的叫谈喆，女的叫狄薇。傅总，你莫不是要为我出气？”

他看她一眼，不置可否。

夜幕笼罩，客房连着小露台，门敞开小半，夜风凉凉的。

裴奚若擦完头发，探出身，接通吹风机电源。她的发梢滴着透明的水珠，随着身子前倾，浴袍跟着滑开一点儿，足够引人遐想。

傅展行克制地移开视线。

她对他没有防备，殊不知他要在心中为自己建几座监牢。

这几日，裴奚若总是能收到狄薇花样不同的道歉，这位霸道女终于缓过神来，明白自己得罪了怎样的大人物，哭得声嘶力竭。

“她可不是要哭吗，原本要和亲亲男友双宿双飞，现在都被禁足了。”戚听向来消息灵通。

谈喆的下场也好不到哪里去。狄老爷子当面喝令他们分手，一丁点儿面子都没给他留。

不知是哪位好心人士将消息传回了谈家，现在上上下下都知道，他高攀不成反被揍。

同样，二伯母也在得知消息的第一时间打电话过来。她先问过情况，又听到傅展行在跟傅洲商量，预备出手截下狄家下月预备参与竞标的一块地。

“阿行是真的喜欢你，想给你出气呢。”二伯母笑眯眯的。

裴奚若颇为意外。她原以为，狄薇数日接连不断的道歉，就是因为傅展行在给狄家施压。不料，他还有更绝的。

这天，裴奚若跟二伯母去医院探望即将生产的一位嫂子，结束之后，傅展行照例来接。

他今日没带司机，亲自开车。裴奚若坐上副驾驶座：“傅展行，你真是个好人呀。”

“怎么了？”

她不答：“你想想。”

她今天是去跟二伯母见面，联想到他近日在二伯家的谈话，会聊什么，再明显不过。

傅展行心中了然，望着她飞出笑意的双眼，不知怎的，也是一笑："出气了？"

"是啊，"她得意扬扬，"我最喜欢看坏人吃瘪。"

他轻哂，抬手搭上方向盘。

裴奚若哼了几句歌，舒舒服服地在座椅上窝好。不知何时，车子拐上了一条不常走的路。

她侧头："有事？"

他专注地望着前方，侧脸英俊："陪你去买鞋。"

说起来，泳池那件事已过去一周，其间，裴奚若还收到了赵先生表达歉意的一件礼物——恰好是那幅她欣赏了很久的版画。

现在，傅展行又要来兑现诺言了。这让裴奚若灵机一动："傅展行，以后万一我没钱了，是不是可以去碰瓷啊？故意摔进水里嫁祸别人，然后坐等收礼就好了。"这主意，也只有她能想出来。

傅展行道："你不用去。"

"为什么？"

"家里还没破产。"

这话好像有点儿言外之意，裴奚若眨了眨眼，刚要说话，店员恰好将鞋子送过来，弯腰请她试穿。

鞋子和掉在池子里的是一模一样的款式。裴奚若的脚纤细，很能将这种芭蕾舞鞋穿出感觉来，加上脚白，和绿绸缎相得益彰。

傅展行签了单，替她拎过装鞋的袋子。

这样的场景，倒是有几分熟悉。

裴奚若想起，上次两人一起逛街，还是一年多之前。那个时候，婚事未定，她打定主意要劝退这个第九任。

谁能想到，后来，第九任未婚夫会变成她的第一任老公呢。而她对他的排斥，却远没有当初那样严重了。

[第六章]

维护

· · ·　　· · ·　　· · ·

BU MAN NI SHUO

他不能表露心迹，免得将她早早吓得退场。

这个月十三号，裴奚若有个表妹生日，傅展行陪同前往。

两人提前一天到申城，住在那幢南洋风格的别墅中。

上次来时，她没仔细看这条街，这次，却反复欣赏。江水粼粼，沿街老洋房林立，依稀可以窥见旧时十里洋场的风光。

这幢别墅位于长街尽头，僻静之处。院内种了一棵百年银杏，还有几株说不上名字的树。月色下，它们往地面投下深黑的影子。

洗过澡，裴奚若裹着浴袍，躺在沙发上看一部电影。这是简星然力荐的一部电影，讲民国女鬼和现代负心汉的爱恨情仇。

她看得专注，冷不防余光捕捉到一道黑影，吓了一跳："啊！"然后她才发现，是傅展行。

他往屏幕上看了眼："你在看鬼片？"

"算是吧，"裴奚若这会儿还有点儿惊魂未定，声音都虚了许多，"傅展行，你不要突然出现。"

他在旁边坐下："害怕就不要看。"

"不行，现在正是高潮部分呢，马上就要知道女鬼是谁了。"裴奚若抱着靠枕。这是一部剧情与画面俱佳的鬼片，情节太抓人了。

"当心睡不着。"

她哼一声："不要咒我，狗才睡不着。"

没想到，姓傅的一语成谶。

这晚回到房间，她翻来覆去都没能睡着。她一闭眼，狰狞女鬼的脸仿佛就在眼前，隔着柔软厚实的床垫，仿佛就有一只手在下面四处摸索。

她毛骨悚然地跳下床。脚踩在地上，她的脊背也生出一丝丝凉意，房间里的古董家具，像是从电影中搬来的一样，看上去阴森森的。她再也忍不住，跟被鬼撵了似的，一路奔到傅展行的门前，靠在门框上，大口呼吸。

可能是他的房门阳气太重，也可能是背后不再空空的，她终于从惊恐的状态中恢复了些许。她刚想敲门，忽然想起不久前的对话。

——"当心睡不着。"

——"不要咒我，狗才睡不着。"

……

过了半秒，裴奚若小心翼翼地抬手，在门上刮了两下，嗓音也变得无比卑微。

"傅展行，你睡了吗？"

四下静寂，没有回答。反而是刚才指甲刮门板的声音，清晰地回响在耳边。裴奚若更害怕了，敲门的声音也大起来。

“傅展行！”

话落，门突然毫无预兆地被打开。裴奚若又被吓了一跳。

她是“害怕又爱看”的典型，喜欢各类惊悚刺激的影片，却经不住吓。以前，她和简星然一起看电影时，两人都是哇哇乱叫，影片没多恐怖，也能互相被对方吓死。

傅展行方才已经处于浅眠状态，听到她的声音醒过来，一开门，就见她仿佛见鬼似的，吓得在原地一跳。

“怎么了？”也许是刚从睡梦中醒来的缘故，男人清越的嗓音浮在夜里，比白日多了一种捉摸不定的缱绻，分外温和。

裴奚若也不管丢不丢脸：“我睡不着了。”

傅展行一只手搭着门：“因为看了鬼片？”

“是因为你的乌鸦嘴。”她甩锅很熟练。

夜深秋凉，老式洋房没开暖气，厅里的窗半开，夜风灌进来。裴奚若穿了件胭脂粉长袖丝绸睡衣，身形纤瘦，像是风一吹就要化作女妖飘走。她环抱手臂，站在房门口。

傅展行回身，想给她拿一件外套。她一下子紧张起来：“你就不管我啦？”

“我给你拿衣服。”

“是吗？我要看看。”

裴奚若趁机抬脚往前，又干脆走了两步，溜进了卧室。傅展行递给她一件干净的浴袍，顺手带上了门。

他这会儿身上穿的是件黑色睡衣，头发较之白天略显凌乱，清朗端正的气质，倒是和白日无异。两人擦肩而过时，他目不斜视，仿若看她一眼，就会破坏他的“清规戒律”。

要是在一个月前，裴奚若走进他的房间，肯定还会考虑一下人身安全问题。但是，这会儿，她只担心他会把她赶出去。毕竟，他不近女色，可能真没什么怜香惜玉之心。

“傅展行，”裴奚若脑子转了一转，决定先下手为强，“你今晚也看了那部鬼片，不会失眠吗？”

“不会。”

“但是，我因为你那句话睡不着了呀，你要负责。”她算是明摆着赖上他了。

傅展行坐在床沿，倒是有几分闲心地看她：“那你要我怎么负责？”

“陪我通宵吧，”裴奚若早就想好了，“你一定不忍心让我这么一个弱女子担惊受怕一整晚吧。”说着，她眨了眨眼，还真的显露出几分楚楚可怜。可她天生一张妩媚的脸，哪怕不施粉黛，美目流转间，还是妖气很重——像古代夜宿山庙的书生，会碰上的娇柔美艳的妖精。

傅展行道："女鬼打不过女妖，你可以放心。"

"我是善良的女妖，当然怕恶毒的女鬼。"她听懂了，机智地把他的话堵回去。

傅展行看她一眼，似是没了办法。随后，他把他的枕头拿走，换了另一个："那好，你睡在这里。"

"你呢？"她还是怕他走了。

"打地铺。"

裴奚若放心了，一边美滋滋地往床上躺，一边夸赞他："我没看错，你真是个好人。"

他站在一旁，看着她毫无防备的样子："你就不怕？"

"怕什么？"她倒是奇怪了。

"深更半夜，孤男寡女。"

"有道理哦，是我大意了，"裴奚若裹好被子，朝他抛了个媚眼，很勾人地叫道，"来呀。"

"……"傅展行不理她，抬脚走开了。裴奚若笑得很放肆。

他在床边打好地铺，躺下。她全程观摩，从他铺床的动作中，得出了他腰挺好、没赘肉、肌肉不错等结论。他打十个女鬼绰绰有余。

熄了灯，月夜很安静，窗外，偶尔响起几声凄惨的虫鸣。裴奚若睁开眼："傅展行，你睡着了吗？"

"没有。"他才躺下一分钟。

没有就好，可能今晚先是被吓了一通，这会儿又感觉到莫大的安全感的缘故吧，裴奚若反而清醒了，难得地也想讲两句正经话："其实，我是相信你不会乱来的。"换作一般的男人，她宁愿吓死，也不敢往他的房间里跑。

傅展行过了一会儿才道："为什么？"

"这还用问吗？"裴奚若觉得奇怪，忍不住从床上探过头看他，"你可是从小到大像标杆一样的模范生，面对女人，当然也是个君子了。"而且之前都有那么多次实践证明了。

"也许你了解的都是错的。"他并不是从小到大都是模范生。

这叫什么话？裴奚若眨了眨眼，然后，从床上一骨碌坐起来。

"你干什么？"冷不防听见动静，傅展行睁眼，就看到她坐起来的身影。

她语气严肃："去找防狼棒。"

"这里没有防狼棒。"

"但是有狼。"她盯着他。

"没狼，"傅展行终于知道她在演什么戏，语调中带了点儿无可奈何，"睡觉。"

裴奚若哈哈一笑，很得意地裹着被子倒下："让你吓我。"声调婉转，带着点儿小得意，无端让人心浮气躁。

傅展行闭上眼，道："再说话，我就去睡沙发。"

她当即安静，不再作声。

这晚，裴奚若做了个梦。

梦里没有女鬼，没有狼，只有一座破庙。破庙中，坐着一位白衣男子，她见到他的第一眼，就贴了上去，媚笑着叫道："傅展行。"

他岿然不动，甚至闭起了眼。她不气馁，伸手，在他的脸上轻轻摸了一把。他厌恶地皱眉，转开头。

"装什么君子。"她朝他的耳朵里吹口气，低声笑道，"功名有什么诱人的，比我长得好看？"

他不答，握住她的手腕，将她从身上拽下去。她更紧地贴住他，吐气如兰："傅展行，你刚才摸我了哦。"

他眉心一蹙，似是终于忍不住睁眼，然而，冰冷无情的眼神在触及她时，忽然有了一丝裂缝。她的笑意绽得更开，手也朝他探去…… 下一秒，画面一转，她摇着羽扇，坐在灯光迷幻的山洞中，莞尔："以前我也不知道，书里的狐狸精，为什么总喜欢逮着俊秀的书生下手。如果碰上个心无旁骛的死脑筋，岂不是费时费力打水漂，不如找个同样的男狐狸精，浪天浪地。

"但现在我不这么想了。书生有书生的好处呀。"

裴奚若一觉醒来，总感觉自己遗忘了什么。她好像做了个梦，但是已想不起内容。

她也没太纠结，瞥见傅展行醒了，便从床上探过头去："傅展行，昨晚真是委屈你了。睡得还好吗？"

这个角度，傅展行不必偏头，就能对上她的笑颜。明明长了一张颠倒众生的妖媚脸，脑子却迟钝得可以，和一个男人共处一室，还会问他睡得好不好。

平心而论，傅展行一直以来都不是欲望很强的人。哪怕对裴奚若，除了那次贴身的接触，他也没有过强烈的动情。

他想要她在身边，就像遇到了一只心仪的小狐狸，于是费尽心思让她留在家里，好吃好喝地供养，好让他时时见着。他却从没想过要再进一步，也没想过要对她做点儿什么。他像是未尝过禁果的人，不会好奇它有多美妙。

然而，昨夜，两人共处一室。他们没有肢体接触，他却轻易有了反应。

她身上的香气，起初不够明显，后来，像是滴入湖心，渐渐在水波中荡漾开来。跟她平时搭配衣服妆容喷的香水不一样，这种香，不掺丝毫杂质，不像任何花，只是好闻。纯粹的、属于她的香气，像挂于树梢的果子，诱人采撷。

偏偏，她不知做了什么梦，一直发出呓语。细碎的呢喃，磨着人的神经。

傅展行后来去吹了好久的凉风，才逐渐冷静下来。然而，他一回房，看见她仰面朝天地睡在那里，方才压下去的念头便又势不可挡地升上来。

其实，她的睡姿不美，脸藏在阴影中，也看不清楚长什么样，可他还是被欲望左右。或许仅仅因为，躺在那里的是她。

“傅展行？”也许是他沉默太久，她伸手到他的眼前晃了晃。她的手臂白皙，像骨瓷一样的质感，在清晨的天光里，细腻、修长。

傅展行喉结轻动：“睡醒了的话，你可以走了。”

“你好无情，谁说我睡醒了，”裴奚若没察觉到他略哑的声线，还跟个女流氓似的，嗅了嗅被单，“不过，你的被子好香呀，用的什么香水？檀木？”

没等她再问，傅展行已经起身，无情地将她赶了出去。

门砰的一声被关上。裴奚若站在门口，感觉怪怪的。她这会儿穿着睡衣，手里拎着个枕头，特别像电视剧中勾引未遂、被无情轰下床的心机女配。

傅展行大早上吃错药啦？一秒钟都不让多待，怕她占他便宜不成？

久违地，裴奚若找回了一点儿前段时间和他斗法的刺激感。

她突然还有点儿兴奋。对着门里那个守身如玉的男人，她挥舞枕头，咚咚地敲门：“傅展行，你不会是害羞了吧？还锁门。”

隔着门，男人的嗓音响起：“是，所以以后不要看鬼片，看了，也别来找我。”

“你想得美，”裴奚若声调上扬，“我今晚还来。”

傅展行坐在床沿，听她这回答，不由得轻哂。他头一次见到，有人这样威胁人。

然后，他嘴角弧度略收，微微闭上眼，不知过了多久，终于起身，抬脚走向浴室。因为她，他破天荒地体会到神魂颠倒的感觉。

还记得颠覆一切的那个晚上，母亲宋觅柔发完疯，带着报复的笑意解答他的疑惑：“你啊？你是傅渊强迫我生下来的孩子。所以，我怎么可能爱你呢？！”那时，他才十四岁，便从她冰凉又嘲讽的眼神中窥见了情欲不可控的肮脏，以及它带来的毁灭性后果。

他后来的冷淡、克制，也有这个原因。

然而此刻，他却因为裴奚若，重新窥见了它的美好与绮丽。也许他早应该想通，肮脏的是人，并非欲望本身。

裴奚若敲了一会儿门无果，便恶狠狠地撂下一句：“傅展行，你等着！”说完，她一咂摸，感觉这话很有气势。

回房收拾妥当，她走出房门。

这是民国年代建的房子，傅展行很少住，保持得很干净。屋里没什么杂物，颇具年代感的桌子上放了一盘色彩艳丽的新鲜苹果，宛若油画。她顺手摸过一个，咬了一口，朝他的房间走去：“傅展行，你好了没……”

话音没落，男人的身影从拐角处出现。他上身只穿了件白衬衫，臂弯挂了一件银灰色西装，薄唇星目，神清气朗。空气中，散开浅淡的檀香，正好和他的味道相衬。

裴奚若无端觉得他心情有点儿好，像是一种久违的放松。她左右看看，看不出什么名堂，倒是看出另外一点：“你洗过澡了？”

傅展行“嗯”了一声，从她手中拿走苹果：“要吃早饭了，少吃点儿。”

裴奚若还保持着那个握住苹果的姿势，有点儿反应不过来。

不是……那个自称害羞的人呢？

他一个人偷偷在房间干了什么，居然敢这么霸道地抢走她的苹果了？

原本，裴奚若是想直接去找简星然，一起吃个早午饭的。结果，傅展行说：“有一家店，它的鲜肉小馄饨很好吃，每天都要排几百桌。”

她半信半疑：“那我们这时候去还轮得上？”

“轮得上。”

好吧，他说轮得上就肯定轮得上，她正有点儿纠结，又听他道：“皮薄肉多，汤汁鲜美。”

被他一说，她顿时感觉肚子空了。

裴奚若狐疑地看着他：“你是不是收广告费了？要是不好吃，我今晚就去你房间找你。”

傅展行嘴角微勾：“好说。”

他的笑意，被裴奚若捕捉在眼中。她不由得道：“傅展行，你今天心情很好？”

傅展行应了一声：“嗯。”他对她有了更进一步的念头，心情当然好。

然而她再问，他就不答了。

小馄饨果然汤汁鲜美，皮薄肉多，汤上还撒了细碎的葱花。一碗分量很小，不够吃，她还点了一笼灌汤包。

她习惯蘸醋吃，醋里还要放辣椒，酸辣酸辣的味道，别提多爽。刚想拿小瓷碟调料，她却发现他先她一步，已经将醋混好辣椒，给她推了过来。

裴奚若乐得偷懒，夹着包子往里面一蘸，嘴上还是不闲着："老实说，你是不是半夜趁我睡着吃我豆腐了，不然，今天怎么对我这么好？"

他淡定地抬眼："你怎么不问，是不是你自己睡着睡着掉下来了，我只好对你负责了？"

她惊恐地一愣，筷子停在半空："我掉下去了？"

"没有。"

"……"

裴奚若跟简星然约的逛街，各自买了几套衣服，看看时间还早，便去电影院消磨时光。最近没什么好片，正是青黄不接的时候。

裴奚若选来选去，选了个讲述山野妖精勾引书生的电影，改编自古代某本小众志怪小说。演书生的是时下一位当红的男演员，面容白净，五官很俊，一股书卷气。女演员则是一朵妖艳的富贵花。

电影正式开映，两人戴上 3D 眼镜，专心地看起来。

故事其实很俗套，就是讲一位进京赶考的书生，夜宿山庙，遇到女妖精的故事。女妖精看上了他，百般勾引不成，便跟着他一路上京。中途，二者摩擦出不少爱的火花，结局当然是终成眷属。

裴奚若越看，越觉得不对劲。怎么眼前的画面，如此熟悉？

电光石火间，昨夜的梦境浮现——荒山、破庙、女妖跟……书生。

她微微张开嘴，连爆米花都忘了朝口中塞。

"弗洛伊德说，梦是潜意识的反应。"简星然听完她叙述的过程，拍拍她的肩，语重心长道。

裴奚若还是觉得很不可思议。毕竟，她从小到大从来没做过这样的梦。

遥想青春时代，班里的女生聚在一起"做梦"，常常会说，想和某某十指相扣，想在某某的鼻梁上滑滑梯。她从来都无感。

冒着烈日去球场看那些男孩子二十分钟，还不如在教室照照镜子，看看自己刘海有没有乱掉。

简星然说，她这是典型的水仙花行为，自恋到一定境界，没得治。裴奚若却觉得，不治挺好。欣赏谁的美不是欣赏呢，别人看帅哥，她看自己。

没想到，昨夜一整整了个大的。在梦中，她跟他何止十指相扣那么简单，就差一道纱帘垂下来，云被翻滚了。

“不得了，原来我尺度这么大。”裴奚若惊奇道，“快给我多看几张男演员的照片，也许我是到了久违的青春期。”

简星然翻了翻白眼，还是给她找了：“颜值排行榜前十，你看看。”

裴奚若扫了一眼，就兴致怏怏地丢开手机。

虽然，她现在记不起傅展行的样子，但他长相清俊、无人能敌这个事实，仿佛已经在脑海中生根，以至于这些明星都显得黯然失色了。

裴奚若的这位表妹名叫书萱，今年刚满二十周岁。

生日宴选在申城数一数二的高奢酒店最大的宴会厅中。入门处，立着色彩诱人的蛋糕塔，飘来一阵阵甜香。

裴奚若挽着傅展行的手臂，走到门口。

自从想起昨夜那个梦境，她见到他，就有些许奇异的感觉，像踩在发烫的云朵上，又虚幻又莫名焦躁。一路上，她频频朝他看去。

傅展行察觉到：“怎么了？”

裴奚若立即道：“没什么。”她总不能说，我昨夜梦到你了，好奇为什么会做这个梦，所以想多看看你吧。

“若若来了呀。”表姨一家十分殷勤地迎上前。

表妹书萱在旁边礼貌地点头致意，问了声好：“表姐，表姐夫。”

表姨和裴母关系一直很好，是从小到大的闺密。然而，裴奚若和书萱有五岁的年龄差，成长轨迹完全岔开了，彼此关系只是一般，不好也不坏。

裴奚若弯了弯唇，和她们打过招呼。

几人一道往里走。一路上，表姨在讲书萱的近况。

书萱目前就读于平城电影学院，大一时，出演一部小众文艺片的女主角色，起点很高。后来，她又陆续和几位导演合作。几部片子下来，她已在文艺圈内积累了不小名气。不过，出了圈子，她还是不温不火。

“这孩子，要是想拍别的电视剧，随时都能去，家里那么多资源，想火还不是分分钟的事？偏偏她只喜欢拍那些文艺电影。”表姨道，“有些题材，砸再多钱，还是火不起来。”

“妈，”书萱立即抗议，“我有……”

表姨熟练地接上下半句：“知道——你有自己的梦想和坚持，我现在是说不得了。”

今晚的生日会被置办成酒会的形式，厅中灯火辉煌，不乏娱乐圈中的大明星，书萱陪裴奚若走到宴会场，便去那边找朋友了。

裴奚若一到，就被各路亲戚拉着聊天。毕竟，她嫁到平城之后，很少回来。大家都不了解她的近况，要说的话自然多了些。

七大姑八大姨知道她嫁入名门，羡慕有之，担心有之，都是人之常情。不过，有些人的心思就很险恶了。

“若若，你们结婚也有一年多了吧，怎么一直没要个孩子呀？”

问这话的人，看似在关心，实则目光落在他们挽在一起的手臂上，似是要判断这对甜蜜夫妻是真的甜蜜还是假的。

裴奚若挽着傅展行的手臂，柔柔地一笑：“因为我们二人世界还没过够呢。”

这种时候，她演起来又很自然，毫不浮夸了。傅展行朝她看了一眼，嘴角微勾。

“这样啊……”那亲戚将这小细节看在眼中，尴尬地笑笑，“看来是我多嘴了。不过，我也是好心，不是都说，得趁最好的时候要孩子吗？这样，他以后才不会落后别人呀。”

这是哪里来的歪理，裴奚若刚要开口说话，傅展行却已淡淡地撂下一句：“不急，他无论什么时候出生，都赢在起跑线上。”

亲戚顿时被这一句话堵得哑口无言，没了反击之力。

“刚才居然会帮我说话，不像你呀。”远离那群亲戚之后，裴奚若道。像他们这种精英，怎么会纡尊降贵地跟长舌妇打嘴仗。

傅展行倒像是来了兴致：“那我像是什么样的？”

“温和有礼、不得罪人的那种吧。”要不然，他怎么被称为名门贵子、模范男人呢。

他了然。其实，她说的话也不算错，大多数时候，他呈现在外人眼前的，都是这样一副形象。不过，这并不意味着他本性如此。

两人正说着话，不远处，书萱走了过来。她是今晚的主角，穿了条某高奢品牌的白裙，衬得整个人有种清高气质，确实天生适合演文艺片。

走近了，书萱礼貌地向裴奚若开口：“表姐、表姐夫，我能拜托你们一件事吗？”

裴奚若道：“什么事？”

书萱抿紧唇，似是费了很大的劲才开口：“我有个不情之请，想请表姐夫帮个忙。”

哦，她是找傅展行的。

裴奚若见她一副难以启齿的样子，还以为是什么不方便给第三个人听的内容，便道：“是不是要我回避一下？”

“不、不、不，”她知道裴奚若想错了，连忙摆手，“不是什么大事，就是……

听说表姐夫跟随大导演的儿子是朋友。”

“随叙？”傅展行道。

“是的。我有一部片子，女主角可能会被人抢走，觉得很不甘心。我一直很仰慕随大导演，不想放弃这个难得的机会。他的作品，我每部看过不下十遍，最喜欢的是……”书萱可能真的是随导的死忠粉，讲起他的影片，如数家珍，一时半会儿没停的意思。

裴奚若听着听着就走了神，目光落到不远处一面镜子上。继而，她奇怪地心道，这里怎么会放一面镜子？

仔细看，她才发现，这是一座黑水晶制成的女神雕像，坐落于宴会厅东北角，女神手中执了一面盾牌。这面盾牌，表面光滑，略带磨砂质感，照出的人影，像古时的铜镜，有一种朦胧美。

她不由得多照了几下。等她回过神来，书萱已经差不多讲完，一向高冷的神情难得流露出一丝紧张，像是在等待宣判。

裴奚若想起，裴母说过，书萱是个十足的“戏痴”，为了演戏着了魔。她下意识地扯了扯傅展行的西装，傅展行朝她看去一眼。

她忽然又语塞了。书萱不清楚，她和他却心知肚明——彼此只是假夫妻关系。这个忙，她没道理开口要求他帮。

她最终一句话没说，他却跟看懂了似的，问了书萱的名字和所属公司。

书萱的眼睛立刻一亮。今晚，她原本没有抱太大希望。据说，学院里曾有个学姐，和傅展行的表妹是极其要好的闺密，当时，想通过这层关系请他把自己引荐给某人，他都没有搭理。

现在，他会答应帮她，一定是因为表姐。

回到家已是深夜。入夜后气温很低，夜空也是冷调的墨蓝色，不见一颗星星。

晚宴时，裴奚若喝了几杯红酒，司机车开得又稳，这一路，她困得直点头，什么色心也没了。下车被冷风一激，她更是直接打了个喷嚏，痛苦到皱眉：“这是哪儿？”

傅展行脱了西装，给她披上：“到家了。”他没了外套，里边只有一件白衬衣，夜色下，显得清瘦又结实。

两人离得不算很近，但有那么一瞬，裴奚若生出一种错觉，好像此刻自己已经拥抱住他，嗅到了他白衬衣上清淡的檀木香。顿了顿，她才反应过来，原来是因为她裹着他的西装外套。

裴奚若抬眸，目光有一丝狡黠：“傅展行，你知不知道给女人披西装是什么意思？”

“什么意思？”他语调还是很平常，顺手打开门。

“想跟她亲密接触呀。”她朝他钩钩手指，声调很魅惑。

傅展行示意她往里走，神色并没因她这句话而有起伏，随意道：“等你酒醒了，再亲密接触。”

裴奚若一愣：“我没醉啊。”

话落，两人目光相对。傅展行看见她细眉挑着，红唇微张，一副要为自己正名的样子，眼神确实很清醒。

在清醒的状态下，她在对他发神经。他不清楚原因，但正合他心意。

“裴奚若，”他嗓音略低，挑眉笑了，“那你是想现在？”

此刻，别墅深棕色的大门被推开小半，他一只手搭着门把手，微微侧过身来。在裴奚若的印象里，他很少外露情绪，无论什么时候，神情都很平静，寡淡无欲，凡尘不入眼的样子。也正因如此，他这一笑，像寒夜中昙花盛放，极为珍贵。

此刻，他眸色很深，黑漆漆的，带上了些许独属于男人的侵略性和放纵的意味。

裴奚若眨了眨眼，怀疑自己看错了。她像是才认识眼前这个人一般，不可思议道：“傅展行，这不像你啊。”

那个不近女色、对她视若无睹的傅展行到哪里去了？以前她明明也故意诱惑过他，他连看都没看一眼。

“我说过，你知道的不一定是真实的。”傅展行倒是答得毫无负担，将门完全推开，示意她进去。

其实，昨夜之前，他也没真正了解过自己。这么多年，他好像一直努力活成与傅渊截然相反的那种人，慢慢地，失去了很多喜怒哀乐的表达欲。外人评价他，一个字——“淡”。

遇到她，他性格里的浓烈才开始逐渐复苏。

裴奚若洗完澡，对着梳妆镜沉思。

去年五月，她跟傅展行相识，到今天，也有一年半了。这阵子他们朝夕相处，满打满算，也有大半年。

她怎么从没发现他清冷的外表下不为人知的一面？平时能克制得那么好吗？

照他今日的意思，她在他面前露腿乱晃的时候，他也不是完全没感觉？哇，她不能细想，一想，他的人设要崩掉了。

裴奚若一面在心里紧急叫停，一面又很诚实地想象了下去，对着镜子，慢慢擦完护肤品。

就在这时，有人敲门。裴奚若走过去，握住门把手，将门打开一条缝：“干吗？”虽然她觉得他很帅气，但该有的警惕心还是要有。

傅展行伸出腿，不动声色地抵住门，对她道：“过来睡。”他语气淡得好像在说“过来吃饭”一样。

裴奚若觉得有必要认真地谈一谈：“傅展行，算我输了可以吧？刚才不应该胡言乱语调戏你。我错了。”

“真不过来？”他忽略她的投降，淡声问。

“当然不。”

“嗯，”傅展行轻点了下头，倒也没怎么坚持，就在裴奚若松了一口气准备关门时，他忽然道，“你房间里有什么？”

有什么？裴奚若没反应过来。

“镜子、衣柜、床。”

这几个词简直是恐怖片标配，他刚起了个头，裴奚若立即感觉大事不妙，叫道：“傅展行，你闭嘴！”

可听进耳中的话，早已在脑海中形成画面。她只觉得一阵毛骨悚然，凉意顺着脚底爬到头皮。昨夜鬼片中的种种，快速占满整个世界，让她瑟瑟发抖。几秒后，她深吸一口气：“你给我等着。”

傅展行一笑，还真的站在了原地，一副光风霁月、任她报复的样子。裴奚若松开门把手，回去床边拿了枕头往门口走，路过他身边时，好想挥起来打他一下。

最终她还是忍住了。打人是不对的。更重要的是，她打不过。

时隔一天，她重新躺在这张床上，感觉大为不同。主要原因是，一直熟悉的老公，突然变了个调，让人不安。搞什么，她还没有开始对他下手，他先变成危险人物了。

裴奚若把被子抱得紧紧的，警告地铺上的人：“傅展行，我睡眠很浅的，你一动，我就能发现，所以不要乱来啊。”

哪知，傅展行道：“我昨晚开门关门共四次，你都没醒。”

裴奚若咬了咬牙，这男人真是多长了张嘴。不过，她很快发现了一个重点，疑惑起来：“四次？你起夜那么频繁？”

这下，轮到傅展行沉默。他昨夜出去吹了两趟凉风，也没能冷静下来。偏偏此刻，面对始作俑者，他什么都不能说。

“接电话。”他言简意赅。

“哦……”裴奚若了然。

住在平城的时候，她也见过几次，深夜，他还在开越洋视频会议，所以没怎么起疑。再说平时，两人相处，也没见他有问题。

裴奚若翻了个身，还是把被子抱得紧紧的，过了一会儿，觉得不舒服，又翻了个身。她的思绪有点儿乱糟糟的，尤其是，发现自己并没有想象中那样排斥和他共处一室。

难道她真的贪图他的美色？

裴奚若没想到，自己睡到半夜就难受地醒了。挣扎着睁开眼，她只觉得头疼脑热，眼前天旋地转。

“傅……”她开口，感觉眼眶发热，嗓子也痛，咽了口口水，才重新发出声，“傅展行。”

深夜时分，他大概睡得很沉。她又喊了几声，都没把人叫醒。

裴奚若费力地支撑起身子，觉得自己应该烧得不低，脚踩上地板，轻飘飘的。

好在傅展行的地铺离得不远。最方便的动作其实是踢他一脚，但裴奚若还是费力地蹲下，因为发烧带来了肌肉酸痛，做这个动作费了她不少力气。

不料，刚蹲下，她重心一个不稳，整个人不受控制地往前一扑，直接扑倒在他的身上。

这动静，将傅展行惊醒。他一睁眼，只觉得近在咫尺的地方，飘着她身上的香气。然后，他才感知到她撑着想从他身上爬起来的动作。

这动作不得章法，堪称四处乱摸，他下意识地制止她的动作。有那么几秒，还以为是梦境与现实交错，但很快，他掌心触到了她发烫的脊背，瞬间清醒过来。

傅展行没怎么费劲就将她扶起，伸手探向她的额头：“你发烧了。”

她早就烧得没了力气，浑身上下都难受：“嗯……”

“我给你叫医生。”他起身打横抱起她，将她放在床上。

这不是他第一次抱她。但此刻的她，身体滚烫，出了一身的汗，睡衣紧紧地贴在身上，薄得像蝉翼。被他打横抱起时，她的身子分外软。

傅展行眸中有什么在翻涌。他甩了甩头，将杂念甩出，转身拿起手机，拨通一个号码。

私人医生很快来过，说她是着了凉。傅展行想起她今晚打的那几个喷嚏。

后半夜，裴奚若打了吊针，在床上昏昏沉沉地睡去。傅展行坐在床沿，又是一夜未眠。

天色逐渐亮起，他去另一间卧室的浴室洗了澡。回来时，他看到从被窝露出她一颗脑袋，那粉色的头发分外扎眼，但属于她，就很好看。他越来越喜欢她的发色，让他在人群中一眼就能看到她。

裴奚若已经醒了，昨夜烧得厉害，记忆都变得模糊，但用脚指头想，也知道是他照顾了自己。她本来想说一两句感谢的话，但看到男人头发半湿，一副刚洗过澡、神清气爽的干净模样，再对比自己出了一夜汗的邋遢，她顿时将话咽回了喉咙，掀开被子就要下床。

“别动。”傅展行走过来，“要拿什么？”

裴奚若顿了下：“要洗澡，你也能代劳吗？”

“可以。”

两人用目光完成一个回合的交锋，傅展行示意她躺回去：“烧退了再洗。”

“烧已经退了。”

别墅一般没人住，常备药箱里倒是有一支水银体温计。傅展行拿来给她量了量，还有点儿低烧。于是，她被剥夺了洗澡的权利，只洗漱了下，就重新躺回床上。

早餐是易消化的粥，她吃完之后，傅展行端来水杯和药。他突然这么“二十四孝”，她狐疑起来：“你昨晚是不是对我做了什么？”

傅展行“嗯”了一声：“我趁你意识不清，让你按了个手印。”

她忽然有种不祥的预感：“什么手印？”

“续约。”

裴奚若用“你有毛病吗”的眼神看着他。他拆开药盒，淡定地回视：“你自己也同意了。”

“怎么可能？”裴奚若第一反应就是他骗人，可想想自己这两天对他的那丁点儿色心，又忽然没什么底气了。万一她潜意识里就是想和他续约，所以昨晚半推半就答应了呢？

电光石火间，裴奚若想起了什么，猛地一抬头：“签了几年？违约有什么后果？不会又是赔钱吧？”

他的回答只有一个字：“嗯。”

好一个“嗯”。裴奚若深吸一口气：“傅展行，你还能不能再‘狗’一点儿？”

他把药放在她的掌心，微微一笑：“不能了。”

这场高烧来势汹汹，退得也快，隔天，裴奚若基本就没什么事了。为了让她多休养一天，傅展行选择在第三天回平城。

飞机抵达平城，正是傍晚时分。华灯初上，天色暗淡，高架桥上的灯光接连在眼前闪过，起了催眠效果。

高烧过后，裴奚若的身子有点儿虚，靠着车座，没几分钟，几乎就要睡过去。

嗡——手机忽然震动起来。裴奚若一下子惊醒，努力睁了好几下眼皮，等困意消散，才摸到手机。

下意识想回拨，她却发现不是有人打电话。亮起的屏幕上，消息还在持续刷新，有不同的人给她发来消息，怪不得震成了“连续剧”。什么情况？

裴奚若解锁手机，一眼看到“微博”“民宿”“网红”等字眼。她瞄见一堆消息中，有简星然发来的，果断点开。

简星然：看微博没？

简星然：太无耻了，那个什么民宿老板娘，居然说你抄袭她的作品？

简星然：她那画风，一看就是模仿的你好吗，还模仿得很一般。

裴奚若看了一眼，大概知道自己被卷入什么事了。不过有一点很奇怪，因为她所处的版画圈算不上多大众，平时就算有抄袭风波，也只是在圈子中传开、解决，这次闹出圈，难道对方很有名？

裴奚若给简星然回电，然后点开微博。

她一眼就看到新闻榜上挂着的“君星酒店”“君星酒店壁画抄袭”，排名分别是十一、十三，后边跟着显示热度的上升箭头。恰好在这时，电话接通：“若若，你下飞机啦？”

裴奚若戴上耳机，一边滑着屏幕浏览网友的留言，一边问：“具体怎么回事呀？”

“就是很离谱的一件事，”简星然顿了一下，“今天上午，我让公关组发了星潮的九宫格微博，修了些照片出来预热，结果这会儿突然上了新闻榜，说我们的画抄袭了一个小众圈里很火的民宿里的画。”

星潮就是简星然负责的那个面向年轻群体的文创酒店项目，隶属君星酒店，风格颇为意识流，墙上的画大多出自裴奚若之手，先锋艺术感十足。

“那个民宿，我查了，老板娘是个拥有十几万粉丝的网红，在一次评选比赛里，她家的民宿因为风格独特而走红，之后她就发些酷酷的自拍、丧系的句子稳固粉丝，偶尔上传民宿一角的照片。大家都说她活得很有个性，民宿也从不缺顾客。”

老板娘名叫“祖曼”，一头短发，烟熏妆，穿黑色紧身T恤，戴银色项链，“社会姐”元素一个不缺，连拍照角度都永远是俯视人间。

“你刚才说，她模仿我的画，模仿得很一般是吗？”裴奚若的目光停留在民宿的某张照片上。

“对，感觉不怎么成熟。”

裴奚若弯了弯唇，点进民宿老板娘的主页：“因为这就是我六七年前画的画。”

……

这件事明显是冲着简家而来，裴奚若跟她商量了一下澄清步骤，才挂掉电话。简星然提醒她：“现在连我都被骂‘抄袭狗’了，你还是先别上微博了。”

现在键盘侠已经四处开骂，尤其是祖曼的粉丝，他们护主护得不行，简直是住在微博了。

“没关系。”裴奚若不怎么在意地撩撩头发，“让他们来，顺便欣赏欣赏我的美照。”

简星然又很庆幸地想，还好裴奚若是朵不以外界评价衡量自己的小水仙，永远那么自恋。这让她感到安心不少，一挂电话，便又投身到跟公关组的讨论中。

而裴奚若则又仔细地将那家民宿的照片翻看了一遍。她发现，每一张都是她以前作品的复刻。

这会儿，她想的是另一件事。原来，在她不知道的角落里，她六七年前的才华就已经如此出众。她忽然后悔，要是自己当初坚持一下，多在微博发些版画的照片，说不定，现在已经是位名声大噪的大画家，而不是单纯看脸的颜值博主了。

见她摁灭手机屏幕，轻叹一口气，傅展行不由得问道：“怎么了？”

她余光瞄他一眼，哼了一声道：“傅先生，别忘了，我们还在冷战。”

冷战，这一般是夫妻、情侣之间才会用的词。她和他没实质性的夫妻关系，不过，好歹顶着夫妻的名义，用起来倒也不违和。

“我没答应。”

“都说了是冷战，哪要你答应？”她翻了个白眼，朝他伸手，招了招，“要是想快点儿结束冷战，你就把合约给我一份。”

自从知道傅展行趁她意识不清，让她签了合约之后，她就一直想把合约拿到手，看看上面还有没有什么坑人的条款。再说，夫妻契约，本就该人手一份，很公平的事。结果，傅展行不给。

“合同只有一份，”傅展行看着她白皙的手心，不动声色道，“前天晚上，你摁完一个手印，不肯摁第二个。”

裴奚若一愣，没想到是这个原因：“所以，你是怕我拿到手之后，把它撕了？”

傅展行“嗯”了一声：“你会吗？”

“啧，”裴奚若用一种“我是这种人吗”的眼神看着他，摇摇头，然后托腮望着他笑，“你真懂我。”

裴奚若没有再去想合约的事。她回到柏嘉府，第一件事就是打开笔记本电脑，找自己的C站账号。这个账号，是她很久之前刚出国时注册的，那会儿她对拍视频记录生活特别有热情，经常一个人手持摄像机对着镜头，讲述自己在艺术系度过的一整天。

但她这人三分钟热度，视频陆陆续续拍了二十多期，就把这个账号抛到脑后了。后来她登录了几次，都遇到粉丝催更，于是连忙在主页挂了个“已毕业，不会再更新”的通知。一晃四五年过去，她连密码都忘了。

裴奚若给客服发了邮件，抱着笔记本电脑走出房门，打算换个环境一边等回复，一边透气。她惦记上了傅展行的开放式书吧，一路走过去，却看见了他。

男人站在书吧的玻璃门外，正低头调试天文望远镜。大概外边挺冷，他穿了件休闲款的外套，难得少了些商务精英的气质，多了几分温暖。余光扫见她，他将微调螺杆放到一边，朝她看来。

“今晚有星星？”裴奚若把笔记本电脑放到一边，自己走过去，吸了两口新鲜冷气。

想到她发烧初愈，傅展行示意她进屋，反手将移门拉上小半：“云层厚，应该不怎么看得清。”

“哦。”裴奚若捧起笔记本电脑，坐在移门旁的单人沙发上。

她坐没坐相，但自带风情，一张沙发，被她坐得像美人榻。傅展行瞥见她手中的笔记本电脑，似乎停在某个登录页面：“忘记密码了？”

裴奚若应了声：“嗯。”

恰好在这时，她收到客服发来的一封新邮件，原本有点儿蔫了的心情顿时灿烂起来：“现在找到了。”

她一笑，狐狸眼的眼梢弯起，在夜里更像一只妖精。尤其是这会儿，她将头发绾起，却落下一缕，弯成弧挂在脸侧。她皮肤白皙，唇色艳红，显得无端地勾人。

或者说，变的是他。毕竟，她以前有过比这更妖媚的样子。

那时，他反应平平。

裴奚若很快找到了自己发布的那几个作品视频，那是她记录的几个作业。大学的画室没有她现在的个人工作室那样井井有条，同系学生的东西都堆放在一起，又杂又乱。制好的版画挂在墙上，待印的T恤装在箱子里，中间那张长桌不知被染了多少遍颜料。整个画室光线昏暗，像地下室。

她一条条往下看，适时截图保存，渐渐有了点儿困意，冷不防，傅展行靠在她身后的墙上："要找什么？"

"别人抄袭我的证据。"她录视频时，展示过自己的作业，镜头也曾扫过墙上贴的各种作品。祖曼应该是早期关注她的粉丝之一，抄袭的多是她那时期的作品。

她是真的困了，说了这么几个字，又打了个哈欠。傅展行略微弯腰，拿过她的电脑："你去睡觉，我来找。"

裴奚若眨了眨眼："傅展行，你这是在赎罪吗？"

"我有什么罪？"

"骗婚罪呗，"她笑眯眯的，从沙发上站起来，给他让位，"资本家果然冷血无情啊，压榨劳动人民。稀里糊涂被你抓着按下一个手印，我就被你白白又骗了一年，我亏大发了。"

他喉结轻动，尽量让自己正常跟她说话："裴奚若。"

"啊？"

"你可以走了。"

裴奚若顿时无言。

当夜，"君星酒店壁画抄袭"的新闻，热度又上升好几位，爬到了首页。

在此之前，君星集团的路人缘一直不错，旗下出了不少各大网红博主争相打卡的网红酒店。早晨官博放出星潮文创酒店的图时，网友们还惊叹这次的设计真有个性，跟青年先锋艺术展似的，纷纷转发。结果到了晚上，却忽然爆出抄袭事件。网友们之前有多期待，如今就有多失望。

更不巧的是，前阵子，有个明星开的餐饮店涉嫌剽窃创意，受害方打官司维权，显而易见的抄袭，却惨遭失败，一度引起了公愤。这事热度未退，又赶上君星的竞争对手趁火打劫，会闹大可想而知。

裴奚若洗澡解了乏，将头发吹到半干，又回了书吧。毕竟，简星然这时还奋战在公关第一线。

傅展行坐在单人沙发上，膝上放着笔记本电脑，一只手肘撑在扶手上，另一只手放在键盘上，似乎还在替她找视频。

窗外夜色深重，风吹进来，带着一股秋夜凉意。室内灯光柔和，落在他平整的肩线上，从这个角度看去，他像是天上的冷月，清凉如水。

裴奚若欣赏了好几秒，才走到他身边，顺势斜靠在宽大的扶手上。她往屏幕上看了眼，奇怪道："这个视频里没有啊，都在我告诉你的那几个里。"

她一走动，一股浴液香气便在空气中散开，混着秋夜的风，融合成一股微凉的花香。傅展行停顿一瞬："已经找完了。"

裴奚若扫了眼手机，果然看到简星然发了个"大拇指"表情，说"一切放心"。

"那你还在看什么？"她说着，再度瞥向屏幕，忽然明白了什么，得意地撩了撩头发，"不会是被我的才华征服了吧？"

傅展行一笑："嗯。"

——不光是才华，还有美颜。这几个视频里的她，留着一头及腰的波浪卷发，挑染了几缕银灰。有几个镜头应该是同学拍的，校园道路两旁的绿荫遮天蔽日，她穿黑色背心，掐出细腰，下面穿着流苏牛仔短裤，露出又长又直的美腿——几乎让人一瞬就明白，什么叫"美艳不可方物"。

裴奚若跟他一起看了几秒视频，突发奇想，问了个很庸俗的问题："我现在的发型好看，还是以前的发型好看？"

按照以往，她觉得他应该会不解风情地看她一眼，说："花里胡哨，都不好看。"可现在，裴奚若莫名有种直觉——自己不会听到这样的答案。

果然，他道："都很好看。"只要是她，就好看。

"没骗人？"

"骗你干什么？"

裴奚若弯唇一笑。说来奇怪，以往那么多人夸她好看，她从来没像现在这样心情好过，怎么说呢，像是第一次知道自己很美似的。或许，是因为出自性情寡淡的他之口吧，所以让人格外有成就感。

裴奚若绽开笑容，似是无意地往他的肩上碰了一下："睡觉了，拜拜。"

她从扶手离开时，睡裙下摆一时粘住，白皙的小腿在眼前一晃而过，随即光滑的蚕丝裙摆才慢慢掉落，遮住那片风光。

有一瞬间，他想将她用力扯回来。

一直走过起居室，裴奚若才猛地刹住脚步，然后，悄悄返回，躲在一丛绿植后边，往书吧看去。

开放式书吧没有门，她看见傅展行依然坐在单人沙发上，一动不动，看着她的笔记本电脑。他到底有没有感觉到，刚才，她在撩他啊？

跟前阵子想让他知难而退不同，这次的目的，她自己也讲不清楚。好像是因为那个梦吧，之后她看他，越看越觉得英俊，从而色心渐起。有色心不可耻，可耻的是，她撩了他一把，他怎么什么反应都没有？

是她做得太不明显了吗？

裴奚若躺在床上，浏览微博。简星然的公关组效率很高，这会儿“君星酒店壁画抄袭”的新闻已经不见，取而代之的是君星酒店的一条澄清声明。声明简洁扼要，列出双方时间线，附带证据，狠狠地打了祖曼粉丝的脸。

事态一瞬就反转过来。

裴奚若的粉丝数和转发、点赞数量跟坐了火箭似的上升，还好她前阵子关了私信，不然估计私信这会儿也爆了。评论区，数不清的人在跟她道歉。

与此同时，申城某幢公寓楼内，祖曼也在刷着“裴仙仙”的主页。

她刷着刷着，手指不受控制地发抖。她记得这个博主，当年，同是美术生的她在C站随意闲逛，便刷到了对方拍的视频。后来，博主说毕业不再更新，她还遗憾了一阵子。不过，同时，她又心理阴暗地有点儿庆幸。

三年前，祖曼筹备开民宿，绞尽脑汁地思索如何才能更好地吸引客源。她灵机一动，修改了对方几幅色调鲜明、波普风格的画，绘制于墙面，整间民宿的装修也依样画葫芦。她还顺带改了自己的穿搭风格，立了个性凌厉的人设。不料，大家比想象中更爱这种范儿，她一炮而红。

这三年里，起初，祖曼还会惴惴不安，害怕哪天东窗事发，后来随着时间的推移，也慢慢放松了警惕。没想到，她今夜登上微博，一切天翻地覆。

祖曼看见时，这条新闻在榜单的排名还不高，她连忙打电话给一个朋友，花了笔钱，请对方帮忙撤掉。结果，新闻刚撤没几秒，粉丝不干了，骂君星撤新闻、抄袭狗。他们骂得起劲，然后又诞生了两个新闻热点，压也压不住。祖曼只觉得眼前一黑。

这会儿，明知道自己应该远离网络，她还是跟自虐似的一遍遍翻看着各大营销号下面的评论。看着那些刺目的言论，她有种大庭广众之下自己被剥得赤裸裸的羞耻感。

不过，她也知道，一切只是暂时的。艺术作品很难去界定是否抄袭，打起官司来也费时费力，如果她坚持不发声，这件事很快就会被网友们淡忘。

裴奚若一觉睡醒，被自己的粉丝数震惊了。一夜之间，因为抄袭事件，她的粉丝数就涨了几十万，已经快破百万了。

她点进评论区，是大片的夸赞。不光有夸她美的，还有夸她有才的，不过，大多粉丝是在表示震惊——

“仙仙，你居然还是个艺术家？怎么平时从不发作品的照片？”

“啊啊啊，六年老粉丝泪流满面，我的宝藏仙仙终于被发现了！”

“我好像在画展上见过你的画，当时就觉得好酷，没想到画家是我一直关注的颜值博主，啊啊啊……”

“画家”这两个字，让她一下喜笑颜开。

裴奚若当即掀开被子下床，去画室精挑细选，拍了几张近期的练习作品。

她发微博之后，微博上终于不是几年前那寥寥几十条评论的凄凉景象了，热度空前地高。

她有点儿飘飘然，跟踩着棉花一样，回房洗漱，又一路飘出来。看到傅展行，她扬起眉梢，掷地有声：“傅展行，我红了！”

“你不是本来就是网红？”傅展行拉开餐桌前的椅子，示意她坐下。

她越来越习惯他这种细节上的照顾，坐下来道：“不一样，现在是空前绝后的红。”其实也没有这么夸张，但她向来得了三分颜色就敢开染坊。

“等我红到广告商纷纷找我，也许接几个代言，我就赚够了违约要付的钱。到时候，你可不要跪地求我别离婚啊。”她沉浸在想象中不可自拔。

傅展行将粥放在她的眼前：“哦？那有广告商找你了吗？”

她一秒醒来：“还没。”

祖曼装死的小算盘并没成功。因为裴奚若很快就找律师代理，告了她侵权。

法院那边还在走程序，不过，这次这位律师，堪称律政界的“必胜客”，再刁钻的侵权也逃不过他的法眼。请到他，基本代表胜局已定。

简星然听到消息时，很是惊讶：“听说他现在不怎么接这种案子了，你花了多少钱才请动他？”

裴奚若道：“一分钱没花。”

那位律师其实是傅展行找的。她越来越觉得，他是个靠谱的好男人。

离婚只是她嘴上说说的，要是能一辈子这样，欣赏一下他的美色，在一起吃吃饭，也不错。

上个月月末，董凡伊因为一次急症发作被紧急送进手术室，不过歪打正着，急症消下去之后，她原先拖了很久的心脏手术也能做了。做完以后，她的状况比之前好了许多。

当着傅展行二伯、二伯母的面，沈思妙“无意”讲起这个消息，二伯便对傅展行道：“阿行，抽时间去探望她一下。”

董家是书香世家，跟傅家世代相交，到这一辈，虽然交情略浅了些，不过该有的礼节还是要有。何况董凡伊和傅展行是多年的同学。

得知要一起去看董凡伊，裴奚若躺在沙发上，不想动：“傅展行，她是你的朋友，干吗要我也去？”她一下午待在家里，拆了一包紫薯片，还有一些包装被随手放在茶几上，乱糟糟的。

自从她住进柏嘉府，茶几上就没有空过。傅展行弯腰，顺手帮她收拾掉：“疗养院那一带风景好，空气新鲜。”

“我脚痛，走不动路。”

“明天才去。”

“明天也痛。”

“我背你。”

裴奚若刚想开口，忽然反应过来，眸中一亮，一骨碌从沙发上坐起来：“真的？”能让他背她，岂不是可以趁机摸摸他的背肌？

傅展行的视线落在她露出喜色的脸上，勾了下嘴角：“嗯。”

“好吧，那我就去好了。”裴奚若没注意到他的神色，弯了弯眼角，又躺了回去，“我可是看在你的面子上。”

没想到，疗养院附近会冷得这样吓人。为免打扰病人休息，车子行至门口，便不让进了。裴奚若走下车，刚吸了口气，就感觉一股冷气直刺入肺里，冷得人脑仁疼。

这是平城近郊，周围小山连绵，冬季里一片萧条，路两边各种了一排杨树，褐色枝杈光秃秃的，没了叶片遮挡，肆无忌惮地朝天空伸出枯瘦的爪子，看着更冷。

她冻得牙齿打战，万分后悔：“傅展行，你就是个骗子。”如果不是他，她此刻还在温暖的被窝里做着美梦。

男人一身黑色大衣，立在她的身侧：“我哪里骗你了？”

“这里好冷，又荒凉，风景呢？我只看到光秃秃的树。”她义正词严，好像自己真是冲着看风景来的。

傅展行略过了她的抱怨，视线往下：“裴奚若。”

“啊？”

“脚不疼了？”

裴奚若跟着他低头，发现自己今天穿的是一双高跟小羊皮靴，当即在心里叫了声“不妙”。她出门时还很困，居然忘了自己“脚痛”这回事。

不过，露这点儿馅，可难不倒她。

裴奚若顿时往车身一靠：“疼的呀——而且原来没这么疼的，你一说，突然疼得厉害起来了。”

沈鸣站在副驾驶座那一侧，将裴奚若这些说辞听到耳中，顿时感觉她像个山野中的女妖，预备勾引他们傅总。

以前也不是没有女人这么对傅总过，晚宴上，总有女人出现在他的必经之路上，不是扭到脚，就是闪了腰。她们的情态和此时的裴小姐，十分相似。

非要说不同的话，就是裴小姐比她们生得好看，狐狸眼内勾外翘，稍稍一弯，就有一种浑然天成的妖气。这妖气，对付其他男人或许战无不胜，但对他们不近女色的傅总可就……

可就——怎么回事？居然还挺有用？

沈鸣一脸震惊地看着被傅展行背起来的裴奚若，怀疑自己的眼睛出了问题。

裴奚若趴在傅展行的背上，心情有点儿美。他的背部的触感比她想象中的还要好，腰腹和手臂也有力量，背她时，轻松稳当。

他这样的男人应该是穿衣显瘦、脱衣有肉的典型吧？

裴奚若没有刻意动手动脚，只是搭着他平整的肩头，就感觉手掌下蕴含着一股力量。她伸出一根手指，戳了戳，坚硬，又有点弹性。

今天真是不虚此行。

到了疗养院大厅，傅展行才把她放下来。他脱掉大衣，里边是浅灰色西装和马甲，下半身搭配的同色西裤。这种颜色很衬他，显得他清冷、矜贵。

刚才他背着她，走了五六分钟的路，这会儿呼吸却丝毫不乱，像是没花费什么力气。偏偏，男人生得清俊，身材比例绝佳，从外表看，绝不是肌肉的力量型。

裴奚若忽然好奇，他衬衣下的腹肌，是不是也像背肌那样深藏不露。

“你在看什么？”傅展行将大衣搭在臂弯，朝她看来。

“没什么。”裴奚若冲他一笑。她不知道，心里在想见不得人的事时，是会体现到脸上的，比如这一笑，妖气横生。

联想到方才背她时，她若有似无的试探、触碰，他不动声色，叫她：“走了。”

董凡伊的房间位于一楼。落地窗外是一片草坪，景致很美。

裴奚若和傅展行到达时，房间里并不止她一个人，还站着三个人。一个棕发马尾女孩，坐在董凡伊的床边，另两个男人身形外貌差不多，站在窗边。

棕发女孩最先发现他们，连忙拍拍董凡伊的手：“阿行来了。”她的声音里藏着压抑不住的欢快、喜悦，像学生时代提醒闺密——你的心上人就在旁边。

董凡伊微愣，转过头去，第一眼注意到的却不是傅展行，而是走在他身边的裴奚若。她今天穿了件驼色束腰大衣，红唇雪肤，双手斜斜地插在两侧的衣袋里，脊背挺得很直，踩着高跟皮靴进来时，目不斜视，无端有种女王的气场。

她怎么也来了？不过，董凡伊并没有将心思表露在脸上，笑得很温柔：“阿行，裴小姐。”

傅展行点头致意，裴奚若也冲她弯了弯唇。

两人在新婚之夜见过，严格来说，不算陌生人。

屋里开了暖气，裴奚若脱掉大衣，露出里边穿的黑色紧身毛衣，高腰深蓝牛仔裤，脚下踩了一双黑色皮靴。她身材好，穿这样有设计感的大衣，再加上那樱花粉小波浪的头发，分外吸引人的眼球。一屋子人的目光都汇聚在她身上。

寒暄过后，大家各自落座。裴奚若毫无拘谨感，一坐下，就开始打游戏。

向松和向杨兄弟俩对视了一眼，向杨暗暗伸出手，比了个“六”：“看见没，她戴了六个耳钉。”还不对称，左边耳垂上三个，右边耳垂上两个，左耳轮上还另外戴了一个银圈，简直是逼死强迫症。

向松视线往下，嘴唇翕动：“把手收起来，不礼貌。”

“我这不是吃惊吗，行哥居然会娶老婆，还是这么特别的类型。我就出国两年，世道真是变了。”向杨乖乖收手，一副沧桑的样子，“而我的老婆还不知道在哪儿。”

“你过来就好了，还带什么东西，我最近也不能吃。”董凡伊笑了笑，指了指向松、向杨他们，“这几个，可什么也没带。”

穆寄灵立即举起手：“欸、欸，我可带了啊，凡伊你对他们俩太温柔了，从小就这样温柔。”这句话，直接交代了四人之间的关系。

“别挑拨离间啊，就你带个果篮，也好意思说出来。”向杨不乐意了。

穆寄灵哼了一声反击：“那我又没傅总有钱，哪买得起那么多珍贵的补品。再说，谁不知道，小时候他对凡伊最好啊。”她说完这句，立即闭嘴，像是怕引起误会般，朝裴奚若投去一眼。

结果，裴奚若坐在沙发上，专心致志地玩手机，像是压根没有听见那番话。傅展行坐在她旁边，似是一点儿也不介意她的失礼。

穆寄灵暗暗咬了咬牙。

“好了，好了，干吗啊，多久没见了，都少说两句吧。”向松出面打圆场。

其实，向杨和穆寄灵还远没到吵起来的程度，他开口，只是想掐断“谁对谁好”这个话题。跟神经大条的向杨不同，向松早就留意到穆寄灵对裴奚若的敌意。

在他的记忆里，傅展行并没有对董凡伊特殊相待，顶多只是顺手帮过几个忙。女人之间的事儿，向松不想管，但他明显瞧得出傅展行对裴奚若的在意，所以担心穆寄灵再说下去，大家好不容易见一次面，都不欢而散。

董凡伊也轻声笑了笑：“你们还跟以前一样，长不大似的。”

裴奚若打着游戏，也不妨碍听这几人唱戏，联想到新婚之夜董凡伊的行为，眼眸中升起一点儿兴味。她偏头，压低嗓音，声调里醋味十足：“傅展行，你魅力好大哦。”

“怎么了？”傅展行方才并没仔细听他们说话。他性子冷淡，以前是被向杨这个自来熟拉进他们几个的小圈子来的，大家也习惯了他的性子。

“我看，这位董小姐好像喜欢你呀。”

“哦？你是不是吃醋了？”

“是啊，我可是正牌夫人。”她顺着杆子爬。

“我不喜欢她。”

她好奇：“那你知道她喜欢你？”

“不知道。”他从来没闲心去关注这些，以前没有，现在更没有了。

不愧是冷心、冷漠的傅展行，裴奚若在心里啧啧两声，继而想，也好，他心里没别人，她可以更光明正大地贪图他的美色。

两人低声说话时的神情，都落入董凡伊的眼中。她不想去破坏他的家庭，却又奢侈地希望他的未来里能有自己的一席之地。

所以，今日，她才会默许穆寄灵屡屡挑衅。她想让裴奚若知道，他们才是从小认识的朋友，哪怕她不会和他结婚，也永远和他有不可取代的回忆。裴奚若不过是他人生中的一个空降。

董凡伊原本以为，几个人打打闹闹的气氛，多少会竖起透明的城墙，将裴奚若挡在门外。可眼下，她莫名觉得，相隔不远的那两个人，才是自成一片天地。

“欸，行哥，别光顾着跟嫂子聊天啊，你俩天天见面，也赏脸跟我聊几句吧。”向杨这个眼尖的立刻发现，嚷嚷起来，“跟我们说说，你们是怎么认识的啊？”他真的是太好奇了，看行哥，完全不像会喜欢裴奚若这个类型的。

傅展行难得地搭理他的八卦：“相亲。”

“相亲？”穆寄灵声调略扬，“那你们一定很有共同语言吧？”她的目光转向裴奚若，像是在求一个肯定。

裴奚若笑眯眯地说：“没有。”她跟他的爱好完全不搭边。

向杨插嘴道：“为什么相亲要有共同语言？”

“相亲嘛，又不是按头结婚，不投缘，以后生活岂不是很无聊。”穆寄灵理所当然道。

“不会啊。”裴奚若不以为然。

傅展行淡声接了句：“我们很投缘。”

都到这个份上了，穆寄灵也没什么话讲了，也不知道这个裴奚若哪来这么大魅力，让傅展行一再为她撑腰。难不成，两人的感情真的挺好？

穆寄灵头一回觉得尴尬，下意识地瞟向董凡伊。

董凡伊脸上仍然挂着些许笑意，手指却无意识地攥住了床单。自己是什么时候、因为什么事喜欢上傅展行的，她已经忘记了。只记得，她挽着好友沈思妙的手，听对方不可置信道："怎么会有人喜欢下围棋，枯燥地坐在那里一动不动，无聊死了。不过，你倒是和我表哥一样欸，要不你俩凑一对得了。"那时，她的心就已经怦怦直跳。

傅展行是众人眼中的天之骄子，有着先留级后跳级的传说。他性子不算冷漠，但从某种程度上来说，比冷漠的人更难接近。因为他太寡淡了，好像对任何人、任何事都不在意。

她每每要跟他说点儿什么，都紧张得有些喘不上气来。而且，她察觉得出，他并不喜欢自己。于是，沈思妙一次次地撮合，她一次次地矜持回避，装得毫无破绽。

有很长一段时间，董凡伊都觉得，如果自己当初勇敢一点儿，兴许现状会不一样。可是，没有如果。

傅展行举行婚礼那夜，董凡伊坐上车离开，心情异常平静，甚至有些雀跃。她看得出，傅展行和裴奚若不过是联姻关系，是"塑料"夫妻。以他冷淡的性子，两人天差地别的性格，他们怕是一辈子都不会相爱。而她，才是唯一一个稍稍走进他生命里的人，尽管也没留下什么痕迹。

可今天的一切，如当头一棒，击碎了她为自己编织的梦。

裴奚若并非出身名门，学历在世家圈里只能说一般，性格不乖，也不柔顺，和他毫无共同语言，浑身一股不安于室的妖媚之气，据说，风评也很差。

但这些并不妨碍他此刻的目光都停留在她身上。为什么？凭什么？

一股酸涩之意忽然剧烈地涌上来，心中的不甘，烧得人咬牙切齿。原先的矜持做派被抛到脑后，董凡伊深深吸了口气，加入向杨他们的讨论："你说的是约礼楼那个天台？"

穆寄灵到底了解自己的闺密，快速跟上："我记得，以前那里是天文社的观星台吧，你跟阿行无聊到一块儿去了，去那种社团。"

"天文很有意思的。"

"也就你们俩什么爱好都一致了。"

两人一唱一和，就差把"灵魂伴侣"四个字写在脸上，裴奚若觉得挺有趣。这时，傅展行淡声回道："谈不上爱好，打发时间而已。"调子冷淡，疏离之意再明显不过。

董凡伊和穆寄灵都愣在了原地。

一出房门，裴奚若就抬头看向身旁的男人，十分做作道：“傅展行，我好羡慕她呀，和你有那么多共同话题，不像我，什么也没有。”

他看着她演：“你想有共同话题？”

“想呀。”

“那今晚一起看月亮。”

裴奚若想到通过望远镜看到的那个土绿发灰的石球，就提不起兴趣：“不了，不了，阳台上冷死了，我还是睡觉吧。”

“有点儿诚意。”

她用手指比了个叉：“没有。”

“不用去阳台。”

“那去哪儿？”

“我房间。”

一听可以进他房间，裴奚若可就一点儿都不觉得冷了。她一口答应下来：“好呀。”

傅展行看她一双狐狸眼转来转去，似是没安好心的样子，也是轻轻一笑。

这并不是裴奚若第一次进傅展行在柏嘉府睡的房间。只不过，上次来时，她腹痛如绞，压根没有闲心四处乱看。这次却有了时间，她可以好好欣赏。

卧室沿用了和书吧相似的风格，设计简约，质感高级，小半面灰色墙面，黑色的定制家具，陈设简洁，透出一种侘寂风——很符合他的气质。

走到一扇双开门前，意识到那并不是衣柜，裴奚若下意识地伸手碰了一下。门缓缓向两边平移，一个小书房出现在眼前。

傅展行在身后开了灯。柔和的光线倏地笼罩住这约莫二十平方米的狭长天地，只见小书房一侧墙上整整齐齐地贴着照片，另一侧，则是空荡荡的白墙。

双开门对面，是另一扇双开门。裴奚若又往前走了几步，打开那扇门，映入眼帘的是另一间卧室。她顿时明白了，这是女主人睡的地方。

时下正流行的双主卧设计，门拉开，两间卧室合并为一间，想睡哪张床就睡哪张。门关上，夫妻也能有各自的世界。不同的是，柏嘉府这里，两间主卧之间，还有公共的书房，像是彼此领地的分享。

这间女主人卧房，全景落地窗外边还连着大露台，空间通透、明亮。站在这里看出去，平城广袤的夜空，天幕下的繁华灯火，一览无余。

裴奚若忽然开始纳闷，自己当时干吗放着这么风景绝佳的主卧不要，去睡那间连阳台都没有的小客房？

“裴奚若。”听到傅展行的声音，她走了回去。

刚才那间小书房，一侧墙上贴的，是数不清的天文照片。原来，他说的在房间里看月亮是这个意思，倒是比在外面受冻好得多。这些照片里，不光有月球，还有星云、木星、土星……甚至还有极为漂亮的绿色极光，雪夜天空下，像是一条条被风吹散的浓绿的飘带。每一张照片的右下角都标注了日期。

裴奚若原本对天文没有多大兴趣，可这些照片整整齐齐地排在那里，每一张都拍得极好，具有一种真实又空旷的美感。她忽然又没那么浮躁了，甚至，还问了傅展行几个问题，比如，极光在哪里拍的，这是什么星之类的。

他答：“芬兰。”他又看了眼她指的另一张照片，道，“这张拍的是月球。”

月球？裴奚若不由得仔细盯着看了看。

一点儿都不像啊。她那天在望远镜里看见的，比这个丑多了。这张照片上的月球虽然表面也坑坑洼洼，泛着冷光，可意境还是美的，有种宇宙孤独感。

当然，看照片归看照片，话还是要说的。

裴奚若酝酿了一下，一副兴师问罪的语气：“傅展行，我之前怎么没发现，这里还有一间这么好的卧室啊？”

傅展行语调如常：“不是带你看过？”

“没有吧，我一点儿印象都没有。”

他“嗯”了一声，继续看照片，仿佛没有读懂她的潜台词。裴奚若并不气馁，继续道：“全景落地窗，豪华大露台，相比之下，我那间客房，像贫民窟。”

他似是终于有所察觉，朝她看来。她趁机道：“我要搬过来。”

裴奚若的算盘打得很美。搬进通透明亮的女主人卧房，一侧是落地窗夜景，一侧是傅展行的美色，她想看哪边看哪边，没有比这更完美的配置了。没想到，傅展行的答案是：“不行。”

“为什么？”她瞪大眼睛。

“这间卧室和我这边共用一个浴室。”

就这个啊。裴奚若小小地松了口气，若无其事：“没关系呀，我去客房洗了澡再回来。放心，又不经过你的房间。还是说，你担心，我会对你做出什么呀？”

“你会吗？”

她弯弯眼梢，笑得诚恳：“当然不会了。”

他看她一眼，似是这才妥协。

像是生怕傅展行反悔，裴奚若当即去洗了澡，然后，美滋滋地搬入新房间。就说为什么住在柏嘉府，总感觉有哪里狭隘了点儿，原来，她住的那间客房，是最小、最偏的一个。

也怪她当时不开窍，光想着离他远一点儿了。她现在搬过来，床更软、更舒服，夜景堪称一绝，躺在床上，快活似神仙。

裴奚若今晚用的是葡萄柚味的沐浴精油，这会儿身上散发着花果香，她抬手闻了闻，感觉都要爱上自己了。她不禁觉得奇怪，她这样一个大美女在眼前晃，他怎么一点儿都没感觉？

也不能说他完全没感觉。其实，很多时候，她都能感觉到，他对她是有好感的。然而，这种好感，很浅，也很淡，如果换作另外一个女人和他结婚，也许相处久了，他也会对她这么好。

说白了，他这样，只是出于一种绅士风度，无关对象是谁，类似于“娶都娶了，不如好好过完一生”这种态度。

至于像她一样的想法，估计他是没有的。要是有的话……

裴奚若无法想象傅展行动情的样子，也就没有接着想——“如果他真的动心，她要怎么办”这个问题。

她在床上东想西想，而另一边，傅展行刚洗完澡，接起一个电话。跟那头简单说了几句，他放下手机，眼睛瞥向卧室侧面的双开门。

她就在那扇门后面。

从将人引过来，到她真正住进隔壁，他就像在下一盘难度不大却随时会被掀翻的棋。至此，才算尘埃落定。

傅展行记得，裴奚若对他一直很警惕。两个月前，她装文静，他故意对她表露好感，吓得她立刻变回原形，又是自爆缺点又朝他抛媚眼，想惹他讨厌。她对他的排斥之意，溢于言表。

可最近，她一次又一次地越过普通男女关系的线。也许是一时兴起，也许是她知道他不会对她怎么样，她才敢肆无忌惮。所以，他不能表露心迹，免得将她早早吓得退场。

而这恰好是他擅长的步步为营。

……

傅展行敲了敲她房间的双开门：“裴奚若。”

过了片刻，门就在眼前被拉开，一股馥郁的香气扑面而来：“怎么啦？”

傅展行停顿一会儿：“我明天要出差。”

裴奚若原本还在为他主动敲门兴奋了一下，这会儿心就凉了。怎么她刚搬过来，这绝美的两处风景就要少掉一处。她“哦”了一声，语气不太满意：“去哪里呀？”

“芬兰。”

芬兰？裴奚若想起了什么，眼睛一亮：“我和你一起去啊。”刚才看照片的时候，她就对极光念念不忘。

这次去芬兰是为公事，傅展行并不希望她一起去，便道：“芬兰很冷。”

“我不怕冷。”有极光看，还有傅展行在身边，总比她一个人待在偌大的柏嘉府好。

傅展行似是还要开口。裴奚若和他好歹也朝夕相处了这么一阵子，一看他的表情，就知道多半要收到一个“不行”。她连忙先下手为强：“男人不能说不行！”然后她双手合十，撒起娇来，“傅展行，你带我去吧，我还没看过极光。”

她洗过澡，身上只穿着睡衣，撒起娇来，神情楚楚可怜，像扮乖的小狐狸，自然流露出一种妖媚。这样的软硬兼施，没人可以抵抗。

傅展行眸色深了深，许久才道：“明天要早起，你起得来吗？”

“当然。”

“嗯。”傅展行靠着一侧的门。忽而觉得，有她陪他去，也很好。

她坐进被窝，想想，不放心，又张牙舞爪地威胁道：“要是你明天偷偷跑了，我就和你离婚。”

他轻哂：“不会。晚安。”

她放心地躺下了，绽开笑意：“晚安。”

[第七章]

表白

· · ·　　· · ·　　· · ·

BU MAN NI SHUO

说喜欢还不够，因为爱伴着占有欲。

去年，裴奚若在南欧度过了一整个冬天。

转眼又到冬天，她正坐在飞往赫尔辛基的飞机上，像是冥冥之中的一种奇妙的巧合。

她一觉醒来，机舱外一片白茫茫的，隔着厚厚的玻璃，好像已能感受到接近北极圈的严寒。

裴奚若从上飞机起就开始补觉，这会儿终于睡够了，坐起来，随手抽了本旅游杂志翻了翻。铜版纸的质感很厚实，每一页都印着当地的风景图片。她一页页看下来，对极光有了更深的向往。

杂志上讲，古时芬兰人相信，天上有一只火狐狸，在月色下奔跑，尾巴扫起雪花，便有了北极光。撰稿人在拉普兰区的密林里，一座蓝色木屋门前，足足等了三天三夜，才终于等到极光。极光出现的那一瞬，犹如被神祇亲吻。

文章附了张照片。雪地，蓝色木屋，周围大片的灰绿色针叶林覆盖冰雪，旁边还停了辆黑色古董奔驰车。

裴奚若合上杂志，想问一问，傅展行有没有办法帮她找到同款小木屋。

此行是去看极光，当然也不能忘记拍大量的美照，她的行李箱里已经装满了各式衣服。刚才，一看到雪地里的古董奔驰车，她就想好拍照的姿势了。

电子屏上的航线渐渐缩短，她等了好久，傅展行也没回来。聊什么啊？这么久。

裴奚若略略探出身，就看到他了。在不远处，方便商务人士洽谈的专座上，男人坐在正对她的一侧，微微向后靠着，舷窗外光线很亮，落在他清冷的眉间。

他对面，坐着赵先生。方才上飞机时，裴奚若就和赵先生打过照面，经沈鸣提醒，知道他正是她跌进泳池的那场宴会的主办人。

也许是她探身的动作太明显，两人很快注意到她。赵先生朝她笑道：“傅太太。”

裴奚若没想打扰他们谈正事，也点头笑了下，然后，竖起杂志挡住脸，又慢慢移了回去。

不多时，他们谈话结束，傅展行走了回来。

“傅展行，你能不能帮我找到照片上的地方？这里只写了拉普兰区。”她直奔主题，把杂志上的那页翻给他看。

傅展行接过看了眼，这种蓝色小木屋是护林员的宿舍，整个拉普兰区不知有多少。不过，他倒是可以从古董车、撰稿人入手。

“下飞机后帮你找。”他在旁边坐下，顺手翻了翻她看的杂志。

裴奚若眉眼弯弯：“不愧是霸道总裁。”

飞机降落在芬兰首都赫尔辛基万塔机场，是当地时间下午两点左右。天色已经黑了，只有边缘露出一点儿点儿灰白。高纬度地区的冬夜，早早降临，也冷得吓人，气温已到零下九摄氏度。这里的空气倒是格外冷冽、清新，不负“千湖之国”的美名。

出机场前，裴奚若裹好围巾、羽绒服，把自己包得严严实实，只露出一双眼睛。旁边一位俄罗斯男士更绝，直接罩上一顶厚实的棕色“轰炸机帽”，帽子两边垂下两片“耳朵”，将绳子一系，把脖子一起遮挡。

裴奚若忽然起了捉弄的心思，凑近，小声道：“你也买顶那样的帽子吧。”她想看他换造型——裹得像熊的样子。

“为什么？”

“怕你冷啊。”

他看出她的小算盘：“不冷。”

她撇撇嘴：“没意思，男人要勇于尝试。”

赵先生和他们同行一小段，听到这对话，不由得啧啧称奇。毕竟，傅展行年少沉稳，二十岁出头时，就不似同龄人那般浮躁了。他还以为，傅展行和太太之间的相处，应该是客客气气、相敬如宾的模式。他们这样一来一往，倒更像小情侣的斗嘴。

临别时，赵先生再度跟裴奚若道了个歉，顺便交代了后续：狄薇出国，天天闹着回家，但任谁求情，狄老爷子都无动于衷，下狠心要好好管教她。谈家在生意场上受到重挫，谈喆失去了仅剩的浪荡资本，据说过得很落魄。

裴奚若听了，很满意：“赵先生，您不用道歉了。那幅画，我很喜欢呀。”

赵先生也笑开了：“那就好，还是傅总……”说话间，几人已走到机场出口。玻璃门敞开，寒夜中，冷风呼啸而来，他的余音被风吹散，听得不真切。

其实是什么呢？

裴奚若瞄了瞄身侧的英俊男人。算了，跑得了和尚，跑不了庙。

一行人坐上专车，开往酒店。

前几日，分部传来消息，说与芬兰通信商的一个合作订单出了问题，或许会影响未来几年的合作。

谁知今日落地，负责人又汇报了最新情况，称多亏沈总力挽狂澜，情况已经出现了转机：“沈总本想过来接机，但下午一直在和通信商开会，到现在还未结束，还请傅总谅解。”

傅展行靠着椅背，只是听，并不多言，偶尔“嗯”一声。他的神情很淡，既不见恼怒，也不见赞许。负责人摸不清他的态度，心中一阵忐忑。

车上气氛诡异，裴奚若倒是闲闲地托腮，看起了沿路的风景。比起平城夜里的繁华灯火，赫尔辛基简直静出了一种荒凉感，沿路行人寥寥，大街两旁灰色建筑耸立，尖尖的塔顶凝结着月光。商店的玻璃橱窗倒是很亮，远远看着，温暖可亲。

酒店毗邻赫尔辛基市中心老教堂公园，还是20世纪的造型，玻璃穹顶，随处可见从世界各地收集来的艺术品。

裴奚若对着眼前的一张大床，目光流转。房间是芬兰分部接待人员订的，自然不会想到他们的假夫妻关系。

傅展行歇息片刻，就处理公事去了。也许，他都没有注意到，这房间里的床只有一张。

要是在以往，裴奚若肯定打死不住。可此时，她莫名觉得自己有点儿跃跃欲试。

傅展行在酒店休息厅等了几分钟，沈郁才不紧不慢地到来。

两人虽是“表兄弟”，可关系太复杂，时隔一年多，都没什么叙旧的欲望。

这趟行程，明面上讲，傅展行是因公事而来。实际上，彼此心知肚明，一个想趁机邀功翻身回国，另一个则不动声色，思索如何掐住对方的死穴。一场谈话，处处暗藏机锋。

傅展行回到房间已是深夜，窗外一座宁静的湖泊，幽幽的月光洒进来，床中央好像有个人形。他抬脚过去，半晌无声。

裴奚若趴着，察觉到动静，偷偷睁开一只眼。刚才，她躺在床上玩了一会儿小游戏，玩累了，就走到窗边，欣赏湖畔的赤松林。听到动静，她三两步跳回床上，捞过被子一盖，原地装死。

这么好的机会，他会睡上来吗？还是继续不解风情呢？

裴奚若揪着被子东想西想，冷不防，听他开口点破：“你没睡着。”

她只好睁开一只眼：“你怎么发现的啊？”

“看到你睁眼，还笑。”

她笑了吗？也许，这是装睡状态下，害怕被发现的一种本能反应吧。

裴奚若索性坐起来，清了清嗓子：“我是要问你问题呢。”

“嗯？”

“赵先生那幅画，你不是说，是他送给我赔礼道歉的吗？”

傅展行道：“他说要给你赔礼道歉，问我你喜欢什么。”

她更奇怪了：“你怎么知道我喜欢那幅画？”

“监控。”那晚她落水，为了弄清始末，他去看了大厅监控。看到她站在那幅《Dragon》前，驻足好几分钟。

裴奚若弯了弯嘴角。想不到，傅展行还挺有心的啊，也不是那么无情嘛。

她正这样想着，忽然看到他迈步。她连忙问：“你去哪儿？”

“沙发。”傅展行朝窗下示意。

睡沙发啊？他也太不开窍了。裴奚若循循善诱：“其实，你也可以睡床啊。”话落，两人的目光在空中相碰，一人淡静如湖泊，另一人妖媚如繁花。

殊不知，湖泊底下，才是惊涛骇浪。

几秒的沉默，裴奚若也有点儿心虚了。好歹，自己也是个女人，傅展行是不是不喜欢主动的这款？毕竟，以前他还把不少美女赶出过房间。

大意了。

正想着要不要用缓兵之计放松一下他的警惕，她就听他笑了一声，道：“你睡中间，我睡哪儿？”

裴奚若心下一松，立即把床让出半边，拍拍床垫，笑得灿烂：“请。”

窗外冰天雪地，房间内暖似春日。

她打了个哈欠继续等，等着等着，眼皮越来越沉，轻轻一闭，便进入了梦乡。

许久之后，浴室里淅淅沥沥的水流声停止。傅展行擦干头发，穿上睡衣走进来。

他一眼看见，她早就睡熟，比起先前独占一床的霸道，这次，倒是很乖地给他留了半边。

从她装睡，到邀他共眠，他仿佛看到，经过这么些天，一只小狐狸已经放心大胆地钻入了他的圈套。也许，收网的那一天，就快到了。

窗外的湖水冻住，覆满白雪。傅展行走过去，从她的手中抽出手机，放在床头柜。大概是察觉到动静，她微微皱眉，“嗯”了一声，翻身换了个睡姿，整个人顺势滑进被窝里。

他动作稍微停顿，他只听到她这含糊的一声，莫名引得嗓子发干。

他深深呼吸，掀开被子。她睡意沉沉，自动滚了过来，距他只有几寸。

傅展行神色暗了暗，将人揽进怀里。

他一直以为，自己是个足够理性的人，此刻却发现，原来他也贪图这一时的欢愉。

裴奚若并不知道，和自己同床共枕的傅展行，其实已经偷偷抱过自己了。

她还有点儿说不上来的气馁。接连几天，他们都睡在同一张床上，可什么也没有发生。难道她作为一个香喷喷的女人，对他的吸引力是零？这让人挺有挫败感。

几天后，恰好是平安夜，傅展行终于结束了在赫尔辛基的公事，带她去北边看极光。因是私人行程，他便没带闲杂人等，只让沈鸣安排了司机。

从赫尔辛基乘飞机去罗瓦涅米，再有几小时车程，便到了目的地。那是拉普兰区的密林，人烟稀少，林子边有湖，有一座蓝色小木屋，还有一辆黑色古董奔驰车。

裴奚若眼前一亮："真的一模一样！"

傅展行替她拿下行李，看她雀跃的样子，也是一笑。这几天，他被沈郁的事占去大半注意力，难得有可以与她共处的时刻。

他夜里抱着她时，不知有多想将其占为己有。好在，等极光的这些日子，他有足够的时间。

司机很快返回，雪地上，只剩交错的轮胎印，一路延伸到空旷的远方。这里的光线亮得不彻底，天空好像总带着颗粒感，旷野尽头是连绵的森林。

裴奚若很快换好衣服，支起三脚架，拍了几组照片。

今夜，两人住在小木屋旁的二层尖顶木房子中。他们跟护林员打了个照面，对方很热情，不仅说他的车可以随便用，还带他们去附近的湖面冰钓。

"最近气温高，最适合冰钓。"护林员是个五六十岁的大爷，拎着水桶，凿冰器，还有钓竿，笑得眼睛眯成缝。

裴奚若感受着迎面吹来的冷风，觉得他关于"气温高"的定义，肯定有什么误解。

傅展行今天没有穿西装大衣，穿的是一件黑色防寒服，站在雪地里，身形挺拔。他是人衬衣服的典型，无论什么款式，给他穿，都能穿出一种不问世事的淡泊气质。

她走在他的身边，深一脚浅一脚的，一个没站稳，差点儿摔跤。他手疾眼快，将她拉起。

回去的路上，裴奚若故技重施。他看她一眼，然后，将她背起来。

看来，对付傅展行，装柔弱是最有效的。裴奚若嘴角一扬，默默在心里记下这招。

殊不知，她连笑起来的细微声音，都落进了他的耳中。

冬日白昼短暂，天色很快暗下来。护林员很热情，送了吃的过来——从湖里钓上来的鱼和奶酪、烤苹果。

他们吃多了各式精致讲究的料理，偶尔尝一尝质朴的食物，感觉也很好。

裴奚若拍了几张照，发在朋友圈。

一大堆点赞评论中，夹着裴母私发的一条消息：又出去乱跑？大冬天的，去那么冷的地方，想干什么？

她瞄瞄对面，佯装拍食物，把傅展行的手一并拍了进去。这比什么都有效，裴母的态度立马发生转变：哎呀，那我不打扰你们度蜜月了。

裴奚若放下手机，莞尔。

度蜜月啊，她喜欢这个词。可惜，对面的人是块木头，也不知道什么时候能“蜜”得起来。

唉。她托腮望着他，叹气，倒是很快被他发现：“怎么了？”

“没什么。”裴奚若眨了眨眼，“烤苹果不够甜。”

这一晚，他们等到睡前，极光都没有出现。由于早有心理准备，他们倒也不是那么失望。

卧室在二楼，房间有一面是厚实的大玻璃窗，从这里望出去，可以看见广袤的针叶林，夜空蒙着一层雾，显得格外深邃、旷远。

室内的壁炉效果极佳，很热。晚上没有什么娱乐活动，裴奚若穿着睡衣，早早地躺在床上。等傅展行坐上床来，她才一下惊觉，今晚大概是两人度过的第一个彼此意识都清醒的共眠夜。

裴奚若突然就不困了：“傅展行。”

“嗯？”

“来聊聊天吧。”

床很小，男人坐上来之后，像是两人只要轻微的一个动作，就能碰上一样。裴奚若毫不介意，甚至希望床更小一点儿，但让她意外的是，他像是也没察觉到，就这样侧过头来，问：“聊什么？”

“给我讲讲极光？”她随便找了个话题。

男人“嗯”了一声，嗓音清越：“极光其实是一种等离子体现象，发生在南北两极附近的高空……”

裴奚若有一种重回高中上地理课的感觉，连忙叫停：“你不能讲点儿浪漫的？”

这人是在寺庙长大的吗？和她这样一个美女躺在被窝里，他居然真的可以来一套“极光科普一百讲”。

“浪漫的？”

“比如，和心上人一起看极光，会长长久久。罗马神话里讲，世上会有极光，是因为曙光女神。萨米尔人相信，极光的成因是火狐狸啊。”她循循善诱。

“你这不是都知道？”

他太不解风情了，裴奚若决定不跟他讲话了。她裹起被子，背过身去，看谁先闷死谁。

可没高冷一秒，她就听到傅展行说：“裴奚若，有极光。”

声线这么淡定，她才不信。

裴奚若继续裹着被子，一声不吭。

谁知，这男人仗着自己手臂力量大，竟然直接把她从床上连人带被子抱了起来，迫使她的目光看向另一侧。

裴奚若来不及挣扎，目光透过玻璃窗，一下子愣在了原地。

真的是极光。窗外一片耀眼的绿色，像是有台强劲的鼓风机，将极光吹得漫天散开，电光一般滑过针叶林的树梢。

好美，几乎让人说不出话来的震撼。

窗户视野太窄，裴奚若想爬下楼去，一动，才发现自己此刻靠在他的怀中。

这个姿势……是她跳进来的吗？

思维短暂空白了一瞬，裴奚若回忆起来，不对，好像是他抱的她啊。他不是不近女色吗？

她轻咳了一声，故作正经地提醒：“傅展行，我都起来了，你还抱着我干吗？清白不要啦？”话音落下，她感觉到，肩上的手松开了。

不是吧？吓跑了？

裴奚若还没来得及后悔，下一秒，却忽然察觉到一股清冽气息的靠近。她一抬眼，正对上他的视线。

男人有双很好看的眼眸，瞳仁是浅褐色的，平日里，看人的目光很淡，自带清净之感，好似不可采摘的高岭之花。可他这会儿看她，眼中的情绪是浓稠的。

裴奚若稍愣，隐约有一点儿回过味来的感觉。还记得在申城那夜，她曾短暂地升起过些许对他的陌生感，但是很快就淡忘了。

眼下，这种感觉卷土重来。

“不要了。”她听见他低声道。然后，有一股力量扣着她的腰收紧，将她带往他的方向。

男人顺势倾身上来，吻住她。

有那么一瞬间，裴奚若的大脑完全是空白的。她甚至怀疑，眼前的男人是受了什么刺激，在极光下化为狼人，直接就从“不近女色”变得“兽性大发”。

偏偏此刻，她连思考的时间都没有。

男人一只手扣住她的肩，另一只手摁在她的唇边，低头亲吻。

窗外，极光像绿色绸带，铺陈于墨蓝色的夜空，迷人、神秘、如梦似幻。室内，却无人关心。

亲了一会儿，裴奚若已经累了，可是，傅展行活像是吃素了八百年，逮着她不放。她呜呜两声，打他的肩。

不知过了多久，两人才短暂地分开。她的唇被他亲得很红，眼里蒙着水光，原本就有几分妖媚的狐狸眼，这时却直接到了十分，显得更加勾人。

傅展行喉结滚动。滋味太好，他不想放。

裴奚若心跳未平复，余光注意到对面的男人正专注地看着自己。他的眼中分明有情绪在翻涌，连眼角也激出了点红。她以前一直不知道，原来，清心寡欲的男人，也可以这么吸引人。

"你这……"话说出口，才察觉自己嗓音的沙哑，她清了清嗓子，"你这是怎么回事呀，是不是该给我个解释。"

傅展行"嗯"了一声："裴奚若，我爱你。"

她震惊在原地。太突然的一句话，毫无铺垫，没有多郑重，也没有多深情，就像是他说"有极光"时那样的陈述语气。但这话从他口中说出来，就还莫名地挺打动人的，像是认准了她这个人一样，沉甸甸得过分。

裴奚若视线开始乱飘，他把她的脑袋转回来："回应呢？"

"什么回应？"她的视线落在男人睡衣领口上方的锁骨上，注意力立刻被打岔，"你再说详细点儿。我记忆力差，跟不上。"

她这会儿脑子里乱得很。打个不那么恰当的比方，她觉得自己像个小偷，一路跟着傅展行，想从他那里抢点儿干粮。没想到，她跟着跟着，人家忽然转过身来，说："干粮送给你，我也送给你。"这份大礼，把她砸蒙了。

而眼前他的美色，又把她诱惑住了。

傅展行是平铺直叙的表白方式，没刻意抒情，字句干净得像是写论文。听完，裴奚若捂住胸口，一脸震惊："原来你对我动心那么早，说好的不近女色呢？"

"谁说我不近女色。"傅展行看着她，嗓音微哑。

她有证据："以前我那样……你都无动于衷。"

"那样太肤浅。"

居然说她肤浅，她哼哼两声，又问："那你干吗不早一点儿表白啊？"

男人倒是笑了下，低声问她："早一点儿，你会怎么做？"

裴奚若仔细思考了下。

她惦记上他，也就是最近的事儿。在那之前，哪怕早一天，他表白了，她的反应都是连夜赶火车逃跑。

裴奚若知趣地别开视线，不吭声了。可她这会儿坐在他的怀里，无论往哪边看，看到的都是他。

男人穿了套灰色睡衣，领口方才被她抓得歪了，从下巴、喉结、到平整的肩线，都像是女娲造人时精心打磨过的作品。

他刚才说，他喜欢她。这么俊的男人，喜欢她啊。好像她还挺赚的？

就在这时，她听见对面的男人开口："轮到我问了。"

"什么啊？"

"那天，你为什么让我和你睡同一张床？"他朝她看过来，目光里暗藏玄机，然而声线很平淡。

裴奚若不由得佩服。这男人果然还是一贯的作风，打蛇打七寸，直接略过了她先前数次若有若无的撩拨，选了最直白的那个。

都到这个份上了，她也没什么好藏的了。反正，他不可能被吓跑了。

裴奚若的视线落在他的唇上，语调拉得悠长："因为，我贪图你的美色呀。怕不怕？"

他似是笑了一下，倾身在她的鼻尖碰了碰："求之不得。"

裴奚若一开始，并没理解他"求之不得"的意思，还在心里偷偷打起了小算盘。想着，现在傅展行落入她的魔爪，她终于可以对他为所欲为了，她是先摸背肌，还是先摸腹肌呢？

没想到，他比她还要主动。在她试探着凑过去，亲在他唇上的时候，他将她抱起来，拥在怀里，再次低下头。

这吻结束，裴奚若从洗手间回来，无意地一照镜子，顿时大惊失色："傅展行，我嘴巴被你亲肿了！"一句话，完美地破坏了浪漫的气氛。

傅展行得到了短暂的餍足，连向来清冷的气质都带上了几分慵懒的意味。他抬脚走到她的身边："给我看看。"

"像鸭子一样。"她在镜子里瞪他。

还真有点儿肿，更显眼的是红，血色涌上来，更显得绮丽。

"我的错。"他用手指轻轻碰了碰她的嘴角，"要不要喝水？"

这男人占了长相的便宜，清冷、俊朗，好似无情无欲。哪怕方才亲过她，气息沉静下来之后，他又是一副清冷的气质了。

都是假象。

"不要。"裴奚若唇上发烫，警惕地往回走，坐在宽宽的、厚厚的扶手椅上。

他跟着走过来。过了一会儿，她像是意难平般抱起膝盖，声线惆怅：“没想到，我是嫁给了一个假正经，说好的禁欲系呢。”

“我没说过自己禁欲，你现在发现货不对版也晚了。”

她又丢给他一个白眼。不过，静下心来，她却在想，她确实不了解傅展行。她对他的兴趣，始于那个山庙里的梦，也可以说是潜意识作祟吧。

总之，她一直迷恋的，是他的外表。他是什么样的性格，过往的二十七年，有过什么样的人生，她都不知道。

男人就像一座冰山，平日里展露给她的，只有很小一部分。然而，他对她表白时，说的是“爱”，好像冰山之下，已经藏了千年的火焰。

他了解她吗？他就敢说“爱”了。

“傅展行……”她将下巴从膝盖上抬起来，仰头看他，“我问你几个问题啊。”

他像是察觉到她语气里些微的正经，“嗯”了一声：“什么？”

她严肃：“我最喜欢什么颜色？”

“绿色。”

她继续出题：“那……最喜欢吃的食物？”

“北极贝。”

“还有呢？”

“火锅、烧烤、麻辣烫。”

他竟然回答得一字不差。裴奚若又一连串问了好多问题，包括她的生日、她喜欢做的事、不喜欢做的事。

他一一答出来，然后笑着问：“怎么了？”

“没有，就是觉得，你为什么会爱上我啊？”裴奚若托腮沉思，“虽然我长得美，可是，你也不是看脸的人呀。”不然，他一开始也不会和她针锋相对。

傅展行笑：“没有别的原因。”

他过往的人生，一直被虚伪包围，连他自己，也习惯披着谦谦君子的皮，好似与世无争。外人常赞一句他修养好，没人知道，这种脾性是他靠一步步抑制自己而形成的，生生让自己变成一个无聊、无趣的人。

认识她以后，有很长一段时间，两人都在互相较劲。可正是那段时光，给了他最好的真实感。

他为什么会爱上她？这个问题，应该改成“他为什么没早点儿爱上她”才对。

裴奚若仰着头，还在等他的下文。他弯下腰，将她乱糟糟的头发理了理。

“因为你真实、鲜活、无忧无虑。”

因为傅展行突如其来的表白，裴奚若直到睡前才想起，她没有认真欣赏极光。

顿时，她后悔得像错失一个亿，蜷在床上嗷嗷直叫："傅展行，你明天表白不行吗，害我没完全享受到今天的极光的美好。"

傅展行安抚道："极光而已，明天还会有。"

"没有，我就和你离婚。"她张口就威胁道。

夜已经深了，极光消失以后，天色又恢复了暗蓝。

室内暖气很足，两人又抱得这么紧，裴奚若一下就热得快出汗。她把手从被子里拿出来，电光石火间，忽然察觉到什么不对。

"你醒醒。"她回身，抬手拍他的肩。

"没睡。"男人的嗓音还很清醒。

她问："你这几天晚上是不是都偷偷抱我了啊？"

因为她知道了，两人抱在一起睡，就会太热。她这几天，晚上好几次都被热醒。

答案显而易见。

傅展行不答，将她按进怀中："睡觉。"

"哦，有人心虚了。"她笑眯眯地钻出来，用手去摸他的脸。

他扣住她作乱的手，眼神在夜色中又染上了一丝危险。裴奚若心虚地收回了手："改日再战，改日再战。"

他不紧不慢："我看今日就很合适。"

"不、不、不，不合适。睡觉，睡觉。"她连忙闭紧眼睛。

过了一会儿，察觉到身旁的男人气息稳定了，她又偷偷睁开眼睛。

四周万籁俱寂，刚才，她为了不错过下一次北极光，跟傅展行换了位置，这会儿，稍稍一侧头，就能望见窗外的景色。

一片覆盖冰雪的针叶林，隐约露出一角夜空，冰原之上的夜晚，似乎涌动着一股迷幻的气息，让人忽然有种身在梦中的感觉。

不过，这梦，能美好到叫人不愿醒来，似乎也不赖。

这几天，像是让裴母一语中的，两人真的度起了蜜月。

偶尔，傅展行会接电话或者开视频会议。坐在信号最好的窗边，他又恢复成生人勿近的冷淡气质。

相比之下，裴奚若变成了一条咸鱼。他电话里说的那些增资方案、招股说明书等商业术语，她都听不懂。她打的各种小游戏，看的各种八卦，他也毫不感兴趣。

不过，这并不妨碍两人耳鬓厮磨。

这里的天色大部分时候是阴沉、带着颗粒感的黑，很适合亲近。裴奚若打一会儿游戏，就要跑到他的身边坐下。

他越心无旁骛，一本正经，她越想招惹。有时候，她会摆出祸国妖妃的架势，啪的一声盖上他的电脑。

“傅展行，工作是做不完的，不如，来看看我呀？”眼角眉梢，尽是勾人的风情。

然而，他扫她一眼，无动于衷。

她笑得很开心，却在下一秒，被抱到了桌子上。她立刻大惊失色，挣扎着要往后退，又被他拉住腿，扯回来。

男人的目光将她从头扫到脚，神色冷静，声线淡定：“好，我现在开始看。”

裴奚若看他的神情，不似开玩笑，慌得立即搬出救命符：“你忘了，我现在‘血流成河’，快停止你危险的行为。”

“哦？”他问。

她往后一缩，快用脚去踢他了，眸中带了点儿惊恐：“你不会这么禽兽吧？”

傅展行凝视她许久，等她越来越慌，才一笑，将她放了下来。能吓到她就好，不然，任她这样肆意点火，却不负责，他的日子会很煎熬。

被他放下之后，裴奚若顿时有种劫后余生的感觉，乖乖地溜到一边，不敢造次了。

说来很矛盾，她很喜欢诱惑他，看冷静自持的他，为她呼吸都微微变乱，有种令人满意的欣喜感。可是，诱惑他的后果，她又暂时没做好承担的准备——听说很痛——要是他真的清心寡欲就好了，她就天天撩他，四处点火。但事实是，她一旦点起小火苗，他的火焰就可以将她吞没。

转眼，第四天快要过去，裴奚若的脸色越来越臭。

每天晚上，她都要问一句：“傅展行，我的极光呢？到哪里去了？”好像是他把她的极光偷走了。

傅展行解释：“现在不是极光的最佳观测期。看到它的概率，本来就很低。”

“所以，你把我骗到这里来，根本就是蓄谋已久。”

她是自己跑来的，这控诉的前半句根本不成立，但后半句歪打正着。傅展行从身后抱住她，下巴搁在她的肩窝：“嗯。”

他做事习惯事先定好计划。他是不止一次地在心中推敲过，要用什么样的方式表白，才能给她留下深刻的印象。

她奔着极光而来，那么，就在旷野下，抬头是如梦似幻的电光，一切水到渠成，也是她喜欢的浪漫。

只是计划永远赶不上变化。他没有想到，两人下榻的当夜，极光忽然到来，而她恰好在赌气。他抱起她的那一瞬，也许已经有什么在隐隐失控。看着她明艳妖冶的眼眸，他也只剩下了吻上去的念头。

原本只想一触即分的吻，却被他加深、变质。他松开计划的缰绳，凭本能行事，似乎这样才足够诉说爱意——说喜欢还不够，因为爱伴着占有欲。

“傅展行，你看，那是不是极光？”裴奚若忽然激动地拽他的袖子，又有点儿犹疑，“但是好像淡了点儿？”

在昏暗天空的边缘，浮起一圈很小的光芒，甚至都称不上有什么颜色，像掺了灰色的橙黄，有气无力地飘着。

傅展行顺着她的目光看去：“是。”

她瞪他，一副上当受骗的表情，脸上写了两个字“就这”。他笑，吻了一下她：“穿好衣服，我们下去看。”

裴奚若在生理期，昨夜还因为受凉，有点儿轻微腹痛，今天没敢造次，特意在防寒服里面加了件毛衣。傅展行却像是还觉得不够，又给她裹上大围巾。

她抗议：“这样很丑。”他直接无视她的抗议，又端了碗生姜红糖水，要她喝掉才能出门。

裴奚若不喜欢姜味，但是为了看极光，捏着鼻子忍了。喝完，她问：“你哪里弄来的？”

“镇上。”他答。

她愣了一下，忽然想起来，凌晨睡得迷迷糊糊时，好像是听到楼下汽车发动的声音。从这里到镇上，天气寒冷，路面都是冰，来回要一个多小时，不知有多难开。

裴奚若有一点儿后怕，又有一点儿欣喜。其实，越相处，她越察觉得到，傅展行不爱说甜言蜜语，可对她的好，静水流深。

下楼之后，极光果然一改方才的颓废之态，进入了大规模的爆发期。像有人在天空尽头猛拉一把弓弦，射出千百束光之箭，渐渐又汇成漫天的光带，缤纷又绚烂。

裴奚若又一次激动起来，看得眼角眉梢都是雀跃。

傅展行在旁边看着她，也是一笑。他不是第一次见到极光，只是那时，看过也就只是看过了。然而，和她在一起，他才体会到，这是一种乐趣。

离开拉普兰这天是晴天。高纬度地区的日光像是贴着地面，明亮通透地照在人身上，很适合犯懒。

傅展行这样作息精密如仪器的人，自是不会受影响的。裴奚若就怠惰多了，任他叫八遍，卷着被子就是不肯起来。

男人一样样收拾完她七零八碎的护肤品、化妆品，又走过去叫她。她闭着眼睛连连喊困，手钩住他的脖子不放，趁机占便宜。结果就是，她被摁在被窝里亲了好一会儿。

两人似乎天生具有契合度。一般情侣有的青涩阶段，到他们这里，好像完全跳过了。

裴奚若不用说，本来就馋他的美色已久，该下手时就下手。他也并非清心寡欲的男人，他在事业上好胜心强，对她，更是早已有不可言说的念想。等她靠近已等了这么久，他又有什么再忍的必要。

这就导致，两人随随便便一个吻，都经常能闹到难以收场的地步——往往以她求饶告终。

出小木屋时，裴奚若后知后觉地有点依依不舍，几步一回头地望它，眼神写满留恋。

“我们以后还会来吧？”这毕竟是他们的定情之地。

傅展行牵着她的手，轻轻摩挲了一下：“你喜欢就来。不过，别嫌信号不好。”

这里的信号很一般，这几天，他不止一次看见她举着手机满屋子乱走，找一个看视频不卡的地方。大多数时候，她是找不到的，于是，就躺在床上，双目发直，有时候，还会把自己倒立起来打发时间。

她却像是对这个答案有意见，停下脚步，严肃道：“身为一个霸道总裁，你怎么可以这样说呢。”

他看过来，等她的下文。

“你应该撑住墙，邪魅地一笑，”她一只手搂住他的腰，另一只手挑起他的下巴，“呵，女人，我给你买下它，再给你建座信号塔。”

傅展行扣住她的手，拿下来，对旁边不小心目睹这一切的管理员轻轻点了下头，就这样把人拉走了。

时隔几天，再接到傅总和裴小姐时，沈鸣怀疑这个世界错乱了。只见那两人并肩而行，眼角眉梢的情态都自然、亲昵，更要命的是，他们的手居然是牵在一起的。

他尽最大努力，管理好自己的表情，迎了上去。

“傅总、裴小姐，航班已经定好了，不过最近气候不稳定，或许会有暴风雪，保险起见，我还是订了酒店。”

傅展行“嗯”了一声，抬脚往前走去：“以后，可以换个称呼了。”

换个称呼？沈鸣脑子卡了一下壳，就看见女人牵着男人的手，笑起来，眼角飞出笑意。

他心下当时雪亮。他明白了，该叫“傅太太”了。

事实证明，沈鸣的担心很有道理。到晚上，暴风雪果然来得非常猛烈。

裴奚若是被呼啸的风声惊醒的。她一睁眼，外边黑得浓重，又隐隐飘起大片的白色雪粒。

她往男人的怀中钻了钻，怎料，这轻轻一动，让他也醒了过来。男人望了眼窗外，随即坐起：“我去看看。”

裴奚若点点头，下意识地去摸电灯的开关。他啪地摁下去，灯却没亮——停电了。

两人在黑暗中对视了一眼，傅展行安抚似的亲了亲她的鼻尖，才走出房门。他很快回来：“暴风雪，电力供应中断了，明天才可以恢复正常。”

裴奚若已经裹着被子坐在窗边，看了好一会儿的暴雪了，闻言，抬头：“这雪什么时候才会停呀？”

“不知道。”傅展行将她连人带被子抱在怀里，“暖气停了，小心冷。”

他刚才出去这么一会儿，身上已经有些凉意。裴奚若把被子分给他一半：“走廊已经这么冷了吗？”

“嗯。有扇窗户破了。”

裴奚若“哦”了一声，再度看向窗外。夜色是化不开的黑，路灯齐齐熄灭了，只有风雪在空中肆虐，其余什么也看不见。但是，可以想象得出来，路面冻结，大雪纷飞，像飓风一样，把一切都毁灭。

暖气停掉没多久，外边零下十几摄氏度，空气中也跟着逐渐泛起刺骨的寒意。傅展行起身，找了两人的防寒服，又给她盖了一层。他的手伸过来，腕间的佛珠碰到她的背部，忽然提醒了她。

“说起来，你还没和我讲过这串佛珠是怎么回事呢。以前我问过你，结果你叫我收起想象力。”

似是没想到她会提起这个，他声音停顿一下：“你想知道？”

“当然了。”她毫不犹豫。

“为什么？”

怎么说呢，不光是佛珠，关于眼前这个男人的一切，她都挺想了解的，大概就在他表白以后吧，忽然就有了走近他的念头。可是，他藏得很深，之前，连喜欢她的情绪，都没让她发现过。

“因为我想更喜欢你吧，不光是你的美色。”

她想更喜欢他，不是因为他长得帅、有钱、对她好等这些浮于表面的东西。相处久了，她也会希望，自己可以多了解他一点儿，离他更近一点儿。

这几天，她也试过侧面偷偷观察，可是，得出的结论，除了他很忙、他也很好色之外，便没有其他的了。也许是性格使然，而傅展行的性格，从来都不是外露型。

“但我对你的情况一点儿都不了解。”裴奚若想到这里，不由得开始发散思维，“你以前的人生是怎样的啊？一路顺风顺水，天之骄子吗？”

傅展行喉结轻轻动了一下，似是想开口，又暂时无言。他知道裴奚若对自己只有流于外表的喜欢，不过，他不在意，因为外表也是他的一部分。

然而，她说，她想了解他。

和她想象中的截然不同，他以前的人生，是写满虚伪和谎言的泥淖，是让人不想提起的一本烂账。但如果她想知道，他也可以亲手翻给她看。

“可能会颠覆你的想象。也想知道吗？”

裴奚若没怎么犹豫就答了“想”。

傅展行扣住她的腰，将人又往自己的怀里按了按：“奶奶送的。”

她愣了一下，才反应过来，他说的是佛珠。

“然后呢？”

然后，傅展行给她讲了个好学生突然叛逆，被送到奶奶家的故事。

傅奶奶常年不问世事，吃斋念佛，性子很平和，看人时，眼神总带有天然的慈悲。临别时，她将这串佛珠戴到他的手腕。

“阿行，吃过苦，神佛会保佑你的。”

傅展行跟裴奚若讲时，没有讲前因后果，只告诉她，他的青春时代，并不像她想的那样从始至终充满光环，也曾跌宕起伏，坠入无边的黑暗中过。

“先给你打个预防针。”他的指尖插入她的头发，像是怕她听完就跑了。

裴奚若的反应却很奇特，眼梢一下弯起来，食指点着他的胸膛：“看来，我果然是个预言家。”语气神神道道的，还带着一股得意。

“嗯？”

“以前我就说过呀，也许你是个深藏不露的变态。”当然，那是她凭借直觉说出口的话，没有什么支撑、依据。现在他可是自己交代了，在中学时代逃学、留级、打过架呢，她都没干过。

他问：“我是变态，你怕不怕？”

“怕死了。”裴奚若假装拍拍胸口，“可是，离婚又赔不起钱。”

“嗯，赔得起也不让赔，新协议里没有离婚这个选项。”

她瞪大眼：“你这是霸王条款。”

他笑了，搂住她，没有接着讲自己的过去。

裴奚若回拥住他。其实，她还是有点儿吃惊的。

记得她第一次看到傅展行的照片，是在裴母拿来的一本财经杂志上。应该是出席某个技术奖颁奖典礼，男人一身银灰色西装，明明处在媒体镜头下的浮华世界，眉眼却流露出一种清冷、淡然的气质。

裴母在旁边，绘声绘色地描述他金灿灿的履历。裴奚若就觉得，这个男人，一定从小就是“别人家的小孩”吧，品正行端，像模板一样的尖子生。

如今，她冷不丁听他讲，有段时间，他也是个叛逆少年，还挺颠覆原来的印象的。不过，她没有退却。

他现在很好，足以说明他很强大，一定战胜了那个时候的自己。

隔天，暴风雪终于过去，路面上，扫雪车辆来来回回地作业，到下午，终于清出一条去机场的道。

飞机降落在平城，又回到干燥的冬。

在飞机上，裴奚若的感冒加剧了，一下飞机，就被拉到医院。医生说她缺乏锻炼，又处于生理期，抵抗力下降。医生给她开了药，建议她以后多运动运动。

裴奚若没有当一回事。她抵抗力好着呢，最近只不过是倒霉了一点儿。

回到柏嘉府，扑面而来的是一种干净而空荡的气息，毕竟太久没人住，即便有酒店管理人员定期上来打扫，也缺了点儿人气。

星期五挪着步子过来迎接，像是一位尽职尽责的管家。裴奚若一下抱住它：“星期五，好久不见。”这阵子，她沉迷于跟傅展行度蜜月，倒是忘了自己曾经的“难兄难弟”，不免有点儿愧疚。

说起来，这还是傅展行亲自设计的机器人。它的脑袋大大的，像穿着白色航天服，走起路来，也如太空漫步。

他应该很喜欢月亮、宇宙吧，连机器人都是宇航员的形象。

同时，他又不喜欢聒噪。星期五的语音交互功能，极少时候是打开的。

一路想下来，裴奚若不由得沾沾自喜。原来，她也可以擅长推理，以后，可以多多侧面了解他了。

方才车子路过超市，傅展行让沈鸣下去买了些菜回来，这会儿，他提着那些菜去厨房了。

裴奚若跟过去，撑着中央岛台坐下，像是准备好好观赏。

“去睡一会儿。饭好了，我叫你。”傅展行拆掉生菜上面覆着的保鲜膜。

她摇摇头：“不睡。”说话时，她还带一点儿感冒的鼻音。

“不困？”

“困，但是更饿呀。”裴奚若托腮道。其实，她是想看他做饭。

傅展行迈步过来，伸手在她的额头探了一下：“那我很快做好。”

裴奚若弯了弯唇。她很喜欢他对她亲昵的动作。

男人脱了外套，里边是挺括的白衬衣搭灰色毛线背心，不见一丝褶皱，衬得整个人肩背更为挺拔。他这副样子，再配一副金丝边眼镜，可以直接去当教授。

不知道他做起饭来，会不会有些违和。

裴奚若也见过其他人做饭。裴母喜欢边做饭，边听歌，简星然会一边看菜谱，一边大呼小叫。这两位都是大刀阔斧的类型，菜刀当当当地乱剁，油在锅里噼里啪啦地响，铲子和锅叮叮当当碰在一起，反正不把厨房弄出爆炸一样的动静，都不算完。

但傅展行做起来就很静，严密得像机器。他挽起袖子，将菜一样样冲洗好，动作很快，却游刃有余，像是掐准了每一分每一秒，将时间利用到极致。哪怕置身于厨房之中，他也没什么烟火气。

中途，裴奚若闲极无聊，自告奋勇，帮他切胡萝卜。

傅展行想起她刀工不错，便随她去了。结果，她切的胡萝卜，长的长，短的短，有的粗得似拇指，有的细得似线，奇形怪状，什么样的都有。

“裴奚若，”他按住她手里的菜刀，眼睛看向她，“那天的糖醋小排，你自己做的？”

她见被他识破，也不慌，弯唇一笑，道：“哦，酒店买的。”她只是换了个盒子。

傅展行无言片刻，末了，轻笑。想想也是，她哪里像是会做饭的人。

“不过，其实，也不全是买的，我也认真发挥了一下自己的厨艺。”裴奚若想“挽尊”，强调了一句。

他看她一眼：“蓝莓炒蛋、黄瓜炒丝瓜、奥利奥米饭？”

她点点头，继续把手伸向胡萝卜：“你看，第一次就做了三样，说不定我很有做饭的天赋。”

他把胡萝卜从她手里拿过来，将人打横抱起，又放回中央岛台边。

“以后你离厨房远一点儿。”

睡前，裴奚若躺在床上玩手机。

一个网红朋友发布了一组九宫格照片。雪地里，女人穿深蓝色比基尼，身材火辣，露细腰、长腿，摆出十分性感的造型。

傅展行洗完澡走过来，问她："在看什么，还不睡？"

裴奚若大叫起来："看美女！"她朝他翻转手机。

哪知，傅展行连正常男人基本的好奇心都没有，眼睛根本不往屏幕上瞥，就扣下了她的手机，锁屏。

"睡觉。"

"你不想看照片上的美女吗？穿比基尼，很性感火辣哦。"她像个发小广告的，给他极力推荐。

"不想看。"他说着这么清心寡欲的话，却弯下腰来亲她。

"我知道了，你想看我。"裴奚若搂着他的脖子，笑得很媚。

她很爱调戏他，尤其是这些天，先仗着自己处于生理期，后又仗着自己感冒，为所欲为。因为她知道，他不会把她怎么样，结果，今天却有点儿失算。

男人可能真的忍得狠了，直接拦腰抱起，将她整个人往上提了提，让她斜靠在床头有个支点，然后，顺势低头吻下来。

裴奚若开始慌了，尤其是男人的手不知何时已经碰到她的小腿。

一股头皮炸开的感觉顿时漫开。她按住他的手，嗯嗯乱叫："傅展行，我是病人！"

他的眼眸沉得像墨色一样。最后，他终于停下。

裴奚若惊魂未定，裹着被子，想离他一米远。

傅展行喉结轻轻一动，捉住她的手，把人扯回来。裴奚若打他一下，还瞪了一眼。

殊不知，此刻她眼眸泛着水光，是真正的媚眼如丝。她也不知道，自己的存在对他来说是多么大的诱惑。别说比基尼，她穿得再厚，也能轻而易举地勾起他的绮念。

傅展行就这么扣着她的手，慢慢平顺呼吸，好一会儿都没说话。

倒是裴奚若，羞恼之后，后知后觉地反思了自己。男女亲热这件事，于她而言，就像是去玩跳伞。她知道总有一天会跳下去，可下去前，总是免不了在期待、激动和退缩之间反复循环。

但是，傅展行是爱她的呀，一次次被她撩拨，他怎么受得住。于是，她壮起胆子，试着伸手："要不，我先对你负半个责吧。"

裴奚若还记得，自己做过的那个梦。

梦里的她，是洞中的一只狐狸精，专挑清冷、俊俏的书生下手。而那书生，恰是傅展行的模样，沉静如水，面容清冷。山庙那夜，她引诱他时，好像无师自通。

而这晚，她终于真实地体验了一把。然后，她发现，梦中的自己果然好有眼光啊。冷静自持的男人，理智被她打碎时，眼神似乎在燃烧、翻涌。

而她像一只餍足的女妖，靠在他的肩头，得了便宜还卖乖一般道："你要给我揉一揉。"

傅展行牵过她的手，另一只手掌心顺势抵住她的后背，将人带过来圈在怀里，低头吻了她一下。

昨夜他们厮混得有些晚，忘了拉上遮光窗帘。

裴奚若迷迷糊糊时，眼皮有些微微的刺痛，睁开眼，室内光线泛白，一片明亮。她伸了个懒腰调整睡姿，才发现，男人已经醒了，在她有所动静的那一秒，将她搂进怀中。

她的脸颊触到他坚硬的胸膛，鼻子嗅到他身上熟悉的气息，一股雪松檀木香。这种味道，让人的记忆回到拉普兰区的雪原上。那里很冷，却是她和他感情升温之地，所以，这种味道还是很让人喜欢的一种味道。

"你不用去工作吗？"她想起了什么。

习惯了好几次一觉睡醒他都不在床上的日子，忽然相拥着醒来，她倒是有些不适应。

"还早。"他听出了她的声音，"感冒是不是好点儿了？"

"是呀。"她眼梢弯起来，凑近了，用神秘的语气说，"忘了和你说，我是狐狸精。"

"嗯。"他早就发现了。

"所以，你昨晚，其实是被我吸走了精气神，我感冒才好得这么快。"她的后话在这里。

"哦？那够了吗？"

裴奚若刚想开口，忽然敏锐地感觉到了某种危机。她差点儿忘了，眼前这个可不是山庙里的清纯书生。说不定，她的调戏，正合他的意。不能细想，她一想，有些脸红心跳。

她连忙往边上移了移。傅展行一笑，不动声色地问："不再考虑考虑了？"

她把被子抱得紧紧的："不了，不了。太补的话，我怕流鼻血。"

这天是周末，傅展行处理完公事，走出书房。

柏嘉府这儿是大平层设计，一百多平方米的大横厅视野开阔，意大利手工沙发皮质柔软，作为平日的休闲区，深得裴奚若的喜爱。她此刻就躺在沙发上，看一部泰剧。

傅展行对此剧有印象。这部剧，她在芬兰时就在追了。有一次视频卡住，他瞟了一眼，刚好看见一个大浓妆女人张口骂人的镜头——那女人怒目圆睁，很是夸张。

她似乎偏爱这种矛盾激烈的电视剧，他十次路过，有九次都看到主角在骂人，搞得鸡犬不宁的。

傅展行走过去，坐到她身边，自然而然地吻了一下她。

"这剧有意思？"

"特别有意思，"裴奚若看得津津有味，不忘跟他描述一下剧情，接着，期待道，"怎么样？是不是很狗血、很刺激？"

傅展行只觉得这个真假千金抢男人的故事，还不如她的表情有意思。他附和道："嗯，刺激。"

她满意地笑起来："而且主角还不换发型，特别好认。"

两人就这样，静静地看了会儿电视。

有情人坐在一起，哪怕只是看电视，也免不了一番耳鬓厮磨。一个绵长的吻结束，裴奚若早已无心看什么泰剧。这叽里呱啦的背景音，对眼下的浪漫，是一种破坏。

她摸到遥控器，把电视关了。

窗外雾气消散，罕见地出了太阳。这是平城市中心的高层住宅，不远处就是金融大厦，阳光照在玻璃上，闪着光，恍惚中，竟有种春日暖融融的感觉。

见裴奚若望着窗外出了一下神，傅展行问："要不要出去？"

"去哪里呀？"她回过神来，眼中闪着兴奋，"约会？"

傅展行带她去了一个朋友的私人马场。荒郊野外，一片黄褐色的草原，围栏是红棕色的木桩。这里跟市中心的繁华形成鲜明对比，让人仿佛置身于另一座城市。

傅展行跟这位朋友因商业往来结识，后来，两人相逢港城赛马会，这才逐渐有了些交情。

听闻赛马会，裴奚若很新奇："我还没有去过。"

"下次让阿行带你去，"朋友哈哈一笑，"他眼光厉害得很，没有一次不赢的。"

她抬头看向身侧的男人。傅展行问："想去？"

她自然是点头。

"那下次带你去。"

裴奚若立即期待满满，挽起他的胳膊，不忘加一句：“你那么忙，不许耍赖啊。”

他轻哂：“到底是谁喜欢耍赖。”

朋友在旁边看着，感慨万千。

朋友还记得自己刚认识傅展行的时候，只觉得他性子淡得很，旁人来赛马会，免不了热血沸腾、激动。他却始终淡定，像是来打发时间的，与人群显得格格不入。

朋友还有所听闻，他在商业往来上杀伐果决，对女人却没什么耐心。那会儿有人有求于他，往他房里塞了一位容色艳丽的人间尤物，却被保镖拎着扔了出去。最后，合作也没谈成。

朋友原先以为，这是他们这类位高权重的人，不想让人察觉到自己的软肋，在外人面前，不愿表现自己的喜恶。今日见到裴奚若，朋友才明白，不过是因为那个软肋没出现。

他觉得挺欣慰。原先就有女人跟他说，傅总像一弯冷月，对什么事都寡淡、冷漠，不像在人间。如今，这弯月，终于被拉到凡尘。

裴奚若出了更衣室，一眼看到傅展行站在一匹白色骏马的旁边，穿着黑色的马术服。

见惯了他西装革履的样子，冷不丁看他换上飒爽的马术服，身姿挺拔，在冬季的冷风中，有种别样的冷淡、清俊，她的心脏竟然也扑通乱跳了一下。而且，那肩、那腰、那腿，也太完美了，无不蕴含着力量感。

裴奚若走近，不由得钦佩地一抱拳：“我现在相信你以前是校霸了。”

傅展行扶着她上马，手臂很有力量：“我可没说过自己是校霸。”

“在我们这种好学生眼里，会打架的都叫作校霸。”她笑眯眯地说，“哇，帅哥校霸爱上我。”

自从他向她坦白，自己并非一直都是模范生之后，她就以“好学生”自居，把他当反面人物了。每每说起，她都很得意，好像这样能改变自己是个学渣的事实。她乐意，他也就由着她。

他也跟着上马，将她圈在怀中：“这是你昨晚看的小说？”

“你怎么知道？”她诧异地侧过头。

“猜的。”

她前一天看了什么小说、电视剧，第二天，就会把剧情往自己的身上套。在拉普兰小木屋时，她还脑补过万一自己是个假千金，他还会不会爱她。当时，他回道：“你现在也没真到哪里去。”哪家的千金，会跷着腿在沙发上看电视，吃了零食，还不扔袋子。

他就喜欢她这个样子，她是不是千金又有什么关系。

十二月末的平城很冷，尤其是郊外，冷风吹起来，扫过人的脸，简直能划出密集的细痕。

裴奚若侧过脸，贴着男人的胸膛。

带她适应过之后，傅展行让马跑得稍微快了些。这样，容易刺激人的大脑皮层，促进热量的产生，抵御寒冷。果然，没一会儿，裴奚若就从他的怀里出来，直面呼啸的寒风了。

白色骏马在草原上疾驰了好几分钟，傅展行轻轻一勒缰绳，让它脚步慢下来，悠悠地带着她走。她靠在他的怀里，声调懒懒的："傅展行，你怎么什么都会啊。"

他答："以前为了让自己能静下心，什么都学了一点儿。"

"听起来，校霸以前很狂躁。"裴奚若若有所思。

此刻，四周很静，远处几匹马拴着绳，在悠闲地踏步。天高，云也淡，风吹过来，是恰到好处的凉爽，叫人心旷神怡。

他停顿了一会儿："我以前……"恰好在这时，一阵手机铃声突兀地响起。

裴奚若知道他忙，也没太在意，只当是工作电话。她微微仰头，枕在他的胸膛，在阳光下惬意地眯起眼。

距离很近，傅展行也没刻意回避，于是，电话那端的声音，就这么传了出来。

"傅总，刚才疗养院来电，说傅先生他好像醒了……"

电话是沈鸣打来的，裴奚若听出了他的声音。

起初，她没有反应过来，电话中的这个"傅先生"指的是谁。直到对话继续，她才慢慢想起一点儿往事。

那还是在她嫁入傅家之前了，她曾跟简星然抱着笔记本电脑，本着知己知彼的态度，疯狂搜索过傅家相关新闻。其中热度最高的一条就是，傅氏集团董事傅渊因车祸重伤，生死不明。然后才是后续的报道，说他成了植物人，至今为止，一直躺在疗养院。

这么说来，电话中"好像醒了"的这位，就是傅渊了。

应该是件好事吧，裴奚若一仰头，却发现男人听着电话，只简略地应答了几个字，神色淡而冷，并无欢欣之意。顿时，她就想到了之前看新闻时，脑海中一闪而过的豪门狗血剧情，还有很久之前在傅老爷子书房时旁听到的几句对话。

说起来，她和傅展行认识也有一年多了，却从未见他去探望过生父，生母更是杳无踪影。也许，这一家人的感情并不像外界传言的那样和睦、融洽。

如此一来，这就是个坏消息了。

下马时，傅展行照例扶着她，神色和语调都没有异常。裴奚若将手搭在他的掌心，弯起食指，轻轻地挠了一下。

他抬起视线，对上她的。

她粲然："傅展行，我陪你去。"

海市毗邻平城，走高速公路的话，距离并不算很远。

裴奚若在车上打了个盹，一睁眼，就到了。

眼前的疗养院背靠青山，面朝海湾，建筑风格典雅，空气中负氧离子丰沛，走入其中，像误入了某个绿植繁茂的园林。

在前台，裴奚若见到了二伯、二伯母。他们显然也是刚到，周身泛着车马劳顿的疲倦之气。不过，两位中年人士保养得很好，即便略显疲惫，也依旧优雅，不见颓废之态。

"阿行。"二伯母叫了这一句之后，便像是不知道再怎么开口般，止住了话头。随即，她的视线落在了裴奚若的身上，神色不由得一松。

傅展行向二位打过招呼，刷过门禁卡，几人一道往里走。

病房内，病床边围着几名医生、护士。察觉到有人到来，他们不约而同地往旁边退开，让出一条路。头发花白的主治医生大致介绍了傅渊此时的情况。

他的意识已恢复，存在听视觉反应，但不会说话，也不会动。虽然他距离变成一个正常人还很远，但这在医学史上已经可以称为奇迹。

之前，傅渊恢复意识的第一时间，医生就对他做了一系列检查、监测和数据记录，这时，医生和护士相继退出，将病房让给了这一家人。

有个新来的实习护士，走了几步，又忍不住回头看了眼。这一家人，真是太诡异了。按照常理来讲，将植物人状态的病人放在高端疗养院，好生养着十几年，等的不就是对方苏醒？结果，奇迹发生了，却是谁的脸上都没有喜色。

裴奚若是第一次看到植物人。病床上的傅渊，肌肤干燥、紧绷，两颊没什么肉，颧骨突出，像是在经年累月的昏睡中，耗尽了所有精神。但不难看出，曾经，他是一位光鲜又斯文的英俊男人。

傅展行和她牵着手，视线也同样落在病床上。有那么一瞬，傅展行觉得，傅渊的状态，跟往常并没有什么不同，依旧干瘪、沉默、悄无声息，泛着一股死气。

但也不全然，他的眼睛此刻是睁开的。眼球极缓慢地转了一圈，最后将视线落到了傅展行的身上，迟缓地完成了父子俩时隔十三年的第一次对视。

一个人的眼睛浑浊，掩盖了情绪，另一个人的眼睛寒冷，如同冰封。

房内的气氛略显压抑。

“若若。”二伯母开口打破沉默，嗓音一如既往地和缓，很是温柔。

裴奚若看过去，二伯母朝她招了下手，眼角笑出一抹皱纹：“太闷了，陪我出去走走？”

她想点头，又迟疑地看了下傅展行。

男人转过头，看她时，眸中的寒冰融化：“去吧。”

“那你要好好的啊。”她凑近，低声道，像是十分放不下他。

他轻抚了一下她的头发：“放心。”

疗养院有一座人工湖，时值深冬，湖面上泛着白色的冷气。

“夏天的时候，这里有天鹅，”二伯母看着湖面，笑了笑，“现在它们也许到南方过冬去了。”

沿湖修了专供散步的小道，黄昏时分，夕阳未落，空气暖融融的，有不少护士推着轮椅，带病人出来散步。

裴奚若和二伯母在步道上走了一会儿，找了张长椅坐下。

长椅四周栽着常绿灌木，也有几棵红枫树，被风吹落了叶子，裴奚若捡起来，放在手心赏玩。她还没有想好怎样开口，比如，该不该问点儿什么。这时，背后传来几句对话——

“听说了吗，三零七号病房的那位醒了。”

“三零七号病房？那位不是植物人吗？都多少年了，这也能醒？”

“谁知道，奇迹吧，平时雇的护工也是顶级的，还带心理唤醒服务的，多少有点儿用吧。不过，我听我们科室的实习生说，那家人之间的气氛很诡异。”

“怎么？”

“没有一点儿高兴的样子，尤其是他儿子，之前每年来一次，也不怎么问医生情况。反正，就像给他找了块墓地，每年按时来拜一拜似的。”

“三零七号病房那位很有背景吧，院长都要巴结着的。”

“他是傅家曾经的话事人，你说呢？不过，这种名门大族，内部的争斗也残酷得很，谁知道那车祸是意外，还是人为。”

“……”

两人显然是忙里偷闲，说到这里，便匆匆告别，各自远去了。

裴奚若手中的枫叶，已经被撕了一个小角。

太尴尬了。先前，她不是没有在脑内猜想过这错综复杂的关系，但被这两个护士大大咧咧地说出来，还是在二伯母面前，就有点儿让人不知如何应对了。

虽说二伯母平易近人，但毕竟是长辈，也是她实际上的“婆婆”啊。

二伯母倒是笑了笑："其实，他们说得也没错。"

"啊？"她抬起眸。

接下来，二伯母给她讲了傅家的事。

原本，按照傅、沈两家联姻的惯例，准继承人傅渊是要娶沈家一位女孩的。但他在一场钢琴演奏会上对宋觅柔一见钟情。

二伯母找出宋觅柔的一张旧照，感叹道，她确实有让男人疯狂的资本。照片上的女人不是时下流行的长相，却很有记忆点——二十来岁的年纪，花一样柔美。她细眉杏眼，眼睛澄澈如水，好似含了无限羞怯，娇中带柔，一笑，能笑出千百种婉转。彼时，她有相爱的恋人，很快就要完婚。

傅渊却并未善罢甘休。他生在傅家，拥有一副迷人的英俊皮囊，却遮不住灵魂的腐烂。他是这辈人中最不择手段、城府最深的人。也正因如此，他才早早夺下了继承人之位。

不知过程如何，反正最后，宋觅柔嫁给了傅渊。两人的婚后生活并不愉快，傅渊介怀宋觅柔对旧情人念念不忘，不止一次地施予折磨。

当然，他会刻意避开傅展行。但恐怕他也不知道，他的暴力行径，全被宋觅柔录成了一盘盘录像带，隔天，便会完完整整地播放给傅展行看一遍。

就这样，她让仇恨在幼年的傅展行心中扎根。

事实上，从傅展行诞生那一刻起，她的报复计划就已有了雏形。起初，她甚至想过利用尚且年幼的傅展行，杀了傅渊。但是，在傅展行懵懵懂懂，往傅渊的杯中放药时，她又忽然冲过来，劈手夺走水杯，扔进垃圾桶里销毁。她并不是幡然醒悟，只是这样直白的方式，终究让人于心不忍。

于是，她换了一种方式。她精心录下每一次被家暴的录像带，甚至刻意激怒傅渊，让他当着傅展行的面，对她动了手。

在傅展行两三岁时，她就开始潜移默化，慢慢地给他渗透自己的想法。她教他要不断强大，韬光养晦，有朝一日，一定要让傅渊声名扫地、失去所有。就这样，经年累月，她树立起了她这个母亲的弱者形象。

傅展行年少时，在同龄人中便已是冒尖的佼佼者姿态。他活得比模范生还要优秀，没有任何不良恶习，学业、体育、品德，各方面出类拔萃。他对自己的要求，远远高过一般同学。

开家长会时，连老师都笑着说，他本就天资过人，还这么刻苦，让不让其他同学活了。言语间，老师暗示傅渊和宋觅柔，让他偶尔放松放松，不然，天才也会被摧毁。

不过，这话并没入任何一人的耳朵。宋觅柔对这个被傅渊强迫生下的孩子毫不在意，傅渊则是倍感骄傲。每当他像欣赏一件完美无缺的作品般看着傅展行时，她都在心中冷笑。她等着报复成功的那一天的到来。

这些心路历程，大多来自宋觅柔的日记。清修前，她自己将日记本交到了傅展行的手中。

……

裴奚若听完，手中的枫叶已经被她撕了个粉碎。

日记是宋觅柔写的，自然，二伯母讲述时，也是以宋觅柔的视角，似乎很容易让人将重点放在这对夫妻的纠葛上面。

但裴奚若始终想的是傅展行。他有什么错，要被虚伪的爱包围，还要经历一场狠绝的幻灭？

再接到裴奚若时，傅展行发现，她的眼圈泛红。

“冷风吹的。”她坚持这个说法。

“撒谎也不打打草稿，”傅展行让她面对着自己，“二伯母跟你说了什么？”

好吧，又是读心术。

裴奚若被他固定着脸，视线还是四处乱瞟，最终落在他身上，自我放弃般地道：“和我说了那本日记本上记着的事。”

这会儿，两人站在疗养院的人工湖旁，她的声音似乎也被水汽浸染，有些软而闷。

话落，气氛静了半晌。傅展行神色稍沉：“都过去了。”

“这话不是该我对你说吗？”

傅展行将她搂进怀里：“最痛苦的时候，已经过去了。”

裴奚若轻声问：“是什么时候？”

傅渊出车祸的那天，是个月圆之夜。傅展行半夜听到争吵声下楼，便撞破了残忍的真相。

最痛苦的时候，应该就是真相大白的那一刻吧。而他以为的柔弱的母亲，却是策划者。

“那时候，你才十四岁呢。”裴奚若记得车祸这个新闻，感觉心像是被无形的手揉了一下，泛起细密的酸疼，“后来，逃学、打架之类的，也是因为这个吗？”

他“嗯”了一声。

其实，也不全是，很小的时候，他就察觉到自己的不一样。他似乎遗传了傅渊的某些负面基因，情绪很容易大起大落。可每当他烦躁之时，宋觅柔挨打的画面，就会变成一张电网，电得他拼命克制这种烦躁，像是一种天然的矫正治疗。

后来，那个月圆之夜，一切被颠覆。他心里矛盾的情绪迫不及待地要找到宣泄口。

某天，在路上遇到一个抢劫的混混，他把人家打了，结果，对方是某校校霸。他因此一战成名，也牵出了很多麻烦。再后来，他也遇到过不少外校人来找碴，他统统打回去，脾气也变得暴躁易怒，阴晴不定。

他从天之骄子，到混世魔王，也就几天的事。

终于，二伯、二伯母察觉到，连夜将他送到傅奶奶家。他不去，反抗时，甚至打了保镖。但面对头发花白、慈眉善目的傅奶奶，他没办法下手，更没办法日复一日地叛逆和冷漠。因为，从本质上来讲，他也厌弃这样的自己。

听完，裴奚若心中有些酸涩，埋头在他的怀里，忍不住轻叹一声："要是我早一点儿认识你就好了。"

"嗯？"

她顺着自己的话想象下去，不由得绽出一个笑："我肯定打扰得你无心打架，天天在你耳边嗡嗡嗡。我会和你说'傅展行，放下砖头，和本美女去吃好吃的吧，去坐摩天轮好啦'……你会不会嫌我吵？"

他碰了碰她的鼻尖："不会。"如果那段灰暗的日子有她在，一切肯定会变得不一样。

"那谁知道，万一你不吃我这套怎么办？"

傅展行的指尖蹭过她的眼下："你不是狐狸精吗，要对自己有信心。"

"多谢提醒。"裴奚若弯了弯眼梢，随即又若有所思道，"不过，这样你就要从校霸，变成早恋选手了。"还是跟好学生不沾边。

他轻轻拥住她。

"那是我三生有幸。"

从小到大，裴奚若一直是粗线条的类型。

走红网络的头几年，她遇到过不少莫名其妙被泼脏水的事件。有人说她仗着自己漂亮，抢了别人的男友；有人说她摆架子，看不起其他网红；有人说她长得妖里妖气，一看就是整过容的……

她压根不往心里去，依旧逍遥快活，所穿的裙摆没因他们而变长一厘米。风言风语那么多，她又不为别人而活。

裴父听闻却大发雷霆，直接让律师把那些键盘侠一齐打包给告了。那些或刻薄或恶毒的污言秽语，被整理成证据，是触目惊心的好几十页。那些说坏话的人大多数是跟眼红她的同行有千丝万缕的联系。

简星然看着，拳头都不由得硬了：“这些傻子！”

裴奚若却戴着太阳镜，喝着下午茶，悠闲地往页面上扫了眼，笑眯眯地感叹：“我这张脸呀，果然美到了人神共愤的地步。”

简星然被呛得不轻。

不过，裴奚若这样的性格，倒也少了很多烦恼。她也知道自己从某种程度上来说，有点儿“缺根筋”，不太容易生气。她原先以为，自己的共情能力应该也很一般。

但这天回海市的一路，她都紧紧地牵着傅展行的手。她想要通过这个动作，告诉他，还有她陪着他。

说来很奇怪，明明前几天，她还只是迷恋他的外表。包括最初意识到她对他有色心的那一刻，她并没有想过要如何收场，反正既然贪图他的美色，就大着胆子试一试呗，失败也不亏啊。

直到他表白，她才意识到，原来见色起意，还会有更让人期待的下一步。

男人的手掌修长、干燥而温暖，和她十指相扣时，那种悸动，好像能直抵她的心脏。

从海市回来，裴奚若让司机直接去了明山墅。

住家阿姨很久没见两人，乍一见面，跟那时的沈鸣一样，遭受了相同程度的惊吓。她不明白，傅总和傅太太的感情怎么一下子从不对付转化成了如胶似漆。

沈鸣推了推眼镜，像个哲学家一般道：“这就是缘。”

他倒是很能理解。傅总这样寡淡到快出家的性子，就适合裴小姐这种性格的人。同样，换个普通男人，他也招架不住裴小姐那些层出不穷的花招。

哦，现在他应该叫她傅太太了。

裴奚若突然想起，明山墅是他们举办婚礼的地方。餐后，她便兴致勃勃地找出婚纱照来重温。那时，她和他相看两相厌，但照片拍得很好。

男人的气质本就淡漠，面容的冷与她的妖冶性感一搭，反而让画面更具张力。有几张，在摄影师的指点下，他望着她，眸中有浅淡的笑，如冰雪融化。

“嗞。”裴奚若忽然捂了下胸口。

“怎么了？”这会儿，傅展行坐在她的身旁。

她之前懒懒地趴着，用他的大腿当读书架。她这么一捂胸口，没了手臂的支撑，整颗脑袋都枕在他腿上了。

“你这个眼神好迷人哦，看别人也这样吗？”她滚了一下，换成趴着的姿势，指尖抚过照片上的他。向来冷漠的男人，偶尔流露出一点儿温柔，真的很要命。

“不是。”

“那以后要多笑笑。”她托腮，翻过一页照片，视线定住。

这是最符合婚礼主题的一张照片。男人穿暗红色西装，立在古典城堡的旋转大楼梯下。女人则在上方，浅笑盈盈，似要款款而下。她穿一袭墨绿色长裙，露出白皙、骨感的肩背和手臂。两人各占据画面一端，中间是肆意生长的绿色藤蔓，拥着一枝玫瑰花。

画面是深色背景，低饱和度，质感高级而神秘，像带人走进一个藏在古老时光里的童话。

“《美女与野兽》，”傅展行的视线也落在那上面，“策划师说，这是你最喜欢的童话。”

“是呀。”她的视线低下去，似在专心研究照片。

“真的？”

“当然了。”

“为什么喜欢？”

裴奚若稍微支起上半身，一边舒展了一下姿势，像是趴累了，要爬起来，一边道：“因为，他们的爱情故事太感人了。”

傅展行扣着她的手臂，将人拖了回来，声调不紧不慢：“哦？那时，你居然会有这样的想法。”

男人的力量刚刚好，直接让她坐进了怀里。她几次试图爬起来，结果均是失败。她只好道：“你把我想得也太坏了。再怎么说，一辈子就结这一次婚呢，当然寓意要好点儿啦……”

话落，她整个人一下被抱着，翻转过来面对他。

视线相对，男人眼神沉静，像是带着某种了然，只待她主动投降。

“好了，好了，我承认，”裴奚若抵住他的双肩，把他紧紧按在沙发靠背上，像是这样就能占主导地位似的，“但是，你要先保证，不能生气啊。”

傅展行的手在她的身侧收紧：“嗯。”她要说什么，他已经猜到了。她掂量着，小心翼翼地开口：“《美女与野兽》就是字面上的意思。”

“美女。”她指指自己。

“野兽。”她瞟瞟对面。

一切内涵，尽在不言中，充分表达了她结婚时的不情不愿。安静了两秒，她忽然觉得身体一下腾空，心慌地叫起来：“你不是说不生气的吗！”

他抱着她往房间里走：“没生气。”

“你骗谁？”

他一笑，顺势将她的话堵回喉咙。

这晚，裴奚若一夜好眠。

清晨时分，她却被男人叫醒。

“裴奚若。”

再清越的声线，扰人清梦，也是罪不可赦。她权当他念经，用被子蒙住头，想努力再睡着一次。

他知道她醒了，又叫一声。

“干什么啊……”她的声线拉得长长的，还蹬了两下腿，表示抗拒，像是又委屈又愤怒。

“起床锻炼。”

裴奚若刚想问好端端的干什么要锻炼啊，忽而想到，她感冒的那几天，似乎是答应过他，等康复了就开始锻炼。但那是她被他吻得七荤八素时，随口答应下来的。

她也没说，自己一定会照做啊。反正耍赖也不是一次两次了，她躲在被子下，很没心理负担地开口：“不——去——”

男人的嗓音很无情：“医生说，你要锻炼身体。”

“我还没好呢，鼻子还是堵的，”她示弱，“嗯，头也疼。”

“那去吃药。”

这男人也太不好对付了。裴奚若一下把被子拉下来，瞪着他。

他在床沿坐下，抬手捏了捏她鼓起来的腮帮：“昨晚我们十一点睡，现在七点半，刚好起来锻炼。”

“不够啊，我一天要睡十二个小时。”

“这么久？”

她神秘地一笑：“嗯，因为我还在发育。”她顺便挺了挺胸。

此时，她仰面朝天，眼梢含着一丝促狭的笑，像条天真柔媚的人鱼，只待人来捕捞。他俯身，将她捞起来亲吻。

一个绵长的吻结束，裴奚若自觉成功让他放弃，满意地钩住他的脖子，准备拉他一起再睡个回笼觉。

哪知这男人不为所动：“你还睡得着？”

“睡不着，也可以躺着谈谈心啊。”她自己躺了回去，斜撑起脑袋，朝他钩钩手指，像个祸国妖妃，“来呀。”

他顺手捉住她的手，把她拉了起来。

裴奚若像树袋熊一样趴在他的身上，一脸任人宰割的丧气：“看来，我的美色迷不住你了。”

“迷得住。”但他更希望她健康。

“那你刚才都叫我全名了，好见外。”

傅展行停顿一会儿：“那我应该叫你什么？”

他从没思考过昵称这件事，于他而言，她的全名就代表她，本身就是一个昵称。

“叫若若呀，”她面对面被他抱在怀里，手指点了点他的鼻尖，笑眯眯的，“叫一声，我听听。”

“若若。”他凝视着她道。她满意地笑了。

明山墅周围是天然的锻炼场所。傅展行带她沿着往日常跑的路线跑了小半圈，她就不行了。

“你这是第一次跑，以后就适应了。”他不紧不慢地说。

“再跑几次的话，我宁可生病。”

“裴奚若。”他的声音冷下来。

她连忙“呸呸”两声：“当我没说。”她又委屈地钩住他的脖子，“你不叫我若若啦？”

他仍旧面色不悦：“不叫。”

“小气。”她翻了个大白眼。

待两人回到家中，住家阿姨早已备好早饭——柴鱼花生粥，香气扑鼻。

“傅展行，我陪你跑了一次步，那你是不是要陪我去干点儿别的什么呀？”裴奚若咬着勺子。

傅展行替她又盛了一碗粥：“嗯，什么事？”

“去游乐园约会吧。”她笑眯眯的。

他们去一些情侣会去的地方，做一些情侣会做的事。他似是明了，一笑：“好。”

不过，这天，他们未能立刻动身，因为傅老爷子打来了电话。

近几年，傅老爷子身体不大好，心脏做了好几次搭桥手术，受不了太大的刺激。所以，昨日傅渊从植物人状态苏醒的事，还没有人告知他。

傅展行接电话时，裴奚若一开始没太在意，兀自刷着微博。

君星酒店的事过后，她的知名度更上一层楼，隔三岔五就会收到各种画廊、艺术展的邀约，也不乏广告商的合作邀请。她回了老钱的消息，又跟几个小姐妹互动了下。

一抬眼，她发现他这通电话还没有打完。

男人讲话时神色很淡，和她目光相接，眼神却充满了安抚的意味。她思忖半秒，起身过去，顺势坐进他的怀里。

下一秒，她放在膝上的手，自然而然地被男人修长的手掌包住。他就这样抱她在怀，打完了电话。

电话一挂断，裴奚若就问道："是昨天的事吗？"她不想称呼那个人为他的父亲。

他执起她的手，捏着手指："跟昨天无关。爷爷让我回去一趟。"

她"哦"了一声："我陪你？"

"不用。"他吻了下她。

傅老爷子方才说的是沈郁要从集团离职的事。他对傅展行的芬兰之行颇有微词，在电话中，便直言问傅展行，是不是真要赶尽杀绝。

事实上，在芬兰时，傅展行不过是摁下了沈郁蠢蠢欲动的苗头而已，远不至于将人逼到离职这一步。

毕竟那时，他被裴奚若勾去了大半心神。

然而，傅老爷子却又一次站到了沈郁那边。成长到如今，傅展行已不会去计较傅老爷子偏心不偏心。他只认准，该做的事必须要做，他不会言败。而沈郁，他也不会放过。

不过，这种亲人间的龃龉、争权夺势的戏码，傅展行并不愿让她知晓。

她却很坚持要一起去，一是因为，一个人在家很无聊；二是因为，她总觉得，这两天的他，是需要小心呵护的易碎品。最后，她如愿以偿。

到了傅家，傅展行照例去书房，裴奚若则坐在会客厅玩手机。

过了半个多小时，他回来了。

"怎么样呀？"她立即迎上去。

他牵过她的手："没事。"

"那就好，你不知道，我担心得小说都看不进去。"

傅展行和她一起往外走，好笑道："你担心什么？"

"那可多了，总觉得，除了二伯、二伯母外，其他人对你都不是很好呀。"

他"嗯"了一声："这很正常。"豪门之中，多的是斗得你死我活的人，亲情是最不值钱的，尤其是在傅氏这样的大家族。整个家族对外光鲜亮丽，对内，却也少不了肮脏的事。

方才，傅老爷子又讲起寻回沈郁的不易。然而，沈郁的真实身份，他其实还被蒙在鼓里。没人能预料，得知自己多年喜爱的外孙是不道德的产物之后，他的身体能否撑得住，也没人承担得了说出真相的代价。

是以，傅展行对沈郁的打压，被他当成了一种狠心。

今日在书房，两人其实不欢而散。

不过，此刻傅展行见到了她，所有不悦仿佛都烟消云散。他看了眼时间："现在还早，要不要去游乐园？"

裴奚若求之不得，她笑意盈盈，财大气粗地挽过他的手臂："好呀，我请你。"

她打开手机，正想打开售票软件，却意外地瞄到一则消息。

简星然：微博上那位……是你家傅九？

收到消息，裴奚若蒙了一瞬。

傅展行？上新闻热门榜？这两者似乎是无法关联到一起的。毕竟作为传统名门的继承人，他鲜少出现在娱乐性质的版面。

简星然很快发来一张照片。画面有点儿模糊，像是在酒会，拍摄者的镜头离得很远，只能看到男人的一个轮廓，西装革履，侧脸线条流畅。裴奚若用双指放大，跟身侧的男人对比了一下。

傅展行察觉到她的动作："怎么了？"

"你看这男人像不像你啊？"她将手机屏幕翻转。

他扫了眼："这就是我。"

"哦？"裴奚若原本倾向于这是一场乌龙，不料本尊都确认了，倒是一下感兴趣起来，连忙点进微博。

傅展行也随之看去。

榜单上，没有跟傅氏集团相关的消息，位于中后排位置，倒是挂了个"春笛书萱"。她出于直觉点进去。

广场第一条消息来自某博主，标题取得颇为博人眼球："《春笛》女主官宣，'文艺高级脸'竟真的凭脸上位？"新闻配了一组照片，第一张是《春笛》剧组官宣女主的博文，后几张跟简星然发过来的属于同一个系列，有双人同框照，也有单人的，八卦味道浓厚。

最后一张则截自另一家营销号发的新闻，称书萱之所以获得这一角色，是因为傍上了照片上的这位大佬。而大佬的身份，则模糊地一笔带过，只说是平城某豪门实际掌权人。

裴奚若往下滑，翻了翻广场上更新的几条实时动态和评论。

"啊，挺意外的，之前和《春笛》相关工作人员一块儿吃饭，还听说柏希月在接触这部电影呢，怎么主角变成书萱了？"

“我不关心这两人的咖位之争，我就想知道大佬是谁，看侧脸就好帅！！”

“最新消息，据说大佬真身是傅氏集团总裁，多金帅哥是真实存在的，我开始眼红书萱了！”

“……”

虽然早知道娱乐圈一贯会捕风捉影，可头一次离它这么近，裴奚若还是觉得有些不可思议。她指了指照片：“这好像是表妹生日的时候吧。”

傅展行脸色微冷：“嗯。”方才沈鸣打来电话，询问要不要撤新闻，就被他同样冷的嗓音冻了一把。

裴奚若的视线落在照片上，抿着唇，似是有些不满意。角度问题，那几张照片上，他和书萱的确看起来很亲密。

傅展行看着也颇为碍眼。他正要开口，她却忽然唱起来：“明明是三个人的电影，我却始终不能有姓名。”

他无言片刻，拿过她的手机：“走了。”

她扑上去抢：“我还没看完呢。”

“都是假的。”

“假的也要看，”裴奚若坚持道，“我要在醋坛子里多泡一会儿。”

他停顿一会儿：“你吃什么醋？”

“当然是吃你的啦，”她故意捏出一把酸溜溜的嗓音，手在他的肩上不安分地游移，“书萱能拿下这个角色，还不是多亏了我们傅总嘛……”

傅展行扣住她的手：“不是。”

他只跟随叙提了一句这个人，在老爷子那里要了个试镜的机会。

微博上出现了傅展行的照片，沈鸣很快着手处理，不到五分钟，就将照片删得干干净净，连“春笛书萱”的新闻都少了很多。

裴奚若也收到了书萱和她经纪人的紧急电话联系，大致弄清了这事的发酵过程。

随老爷子半路出家，从影近三十年，所执导的作品获奖无数，一部代表作《少女灯》红遍全国，一举拿下业内含金量最高的大奖，奠定了他在导演界举足轻重的地位。不少独具风格的演员因出演他的作品一炮而红，至今依然片约不断。

是以，他的新作《春笛》刚走漏了点儿风声，便成了众多影视公司、艺人争相抢夺的香饽饽。

柏希月和书萱两人不和已久，出道时走的路线又相同，这次会撕起来也在情理之中。这则新闻，不出意外，应该是柏希月的团队在搞鬼。对此，书萱经纪团队尽最大努力调来酒店的监控，放出来澄清。

酒店的监控里，两人保持着十分正常的社交距离，而且男人身旁还有位女伴。虽然只能看清大致的轮廓，但毫无疑问男人和女伴才是亲密的一对儿。

车子到了游乐园，裴奚若顺手翻看了下微博，见事态风向正逐步扭转过来，便放了心。刚要摁灭手机屏幕，她瞄到一条最新评论："旁边那位是总裁夫人吗？看身材长相也很美啊，要是有近距离的照片就好了。"

下面紧跟着有人道："指路微博账号山猹少女002，有近距离视频。我刚看完，笑死我了。"

怎么就笑死了？裴奚若点了进去。

很显然是个小号发的，只有一条微博："知情者说一句，这事还挺冤的，总裁和总裁夫人感情很好，没谁插足。没有冒犯总裁夫人的意思，视频也是随手拍给朋友看的，当时就是觉得这女人太可爱了，哈哈哈。我悄悄放，不妥的话，我就删了。"下面附带了视频，看封面就知道拍的是书萱生日那天的场景。

裴奚若点开，立即有熙熙攘攘的人声传出手机。傅展行瞥了眼："还在看？"

"拍的我呀。"裴奚若把手机递过去了一点儿。

这下，连他也一道看起来。

裴奚若不知道的是，那条指路的评论已经被赞到了评论第一的位置，此刻，和她一样点开这个视频的网友有成千上万个。大家一开始也只是随手一点，不料进了这个视频就笑得停不下来。

视频里，女人先是瞄了瞄身侧的男人，然后又看了看对面，一副如听天书的表情，视线在宴会厅内百无聊赖地扫视。随后，她不知看见了什么，微微一愣，随即调整了下角度，望着某个方向微笑起来。

镜头跟着移过去，只见那里立着一座手持盾牌的女神雕像。黑水晶的材质，盾牌恰好可以当作一面镜子。

知道前情提要，再去看视频，便多了几分搞笑的效果。只见短短十几秒钟，女人对着"镜子"变换了N个动作，时而眨眼，时而弯唇，偏偏她生得太美，哪怕镜头只拍到侧脸，也是隔着屏幕在对网友进行疯狂的美颜暴击。

大家也注意到，自从看到这面"镜子"，女人没有再分给身侧的男人半个眼神，哪怕他正和另一个女人谈话。

"笑死我了，哈哈哈，像极了我和我男朋友自拍时的样子，眼里只剩自己。"

"醒醒啊，总裁夫人，你老公要被狐狸精拐跑了！"

"她看起来就是那种会在浴室对着镜子唱歌的类型，说不定还会用吹风机当鼓风机营造长发飘逸的效果。"

裴奚若：是谁在偷窥她的生活。

不过，好歹不是负面消息，她就无所谓了。她又播放了一遍视频，美滋滋地道：“傅总，我真的好美啊，不枉费你每个月给我花这么多钱。”她看了微博上乱七八糟的言论，又戏瘾大发，扮上了金丝雀。

傅展行轻轻哂笑了一下：“应该的。不过——”他拿过她的手机，话锋一转，“你之前不是说，那天一直在看我？”

她说过吗？

傅展行嘴角勾起一丝淡笑，为她这愣住的样子。

男人五官很俊，笑起来也可以称得上温柔。只是，他很少笑，好像不具备体验喜悦的情绪似的，一直给人一种清淡、疏离的感觉。

他好难得笑一下，简直可以让人再一次怦然心动。

[第八章]

绝配

BU MAN NI SHUO

——你是人间极乐。

工作日的游乐园人并不多，连热门项目都不需要排队。阳光下，建筑物静静地矗立，宛若欧洲古堡。

裴奚若原先在申城玩过这一游乐园的分园，对于哪些项目好玩，早已熟门熟路。她买了个狐狸发饰，戴在脑袋上，配上一头粉色头发，十分新潮。相比之下，傅展行着一身黑色大衣，哪怕到了游乐园，也毫无玩乐气质，倒像是来谈并购案的。

不过，她要玩什么，他都奉陪。连幼稚的公主城堡，他都陪她转了一圈。

两人登上过山车，俊男美女，风格上却有鲜明的反差，吸引了众人的视线。很快，过山车发出有节奏的机械声，慢慢地驶上轨道。人被紧紧地扣在座位中向后仰，这一刻，心情像极了被慢慢拉紧的弓弦，仿佛随时可能断裂。

裴奚若是第一次坐，不由得紧张起来，手也下意识地抓紧他的。

刚才，是她主动提议要坐过山车，算是有点儿好奇吧，她想看看向来淡定的男人，玩这种刺激性的游玩项目会是什么样。结果，他冷静如常，她倒是快吓死了。

她喉咙里干干的："傅……"

下一秒，手被男人紧紧握住，挠了下她的掌心："别怕。"

牵着他的手，像是有股镇定温和的力量传过来。她稍稍安心，嘴角微扬，可还没放松片刻，紧跟着，过山车就升至最高点，猛地往下一俯冲，大风几乎吹得人五官变形，失重感在一瞬间达到极致，心脏跳得太快，像要跳出喉咙——

"啊！！！"

下了过山车，裴奚若有一种劫后余生的感觉。她现在分外后悔，早知道，就不应该坐这个过山车，吓个半死不说，还害得她全程喊破嗓子，就差涕泪横流了，美女形象全无。

"裴奚若。"是男人清越的嗓音。

"不要叫我。"她用一张展开的面巾纸捂着脸，闻言，把头往反方向扭过去，抬手赶人，"我要去补个妆，丢脸死了。"

傅展行在她身旁的椅子上坐下："哪里丢脸了？"

她不说话，像一朵蔫了的水仙。他轻轻拍着她的背。

缓了一会儿，裴奚若才把面巾纸拿下来，在手里撕成一条条的："我刚才的叫声是不是很难听？"

"不难听。"

"表情呢？很狰狞吗？"她不敢回忆。

"风那么大，哪看得见。"他抬手拨开她落下来的发丝。

是吗？裴奚若稍感安慰，往后一靠：“不过，真的好晕啊，以后再也不坐过山车了。”

这是游乐园专供游人休息的长椅，背靠一棵枝繁叶茂的槐树，阳光从枝叶间漏下来，暖洋洋的，没什么威力。冬日里，不必担心晒伤，微风也不燥，很适合静静待着。

傅展行陪她休息了一会儿。

不远处，有一家三口。小孩举着棉花糖飞奔，父母则在身后笑意盈盈。

裴奚若坐直了些，望了他们一会儿，忽然道：“我小时候特别希望爸妈带我来游乐园。不过，他们一个要做生意，另一个要拍戏，都没什么时间。”

“我基本都和同学来，有时候觉得挺好，更有共同语言，有时候又觉得，少了一种亲情体验。渐渐地，就不爱来了。”

裴奚若很少跟人聊家庭的话题。因为，她父母恩爱，经济条件优渥，实属人生赢家的配置。而纵观豪门圈子里，有父母离婚的，有一方出轨的，也有冷漠相待的。相比之下，自己的这点儿小遗憾，不过是沧海一粟，再去抱怨什么，未免有“凡尔赛”之嫌。

不过，此刻，她好像轻易地就说出来了。大概是，男人日积月累的行为，已经给她的潜意识留下了认知——面对他，她不用顾忌什么。

傅展行轻轻摩挲了下她的手：“我也是。”

她惊讶了：“你以前来过游乐园吗？”那天听二伯母那样说，她还以为，他没有童年。

“来过。”

傅渊忙于事业，基本不会出现，都是宋觅柔带他来的。

对于一般的孩子而言，去游乐园，或许是一个天赐的机会，可以趁机买各种吃的，放肆地玩。对他而言，去游乐园只是打卡一般地玩几个项目，然后，在宋觅柔佯装有耐心的表情中，说自己已经玩好了。

“真的玩好了吗？妈妈还可以等的。”宋觅柔总会这么说。

他点头：“没什么好玩的了。”

那时，他以为，宋觅柔不经意间露出的厌烦神态，是长期被折磨留下的怨气，偶尔掩饰不住，便让他看见了。殊不知，那种不耐烦，也是实打实地对着他的。

早在二伯母的讲述中，裴奚若在脑海中就勾勒出了宋觅柔大致的轮廓，但从傅展行口中听到，又是不一样的体验。

宋觅柔是一个被人毁掉又差点儿毁了他人的女人。

她不由得叹气：“你小时候好懂事啊。”她记得，她青春期都在和裴父裴母干架。

傅展行揉了揉她的头发："不要想多了。"他和她说起这个，本意并不是要她难过。

裴奚若摇摇头，与他十指相扣："没有，我是在想，以后我们的小孩，千万别像你一样，有那么累的童年。我们可以对他要求低一点儿…… 哪怕考二十三分，也是我们的宝贝啊。"

傅展行"嗯"了一声："为什么是二十三分，因为你以前考过？"

她假装没听到，眼睛一闭，靠着长椅睡觉了。同时，她在心里幽幽地想，跟太聪明的男人交流起来，自己果然很容易露馅啊。

他们一圈玩下来，已临近傍晚。

裴奚若起先还记得自己是拉傅展行来放松的，结果后来自己玩得越来越有兴致。她买了各种小食，吃不完，他便帮她拿在手里。

"这个好好吃，"她叉了一个章鱼烧，递到他嘴边，"要不要？"

傅展行很少碰零食，不过大概是她这动作太自然，他便也顺势低头。

"怎么样？"裴奚若满怀期待。

他"嗯"了一声："很鲜。"

裴奚若用签子插了另一个章鱼烧，笑眯眯的："因为想让你尝一尝，我刚才都没买臭豆腐。"

两人边吃边走，裴奚若走累了，才坐下休息。她顺手打开手机，屏幕差点儿被消息淹没。

连微信上八百年不联系的"塑料"小姐妹都发来问候：仙仙，你居然结婚了？？什么时候的事啊？

怎么突然曝光了？

裴奚若立即想到了上午闹出的风波。她点开微博，那红成一片的转评、点赞数量，简直到达了史无前例的程度。

短短几个小时，涨的粉丝数量，已经快超过君星酒店抄袭事件带来的粉丝数。

起因就是那段酒店视频。她照镜子时自我陶醉的表情，不知被哪位才子做成了表情包，配文"老娘好美""男人算什么东西，也配分散我的注意力""快结束你们的对话，我要去照镜子了"等一系列自恋语录，正被网友争相转发。

而新粉丝们一路"考古"，把她几年前的自拍都翻出来打卡评论了。

她以前不是没幻想过自己红遍大江南北的样子。比如，在画展上叫出惊天拍卖价，一夜间，自己的名字尽人皆知。或者，因为颜值出众，又才华横溢，她引起大家的注意，从此一步登天。

她却万万没想到，是被做成了表情包广为流传这种有趣的方式。

裴奚若扫了眼评论里一连串的“哈哈哈”，感觉自己瞬间从一个颜值博主，变成了搞笑博主。

与之相随的还有大批求证的声音：仙仙，你真的是傅氏集团总裁夫人吗？为什么一直这么低调啊？

就裴奚若自己而言，她也不是低调，更不介意公布婚讯，只是一直没有合适的机会罢了。

眼下似乎是个契机，不过，她还是要征求一下傅展行的意见。她清了清嗓子：“傅展行，已婚对你的事业有影响吗？在网络上知名度太高，会不会显得有点儿不务正业？”

傅展行道：“不会，怎么了？”

“他们都问我，你是不是我老公。”

他反问道：“你还想有别的答案？”

“那我公开的话，你可能会跟我一起走红网络哦。没关系吗？”

“嗯。”这些事，随她。

裴奚若放心地回复了那条评论。

说来奇怪，原先，她是很不愿意暴露已婚身份的，连两人的婚礼都选择了低调的小型婚礼，并未邀请媒体参加。

可此刻，她有一种莫名的欢欣，好像小狗圈地盘，就这样宣示了对这个男人的主权一样。

用完餐，已是华灯初上。

夜晚温度稍降，好在牵着他的手，裴奚若也不是很冷。她走着走着，忽然发现不对：“我们要去哪儿？”

傅展行未答，一路将她重新带回了游乐园。两人买的是全日通票，晚上也可以畅行无阻。不过，这里晚上没什么可玩的项目，只有一座摩天轮，很受情侣青睐。

摩天轮……

裴奚若仰头，看着眼前巨大的摩天轮，不由得对身旁的男人刮目相看。所以，他带她在附近餐厅吃饭，吃完，不提醒她走人，就是为了等这个？

夜色下的摩天轮，被彩灯勾勒出形状，缓慢旋转着，如梦似幻。遥远的平地上，恰好有第一簇绚烂的烟火升空。

冬夜里人不多，他们坐上去，并肩坐在一侧。摩天轮缓缓上升，裴奚若靠着男人的肩头，侧头欣赏着窗外不停绽放的盛大烟花。

想不到，他也可以这样浪漫。电光石火间，裴奚若忽然一个激灵，坐了起来，狐疑地盯着他："不对啊，你怎么知道这里有摩天轮，还有烟花？是不是以前带谁来过？"他不应该是心无旁骛、不懂享乐的事业型男人吗？

傅展行牵着她的手："查了一下攻略。"

摩天轮升到高空，四周空荡荡的，远眺可以望见高楼的灯火，景致极美。

裴奚若"哦"了一声，慢慢品出味道来之后，眼里渐渐漾开笑意。她抬手钩住他的脖子，慢悠悠地感叹："不得了呀，我们老公学会偷偷努力了。

"那你知不知道，摩天轮升到最高点的时候，要做什么啊？"

他一笑，扣住她的腰，低头落下一个吻。

"这样？"

裴奚若绽开笑容，回拥住他。

不愧是学霸。虽然刚谈恋爱，但很快也可以有模有样了。

这晚气氛浪漫，他们到家后小闹一场，也是顺理成章。

只是，裴奚若太过得意忘形，一路撩他撩得很过分，很快便被反客为主，差点儿清白不保。

结束之后，他起身去了浴室。

裴奚若躺在床上小憩了一会儿，回神之后，忽然坏心思渐起，一路踮着脚穿过衣帽间，溜到了浴室门口。

她是"好了伤疤忘了疼"的典型。这会儿，她故意把嗓门扬得高高的，还敲了三下门："傅展行，你洗好没有？我要进来啦？"

里边没动静，裴奚若提起一口气，正要再敲，门却忽然一下子被移开了。

男人出现在近在咫尺的地方。热气和身高所带来的压迫感一同缓缓地扑面而来，将她围绕。

她被水汽呛得轻咳，下意识地后退了一步。她还没站定，却被他拽住手腕，拉了过去。

他看着她："没洗好，不过，可以一起。"

哪怕说着这么有暗示意味的话，他的声线也很清淡。裴奚若很肤浅，就喜欢这种正经人的味道，哪怕是假的，视觉效果也足够赏心悦目了。

她当即眼梢弯弯："真的吗？那我就不客气了？"

她说着，试探性地往里踏了一步，怎料男人没动，她这一下，结结实实地撞在了他的身上。

心念转了一遭，她反应也快，当即脚底抹油："那我去拿一下睡衣，你等我哦！"

傅展行自然不会等她。她的小心思全都写在脸上，他怕是等到天亮，她也不会来。

他擦干头发，穿过衣帽间，第一眼看向床铺，却没有见到她的身影："裴奚若？"

通往另一间卧室的大门紧闭，傅展行抬脚过去，拉开，然后拉开另一扇。遮光窗帘没拉，月光通过落地窗洒进来，隐约勾勒出床上一个侧躺的轮廓。她倒也没有装睡，察觉到动静，便一下坐起来，朝他声明道："今晚我要睡这里。"

"为什么？"

"安全起见。"她捂紧被子。

"好。"出乎意料，傅展行答应得很爽快。

裴奚若心下疑惑，怀疑有诈，没有轻举妄动。

过了几秒，她松开手，却忽然察觉到身边的床铺往下一陷。随即，她被揽进一个充溢着冷淡雪松气息的怀抱。

她挣扎了两下，没能逃脱他的束缚。后来，她慢慢困了，也就放弃了抵抗。

临睡前，她迷迷糊糊地想，怪不得他不反对，他本来就"图谋不轨"。

一月末，平城的气温又降了些。

今年是个暖冬，没有下雪。好在裴奚若已在芬兰经历过暴风雪，这会儿便没那么遗憾了。

自从公开婚讯后，裴奚若又多了一大批粉丝。她在网上的知名度，经过这段时间的发酵，已趋于稳定。

跟版画家身份曝光那会儿不同，这次来了一大批广告商，甚至不乏影视公司的，邀她出道拍电影，以及参加综艺。裴奚若对娱乐圈没有兴趣，只是某天躺在沙发上，拒绝一位经纪人时，恰好被傅展行听见。

她突发奇想，朝他扬了下手机："傅展行，我去拍电影赚钱养你好不好？"

他在她的身边坐下："我不用你养。"

她哼一声，眼梢带了点儿坏笑："你明明是不想我和其他男人拍戏。"

"嗯。"他亦承认。

裴奚若靠到他的肩上，沾沾自喜："我就知道，你可小气了。"

今日二人要去探望傅老爷子。

经过这么些时日，二伯已将傅渊苏醒一事和他说了。傅渊在他们这一辈中，是他最喜欢的，也是最信赖和倚重的。

当天，他便在二伯的陪同下，去了疗养院。

只是，傅渊虽然醒了，却跟植物人也没有太多区别。他出事前英俊斯文，风度翩翩，谈吐不凡，如今却躺在病床，形容枯槁，口不能言。

这些年，怕傅老爷子触景伤情，晚辈们一直没有让他来过这里。是以，亲眼看见时，他一下子深受打击，回去之后，神思恍惚，竟一个不慎摔下了台阶。

傅展行和裴奚若赶到时，几位叔伯也在，家庭医生刚要走。

二伯简单地说了下情况："没什么大问题，不过，老人家伤筋动骨的，总要养个一年半载。"

傅老爷子看过来，目光里满是对小辈的体恤："阿行这么忙，可以不用过来的。"

上次两人见面，还因沈郁的事闹得不欢而散。不过，他们毕竟是亲爷孙，利益相争归利益相争，经时间一冲，又可以彼此默契地揭过，像是什么都没有发生过，维持住微妙的平衡。

傅展行陪傅老爷子说了一会儿话，又带裴奚若在傅宅用了晚餐才走。

"是不是很无聊？"他捏了捏她的手指，今日不该带她来的。

裴奚若道："之前来这里的时候才无聊。"

"什么时候？"

"第一次来的时候，你和爷爷在书房讲话，剩下我一个被七大姑八大姨拉着聊天，太恐怖了——就在那里。"裴奚若指了一下院中的水榭。

傅展行随之看过去，眼前仿佛出现了画面。

"你们聊什么？"

"音乐、歌剧、人文……"她在原地抖了两下，"害得我都想逃婚了。"

他淡声纠正："你已经逃了。"

这人还挺记仇，裴奚若理直气壮道："那我当时不是被吓到了吗，还以为婚后会很麻烦呢。而且，你也没出来拯救我一下。"话是这么说，可凭他们那时的关系，怕是即使傅展行出来带她离开，她都不愿意。

傅展行倒也没指出这一点，只一笑："那以后我注意，不让你和她们一起待太久。"

"好呀。"她笑眯眯的。

两人说着话，走出傅宅。外边已华灯初上，灯光落在仿古的老式青砖墙上，别有一种幽深寂寥的美。

迎面走来一个男人。起初裴奚若没太注意，直到他走至近前，停下脚步。

“好久不见，傅总。”他稍稍一顿，随即，视线慢慢地落在她身上，“傅太太。”

傅展行的调子很淡：“沈郁。”

话落，两人点头致意，擦身而过，似是懒得多费口舌。

“沈郁？”裴奚若朝那人的背影看去，轻轻眯了下眼。

好耳熟的名字。在巴黎时，她曾“偶遇”过的那个男人，似乎就叫沈郁。

当时，她以为他是个年轻浪荡的花花公子，还将计就计，赠给他一幅“癞蛤蟆想吃天鹅肉”的简笔画。现在看来，沈郁和傅展行显然不对付，连简单的寒暄里都藏着刀光剑影。

怕是那会儿，他的目的就不单纯。

回到家中，时间还早。

今晚没有雾，很适合观星。裴奚若难得主动提出，要陪他看。

“不怕冷了？”傅展行调试着天文望远镜。说是观星，其实他大多时候，看的是月球。

她换了件厚的羽绒服：“不怕呀。衣服这么厚，才不会冷。”

想到她几次感冒发烧的经历，傅展行还是让她坐回书吧的沙发上，玻璃门只开了小半，这样，既能看见彼此、听得见声音，她又不会吹到风。

裴奚若把羽绒服解开小半，趴在沙发上看着门外的男人。从这个角度看去，衬着夜色，他的眼神格外沉静，甚至可以说得上沉寂。

外人都说，傅展行是个情绪不外露的人，包括最初的她也这么觉得。可是，大概是朝夕相处了有段日子吧，她还是可以察觉到他情绪轻微的起伏。比如今晚跟傅老爷子见面之后，他的心情应该是不太好的。

他应该是又想起了之前的事吧。所以，她才坚持陪他看星星。

只是，裴奚若高估了自己对无聊的忍受能力，没一会儿，就靠着沙发连连打起哈欠来。

傅展行推开门，弯腰将她抱起，往卧室走。她一个激灵醒过神来，抗议道：“我不去。”

他看向她：“你困成这样。”

“我不困啊。”

“你刚才打哈欠。”

她被揪住了证据，半晌无言，只好敬佩地抱拳：“这也能看见，你后脑勺是长了眼睛吗？”

傅展行好笑地亲了下她：“困了就去睡觉，为什么要强撑？”

裴奚若伸手钩住他的肩："你好像不开心，我人美心善，想陪陪你嘛。"

话落，傅展行稍愣。两人没在一起时，他就习惯了裴奚若各种心血来潮的举动，这次也当她是图新鲜。他倒是没有想到，她是因他情绪不好，才想陪他。

他略微低头，吻在她的鼻尖："现在好了。"

"真的？"

"嗯。"

她嘀咕："看星星这么有用？"

"不是。"他碰了下她的额头，"是因为你。"

傅奶奶一直都是个活得很通透、豁达的人。她有个观点——遇到内心的魔障，就要直面它。

傅渊出事的那个晚上，家中刚经历过一场天翻地覆的变化，恰好是个月圆之夜。所以，后来，傅展行就时常用天文望远镜看月球。目光一寸寸地滑过月球表面起伏的环形山，极端的寂静、干燥和荒凉，像是直面人内心的旷野。

这晚他见到傅老爷子，谈起一些往事，勾起了他不悦的记忆，心头难得升上一丝烦躁之意。

按照以往，他会再看一次月球，如同审视自己的内心，慢慢抚平那些凹凸不平。可今日，他似乎不需要。

他观月时，注意力分明都在她身上，连烦躁的情绪都顾不上去体会。所以，她昏昏欲睡的第一时间，他就察觉到了。

她才是他的静心良药。

大年三十这天，傅展行推掉家族聚会，跟裴奚若一起在家。

市区过年其实没什么年味，不准燃放烟花爆竹，也没有什么其他活动。裴奚若倒是收到戚听她们去酒吧聚会的邀请，不过，难得可以和傅展行共度一整晚，她果断拒绝了她们。

餐后，她被他拉着站了一会儿，之后躺上沙发。

电视开着，被当作背景音，裴奚若靠在他的腿上，和简星然互发"新年快乐"。

简星然最近迷上了一款手游，已经连续玩了一个通宵，这会儿没聊两句，又开始玩了。她发来的语音里，充满了急匆匆的敷衍："年后我去平城找你玩。拜拜，我打游戏去了。"连停顿都不带有的，一点儿都不符合她的性格。

裴奚若直觉，肯定有情况。她把手机扔到一边，仰头看傅展行，然后发现，尽管是在柔软的沙发上，男人依旧坐得很直。

裴奚若自己躺成了一条咸鱼，存心要把他这个好学生的坐姿给破坏了，于是，伸出手去捏他的下巴。结果，一番闹腾下来，他的坐姿倒是被破坏了，却压在了她身上，一只手臂撑在她的耳侧，就势吻下来。

这个吻绵长又温柔。窗外夜色正好，机器人溜溜达达地从房间出来，在两人旁边站定观摩。

裴奚若余光留意到，立即对它道："星期五，非礼勿视。"

星期五眨眨眼，纹丝不动。

傅展行下令："去餐厅。"

星期五这才听懂，又挪着步子走了。

不过，这样被打断，方才的旖旎氛围跑了些许。傅展行摸了摸她的头发："无不无聊？"

"有点儿。"

这会儿才八点钟。以往过年，她都是和简星然一道去野的，一群人开车去郊外放烟花，再去酒吧，很是热闹。乍然只有两个人，腻歪了一阵，又有点儿不知道该干什么了。他们总不能一晚上都亲亲抱抱吧。

傅展行问："要不要回明山墅？"

"好呀。"出去走走也是好的。

两人一道去了车库。

裴奚若这才发现，除了常坐的那辆宾利，这车库里，不乏百万元级别的豪车，甚至，还有一辆20世纪的古董宾利。

"别人用来抵债的。"傅展行见她一直盯着看，解释道。

"哇，傅总好有钱哦。"她忽然星星眼，又拿起金丝雀剧本，浮夸地朝他撒娇，"人家好想要这个。"

他"嗯"了一声："好好伺候，以后都是你的。"

裴奚若看起来像是被噎住了，半晌，感慨万千道："你变坏了，这种话也说得出口。"

"近墨者黑。"他淡定地解释。

半途，傅展行停下车，买了些什么东西。路灯光不太亮，裴奚若没看清，等他上车，才问："买了什么呀？"

"年货。"他答。

等到了明山墅，裴奚若才知道，这所谓的年货，指的是什么——一大箱烟花和各式鞭炮。

"这里不禁燃，"傅展行递给她一根仙女棒，用新买的打火机点燃，"你可以放个够。"

点燃的仙女棒立即哧哧冒出绚烂的金光，裴奚若接过，扬起了眉梢。

傅展行弯腰点燃一箱烟花，而后，稍退几步，和她并肩站立。山里的夜，风有些大，他将她揽在怀里，一同看烟火升空。结束之后，山野的空气里染上一丝硫黄味。

直至这一刻，她才有种切身体会，她和喜欢的人度过了属于他们的第一个新年。

裴奚若又去点了一根仙女棒，慢慢挥舞着，画了颗爱心，然后冲他一笑："新年快乐。"

他稍稍低头，将她拥进怀里："新年快乐，若若。"

这年有你，的确很快乐。

年后，裴奚若深刻体会到了，总裁这个职位，不是一般人可以胜任的。

傅展行初一这天便去了集团。昨晚知道这个消息时，她很失望——新年第一天，不能和喜欢的人一起赖床，还有什么意思。

"你以前过年也这么忙吗？"裴奚若勉强送他到卧室门口，睡眼惺忪，说出今天的第一句话。

他抚过她的眼皮："忙完这一阵就好了，你回去睡觉。"

"我送你下楼呀。"她打着哈欠。

"不用。"他直接把她抱回床上。

结果，裴奚若顺手一揽，又拉他亲昵了好几分钟，报废掉一条高档的领带。傅展行只得去衣帽间换了一条。

昨夜毕竟闹得有点儿晚，裴奚若方才全凭本能"耍流氓"，这会儿困意席卷而来，没等他出来，便一头栽倒睡着了。

睡醒以后，她才渐渐回过味来。

商业斗争上的事，她不了解。不过，傅展行打电话时，她偶尔也能听见只言片语，知道他这么忙，应该是因为沈郁。

沈郁啊。这个二人世界的破坏者，她诅咒他尽早滚回芬兰去。

也许真是这诅咒生了效，二月份时，裴奚若接到了沈惜的来电。彼时，她正在工作室里，筹备参加平城市版画邀请展，两只手握紧胶刮，正要用力往下按。这是个很考验臂力的动作，力道稍稍不准，印出来的颜色便会有偏差。

听见电话铃声，她并未第一时间接起。

印完第一版后，她才擦干净手上沾的颜料，拿起手机。恰好，第二通电话打进来。

“喂？”她接起。

“裴小姐？”那边的声音很柔，“我是沈惜。”

这个名字，裴奚若当然记得，而且比“沈郁”带给她的印象更为深刻。按理说，她对沈惜应该也没好感，可事实上，她对沈惜的感觉有点儿小复杂，有种……不知道沈惜是好是坏、扑朔迷离的味道。

裴奚若转身，拖了条椅子出来坐下：“你找我有事？”

沈惜是来坦白的。裴奚若这才知道，这一年多，沈郁明里暗里对傅氏动过无数次手脚，都被傅展行及时察觉了。

“他和我说，是想夺取傅氏，其实，我觉得，他更想搞垮它。”沈惜轻声道。

沈郁在芬兰时，曾意图勾结那边的通信商，也曾试图引资卷土重来，但傅展行给的掣肘太多，他无法施展手脚。

恰好，趁傅老爷子脚伤，沈郁光明正大地回了国。然后，他利用自己在国外发展的人脉，给当地一家公司注入大量资金，本想“一击致命”，不料，傅氏的反应速度，比他想象中的更快。而之后傅氏对他的围追堵截，更是他没有想到的。

接二连三的失败，刺激了沈郁，他铤而走险，将商业机密出卖给了另一家公司。也正是此举，让傅展行掌握了确凿的证据。

“现在他已经走投无路了，如果傅氏起诉他，他可能被判刑。”沈惜嗓音平静。

裴奚若觉得，她这态度，完全不像沈郁口中的妹妹。裴奚若八卦了一下：“你是他女朋友吗？”

“女朋友？”沈惜似是摇摇头，低声道，“不算。”然后，她讲了她和沈郁的故事。

裴奚若听得入神，连倒好的水都忘了喝，沈惜倒是很平静。

“和他在一起的这段时间，我也有试图去改变他。后来发现，没有办法的，有的人，天生就是坏人。所以，我放弃了。

“到现在这个地步，他应该也不会觉得我是他的女朋友吧。”

沈惜说完，停顿很久，才重新开口：“我离婚以后一直没什么朋友，总觉得，有些事要讲出来才能过去，所以，只好对你说了，希望你不要见怪。”

裴奚若听完她的事，哪里还会见怪：“不会。”

“顺便，如果可以的话，”她顿了下，“可以请你帮我问问傅总吗，他什么时候才允许我出门？”

刚听到这句话时，裴奚若脑海里差点儿上演了一出狗血剧，之前看过的巧取豪夺文纷纷冒了出来。她马上给傅展行打去电话，却是沈鸣接的：“太太，傅总在开会。”

“呵呵。”裴奚若冷笑两声，就挂了电话。

沈鸣倒是被吓得不轻，一散会，就立刻将手机递到傅展行的面前：“傅总，刚才太太打电话过来，这样冷笑了两声。”他完美模仿裴奚若冷笑时的语调，活像台人形复读机。

傅展行回拨过去。那边接得很快，捏着嗓子，阴阳怪气道：“傅总啊。”

傅展行松了下领带：“又怎么了？”像是一种根深蒂固的习惯，听到她的声音，他的嘴角就浮现出笑意。

这句话里虽然带了个女孩子都讨厌的“又”字，却一丁点儿也不显得不耐烦，反而多了一丝宠溺的味道。

沈鸣在一旁，都差点儿被“苏倒”。

“你是不是背着我偷偷在外面养人啦？”她这个“金丝雀”，当得很有底气，质问时丝毫不拐弯抹角。

他答：“没有。”他只说了简单两个字，也不见丝毫慌张，或者要急忙解释的意思。

“是吗？”她语调上扬，明显不信。

“你在家？”傅展行问。

“是啊。不等到你上门解释，负荆请罪，我是不会走的。”

他迈入电梯，轻哂了一下：“你还想走到哪里去？”

“不好说啊，毕竟我现在酸死了。”她故意说道。

“那等我回来。”他已经明白她在说哪件事了。

沈鸣照常跟着进了电梯，然后，一低头发现，自己手里还拿着傅总方才开会时的资料——按照以往，傅总散会后都会先回办公室一趟，他也恰好可以把不用的资料放进秘书室。

这下倒好，他直接把资料带回家了，让人不得不感叹爱情的神奇啊。连傅总这样灭绝欲望的工作狂，都归心似箭了。

裴奚若当然并没有真的想歪，刚才那通电话，不过是她的临场发挥。

以前简星然就说过：“你这么爱演戏，干脆去当明星得了。”

裴奚若却摇摇头。她自有一套理论——“戏要自己想演才开心”。于是，生活就成了她随时戏瘾大发的舞台。

挂了电话之后这么一会儿工夫，她连戏台子都搭好了，将一把椅子放在宽敞的V形会客厅中央，她端坐在上面，女王范儿十足。结果，没等来傅展行负荆请罪，倒是等到了沈郁的电话。

他的声音阴森森的："沈惜呢？"

裴奚若皮笑肉不笑："沈先生，我这也不是寻人启事热线啊。"

"傅太太看来是不肯说了？果然立场坚定，对傅总爱得深沉。"他似是赞了一句。

"那当然，我老公最棒了。"她毫不害羞。

"你可别被他的外表骗了，其实，他卑鄙得很。"他的嗓音，像毒蛇吐芯。

"哦？"

"他知道我身边有个女人，怕我对你下手，就提前把她关起来了。"沈郁轻轻嗤笑了一声。

裴奚若却觉得奇怪："你在巴黎时，不也接近过我吗？"傅展行做的和他做的，又有什么区别。

"区别在于，我不否认我卑鄙，他却从来都在装君子。"沈郁似是猜出她在想什么，轻笑了一下，"我猜你并不了解他。"

裴奚若饶有兴致地问："那你让我了解了解？"

"沈复才——你听过这个名字吗？"

"没有呀。"

"他是我父亲。一年半前，被傅展行送进了监狱。"

"这是商业斗争，免不了的嘛。"她像是见惯了风浪一般。

沈郁却像是听见了什么玩笑："免不了？如果不是傅展行在背后做局，他怎么会上当？"

接下来，他跟她讲了这场纷争的始末，包括，沈复才一开始以亲信身份跟在傅展行的身边，结果却被对方诱导减持套现，又遭人陷害，牵扯进股市内幕交易，才沦为阶下囚。

这一切的始作俑者，都是傅展行。

裴奚若根本听不懂，打了个哈欠，敷衍道："那令尊真是太惨了，节哀顺变哈。"

沈郁捏了下眉心。他甚至开始怀疑，今日自己怎么会和她说这些？是从哪里开始路走歪了？

就在这时，他听见电话那端的女人不紧不慢地说："不过，你的意思，我听懂了，无非是想说，傅展行不像表面看起来那样正人君子嘛。"她顿了一下，声调还带了点儿兴奋，"可是，那又怎么样呢？做魔鬼的女人，才带感啊。"

话落，沈郁久久未言，再开口时，已经恢复了起初那种阴冷到结冰的声音。

“裴小姐，算我今日对牛弹琴。不过，你也别放松了警惕，沈惜找不到，我就不找了。你这阵子，最好小心点儿。”

因为这番话，傅展行回来时，裴奚若彻底忘了原先设计好的剧本。

“他是不是要和我鱼死网破啊？”她紧张兮兮的。

傅展行面色微冷，却在看向她时，放柔了目光。他轻抚了下她的头发：“不会。有保镖在。”

“我有个问题。”裴奚若举手。

“嗯，你说。”

“你真的把沈惜关起来了？”

傅展行稍稍顿了下，承认道：“是。”

裴奚若“哇”了一声。

“怎么了？”

“古代打仗，讲道义一点儿的军队，还不伤女人小孩呢。你们呢，只会挑女人下手。”她指出不对。

傅展行将人拉过来，抱在怀里，停顿了许久，他才开口：“沈郁是我同母异父的弟弟。”

冷不防听见这句，裴奚若愣了下：“什么？”

她问出口的同时，他方才说的话也在耳边回放了一遍，渐渐回过味来。她感觉脑子有点儿跟不上了：“同母……异父？”

傅展行“嗯”了一声。

沈郁是宋觅柔和他某位姑父的孩子。那个月圆之夜，傅渊之所以勃然大怒地冲出门，正是因为宋觅柔肆意狂笑着，揭穿了这个真相。

如今再回忆，记忆仍旧很清晰。那晚，他从梦中惊醒，听见楼下传来动静，几乎是瞬间就明白发生了什么。这幢别墅里的用人对此从来都视而不见，唯有他可以挺身保护母亲。

下楼时，他甚至在手里攥了把刀。他倒是没有蓄意做什么的念头，只是，为了防身、震慑、威胁。毕竟他只有十四岁。

走到楼梯上，映入眼帘的是熟悉得不能再熟悉的场景。地上一片狼藉，傅渊又陷入了狂躁状态，宋觅柔披头散发，坐在一地碎瓷片上。

可她在笑。她笑得越来越大声，越来越开怀，像是有什么不得了的喜事，渐渐笑出了泪花。她说：“我们的第二个孩子，你一直以为他生下来就死了吧，其实，他叫沈郁，现在，被养在他亲生父亲那里。

“哦，对了，他的亲生父亲，你也认识。就是你最信赖的左膀右臂、你的亲妹夫啊。”

当时，不止傅渊，在楼梯上听见的他，整个人也猛地一震。

……

傅渊出事之后，隔天，傅展行见过宋觅柔一次。

她把一本日记交到他手里：“暂时读不懂也没关系，以后再读，好好记住你那个混账父亲做过什么。”她又说，“其实我没有想过要这么快的，毕竟你和沈郁还没成为好朋友呢。但是那天没忍住，现在想想，他都成植物人了，我也算报复成功了吧。”

二伯母听闻后，说：“疯女人。”二伯母指的是她对傅展行的残忍。

裴奚若听完，手指已经忍不住收紧，仰起头来，在他的怀里蹭了蹭，似是一种安抚。

傅展行拉她坐下，在她面前说起这些，他比想象中的平静。

“沈郁一直知道自己的身世，心理已经扭曲了，年少时，只和沈惜有过交流。现在濒临绝境，他什么事都做得出来。”

所以，在沈惜找上门时，他会将人扣住，作为己方的筹码。说是关起来，也谈不上，他只是暂时让她住在友人的某栋别墅中，派人二十四小时看守。

他给她吃定心丸：“不会太久，等沈郁落网，我就会放她出来。”

裴奚若点点头。她猜也是这么一回事。毕竟，沈惜还可以给她打电话，就证明并不是绝对意义上的被关了起来。

沈郁说，傅展行和他一样。

她从不这样觉得。因为，傅展行有底线。

“不过，她找你干什么呀？”

“她手里有沈郁出卖商业机密的证据。”作为回报，他派保镖将沈惜的弟弟从国外医院救了回来，之后一切医疗费用的开支亦由他承担。

裴奚若这才明白，为什么沈惜在电话里会说那句话——“到现在这个地步，他应该也不会觉得我是他的女朋友吧”。

这对“情人”，彼此都往对方身上捅了刀。

“沈郁说，他就算找不到沈惜，也不会放过我。”裴奚若抬手把他的领带解开，又开始胡乱打结，似是心不在焉，“你觉得，是真的吗？”

“不知道。我没兴趣去揣摩他的想法。”傅展行吻了下她的手指。

事实上，他倾向于不会去揣摩。

只是，这话说出来，她怕是会放松警惕，便暂且未提。

因为有沈郁这个尚未落网的“不定时炸弹”，裴奚若本来计划回申城一趟，也延后了几日。

不过，好在，有好消息很快传来。

沈郁主动现身，被傅氏集团扣住调查。裴奚若听说以后，想到了他那句威胁。

当时，她是真的吓了一跳，好在只是虚惊一场。

沈郁接受调查的当天，沈惜终于走出居住多日的别墅，抬眼望了下天空。而与此同时，他坐在调查室内，亦偏头看了眼窗外的蓝天。

“沈先生。”他还未定罪，又是股东之一，傅氏集团监事会还是有着该有的客气，“可以开始了吗？”

他移回目光，向后倚着靠背，一笑：“那个U盘里的东西，她不是都给你们了吗？还有什么好问的？”

沈郁接受调查以后，裴奚若身边的保镖减少到了两名。

回申城的计划，终于也可以提上日程。只是，这个节骨眼，关系到对沈郁的定罪，傅展行暂时不能离开，裴奚若便独自前往。

“不是我不想等你，而是我的好朋友啊，她家要给她办一场庆功仪式。”她双手捧住他的俊脸，十分诚恳地解释。

傅展行略微凑上去，吻了她一下：“嗯，你先去。”

当时，裴奚若沉溺于男色，语文基础又不好，没能敏锐地察觉到他这个“先”的意思。

她飞回申城参加完简星然的庆功会，隔天睡了个懒觉，一觉醒来，家里刚好有七大姑八大姨的聚会，表姐妹们也都会参加。俗话讲，“林子大了，什么鸟都有”，这群亲戚姐妹里，有书萱那样一心追求艺术的文艺女神，自然也有爱看人笑话的“红眼病”。

之前，裴奚若和傅展行的恩爱一度被传得沸沸扬扬，惹得她们又惊又羡。

裴母不爱炫耀，以至于，她们一直以为，裴奚若嫁入名门之后，过得并不好，哪怕看起来光鲜亮丽、夫妻恩爱，那也是做戏。

眼下的情况似乎证明了这点。

“欸，若若，你老公呢？”立即有好事者问道。

“他很忙呀。”裴奚若叉了块凤梨，没怎么在意。

“没陪你一起来呀？”

“没有呀。”

“你看看人家老公，多有事业心，再看看你，都让你不要来了。”一个表姐嗔怪地看向身侧的男人。

她也是个颇有知名度的网红，前几年靠着运营恩爱夫妻人设，在网上圈了几十万个粉丝。

前阵子，裴奚若和傅展行的婚讯爆出来，大大抢了他们的风头。说来好笑，他们那么努力营业，都会时不时收到恶评。傅展行和裴奚若呢？流出来的照片寥寥无几，网友倒是争相“抠糖”。

裴奚若哪里听不出这是“凡尔赛”文学，这会儿弯唇一笑，顺着话茬，赞道：“哇，你们真是太恩爱了。”说完，她继续低头吃凤梨，连一个眼神都懒得分出去。

表姐挽着老公的手，还是有点儿不满意。像她老公这样，长得不错，还愿意陪她在网上秀恩爱的男人，真的很少见。

她把裴奚若的敷衍，当作一种嫉妒。

就在这时，管家恭恭敬敬地迎来一个男人。那人身量颀长，五官清俊，浅褐色的眼眸，给他增添了几分疏离感，像是不染凡尘。容貌俊成这样已是不容易，更难得的是他的气质，清和、淡雅，不显山，不露水，却有一种天然的上位者的气势。

表姐第一眼并没认出他是谁，好奇的目光一路跟随，直至那男人走到裴奚若的面前，拿过她的叉子，耳中才轰然响起一声嗡鸣。

裴奚若愣住，抬眼。她唇边还沾着凤梨汁，视线在他腕间的佛珠上落定，惊异道：“你怎么来了？”

“明天几号？”他答非所问。

“二月十四号。”

“嗯，”他抽过纸巾，替她擦了下唇畔，低声笑了下，“所以，我来陪你过节。”他嗓音很低，在两人之间回荡，带起一丝暧昧的气息。

裴奚若一瞬间魂游天外。不得了，这男人什么时候这么会了。改天一定要问问，他是用什么方法补的课？

她立即眉眼弯弯：“好呀。”

隔了一定距离，旁人听不清他们说了什么，但从他们的表情就可以判断，这对夫妻，感情非但不“塑料”，还很甜蜜。

刚才还自我陶醉的表姐，脸色都沉了几分。

就在这时，裴母从另一边出现。她今日兴致颇高，本来在厨房备菜，听管家说傅展行来了，连忙解下围裙往外走。

傅展行带了大大小小的礼品，都由沈鸣搬进来。

大家见他丝毫不摆平城名门望族子弟的架子，对裴家态度甚好，送的礼物又如此贵重，几个想挑拨的，也识趣地闭了嘴。饭后，大家又纷纷以“不打搅”

为理由告辞。

裴奚若和傅展行在裴家待了一小会儿，便也出了门。

华灯初上，天空落了点儿小雨，加剧了南方的湿冷。一眼望出去，天黑沉沉、雾蒙蒙。站在廊檐下等司机的间隙，裴奚若故意打了个哆嗦道："好冷哦。"

他牵着她的手轻动，然后，将人拉进怀中，竖起大衣的衣领。她靠在男人温热的胸膛上，满意地翘了下嘴角："老实说，你是不是偷偷补课了？"

"嗯？"

"刚认识你的时候，你一点儿绅士风度都没有，也不会照顾女人，恨不得离我八尺远。"别说竖起衣领给她挡风了，他连个眼神都欠奉。

他沉吟片刻："我记得，那时我把伞给你了。"

他们相亲的地点是申城一家老牌日料店的庭院中，景致很美。庭院地上铺了青灰色的石板，踏步石一路通往包厢，让它宛若一座水中孤岛，很是雅静。

那日相亲到了尾声，突降暴雨，车子开不进来，她又没带伞，他便将伞递到了她手中。

裴奚若自然也想起来了："说起伞，你当时还害我白高兴了一场呢。"

"怎么了？"

"送伞，人会散啊。我还以为，你给我伞，是想跟我说拜拜。"哪知，他根本不懂送伞背后的意义。

傅展行顿了一下，评价说："迷信。"

"我就知道你要这么说。"她哼哼。

又一阵冷风裹着细雨吹来，他背过身去，给她挡着。

裴奚若环住男人的腰，仰起头来："那次，就当是我迷信好了。"他们不会散的。

过了一会儿，傅展行拉着她往里走了两步："司机还没来，我去拿把伞，给你挡风。"

裴奚若点点头，不疑有他。

傅展行走回门内，管家立即迎上来，知道来意后，说："傅先生，我去给您拿。"

"不用。"

傅展行走到收纳间，视线在形形色色的伞上扫过，准确无误地拿走了他当初送给她的那把。

再回到这幢20世纪的别墅，一切陈设好像都没有变。

裴奚若有种穿越了时光的错觉。不过，又有很多细微之处，提醒着她，一切已经不同。比如，她身边的男人，早已成了她的心上人。

空气里充斥着雨天的潮气，一楼门厅的釉面花砖颜色好看。两边的古董家具透着一股岁月沉淀的味道。

傅展行将伞放在一边：“冷不冷？”

申城冬季风冷，混着雨丝斜吹，哪怕打了伞，她燕麦色的大衣上也沾了不少雨珠。

“冷呀。”她手指冰凉。

他替她握着暖了暖，将人牵上楼，很快放好热水。

裴奚若淋浴完，又舒舒服服地泡了个澡，出来时，感觉浑身上下又充满了生机。

她像是冬眠醒来的蛇妖，迫不及待要造作一把，瞥见傅展行背靠沙发，正在看书，便悄悄从他身后伸手，一路沿着肩线，往下游走。半途，她的手被他截住。

傅展行顺势抬起头来：“洗好了？”

“是呀，香不香？”她的手好似没有骨头，朝他递来，声调很勾人。她身上馥郁的香气，已在空气中游离开来。

傅展行眸色稍沉，略向后靠，将人按向自己亲吻。裴奚若大大方方地钩住他的脖子，在间隙中呼了口气，然后道：“傅总呀。”

“嗯？”他嗓音带点儿沙哑。

“没什么。”她准备好的礼物，还是明天再送吧。

明天是二月十四日，众所周知的情人节，也是傅展行的生日。裴奚若上次问星座时，就记下了——因为很好记。所以，在裴家，他问她明天几号，她才答得那么快。

于她而言，这个大众节日，因为有他，变得一点儿都不大众了。

裴奚若原本打算今晚就飞回平城，给他一个惊喜。没想到，他来了。这会儿，她只好偷偷退掉机票。

和许多热爱熬夜的年轻人不同，裴奚若很容易犯困，这晚退了机票，便早早地爬上床。

两人有一搭没一搭地说着话，放了部电影来看。结果，电影才演了小半，她上下眼皮子已经开始打架，意识也快要不清醒。她始终在脑袋里绷紧一根弦——提醒自己，不能睡着，不能睡着，就差掐自己一把了。

偏偏，傅展行察觉到了她的困意，关了电视机，道：“睡觉。”

“不睡。”她残存的意识在抵抗，逼自己说话，“……现在几点了啊？”

“十一点十分。”还有五十分钟。

裴奚若在心中倒计时了一下。她爬出被窝，去了趟卫生间，照了小半天镜子，终于清醒过来一点儿。

只是，她回到床上后，那种困倦感又卷土重来了。

裴奚若仔细思考了下，感觉应该是床太软、氛围太令人安心的缘故。她趁着自己没睡着，坐直了，赶紧开口：“傅展行，我们来聊聊天吧。”

“聊什么？”

“你高中是在哪里念的呀？”

傅展行说了一所全国出名的高中的名字。

“哇，不愧是学霸，”她赞叹完，又靠在他的肩头，长出一口气，“也好，我没遗憾了。”

“什么遗憾？”

“之前我在想啊，要是那会儿我爸妈选择把公司总部放在平城，说不定，我可以早一点儿遇见你，缠着你。不过，现在，好像也不用遗憾了。”裴奚若仰头看他，“因为你就读的学校太好，我反正考不上。”

听到这个想法，傅展行无言片刻，嘴角却是舒展的：“没考就知道考不上？”

“嗯，我以前不是和你说过吗，课文要背三十遍才记得住，这可没夸张。”

她能念申城一等一的好高中，都是裴父捐了教学楼才把她塞进去的，后来她申请国外的大学时，文化课完全靠临阵磨枪，才没拖专业成绩的后腿。裴母还常常拿这事开玩笑，说裴奚若不是学渣，只是对学习不感兴趣，你看，考前抱佛脚，不也考得挺好。

当然，对学习不感兴趣，本身就是个难以解决的大问题了。

“没关系，你进不来，我就早一点儿去找你。”他将下巴搁在她的肩窝，低声道。

“哦？找我干吗呀？”她的声线扭捏起来，脑袋里开始冒粉色泡泡。

“给你补课。”

裴奚若的笑容一秒消失，他却心情很好似的，勾了下唇。

如果真能像她说的那样，早一点儿遇见，哪怕让他去她的学校读，也是可以的。

看时间差不多了，裴奚若拉他躺回被窝中。她侧过身，点亮手机屏幕，看着上面的数字，在心中倒数。

傅展行从身后环住她：“还不睡？”

就在这一刻，时间跳到零点。裴奚若一下转过身，双手捧起他的脸：“傅展行，生日快乐。”

男人愣住，瞬间明白了她今晚为什么撑着不肯睡觉。

卧室里关了灯，外头有风吹过，月光下雨点淅淅沥沥，树影摇曳，她眼中，也盛了波光点点般的微光。

他环住她的腰，吻在她的唇上。这个吻，不带任何欲望，更像是一种珍之重之的宠溺。

结束以后，裴奚若弯了下眼睛："其实，本来还给你准备了礼物的，但是，在平城的家里。"

"什么礼物？"

"一组版画，我拍了照片。"裴奚若摸过手机。

傅展行开了卧室床头的阅读灯，她手机里的照片上，是一字排开的五幅版画。这五幅画，都是同一本版印下来的，相同的图案和色系，用色亦大胆鲜艳，唯一的区别是颜色的深浅。现在，它们由深到浅，一字排开，给人以极强的视觉冲击力。

她印的是一轮高悬于夜空的带裂痕的圆月。

"傅展行，"她拥住他，在他耳畔轻轻地说，"我帮你打碎它。"

他的天翻地覆，始于那个月圆之夜。这个"它"，指代什么，不言而喻。

裴奚若说完，自己都被感动了。她真是好浪漫的艺术家啊。

结果，傅展行没开口。她轻轻眯了下眼，从他的怀里抬头，想去辨认他的神色。却在下一秒，她被男人扣住腰，用力吻了下来。

不同于方才的温柔，这个吻蕴含了掠夺的意味。

裴奚若有点儿蒙，可情绪已被他调动，只好一边迎合，一边拍他的肩头："你不感动吗？不想说点儿什么吗？我好少说这么文艺的话呢。"

他动作顿了一下，停在她上方，呼吸声略重，眸中暗流涌动。

裴奚若愣了一下，忽而明白了什么。平日里冷淡又正经的男人，动起情来，格外吸引人。

她情不自禁地抚上他的脸颊。被他的目光捕捉到的刹那，心重重地一跳，竟有种即将被卷入旋涡的错觉。

傅展行侧了一下头，吻在她的掌心。她不知道，此刻什么话都是多余的。她越好，越是弄得他想将她占有。

男人的吻沿着她的手腕，一路吻到她的颈侧。空气中温度渐升，裴奚若尽管做了很多次心理准备，临到头，还是有些心慌意乱地去推他。

可他这次难得没有退让，只停了停，低声道："若若。"

她失了片刻的神，再开口时，已来不及，她紧紧地揪住了他的手臂。

——常年在悬崖边，一边跃跃欲试，一边害怕、退缩的跳伞人，终于被一把推下，落了下去。迎面有劲风大浪，亦有春暖花开。

窗外雨未停，淅淅沥沥。树木枝叶经一夜风雨的摧折，叶片被雨打湿，沉甸甸的。

卧室内，裴奚若有气无力地陷在床上，神色难得地有了无限忧伤。

美好的情人节，原本，应该是属于约会、巧克力、玫瑰花的一天。

可她这会儿，浑身上下就像被暴力拆卸过一遍，再勉强拼凑在一起，都快要散架了。别说约会，她连起床都很困难，只能半死不活地躺在这里。

昨夜也不知折腾到了几点。起先，她还沉溺于男色，全身心地迎合，后来，常年缺乏锻炼的身体素质出卖了她，开始渐渐难以支撑。

也算你情我愿的放纵吧，起码临睡前，她被男人抱在怀里，心里甜甜蜜蜜的。可早上醒来，就是地狱级的痛苦了。

有一瞬间，裴奚若甚至想大吼一声。

她想起高中时，学校曾组织爬山拉练，美其名曰“提高身体素质”。那次回来，她两条腿就沉得像灌了铅，隔天，直接酸痛到走路打战。而这会儿的情况，比那时还糟。

裴奚若好艰难才翻过一个身，疼得眉眼直抽搐。

傅展行给她端来熬好的粥，恰好看见这一幕。他将粥放下，三步并作两步过来。

裴奚若揪着被子，瞪了他一眼：“痛死了。”

和她的萎靡不振不同，他神清气朗，比往日还要清爽三分。她看了，更加愤愤不平。

“我原来还想去看电影、逛街、吃东西的，现在哪里也去不了了。”裴奚若摸到他的手，咬牙切齿地掐了一下。

她掐得很轻，还不如她昨夜挠在他肩头那样用力。他笑，扣住她的手：“我的错，以后赔给你。”

裴奚若没有讲话，瞄了瞄他，总感觉，现在的他和之前比，好像有哪里不一样了。是身上那种气质吧，清心寡欲的外表之下，好像多了一种绮靡。

这是她的功劳。

裴奚若不由得沾沾自喜，但还是清了清嗓，摆起架子：“以后赔……”

她想说“以后赔也晚了”，可无意识地扯到了肌肉，顿时疼得龇牙咧嘴。她的眼里甚至也含着一汪泪，声音也低了几个度，一副委屈的样子：“以后赔也晚了——啊，我结婚时选的主题果然没错。”

“嗯？”

“你就是野兽，一点儿都不懂克制。”

傅展行伸手蹭了下她的嘴角：“你昨晚那样，我要怎么克制？”倒不如说他能忍到昨晚，才是定力过人。

她小声地喃喃：“之前我勾引你，也没见你真把我怎么样了。”

就是因为他之前一听她求饶，就很好地刹住了车，才让她越来越大胆。她瞅了瞅他，搬出阴谋论：“我明白了，你这叫‘放长线——钓大鱼’，为了让我麻痹大意，才忍了这么久。”

傅展行低头吻了她一下：“嗯。”

“那干吗不多忍一忍？”

他看她一眼：“再忍下去，我就要成佛了。”

她哈哈地笑了一声，然后又是一阵龇牙咧嘴，缓了好一会儿，才说：“那你要谢谢我，舍己为人哪。”

中午时分，裴奚若还是疼得哼哼唧唧。傅展行不放心，打算叫一位女医生来看看。

裴奚若把被子抱得很紧，坚决抵抗：“不要。”她会羞耻到死的。而且，她的身体，她心里有数。

傅展行拗不过她，坐在一旁，给她按摩放松：“下次我注意。”他昨夜确实失控，让她吃了苦。

“还想有下次？”她立即瞪眼。

他摸了下她的头发，一笑。

占了长相的便宜，他这么一笑也显得很君子，清俊无比。可这一瞬间，裴奚若忽然想起昨夜，他撑在她的上方，音色低沉，眼角都激出绯红的强势模样。

她预感下次不会太远，不由得瑟瑟发抖。

就这样，真正意义上的在一起之后的第一个情人节，裴奚若是在床上度过的。

傅展行有公事要处理，怕她寂寞，便暂时挪到了主卧来办公。她玩一会儿手机，就要去骚扰他一下。

“傅展行，我要喝水。”

“傅展行，给我放一下电影。”

“傅展行，抱我去嘘嘘。”

傅展行停顿片刻，抬眼看她。

裴奚若像是早有预料，龇牙一笑。她就知道，这么不雅的词汇，他肯定听不下去，也算是她对他的一种报复了。

结果，男人放下笔记本电脑，淡定地起身，弯腰靠近她："好，抱你去嘘嘘。"

昨夜精力消耗过度，这一天又无所事事，半下午时，裴奚若睡了一觉。

醒来时，她迷迷糊糊的，好像听见楼下有什么动静。她睁开眼，习惯性地叫他："外面怎么了？"

傅展行回道："没怎么。"

"你抱我起来看看。"

男人坐在原位没动："会很痛。"

"哼，还不是你这个罪魁祸首。"

他越不让她看，她越好奇，最后，她愣是凭着过人的毅力站了起来，伤员似的，一瘸一拐地走了两步。

傅展行只得起身，将她抱起来。

主卧连着阳台，推开深赭色的门，可以望见院中风景。

裴奚若看到，楼下原本空无一物的石砌池中，此刻栽满了亭亭玉立的水仙。不远处，还有花匠离开的背影。

"哇……"她小声赞叹。

和外表的妖艳不同，她最喜欢的花，不是玫瑰，而是眼前这看起来高雅纯洁的水仙。因为它和她一样自恋。此刻，那些水仙，经花匠栽培，立于清波之上，淡雅洁白，露着嫩黄的花蕊，煞是可爱。

裴奚若欣赏了一会儿，就因为外边风大，被傅展行抱了回去。再坐回床上，她气消了不少。

傅展行递过来一只黑色的丝绒大盒子："送给你的。"

"什么呀？"裴奚若现在对他给的小惊喜越来越期待，打开一看，是条满钻项链——她爱的浮夸风格，很适合在宴会上配黑色礼裙，坠子别出心裁，是朵倒着盛开的水仙花。

他替她戴上试一试："花带不走，平城也不适合养。"所以，他才给她买了条项链。

裴奚若心里甜丝丝的，这些礼物，简直送到了她的心坎里。

也是她容貌艳丽，压得住这条贵重的项链，哪怕穿着睡衣，也依旧悦目。她对着镜子欣赏了一会儿，忽然想起一茬："不过，我们又不常住这里。你这院子种了水仙，高大上的调调就被破坏了呀。"

"这幢房子，早就是你的了。"傅展行递来一些证件。

"这是什么？"她动手去翻，翻到一本房产证。

他拥住她："等你可以走路，我们就去办过户手续。"

她怕麻烦："什么你的我的，不是一样吗？"

"不一样。"他吻了她一下，"这是我给你的聘礼。"不是傅家给裴家的，而是他给她的。

裴奚若听懂了，眼眸一亮："哇，那我的身价，岂不是一下子就上亿了。"

"嗯。"

"你不怕我有钱就变坏，去外面找小白脸？"她抬起他的下巴，一副即将变坏的样子，露出坏笑。

他捏了下她的脸颊，凑近道："跟着我，你只会越来越有钱。"

"那还是跟着傅总吧，"她弯起唇，毫不犹豫地靠在他的胸膛，娇滴滴地撒娇，"傅总要养我，不许反悔哦。"

"嗯，我很乐意。"

隔天，两人准备回平城。

昨天下午，裴奚若将那一池水仙拍下来，发了朋友圈。她没拍项链，毕竟炫富不是她的风格。

这是她第一次秀恩爱。一夜过去了，都没有人看出来。甚至有人问，为什么要拍一池大蒜开了花。

这会儿，裴奚若扫完评论，郁闷地扔掉手机："早知道，我应该喜欢玫瑰。"这样，情人节的礼物，也不至于被误会成"大蒜开花"了。

傅展行替她收拾完要带走的东西，道："水仙很美，是他们没有文化。"

她扬起唇："学霸都这样说了，肯定没错。"

下楼时，还是他抱着她。

到一楼客厅，傅展行将她放在沙发上，似要离去。

裴奚若不解地望着他："你要去哪儿？"

"地下室。"

应该是去拿什么东西吧，裴奚若顺嘴问："拿什么？"

"你送给我的画。"

"哦……"裴奚若应了声，脑海中有个谜团解开——她送给他的画，不应该在平城吗？怎么去地下室……等等！

裴奚若一个激灵回过神来，迅速拽住了他的西装衣角。傅展行的视线顺着投下来："怎么了？"

她不知应该说什么，只是尴尬地笑："怎么想到要看那幅画啊？"

“那时有眼无珠，不知道是这么重要的画，看也没看就将它放到地下室了。”她送的，他自然要把它带回平城。

还没看过？那太好了。裴奚若连忙挽回：“其实也不是那么重要啦，可有可无，可看可不看。”

“嗯？”他似是不解。

“那时我水平有限，画得很烂。”

“只要是你画的，都好看。”

“你地下室潮湿吗？没好好保存的话，可能已经烂了呀，你下去也是白费工夫。”

他道：“不会。”

裴奚若没辙了，可总不能让他直面那幅“阴间”荧光绿小猪画和弹簧拳头吧，那她一定会很惨。

也许人在紧急的状况下，总是特别聪明，她忽地心生一计，捏出一把娇柔的嗓音，低低地叫了声：“老公。”

傅展行凝视着她，不动声色。裴奚若揪着他的衣角，手指一点儿一点儿地往上爬，声线似娇羞又撩人：“你想看画，不用去地下室，这里就有一幅呀。”话落，她缓缓掀开裙角。

下一秒，她明显看到男人的眸色深了深。

有戏！裴奚若正预备再接再厉，转移他的注意力，却见他缓缓低下身来，一只手摁住了她的手。他的嗓音带点儿沙哑，人却很清醒：“这么紧张，不会是那幅画有问题吧？”

“啊？你怎么会这么想呢？”她佯装不解。

“那好，”傅展行一笑，将她的裙摆放下，慢慢直起身，“我先去地下室。”

“至于你这幅，等我回来再看也不迟。”

裴奚若：救命。

假如，可以重来一次的话，裴奚若一定会谨慎送礼，不弄那些花里胡哨的玩意。

这会儿，她望着男人的背影，觉得世界都暗了。

她最担心的，倒不是他看到那“阴间小猪”——毕竟，这种波普风格的画作，就算再辣眼睛，也可以解释为一种特立独行的艺术。他无法欣赏，那是审美的差别，问题不大。

最重要的是那个弹簧拳头。只要一打开盒盖，它就会哐的一下弹出来，不揍到人，也能实打实地吓人一跳。她试过，它的力道很大。万一他分了神，躲得不及时……

裴奚若越想越头皮发麻，倏地从沙发上起身，也不管身体不舒服了，连连跳了好几步："傅展行，你等等我呀！"

傅展行已走至地下室门前，最后一级台阶。闻言，他又返回来，走到她面前："你叫我？"

"啊，"她早已走不动，扶着墙，弱弱地应了声，"你把它拿上来，让我亲手打开好不好。"

他凝视她片刻："好。"

她这才放心，紧跟着又叮嘱道："千万别打开啊。"好像那是个潘多拉魔盒。

那个礼物盒的包装，果然原封未动。裴奚若松了口气，拿到手之后，又用上了"拖字诀"，说要回平城再拆。

傅展行也由着她。反正，他知道那是什么，比起拆礼物盒，她的反应更有趣。

裴奚若将礼盒紧紧地抱在怀中，像是生怕他来抢，也绝不撒手。

沈鸣乍一看见，还以为这是什么不得了的机密物件，再细看一眼，又觉得很眼熟。过了一会儿，他终于想起来了，不禁一阵牙疼。

"沈秘书，你怎么了？"裴奚若刚好瞥见这一幕。

"最近长智齿，发炎了。"沈鸣连忙遮掩。他满脑子都是弹簧拳头从盒子里弹出来的惊悚场面。

"那你要去看医生啊，拔了智齿还可以瘦脸呢。"她也是看网上说的，一度想拔，可惜不够聪明，没长。

"好的。"沈鸣应道。

随后，他看见裴奚若仰头问身旁的男人："傅总，你长智齿了吗？"

傅展行侧头，答了一句："没长。"

"你这么聪明，应该多长几颗。"

沈鸣看见，聊着这样没营养的话题，傅总的眼梢却含了浅浅的愉悦，耐心十足。更不要说裴小姐了，本就生了张妖艳的脸，随便一笑，就美得很张扬。而且，她还挽着傅总的手臂，姿态亲昵。

沈鸣不由得啧啧称奇。想当年，裴小姐那真的是难相处啊，花招频出，很会折腾，摆明了要让傅总知难而退，连他这个旁观者都生怕傅总招架不住。

现在看来，这些担心完全多余。傅总降妖，自有一手。

同时，傅总也被她拉入凡尘，不像以前，好似了无牵挂，随时可以出家。

这两个人，是天生绝配。

登机前，裴奚若收到了老钱的消息——是一个很大的惊喜。

下飞机后的一路，她都在和他聊天。敲定下来之后，她忍不住兴奋：“傅总，我要办个人画展啦，厉不厉害？”

她最近越来越爱演“金丝雀”的戏，旁人叫起来毕恭毕敬的两个字，她这么一叫，便多了些许娇柔的意味，快成了一个昵称。

傅展行捏了捏她的手指：“厉害。什么时候？”

“五六月份，到时候还有签售呢。”

国内版画家并不算少，可比较出名的，都以传统风格为主，爱画山、画水、画建筑。裴奚若这种极富视觉冲击力和表达力的波普风格，反而独树一帜。加上她要实力有实力，要颜有颜，网络上知名度又那么高，会被策展方相中也不奇怪。

因为这个好消息，裴奚若一下车，就兴奋到忘了伤痛，蹦了两步。然后，她立刻疼得歪倒。

傅展行上前将她扶住，干脆打横抱在怀里。

这还是大庭广众之下啊！身后的沈鸣一惊，冷静下来想想，好像又不值得大惊小怪了。

裴小姐本来就很擅长打破傅总的底线。

一路被抱着到家，裴奚若还没美上几秒，就发现傅展行要拆礼物。她惊恐地往后缩了缩，像是面对一颗定时炸弹：“现在就要拆？”

他“嗯”了一声：“说了到家就拆，食言会变成狗。”

裴奚若很没有包袱地叫道：“汪汪汪。”

“变成狗也没用。”

好吧，伸头是一刀，缩头也是一刀，到这个份上了，她躲也躲不掉了。

裴奚若深吸一口气，手指捏住了银灰色缎带的一端：“你往后退一点儿。”她自己更是把手伸得长长的，一揭盖子，砰的一声，一个红色的拳套便快速弹了出来，两人毫发无伤。

傅展行先前只听沈鸣说过画的内容，未曾想过还有这种机关，一时好笑地看向她：“这就是你不让我拆的原因？”

“是呀，哈哈哈……”裴奚若干笑了两声。

她也不用解释了，那时候，她满心都想赶走他这个第九任，这个弹簧拳头的存在，除了恶作剧之外，别无其他原因。

傅展行倒是没有生气的样子，伸手拿出了最上面的一幅画。

裴奚若难得体会到这种纠结、忐忑的情绪，一会儿捏捏手指，一会儿瞄瞄他，见男人的神情一如既往，没有要算账的意思，终于松了口气。再度瞥向那阴间小猪，她头皮也是一麻。

怎么会有这么邪恶的画风，这么狰狞的猪啊，她以后要是成为国际画家，名声大噪，这就是她最大的黑历史了。

怕傅展行看着看着，突然气上心头，裴奚若连忙扣住那幅画："好了，现在看也看过了，不如我们去看看你的生日礼物吧。"

他的视线在她恨不得立马毁尸灭迹的表情上定格："好。"

她连忙拉他站起来。

这晚，一切安好，无特别的事发生。

傅展行好像并没有计较那个恶作剧。临睡前，裴奚若感动地搂住他："傅总，你真是大人有大量。"

他低头吻了下她："话别说得太早。"

她品出不对，心里一惊，正要爬起来连夜逃跑，却被他按进怀中："现在好好睡觉。"

接下来几天，裴奚若都在筹备个人画展的事。

虽说还有三四个月，可前期工作差不多要开始了——接触策展人、确定主题、准备作品，还有一系列琐碎的事。而傅展行更是繁忙，好几天回家时已是深夜。

所以，那晚，他说过的话，大概只是嘴上威胁吧。说不定，他已经忘了。

裴奚若很庆幸。她心情一美，创作时就将音响开到了最大，兴致高起来，还跟着节拍跳几下。

傅展行下班回来，倚在工作室门口，看了她好一会儿。

裴奚若发现了，立刻停下来，连蹦带跳地过去抱住他："你今天回来得好早！"受音乐的影响，她的语调也欢快无比。

他回拥住她，低头吻着："腿是不是不疼了？"

她刚想答"是"，却一下子清醒过来，连连摇头："还痛，还痛。"

"你刚才是跳过来的。"他淡定地指出。

"我……"她开了个头，察觉到不合适，又立马换上虚弱的声线，"我刚是见到你呀，太开心了，一下就忘了身体的疼痛，说不定等一下又不行了啊。"

她光顾着找借口，殊不知，这模样、这语调、这台词，任意一项，都会让男人为她着迷。何况她皆有之。

被抛上床时，裴奚若吓得想跑。然后，她又被他扯回来。

男人的吻，将她的意识一点儿点儿地蚕食。她的意识时而飘忽、时而欢愉，迷迷糊糊时，忽然想到——怪不得那天，他没有当场发作。

原来，他是要留到此刻，一次性算个总账。

直至今日，裴奚若才知道，自己当初对他“不近女色”的评价，错得有多离谱。

早晨醒来时，她眼前发黑，一阵阵的眩晕。

作为傅展行的伴侣，她压力很大。不过，这次傅展行倒是稍稍手下留情，没让她再变成“伤员”。

裴奚若一觉睡到了第二天上午十点，然后起床。她试着踩在地毯上，不错，可以忍受。

另一半床铺早已空荡荡，男人早晨洗漱过后，离开时，还把她捞起来亲了一下。

真是让人不由得沉思，他们两个，到底谁更荒唐。不知道电影里的狐狸精，发现书生货不对版的时候，有没有产生过怀疑人生的念头。反正她现在很怀疑。

裴奚若吃过早餐，便穿过会客厅，来到工作室。

今日天气晴好，阳光透过工作室的小窗，晒在人的身上，已是春天的味道了。她继续思考昨日未完成的版画草图，可惜没什么思路，就先在纸上勾勾画画。

画着画着，她的思绪不由得飘远。再回过神来，她发现偌大的草图纸上，满是线条杂乱的小人。

她忽然灵光一现，另外抽了一张纸，埋头画起来，嘴角还含了一丝神秘莫测的微笑。

散会后，傅展行走入办公室。随叙慢了几步，走在他的身后，吊儿郎当地对电话里说：“你不是说他喜欢球鞋吗，就送双球鞋。”

电话那端的人不知说了什么，他轻轻嗤笑一声：“送鞋，人会跑？那送条狗链得了。”

话落，那头立即传来不用外放也能听清楚的暴躁咆哮：“姓随的，你一天天说点儿人话吧！我看你像条狗链！”

随叙拖着调子道：“不好意思啊，你也姓随呢。”那边的人气势汹汹地挂了电话。

他将手机抛向沙发，吹了声口哨：“这么凶，也不知道哪个男人要遭她的毒手。”

傅展行坐在椅子上，拿起手机：“随澄？”

“可不是。喜欢的人要过生日了，问我送什么礼物。我要是知道，”随叙在沙发上坐下，笑了声，“至于单身到现在？”分明是挺悲伤的一句话，偏偏从他口中说出来，还踐得不行。

傅展行拿到资料正要看，却瞥见手机屏幕上跳出一条提醒：您收到一条新消息。

他切换好页面。

若若：点击就看傅氏集团总裁写真照片。

他回了个问号。

若若：你要说点击啊。

他顺着她，抬指敲了两个字：点击。

她似是这才满意，发来一张图片。是一页白纸，被横线分为上下两部分，每部分有四个方格，像四格漫画一样。每格的主角都是两个火柴人，一男一女，姿势各异，传神生动。

裴奚若把照片发过去以后，又拿起眼前的“新作”欣赏了一遍，越欣赏，越陶醉，这表现力，这传神度，一看就是大师水平了，不愧是她。

她等着傅展行的回复，等啊等，等来一串省略号。

就知道他肯定无言以对了，她不禁乐开怀。

结果，她乐极生悲。这天晚上，她是被男人从工作室扛走的。

最近，裴奚若的日子很不好过。

简星然表示理解：“男人嘛，动了情都这样，比较激动。”

对上裴奚若的目光，她赶紧补充：“小说里看到的。”

裴奚若拿着菜单，一口气点了好几个菜：“我要大补一下。”

两人边吃边聊。

简星然这些天一直在跟着简老爷子手下的人学习打理公司，每天忙到脚不沾地，连原本约好的春节小聚，都拖到现在才实现。说到这个，裴奚若想起来：“你和你游戏里的男神怎么样了呀？”

两人许久没见面，微信上还是隔三岔五聊得兴致很高，也都知道彼此的近况。过年那阵子，简星然沉迷一款手游，就是因为在游戏里遇见了一位水平超高的男神。

她还和男神加了游戏好友，偶尔约着一起打几局，被带着飞的感觉不要太快乐。

随着时间的推移，简星然渐渐感觉，自己对他好像生出了点儿不一般的心思。

裴奚若正听得激动：“然后呢？”

简星然语调急转，变得很沉：“然后，惊悚的事情发生了，那天，我不小心点到了语音，对方接了。”

“他是公鸭嗓？”

简星然停顿了下：“她是个女的。”这下，连裴奚若也惊到了。

“我还不死心呢，我说，喂。她笑着回我，嘿。我问——你是‘Suicheng’吗？”简星然瑟瑟发抖，“她说，是呀，怎么了？

“我当时大脑一片空白，赶紧把语音掐断了，游戏软件也删了，再也没登录过。我根本没想过，对面居然是个女孩子。主要是，她的那个号，性别写着男，头像也很酷啊。”

裴奚若不由得叹了口气，安抚般地拍拍她的手：“命运弄人。”

“我的初恋结束了。”简星然抱着脑袋，欲哭无泪。

隔天，裴奚若要去跟一位策展人见面。

傅展行站在衣帽间外，等裴奚若一道出门，半晌不见人，便抬脚走过去。他一眼看到，她站在一个玻璃鞋柜前，仰着头，从上看到下。

察觉到男人的脚步声，裴奚若回过头：“你说，我今天穿哪双鞋好呢？要配这条牛仔裤哦。”她动了动腿，腿部线条被牛仔裤包裹得笔直。

“你送我的这双？”她的手指点了点玻璃鞋柜的某一格。

傅展行走过去，帮她取下来：“嗯。”

她坐上换鞋凳，朝他伸出一只脚。他轻轻托住她的脚掌，将鞋套上去。

这时，裴奚若忽然想起了什么：“傅展行，你听没听过，送鞋，人会跑呀？你又给我送伞，又给我送鞋，是不是不太吉利啊。”

傅展行动作顿了一下，抬眼。

“好、好、好，我迷信。”她动了动脚趾，示意他快点儿。

他放下手中的鞋：“先付款。”

“付什么款？”她蒙了下。

“既然送鞋，人会跑，你付款的话，就不是送的了。”

裴奚若：他说得好有道理。

可是，他一个霸道总裁，问她要钱，像话吗？

裴奚若后悔道：“当我没说，这次就算了吧。”

“晚了。”傅展行不动声色。

“送鞋，人会跑”这个说法，他前一天刚听到过，并未当一回事。然而，同样的话，从她口中说出来，就让人按捺不住，想去打破。

最终，在男人的威胁之下，裴奚若还是乖乖给他转了账。

虽然傅展行说鞋子旧了，可以打一折，可一折也是钱，也是他从她这里搜刮走的啊。裴奚若佯装抹起眼泪："没想到，嫁给你这个霸道总裁，连鞋都不给买一双。"

他亲了她一下："除了鞋，其他什么都可以。"

她又高兴了。

个人画展将近，裴奚若接受了某画刊杂志的采访，网络上，关于她的讨论也多了起来。

有人羡慕她有颜、有才、有家世，手拿人生赢家剧本。也有一些批判的声音，认为她浮躁，明明是个搞艺术的，却要走网红路线，一点儿也不踏实。

当然，还有反过来的。比如，几个平日里爱在微博上和她互动的网红，私下聚会时就讲：笑死人了，明明是个网红，却非要往脸上贴画家标签，也不看看，她画的都是什么。

此番话语，没一个小时就传到了裴奚若的耳中。她倒没有丁点儿生气，毕竟，网红圈中少有真友谊，这已是大家的共识。平日里在微博上你转发、我点赞，花团锦簇，不过是互蹭流量罢了。

不过，这也提醒她，该清一清好友列表。

裴奚若的微信常年处于满员状态，一度到了想加某个人，就要删掉一个的地步。但经常联系的人寥寥无几，她这么一眼扫下来，随随便便就删了十几个，连带着，也退了几个无关紧要的群。然后，她忽然有种怅然若失的感觉："唉。"

傅展行问："怎么了？"

"退了好几个讲八卦、吃瓜的群。"裴奚若放下手机，搂住他的脖子。

这会儿夜深了，两人沐浴过后，在书吧闲坐。照例是她刷微博、打游戏，他看书、处理公事。

傅展行顺势起身，将她抱起走向卧室："不想退？"

裴奚若挂在他的身上，晃着腿："说不好呀，留着它们，不知道还有多少八卦可以听。可是，又和我没什么关系，不听也可以。"群里来的好些新面孔，她都不认识了。

"仔细想想，我嫁到平城以后，都没什么朋友。"她用额头轻轻撞了撞他的，嘀咕着。

他没答，像是没听见。

开春之后，日落的时间越来越晚。

这天有个朋友聚会，裴奚若从画廊出来，便被傅展行接上车。

到了那里，她才发现，远比想象中的更热闹，除去她完全不认识的几个人，申城的几位朋友——晏礼、时颜、徐潮生，都过来了。

经过傅展行低声提醒，裴奚若准确无误地“认”出了每一个人。

时颜还是温婉小美人的模样，不过，比起上次见面时，肚子有了明显的凸出。

裴奚若有了个猜测，眼眸不由得一亮。下一秒，这猜测便被证实，时颜含着一丝笑意，朝她点了点头。

“恭喜你呀，怪不得最近都没见你上游戏。”她绽开笑颜。

时颜左右看了眼，低声道：“其实，我还是会偷偷玩的，回头把账号告诉你。”

时颜用的小号，不然，晏礼会看到她的在线时长。

“哇，好聪明。”

这边还在寒暄，另一边，又有人姗姗来迟，被服务生引进来。

裴奚若还没抬眼，便听徐潮生声音响亮地叫道：“现哥！”

他们循声看过去，是一对容貌出众的男女，男人英俊、散漫，女人鲜亮明媚，站在一处，很般配。

打过招呼后，裴奚若知道了他们的名字——梁现和明姒。

一块儿打牌时，大家慢慢熟悉起来，明姒是张扬的大小姐，时颜是温柔的小美人，都很好相处。

裴奚若和她们拉了个群，回家的路上，一直刷着手机消息。等摁灭手机屏幕，她才发现，不知不觉，三个人已经约了好几个要打卡的地方。

“傅总呀，”她放下手机，贴过去仰起头，“你是故意的吧？”

他低下视线：“什么？”

裴奚若一笑：“帮我找朋友呀。”

“如果聊不来，也没关系。”傅展行亲了亲她。

“聊得来，特别聊得来。”裴奚若有点儿兴奋地亮出手机屏幕，往下滑着聊天记录，满目都是图片，“她们给我介绍了个好地方，我明天就要去。”

傅展行扫了眼，脸色就冷了。

明姒和时颜介绍的好地方，叫“PARROT”，是家综合格斗俱乐部。

第一天，三人一道来此，她们美得各有风格，吸引了众多人的视线。之后时颜回了申城，连续三天，裴奚若还和明姒泡在俱乐部里。

这是梁现投资的地方，有明姒在，两人无论去多热闹的场子，都高坐于贵宾席上，以最佳视角观看。视角好到什么程度呢，连选手搏击时，肌肉上的汗水，她们都看得一清二楚。

明姒原本对MMA（综合格斗）并不感兴趣，是婚后才慢慢了解的，如今也有了自己支持的选手。裴奚若则肤浅得多，她喜欢看帅哥、猛男，尤其是看他们打架。

“真好看啊，他们的身材都好猛。”她这么跟傅展行说，眼角眉梢都带着兴奋。

后来很多天，裴奚若还后悔，自己为什么要说这句话。

回到家中，她连鞋都没来得及脱，就被男人打横抱起，直接抛上沙发。

男人眸色很沉，像是压抑着什么。她意识到危险，本能地去推他，却被他按住手腕，压在皮质沙发边沿。

起初她还拍拍他的肩，很善解人意地问：“傅总，你是不是工作不顺利呀……”这番温柔小意的话，非但起不了作用，还有相反的效果。

素来冷静自持的男人，像是忽然失了控，带来了毁灭一般的后果。他问道，音色很沉：“在俱乐部门口，是谁找你？”

谁啊？她神思飘忽，好半晌才归位：“一个选手……”

“他拿了手机给你。”

“想加我微信。”她已经没有思考的余暇了，他问什么，她答什么。

“加了？”

她拼命摇头，眼泪都快被逼出来了：“不加，不加，以后只看你，只看你。”

结束后，被抱着去沐浴，她累到一根手指都不能动弹，路过衣帽间那面巨大的落地镜，出于本能，还是勉强瞥了一眼。镜中的她，蔫巴巴的，楚楚可怜。

被放进温热的浴缸里，裴奚若原本放松下来的神经再度绷紧了一下，然后，人才慢慢浸入水中。

傅展行取了一颗她常用的精油球，放进水中。空气里，慢慢弥漫开荔枝的清甜，水也变成了淡淡的粉色。

这会儿，哪怕男人衬衫凌乱，不再衣冠楚楚，举手投足却还是有种清冷君子的味道，让她无法将他和刚才的行为联想到一起。

裴奚若心生惧怕，不由得往后缩了缩，却被他拉过去。她吓得连连后退：“不来了，不来了。”

“人删了？”他低声问。

“还没——”她哪有时间碰手机。

话落，裴奚若才反应过来，这是个陷阱，连忙话锋一转：“老公，你说的这是什么话呀，我根本就没加呢。”

傅展行的视线停在她谄媚的笑脸上，不搭理这声“老公”，只道：“等会儿去删了。”

“……哦。”还是逃不过他的法眼。

其实，裴奚若加上那人，还真不是因为对方的美色，毕竟，她有家里这位，哪还看得上其他人。是她有个搁置了两三年没动手的灵感，见到格斗拳手时，忽然炸裂了，这才答应加他，预备跟他了解一下拳手的一天。

现在，她仔细想想，好像是有点儿不妥。如果傅展行这样加了个陌生的女人，她也会不高兴。

六月，裴奚若的第一场个人画展如期举办。

地点在平城艺术画廊，策展人在业内颇有实力，跟众多年轻艺术家都有合作，办过不少够分量的展览，风格偏新潮，与她很契合。加之裴奚若的网红标签，也为她带来了更高的知名度。

天时、地利、人和——这天来参观的人，远比想象中的要多。

围绕这次画展的主题，策展方将今日展出的画作分为三个系列，分别印成明信片对外签售，每系列二十七张，一共有好几千套。结果，不到两小时，这些明信片已全部售完，不少人都买了好几套。

这已是让许多同层次画家望尘莫及的了。主要还是多亏了裴奚若这个“网红”的身份，今日来的，不少都是她的颜值粉，当然，也有些被吸引进来的路人。他们看到明信片色彩鲜明，风格时尚，充满年轻反叛的意味，感觉是意外的收获，买得也特别爽快。

“我这套黑的，好酷啊。”一个烫爆炸头的女生凑到另一人那边，“你呢？”

“亮色系，超有感染力。”

“绝了，我就路过随便看看，你知道吧，没想到周边这么好看，害我花了三百六十元。”

“哇，你买了六套啊？”

“是啊，送人嘛，特别时尚。”

“……”

也许，他们买下明信片不是源于对艺术的欣赏，甚至都不一定认识她这个画家，仅仅是因为觉得好看而已。可是，裴奚若并不认为这有什么不好。对于某个作品而言，愉悦了某个人的目光，已显示出它的价值。

“你的风格，很容易吸引年轻人。”策展人微微一笑，对今日的盛况也很是满意。

这场持续一天的展览，很快就临近尾声。

夏季的傍晚，日光还很明亮。裴奚若往出口走去，一抬眼，恰好跟玻璃门外的男人视线相对。她眼眸一亮，连忙奔过去。

傅展行推开门进来，恰好拥住她。

画廊内冷气开得很足，男人西装上带着略高的温度，裴奚若竟奇异地觉得有点儿温暖。她仰起头，手指抵着他的胸膛，娇滴滴地说：“傅总，你终于舍得来看人家啦。”

旁边有工作人员路过，惊得差点儿没拿稳手中的展架——看他的眼神，是正在脑补一场狐狸精与霸道总裁的大戏。

傅展行配合地牵住她的手：“嗯，来给你捧场。”

裴奚若弯了弯眼梢：“那我无以为报，只有亲自带你转转了。”

她没有问，本该还在国外出差的男人，为什么会出现在这里。她不用想也知道，他是为了她特地赶回来的。这家伙呀，有时候用心起来，很让人招架不住。

裴奚若的创作风格很多变，有色彩浓烈的，也有冰冷的。然而，仔细去看，它们又很统一，充满着一股离经叛道、先锋艺术家的味道——没有拘束，没有局限，记录的只是她那一时的情绪。

以前还有评论家，怀疑她有精神分裂症。其实，她只是戏精罢了。像有些天生的演员容易入戏，她擅长的是把握一时的情绪，并将之放大。

两人走到一幅黑色背景的画前。天空和大地都是漆黑，仿若陷入深夜。半空裂开一道口子，像是月亮，又像一只缓缓睁开的眼，亮银色，不怀好意地俯视人间。

这是裴奚若某次不经意看到夜空时，所产生的灵感。那天的月亮像一只眯缝的眼，让人觉得，好像它在窥视人间。至于为什么是“不怀好意”，裴奚若弯唇一笑：“因为动漫里，眯眯眼的人基本都不是善茬啊。”

当然，老钱代她发言时，可不是这么说的。他竭力把这幅画的创作初衷，描绘成了艺术家在偶然的夜里，感知到了月亮的冷酷与疯狂意味……结果采访稿一发出去，就有人怀疑她精神分裂。

傅展行好笑地揉了下她的头发。她的思维确实很奇怪，八竿子打不着的东西，也可以扯到一起——有时候，还意外地很准。

比如，她见到他腕上的佛珠时，脑补出了狼人变身。听着离谱，可事实也正是如此。

这串佛珠，意味着对他内心情绪的克制。十四五岁时的他，还无法将负面性格克制得那么好，他看着佛珠，就会想起傅奶奶的教诲。

如今，他有了她，内心越发安宁、淡定，佛珠存在于他腕上的意义，只剩下方便让她认出他来。

裴奚若办画展时，简星然恰好被简老爷子塞进了某个封闭式培训中，无法脱身。一恢复自由身，她立即飞往平城。

吃了餐饭，两人都累得很，既不想逛街，也不想有别的什么活动，于是，裴奚若干脆带她回了家。

两人窝在沙发上，简星然打开游戏。裴奚若瞄了眼，惊讶道："你又把《大乱斗》下载回来了？"

"这不是官方天天发短信要老玩家回归吗？我没忍住，开了个小号。"

简星然不是恋爱脑，会玩那个游戏，主要还是因为新鲜、好玩。现在，这么多天过去，她早就从那个乌龙事件中跳出来了。

"我还没玩过呢。"裴奚若摸出手机，也下载了这个游戏。

两人加上好友，开始随机匹配。

傅展行回来时，就看到裴奚若神情紧张地盯着手机，一副要决战到底的架势。跟他一道进来的，还有随叙。

她们在等待游戏中人物复活时，四个人打过招呼，互相介绍。

十多秒后，简星然的角色血条加载完毕。她趁着满血，几拳干掉了一个对手，正要走捷径去吃宝石。

"不能往那边，"冷不防，她听见一道散漫的男声，是刚才进来的那个叫随叙的，他言简意赅，"有人。"

这是怎么看出来的？简星然一怔，就被藏在草丛里的人跳出来灭掉了。与此同时，敌方抢了十颗宝石，她这边，屏幕上跳出大大的"失败"二字。

她抬头，见随叙手里拿了份文件，显然是路过这里，停下来观战。

"刚没来得及反应。"她解释了一句，重开一局。

随叙挑了下眉，原本要离开，结果就这样停在这里："你喜欢玩这个角色？"一个膀大腰圆的拳击手，是近战类型，因为外形比较粗犷，大多是男玩家在玩。

简星然应了一声："这个玩得最好。"

"我一个朋友也喜欢玩，水平跟你差不多，"随叙似是简单一提，很快抬了下眼梢，"开始了。"

简星然将注意力集中到屏幕上。

他倒也没走，像是无所事事，就这么倚着沙发，偶尔提醒一两句。

裴奚若没有再开第二局，她觉得自己还是比较适合玩连连看，看着屏幕上的水果砰砰砰全部消失的感觉，很爽。

傅展行略微扯松领带，看着她玩。她把手机塞到他的手里，让他也玩玩看。

本以为，他这种毫无游戏经验的人，会一窍不通。不料，自他接手后，掌声、欢呼、尖叫的游戏音效就接连不断，代表连击的次数越来越多。

她瞪大眼：“你是不是偷偷玩过？”

“可以计算。”傅展行讲给她听。

她听了个大概，到后面已经记不住了，很偷懒地道：“你直接帮我打上去吧。”

他看她一眼，修长的手指点着屏幕。

……

简星然一局结束，发现身后的男人还没走，不太确定地朝他举了下手机：“要不要一起？”这游戏不算大众，遇到个爱好相同的人还挺难得。

“行。”随叙其实并非犯了游戏瘾，只是那边恋爱气息太重，他还不如待在这里。

两人加上好友。

他的 ID 很简单：SXII。

简星然下意识地拼读了下，没明白是什么意思。

“名字的缩写，让别人用了，就改成这个名字。”随叙顺手点开她的资料，发现这是个注册不久的新号。

她叫“然后星星呢”，头像是个挺有元气的少女，跟随澄列表里无缘无故消失的那个，有点儿像。

这天晚上，裴奚若洗完澡，早早地爬上床。

傅展行在看他的书，她则看八卦，偶尔看到一个特别狗血的，就拍拍他的手一起看。

没想到，男人的视线投过来时，手机上方恰好跳出一条消息提醒。裴奚若没有设置私密模式，这会儿，那条微信连带对方的姓名，都一块儿跳了出来。

宋八：裴小姐，明天能见个面吗？

发消息来的是上任相亲对象，大名“宋弘深”，排第八。两人经双方父母介绍相识，她见他温文尔雅，像是个讲道理的，便选择了直白地讲开。他欣然理解。

于是，这场相亲，见面不到半小时，就宣告失败，双方都不觉得遗憾。为了使这一决定显得不那么儿戏，两人瞒了一阵子。他们十一月相亲，次年二月才跟家里宣布告吹，假装两人已相处过。

这期间，宋弘深在大学授课。他家学渊博，偏爱温婉娴静的女子，很快就遇到一位心上人——是位服装设计师。

裴奚若和他们还在画展上碰过几次面。

宋弘深：是这样的，我女朋友想要出一款潮牌T恤，想问问你有没有兴趣合作？

她当然大有兴趣，两人约了明日见面。

“我陪你去。”傅展行道。

“好呀。”裴奚若绕着自己的发梢，“不过，你不忙吗？”

“不忙。”

“傅总，我发现你变懒了啊，刚认识你的时候，你每天都忙得不见人，约会都没时间。”她话锋一转，眼梢上挑，“还是说——你当时不想约会，所以找借口？”

傅展行捏了下她的手指：“那时候确实很忙。”

工作曾是他打发时间的方式。而现在，和她在一起的每一分每一秒，都是乐趣。

几人约在一家餐厅。

见到傅展行，宋弘深很是吃惊。

男人西装革履，面容清俊，和财经杂志上的形象一样，是位冷淡的商业精英，实在不像有时间陪太太来这种小场合的。

可他陪裴奚若来，毫无半点儿不耐烦。两人的小互动，偶尔还十分有趣。

见面时，宋弘深立即朝傅展行伸出手，恭敬道：“傅总，久仰大名。”

傅展行与他相握，轻点了下头：“久仰。”

宋弘深的女朋友创办的潮牌在国内已小有名气，店铺入驻了周边不少城市的商业综合体。她想与裴奚若合作的，是一款白色T恤。

两人正式签下合同，恰好是七月开端。

平城市区内，白日的气温达到了三十六七摄氏度，暑气积攒，哪怕有三恒系统随时调节，也远不如明山墅的自然风凉快。何况，夜里，暑气退去之后，她还可以和傅展行坐在廊檐下，赏月谈天。

于是，这阵子裴奚若都心甘情愿地住在明山墅。夏季里，她有些食欲不振，住家阿姨便煮了酸梅汤。乌梅、山楂、甘草、洛神花，抓一把闻着，就是开胃的香气，再放一点儿黄冰糖，味道酸酸甜甜。

她一连喝了三天，住家阿姨欲言又止。

二伯母某天来访，直接戳破了窗户纸，将她拉到一边：“若若，你是不是有了？”

裴奚若还没答，傅展行路过，就牵起她的手：“是最近天热，她胃口不好。”

“放心吧，不催你们。”二伯母眼中皆是了然，又漾开一丝笑意，“只要你们过得快乐，就足够了。”

她失去第一个孩子之后，一度伤心欲绝，断了再怀孕的念头。那些年，人的想法走了极端，等改变主意，她已是高危产妇的年龄。傅洲坚决不允许她再生孩子。

再后来，傅渊家出事，他们把傅展行接了回来，当作亲生儿子养大。傅展行哪里都好，几乎无须长辈操心，唯独那骨子里淡漠的性格，让人觉得他和这世界始终疏离。

二伯母一度担忧他会看破红尘。她还想过，他们要是多个孩子，变成三口之家，他有了眷恋后会不会好些。

现在看来，完全没必要。有若若在，他只会在凡尘中越陷越深。

十月份的某天，傅展行忽然接到电话。是寺庙里的住持，他说有间禅房要重建，打扫那里时，发现了傅奶奶的一件遗物。

周末，他带裴奚若一道前往。

裴奚若最近已在构思与“Wink”（宋弘深的女朋友创办的潮牌）合作的T恤图案，思路不太顺畅，正愁没有地方散心，闻言，眼前一亮。

两人没有带司机，是傅展行开的车。天气有些凉了，裴奚若裹着墨绿色大衣，窝在副驾驶座上。

沿途山色很美，车子不知开了多久，路过一片山林，还有几棵稀稀落落的柿子树。她一下从昏昏欲睡的状态中醒来：“柿子树！”

也不知道为什么要惊喜，柿子分明是再常见不过的一种水果，她也不是很爱吃。大概是因为，绿色的山林间，点缀着一树橙红，太美了吧。

傅展行靠边停下车。

走到树下，裴奚若仰起头。干枯的枝丫将天空分割成无数大大小小的蓝方块，橙红柿子点缀其间，也不知好不好吃。他抬手，给她摘下一个。

“降过霜了，很甜。”

她接过，放在手心握着，又抬头，紧张兮兮的：“快跑啊，小心农民伯伯来抓我们。”

傅展行好笑地揉揉她的头：“没人来抓，这是我种的。”

是吗？那就不用担心了。

她咬了一口，香甜、绵软：“好甜，你也尝一下。”

男人侧头，直接在她的唇上亲了亲。他低声道：“尝过了。”

裴奚若愣怔，反应过来之后，竟然觉得……要命，被他撩了。

从这里再开几分钟车，他们就到了山脚下。一看那么高的山，连寺庙的影子都看不见，裴奚若顿时打起了退堂鼓：“要爬多远啊？”

“爬不动的话，我背你。”傅展行言简意赅。

十多分钟后，裴奚若就不想爬了：“傅展行，救命啊，要不我在山下等你吧。”

他看她一眼，半蹲下来，道：“上来。”

“还有这么远呢。”她望了望前路，是真的很犹豫。

他轻轻一揽她的腿弯，她顺势趴在他的背上，小声道：“那你要是走不动了，你就把我放下来哦。”

他道：“山里有蛇。”

裴奚若顿时改变了主意，十分狗腿地给他捏起肩，又摸了摸他的背肌：“那就辛苦你啦，傅总。”

傅展行一笑，抬脚踏上一级台阶：“不辛苦，你别乱摸。”

她双手钩住他的脖子，笑嘻嘻的。

这座寺庙的周边环境清幽，香客也很少。它隐于山林，无任何噱头，很安静。两人抵达时，正好碰上小沙弥外出挑水。

寺中住持显然和傅展行相识已久，两人聊天时，情态十分放松。

踏进这样的地方，裴奚若也不由得严肃了几分，她环顾四周，最后视线落定在傅展行和住持的身上。两人外貌虽差异明显，但身上那股清冷、淡泊的气质，如出一辙。

裴奚若突然想快点儿把他拉走。万一他忽然顿悟，要留下来怎么办。

傅奶奶的遗物，是一份游记。

下山时，裴奚若知道了傅奶奶为何宁愿在这里吃斋念佛，也不肯待在豪门中。

她年轻时，傅老爷子在外有了人。

傅奶奶在知道消息后，提出了离婚。傅老爷子自然不肯，无论是因为家族利益，还是因为两人二十多年的情感。她也未跟他耗太久，直接收拾行李，出国旅居了好几年。

傅奶奶最终会来这里清修，倒并非因为情伤，而是经过多年游走发现，她最想要的，还是一种安定、修心的生活。

后来傅展行退学，傅奶奶也暂时结束了清修生活，带他到山下租了个房子，给他讲修身养性之道。他每日的生活，也跟寺庙中的小沙弥差不多，在日复一日枯燥的重复中，慢慢改变了一些性格缺陷。

裴奚若听完以后，有些后怕："还好，还好。"

他牵住她的手："怎么了？"

下山很轻松，她不用人背了，拉着他的手一晃一晃的："你想啊，万一你那时候修身养性过了头，突然觉得当和尚也不错，岂不是上山就出家了，那还怎么遇到我。"

傅展行愣怔片刻，笑答："对。"

他和裴奚若讲时，将内心的迷茫一笔带过。可事实上，直到爱上她，他对人世间感情的体察还隔着一层雾。他所经历的虚假、荒谬、不实，都起源于感情，自然对它没有任何好感。

连走得近的朋友也说，他身上有种清修的气质。哪怕他这些年在争权夺势，也让人怀疑，他今天出于胜负欲得到了权势，说不定不久后的某天，觉得无所谓了，也会将它抛弃掉。

不过，现在抛弃不掉了，因为他要养她。

"多亏遇到了你。"他捏了下她的脸颊。

"什么呀？"她先是疑惑，然而，很快从他的眼神中找到了答案。

她红唇一弯，眉梢带着笑意地挑起，又有几分熟悉的妖气："那当然，要不是遇到我这个女妖精，你都要出家了。"她初见他时，就感觉这男人太过清冷了。

"嗯。"他牵紧她的手，将人拉进自己怀里。

闭上眼时，世界仿若化为方寸，被他拥在怀中。

——你是人间极乐。

平城今年的冬天来得很早。

十月份还未结束，气温已降到了几摄氏度，清晨时分，草坪上落了薄薄一层霜。

这天是十月三十日，两人的结婚纪念日。结婚时，裴奚若没有想到，这会成为一个值得期待的日子。然而，越临近这天，她越兴奋。

傅展行跟她有默契似的，也将这天空了出来。

两人约好去看电影。原本，看电影这个约会项目是不适合裴奚若的。不过，正好有一部质量很高的动画电影上映，不用辨认人脸，她看起来很轻松。

到了电影院，傅展行去取票。

裴奚若走几步就说腿疼，心安理得地坐在休息厅的沙发上等他。她摸出手机刷了一会儿微博，余光里，出现一双锃亮的皮鞋，停在她眼前。

“好啦？”裴奚若抬头。

她先去确认他腕上的佛珠。确认无误，而且方才她余光粗略一扫，他的气质也差不多。

可就在她起身，快要揪住他袖口的那刻，凭空伸出一只手，扣住了她的手腕，将她整个人拉回了沙发。

裴奚若蒙了下，闻到一股清冽的雪松气息，掺着沉静的檀木香。视线一偏，她就看到另一个男人静静地看着她。她顿时就明白自己认错人了。

她再去看方才那男人的手腕，他戴的分明不是木珠，而是某种质地和纹路都很像木头的棕色玉石。在休息厅昏暗不明的光线下，她不细看，当真难以分辨。

他似乎也是来找人，不过，方才确认她不是他等的人之后，他的视线便投向了另一个方向，丝毫没有察觉到这边的小动静。

检完票的一路，裴奚若都十分讨好地赔着笑脸。

“我错了。”

“我不应该和你睡了这么久，还认不出你。”

“行哥，老公？理理我呀。”

见他不吃这套，裴奚若只好踮起脚，贴着他的耳朵，声线带上了几分娇柔：“老公，别生气啦，大不了晚上回去，我伺候你呀……”

身旁是去观影的人群，她的嗓音贴耳响起，吐气如兰。

傅展行喉结动了动，和她保持了一点儿距离。裴奚若一笑，知道他这是上钩了。她故意装作看不懂，又贴过去一点儿，嗲嗲地叫道：“好不好嘛。”

“再不消停，我就不客气了。”男人停了下来。

她一下瞪大眼：“傅总，你要注意你的社会形象。”

两人坐的是贵客厅，一共只有八个座位，都是两张沙发并排放在一起的。

裴奚若余光瞄见，刚才那个戴棕色玉石手串的男人也走了进来。眼看着傅展行的视线就要投向那边，她连忙轻轻“啊”了一声。

“怎么了？”傅展行果然被她吸引了过来。

“我肚子疼。”裴奚若随口编道。

和他一问一答间，瞄着那男人走到后面去了，她才松一口气：“现在不痛了。”自以为瞒天过海，她心情很好地戴上 3D 眼镜。

傅展行的眼睛往身后随意一瞥，随即波澜不惊地转了回来，想到她方才紧张兮兮的小模样，又不禁失笑。她这浮夸的演技，也就只骗得了自己。

这天一起看电影，裴奚若拍了照片上传朋友圈。她吸取上次“水仙花”的教训，明明白白地在文案上亮了主题。

一大片艳羡她的评论里，只有徐潮生的最突出：行哥居然看动画片，估计他小时候都没看过动画片。

裴奚若大拇指滑到这条评论，有些好奇："你小时候真没看过动画片吗？"

他"嗯"一声："不感兴趣。"

"那今天？"

"和你一起看，不一样。"和她在一起，他觉得做什么都很有意思。

裴奚若美得眉眼弯弯，抬起手指回了徐潮生：那他小时候看什么？

徐潮生直接给她发来私聊。

徐潮生：做题啊，行哥那时候是竞赛狂魔，不然怎么高二就被保送了。

徐潮生：在这个世界上，遇到难题会兴奋的人有两种。

徐潮生：一种是变态，另一种是哪样的，你知道吗？

裴奚若下意识地问：哪样的？

徐潮生：行哥那样的。

"……"

从某种程度上来说，这两种人其实也是同一个物种吧，都可以称为"变态"。

裴奚若瞄了瞄身旁的傅展行，忽然有种想见识见识的冲动。她没有想到，这个机会不久后竟真的来了。

开春以后的第二周，恰逢傅展行母校百年校庆。校友会的邀请函，早早便被放在了他的办公桌上。

到校庆这天，傅展行带了裴奚若一同前往。

平城春日里风很大，她穿着薄薄的大衣，头发被吹得乱飞。她依然保持着樱花粉小波浪的发型，妆容艳丽，挽着他的手出现在校园里，如同对比鲜明的"花瓶与山水画"。

好几位杰出校友看到她时，都愣了一瞬，像是想不到傅氏集团的太太，竟然是这么个好看到有点儿妖的女人。不过，他们到底见过世面，很快就收敛了惊异的目光。

此次校庆致辞的男人，是位年轻企业家，裴奚若坐在礼堂里，恍然有种回到中学时代的错觉。

"真没想到，以前这种时候，我都是会溜出去的，现在却心甘情愿地陪你来听。"她凑近他小声道。

傅展行捏了下她的手："我带你出去走走。"知道她会无聊，他特意让校友会安排了角落的位置，出去很方便。

这所中学历史悠久，校园里随处可见枝叶繁茂的树木，春意初来，不少树都发了新芽，衬着几幢铅灰色旧式砖房建筑，有种岁月积淀的美。两人在校园里悠闲地逛着，见了不少学生抱着书行色匆匆，即便是校庆日，也没有放松一把的意思。

学校这半天没安排统一上课，图书馆就人满为患。

裴奚若想起徐潮生的话，忽然对他的日常很好奇。傅展行的回答却很乏味："做题、运动、吃饭、睡觉。"

"那打不打豆豆？"她灵光一现。

他显然听不懂。裴奚若笑开，把这个冷笑话讲给他听，末了，道："我知道为什么你迷我迷得欲罢不能了。"

"嗯，为什么？"他脚步定住，洗耳恭听。

"因为你解不开我这道题呀。"用通俗一点儿的话来讲，就是他对她有浓浓的探索欲与征服欲。

"错了。"傅展行却道。

"什么错了？"他不是遇到难题会兴奋的学霸吗？碰到她这么难相处的，当然要处一处看了，结果，在尝试的过程中，他就爱上了她——逻辑很完美。

他牵住她的手，将人拉近，轻声道："是解开以后，依然爱你。"

年后，傅展行要去国外出差。裴奚若叹气："我要独守空房了。"

他翻过一页书，余光扫到她："你不是应该高兴？"

她斜斜地躺在他的腿上，弯唇一笑："被你发现了。趁你不在家，我要好好养养身体，吃很多很多大补的东西。"

傅展行一哂。大多数时候，控诉的人是她，调戏他的人也是她。

"不过，你不在，我看电视都没人提醒我里面的人物是谁了。"她又只能看动画片了，这还蛮遗憾的。

他放下书，拈起她一缕发丝："我对你的重要性，就这么点儿？"

她伸手捏捏他的脸："当然不是。"

隔天，傅展行很早出门，没有叫醒她。

裴奚若醒来之后，发现他给她留了条消息。她看完，连忙打开电视，叫来星期五。

果然，像他说的那样，将星期五和电视机连接，针对电视屏幕上的画面，星期五会自动进行人脸识别，屏幕角色的身上就会跳出相应的名称。

裴奚若简直爱死这个功能了，她找了好几部精彩的电视剧，天天看。

她夸他："老公超级棒。"

她夸完之后，傅展行就"失宠"了。他几次发消息来，她都说自己在看电视。

好在，傅展行不是黏人型老公，本就忙得没时间发消息，也不是爱发消息的人，知道她安安稳稳地待在家，追剧追得入迷，便没有频繁联系她。

这给了裴奚若可乘之机。两天后，她坐上了飞往伦敦的航班，预备给他一个惊喜。

沈鸣是她的"共犯"。在机场，他接到她，感动得赞不绝口："太太，您太有心了，傅总见到您，一定很高兴——我现在可以告诉他了吧？"

"不可以，"裴奚若眼梢弯了弯，似是有了个坏主意，"你把他的房卡给我就好了。"

又一天连轴转的会议结束，傅展行用餐过后，照例回到套房。他抬脚走进主卧，一边扯松领带，余光扫过床上，忽而看见一个人形。

很显然是个女人，像蚕蛹似的，从头到脚都裹在纯白的被子里。他扫一眼就移开视线，正要叫保镖，却看见那被子轻轻一动。里边有人捏着嗓子，用十分做作的声线道："傅总，人家来伺候你呀。"

不等走到她身边，他的笑意已浮在脸上。他伸手掀她的被子时，她反应更快，从被子里露出头来，红唇弯出一抹弧度："惊不惊喜，意不意外？"

她大概在被子里藏了很久，脸上还带着被闷出的些许绯红，发丝也很凌乱。傅展行弯腰亲吻她："很惊喜，很意外。"

他忙碌于工作时，分明没觉得时间多难挨。可此刻见到她，他才知道想念比他以为的更强烈。

"我看，你分明是想叫保镖把我扔出去。"她指出。就是害怕这个，她才故意出声。

傅展行选择不回答。

"只怕你刚才差点儿就叫我滚了。"她继续道。

他好笑地亲她一下，解释："你裹得那么严实，我没认出来。"

"那如果是陌生女人，你真的会叫她滚？"裴奚若仰着头。

"嗯。不然呢？"

"我听朋友说，以前有很多女人爬过你的床。"

"都被扔出去了。"

按理说，这时，她多少应该追究一下"到底有多少女人"的事，但她的思路很清奇。她十分愉悦地卷起被子，在他的床上翻到这头又翻到那头："你的床啊，只有我滚不下来，还可以在上面滚来滚去。"

傅展行正欲提醒，心念一转，又没有开口。

裴奚若自己很快就发现了不对。她来回滚了几下，就让被子缠住了，挣扎了好几下才终于脱身。她正要爬出来，却忽然察觉上方一暗。

“……你要干什么？”她突然慌张，周围都是被子，她爬也爬不出去。

男人覆在她上方，道：“再滚一圈，下去吃饭。”

坐在灯火辉煌的餐厅中，光线骤然明亮，与方才卧室内的昏暗、旖旎截然不同。

裴奚若眼梢还带着媚意，整个人却泛着一股懒散，在侍应生上菜时，才恢复一点儿精神。方才不觉得，这会儿面对散发着香气的食物，她才察觉自己早已饥肠辘辘。

傅展行靠着椅背，陪她吃了两筷子。

“我好像是来受累的啊，”她吃着吃着，忽然有所感叹。

他朝她看过来。

“才一餐饭，”她和他视线相接，一笑，拖长音调道，“我好亏啊。”

“你可以不这么想。”傅展行淡定地起身，用餐巾擦掉她唇边沾的一点儿酱汁。

“嗯？”

他坐回去：“一会儿你结账。”

她无语凝噎。

不是错觉，这个男人真的越来越难对付了。他不仅嘴上不饶人，另一方面，也从未放过她。

她好怀念两人还没互通心意时，那个无情无欲的傅展行啊。

“我们第一次睡在一起，你还把我赶出去呢。”入睡前，裴奚若佯装抹泪，说起往事。

“那是另有原因。”他将她搂在怀里。

“什么原因？”

傅展行看了她一眼。她和他对视，眨了眨眼，忽然一下明白过来：“啊，你怕你兽性大发，把我怎么样了。”

不得了，原来那夜她躺在床上，心思纯洁，他睡在地上，却有那么多旖旎的念头。

也许是因为睡前想了这件事吧，这天晚上，裴奚若竟然梦到那天，傅展行趁夜色爬上了她的床。

两人翻来覆去，意乱情迷时，她仿佛成了电影中的女妖，双手攀上书生的双肩，字句破碎：“你明明也喜欢我，干吗还一副不近女色的样子？”他俯身在她的耳畔，宛若收网的猎手。

“为了等你自己靠近。”

梦醒之后，裴奚若越想越觉得真实。

步步为营，不动声色地看她朝他靠近，确实像他会干出来的事。

于是，她向他求证。他的答案是肯定的。

“哇，那要是我那会儿对你没意思，你岂不是要暗恋我好多年？”裴奚若想象了一下。

“不会。”傅展行亲了她一下，“那我会追你。”

“啊！”她扼腕叹息，顿时像痛失三个亿，“早知道就让你追一追了，省得你现在不珍惜。”

“我哪里不珍惜？”

“有时候不太温柔啊。”她笑嘻嘻的，大清早就来撩他。

傅展行扣住她的手，声线凉凉：“我看你一点儿都不累。”昨晚真是善待她了。

“我累得很哪，可是看到你，就很想骚扰。”她大言不惭。都怪他长了张清俊无欲的脸，让人想令他为自己破戒。

“骚扰了就要负责。”

“负责的呀，我负责……”

结果，早晨这次她主动撩来的“负责”，却让她接下来担惊受怕了好一阵。

裴奚若的例假一向很准。虽说她念中学时，裴父裴母都忙得没什么时间管她，可雇来的保姆尽心尽力，将她照料得很好。初潮以后，对于例假方面，她也很是注意，不碰生冷。

可从伦敦回来之后，她的例假迟迟没有来。

起先，裴奚若没有在意。她不会一天天地算着日子，也没有记录经期的习惯，大致上是准的就行了。

直到某日在傅老爷子家吃饭。自之前摔伤之后，傅老爷子行动大不如前，加之沈郁的事对他的打击，精神一直不算好。

雪上加霜的是，傅渊近来的情况也在恶化。医生说，病人似乎并没有强烈的恢复意愿。

这些事，加重了傅老爷子内心的无力感。他终于明白，如今自己除了傅展行这一支，已再无依靠，而这个最有能力的孙子早已和他疏远了许多。

二伯推着轮椅，带傅老爷子出现。作为小辈，傅展行自是要先陪傅老爷子说会儿话的。裴奚若则自然而然地被拉去了七大姑八大姨那边。

照例是那些枯燥的话题，她听得直想打哈欠。

“若若昨晚没睡醒呀？”一位长辈关切地问道。

“嗯，可能电视看多了。”裴奚若答道。其实她昨晚睡足了八小时，可不知怎的，今日醒来时还是有些提不起精神。

“年轻还是要少熬夜呀，不过，我怀孕那阵，也是怎么睡都睡不够，整天昏昏沉沉的，没有精神。”一位嫂子接茬，其余人也笑起来，显然是深有同感。

这会儿倒没人催生，因为傅展行对裴奚若的纵容态度，那是明晃晃地摆在了明面上。大家也听说，连傅老爷子对何时能抱曾孙子的关切询问，都被他不动声色地挡了回去。所以，这只是很平常的一句闲聊。

裴奚若听在耳中，却一瞬间如惊雷闪过。她拈着一颗葡萄，好半晌才想起往嘴里送，机械地嚼了一下，过了许久才觉得甜过了头。

恰好在这时，傅展行过来找她。他记得她不喜欢这类场合，所以，一从傅老爷子那边得空，便到这里来了。他一眼就看到，她僵着手把葡萄往嘴巴里塞的模样。

“怎么了？”

听到男人的声线，裴奚若一颗悬着的心才落回原地。她揪着他的袖子起身，附耳道：“我那个很久没来了啊。”

旁边几位长辈听不见内容，相视一笑：“感情真好。”

几位妯娌更是艳羡。为了嫁进傅家，她们背地里不知做了多少努力，学习了多少礼仪，时时轻声细语，端庄大方。在大庭广众之下，和老公贴着身咬耳朵，是她们怎么都做不出来的行为。可谁不向往这种夫妻相处模式呢？

两人在一起时，关于措施这方面，裴奚若向来不必担心。可这种事，不怕一万，就怕万一，她还没有做好生宝宝的准备，眼下，却防不胜防了。

傅展行牵紧她的手：“不会的，做了措施。”

“可是网上说，那个失败的概率也有。”她刚才上网搜索过，在一条条可能的情况里对号入座，最后得出结论，应该是不小心指甲把那啥划破了。

“概率很小，不要害怕。”他低声安抚，“一会儿我带你去看看。”

裴奚若点点头。她这会儿的心情很诡异，想到可能会有意外来临的宝宝，都不知如何反应了。理当是排斥的，毕竟，她还很年轻呢，生宝宝，是遥远得想都不用想的事。

傅展行看起来对此更是不热衷。

可是，能生出一个小傅展行或者小裴奚若，好像也很不错啊。他们的宝宝，一定又聪明又漂亮。之前她也抱过小婴儿，柔柔软软的面团一样，很可爱，等牙牙学语、每天满地乱爬的时候，就更好玩了。

这晚的家宴，傅展行早早带她离场。原本想去医院，不过，裴奚若的思维很清奇：“我要亲手揭晓答案。”

他拗不过她，便下车买了两根验孕棒。到家，他看了看说明书，告诉她：“要明天早上才可以验。”

裴奚若叹了口气，似是有点儿心焦。

“还是去医院？”他询问。

“不了，不想走了。”裴奚若搂着他的脖子，摇摇头，“其实不用验，我已经有预感了。我的预感一向挺准的……”

其实是刚才，她上网查了一下怀孕相关的表现。她对照了一下，嗜睡、精神不振、小腹微微痛，有时还想干呕……每一条都符合。

“预感是有了？”他搂住她的腰，低声问。

“是啊，心情复杂。”她皱着眉。

他抚平她的眉，落下一个吻：“无论有没有，都听你的。”

“你好像对生孩子并不热衷呀。”裴奚若仰起头，“傅家没有催过你吗？”她知道，这种大家族，都很看重后代。

“没有。”他牵起她的手，“晚饭见你没怎么吃，饿不饿？”

“饿。”裴奚若立即道。

刚才用晚餐时，她全部心神都被“可能怀孕”这件事占满，再美味的珍馐，也入不了口。这会儿，最初的茫然过后，她的心情诡异地平静了下来，饥饿感也随之而来。

“想吃什么？”

“烧烤！”她两眼放光。

“油太重，吃了不健康。”傅展行走进厨房，在冰箱里看了看，“给你煮碗小馄饨？”

“行吧。那你欠我一顿烧烤夜宵哦。”她在中央岛台旁边坐下，委屈的同时，顺便悄悄记上一笔账。

“我可没答应。”他走过来，亲了她一下。

“小气。”她哼哼。

傅展行将锅里的水烧开，下了一碗馄饨，又加了点儿青菜。

裴奚若百无聊赖，看了他一会儿，又打开手机来玩。刚好，简星然给她发了条消息。

简星然：网页链接。

简星然：快玩玩看！

裴奚若还以为是什么小游戏，兴致勃勃地点进去，结果是个照片合成网页。不过，内容很有意思——上传双方照片，可以用 AI 技术合成未来小孩的长相。像是冥冥之中的一个预言似的。

她选了两人的正面照，上传，很快就加载出来了，贴心地出现了一男一女。

裴奚若还没来得及细看，傅展行便将一个碗放在她面前，勺子架在筷枕上："好了，趁热吃。"

一碗小馄饨，不多不少的分量，正适合这会儿下肚，放了榨菜、些许调味辣椒，还卧了几根碧绿的小油菜，一个荷包蛋。香气瞬间飘散，激发人的食欲。

裴奚若顿时就收回了之前"清汤寡水"的评价。她拿起勺子，捞起一个小馄饨。等它凉的间隙，她朝他晃了晃手机，得意地一笑："你看，我们的宝宝。"屏幕上，是一张约莫三岁男孩的照片，眉眼清俊，依稀有他和她的影子，再往右滑一下，是一张女孩的照片，披散着柔软乌黑的头发，像她更多一些。

裴奚若美滋滋的："看起来智商都很高。"她又问，"你喜欢哪个？"说得好像他喜欢哪个，她就能生哪个一样。

傅展行好笑道："都很喜欢。"

"你这语气，可一点儿都不像喜欢啊。"裴奚若怀疑道。

也不能说不喜欢吧，就像是爱屋及乌的那种喜欢，因为他喜欢她，所以喜欢小宝宝。

傅展行稍稍沉默。他对于生孩子这件事，确实不热衷，不过，理由并非是喜欢或者不喜欢。他只是不想有人过早地来打扰他们的二人世界。

毕竟两人相识太晚，直接结婚后，连相处都没太久，接下来，还有很多共度时光的计划。不过，如果是她想生，似乎也能另当别论。

这天晚上，受裴奚若的影响，向来淡定的他，也开始着手查看起了育儿书籍，难得忽略了客观事实——其实，有没有孩子，还是个未知数。

虽然还没正式验过，不过，裴奚若已经自我代入了孕妇角色。然后，她发现自己的心情真的起伏很大。

刚知道有怀孕的可能时，她茫然，隐隐排斥，后来，想到小孩其实很好玩，她又有点儿接受，再后来，看到合成的她和他的小孩照片，心中竟升起了些许期待。而现在，沐浴过后，她的心情又不知怎的低落下来。

"难道这就是孕妇情绪起伏剧烈的表现。"她钻进被子躺好，嗓音低低的。

男人顺势揽她在怀，安抚："别想太多，睡一觉，明天就知道结果了。"

裴奚若本就有点儿困，闻言，点了点头："我也想不了太多了，现在好困。"

"那就睡觉，"他关掉阅读灯，在暗下来的卧室里亲了她一下，"若若，一切有我。"

听到他这句话，仿若安了心，裴奚若一闭眼，就沉入了梦乡。

隔天，她很早就醒过来。

"啊啊啊，接下来就是揭晓答案的时刻了。"她激动地抓过验孕棒，深吸一口气，去了洗手间。

傅展行也起身。他情绪向来平稳，难得体会到这种心都悬起来的感觉——是一种躺都躺不下去的焦躁。

没有一分钟，裴奚若就回来了。

"这么快？"傅展行走过去。

"不是……"裴奚若举着还没拆封的验孕棒，咽了口口水，声线飘忽道，"我，'大姨妈'来了。"

她昨晚胡乱上网搜索，逛到某个女性论坛，里边还有人说验孕棒是催"大姨妈"利器。当时，她瞥了眼，没放在心上。不料，这神器，还真的很灵啊……

"所以只是虚惊一场，"她忽然哽咽了一下，一头扎进他的怀里，"亏我昨天晚上还梦到了宝宝的名字。"

"这也能梦到，真厉害，"他拥住她，好笑道，"叫什么？"

"一个叫傅帅帅，一个叫傅美美。"裴奚若又美滋滋起来。她好厉害，做梦都能梦到名字。

傅展行却沉默了。

"看你这个表情，是对我的取名不满意。"其实她也不太满意，总觉得这两个名字有种不太会读书的学渣味道……可是，万一是宝宝跑到我梦里来告诉我的呢？似乎也该尊重他们的意见啊。

"宝宝都没有，怎么跑到你的梦里去。"大概是被她带偏了，连傅展行也用上了"宝宝"这种可爱的叠词称呼。

"有道理哦。"裴奚若一笑，"那我放心了。取名这种事，还是交给你吧。"

"嗯，既然没有意外怀孕，不如我们晚半年一年的再要。你觉得怎么样？"他和她商量。

裴奚若想了想，和他想到了一块儿去："好呀，我也想多过一阵二人世界。可是，我们这么甜蜜，真的不会意外怀孕吗？"

他瞥她一眼，已经知道了她的下文："不会。"

她一下泄气，赌气似的说："那还不如让我怀孕算了，换十个月清静。"

傅展行将她揽进怀里，却说起另一个话题："过阵子带你去赛马会，还有旅游，想去哪里？"

她顿时眼睛一亮："真的？我想去海岛。"她受够冬天了，无论是伦敦的潮湿，还是平城的寒风大雪——她迫不及待想奔向热带岛屿的怀抱。

"好。"傅展行答应下来，话锋稍稍一转，眼睛垂下来看她，"那还想清静吗？"

裴奚若只迟疑了一下，就很狗腿地摇头："不想，不想，都听傅总的。"

——所以，后来，关于傅成蹊小朋友晚了半年入学，导致遇到一个穷追不舍的小女朋友这件事，这对沉浸于甜蜜世界的父母，要负很大责任。

傅展行本想在冬日里，带她去南半球海岛度假。不过，计划赶不上变化，他们将成行时，傅氏却在谈一个极为重要的收购案。

等忙完，已是六月。

出发去海岛之前，裴奚若与"Wink"合作的那款T恤也恰好上市。统一的白色底，上面印了一行字母，色彩浓烈，完美迎合了如今正盛的国潮风。

T恤刚面市，便刮起一阵流行个性的狂潮。

"Wink"官方微博提到裴奚若时，不少人觉得这个名字十分眼熟。网友跑到她微博一看，有关的记忆纷纷涌来，顿时又掀起一轮热度。

网络上讨论如潮，裴奚若却在睡觉。

醒来之后，她挑了套鳄梨绿的比基尼，准备下水游泳。再看一眼傅展行，他依然穿着一件薄薄的白衬衣、简单的黑色西裤。

裴奚若从行李箱里找出一件白色T恤——正是她设计的那款。这款T恤不分男款女款，"Wink"那边送来样品时，她特意还要了一件大码的。

"傅总，我们穿情侣装呀。"裴奚若笑眯眯地把小的那件往身上一套，推他进衣帽间，把另一件塞给他。

傅展行出来时，她眼前一亮。

男人一贯以来都是西装革履，以至于让人忽略了，他这样的身材，其实穿什么都有味道。

"你画的是柿子？"傅展行示意她看衣服上的图案。

"这是怎么看出来的！"裴奚若惊了。网上好多人猜来猜去，都没猜出这是抽象版的柿子。当然，这也是她设计时故意为之。他一个不怎么欣赏画作的人，居然能看出来啊。

傅展行拿过她的防晒帽，扣在她的头上："心有灵犀？"

裴奚若八爪鱼似的挽住他的手臂："老公好厉害。"

这身休闲款衣服，虽然不符合傅展行一贯的风格，不过，穿上它的确很适合走在沙滩上。两人牵手漫步，傍晚时分，日头未完全落下，海上一片金灿灿，极其漂亮。

这座岛屿隶属私人，并未对外开放，沙滩定时雇人维持保养，很是干净。裴奚若赤足踩在浅水区的沙滩上，绵软得仿佛要陷下去似的。

傅展行牵着她，另一只手帮她拎着拖鞋。她忽然“啊”的一声，像是踩到了什么东西，连忙蹲了下去。

他立即弯腰查看。她却一仰头，露出坏笑，将他拉进了水中。

他跌下去那一刻，海水早已被阳光晒得温热。她恶作剧得逞，水珠在脸上滚落，笑得肆意又灿烂。他起身后，也不由得笑起来。

相比寒冷的芬兰，炎烈的海岛才是她的世界。而他被她一下拽进她的世界中，心甘情愿，就此沉沦。

[第九章]

乐园

• • •　　• • •　　• • •

BU MAN NI SHUO

“臣服于奚。”

再回到平城，又是一年夏季。

裴奚若照例回明山墅避暑，傅展行在这里也给她做了间工作室，有整面的窗户，可以看到极佳的景致，放眼望去，全是怡人的绿色。她觉得，连在这里画出的作品，都变得佛系了起来。

十二月末，落初雪这天，裴奚若到机场接简星然。

这年，简星然在集团内又升一级，成了集团酒店平城区域的负责人，如今手续办完，她正式报到。这意味着，以后两人可以像从前那样常常见面了。

裴奚若早早知道这个消息，兴奋得不得了，带她来家里吃饭。

两人刚进门，走了几步，便听到了动静。似是有两人进来，站在玄关处交谈，依稀能听到什么“发射”“星链”等词汇。

“应该是傅展行和随叙。”裴奚若道。

临近年末，傅展行的忙碌程度非比寻常，但他能早些回来的日子，都会尽早回来。随叙则孤家寡人一个，于是，两人常常聊着公事，聊到家里来，顺便一道解决晚餐。

“随叙？他也要来？”简星然一下瞪大眼，看表情，绝不是惊喜。

裴奚若有些讶然：“怎么了，他不是你男神吗？”

简星然和那位游戏里的大神的事，其实是件乌龙。概括来说，就是随叙登了妹妹随澄的号，带她打了好一阵子的游戏。所以，她心生倾慕的那个人，从始至终都是他。

知道这个事时，裴奚若还觉得挺圆满的。在她看来，随叙和简星然的外表分别属于潇洒公子与随性少女，很般配。

“得加个过去式，他前几天把我拒绝了，我还没来得及和你说。”简星然到底是简星然，说起这话时，丝毫没有失恋者的悲伤情态，只是阐述一个客观事实般，“他说喜欢温柔一点儿的女生。”

“然后呢？”

“我给了他一拳，扬言让他再也见不到我。”简星然顿了一下，“所以情况就挺尴尬的，这不是又碰上了吗？”

眼下让她离开这里肯定来不及，裴奚若只好将她藏在房间里。

裴奚若收拾了一下，笑吟吟地出现：“老公，你回来啦。”顺便，她余光一扫，对随叙翻了个白眼。

随叙脚步停下，在想这是不是错觉。

往里走了几步，裴奚若又拉长语调，对傅展行道：“对了，老公，我刚不是和你说，简星然也要来吗，但是她突然有事回去了。所以，晚餐，就我们三个吃吧。”

她又扫向随叙，想看看他有什么反应——好像神色有一瞬间的异常？

裴奚若还没来得及仔细辨认，忽然觉得一股强烈的恶心感直冲上来，忍不住干呕了好几下。傅展行立即揽住她，轻拍她的背。她这天没吃什么东西，干呕到头晕眼花，也没吐出什么东西来，难受得泪花在眼眶里打转。

“怎么回事啊……”她抬起头，嗓音也瞬间虚弱了很多。

“休息一下，”傅展行扶着她到沙发上坐下，又递给她一杯温热的水，“我带你去医院。”

其实，他已隐隐有了猜想。

裴奚若点点头，第一次干呕难受成这样，她这会儿有种浑身力气被抽干的感觉，思维都迟钝了，勉强喝了两口，感觉那股恶心感又泛了上来。

随叙联系了司机，傅展行则扶着裴奚若进电梯。为了避免对胃部的刺激，他没有抱她，一路轻轻给她顺着背。

电梯内飘着一股淡淡的熏香，裴奚若闻了，更是头脑发昏，恶心感一阵一阵的。她难受地靠在傅展行的肩头，任他按摩着她的指尖。

饶是路上已经有了猜想，可等真正坐在休息室，看见护士送来的检测报告时，裴奚若还是有种不真实的感觉。

这阵子，她明明没有其他症状，只是今日突发干呕。可那明显高出正常值一截的数值，分明代表着，她有宝宝了。

这晚，事发突然，裴奚若先是干呕得浑身无力，脑袋发昏，后来，又被怀孕的事当头砸下，冲击了好一阵。她总觉得，自己忘记了什么，但又想不起来。

直到回到家中，她看见沙发上各据一端、客客气气的一对男女，那种被笼罩在迷雾中的感觉才突然消散——是她忘了，那时简星然还躲在家里。

简星然之所以会撞上随叙，主要还是怪她自己耐不住性子。

半小时前，她左等右等，没等到裴奚若发来消息，便猫着腰走出房间想看看。结果，她刚一露头，就被一个机器人逮住了。那东西在黑咕隆咚的夜里凭空出现，眼里还冒着诡异的蓝光。

“妈呀！”简星然吓得在原地蹦起来，一下子抱住了身边的花瓶。悬着的心还没落下去，瞬间又被提高了一点儿，她差点儿把自己吓死。

她看到，男人单手插在西裤口袋中，正看着这边。虽然对方只字未问，还很给面子地没笑出声，但她还是恨不得立马逃出这个美丽的星球。

她这天是刚下飞机，素着一张脸，怎么舒适怎么穿，身上穿了件大羽绒服、灰色卫裤，头发没洗，刘海用一个夹子夹在额前，其余的头发披散在两肩。加上躲着他不见的行为……一瞬间，前几天她立的那个一拳潇洒挥别爱情的人设全部化为了泡影。

为了保住这个人设，简星然故意坐上沙发，佯装自然地跟随叙聊了半个多小时。这会儿一见到裴奚若，她如蒙大赦，立即站起来迎过去：“怎么样？”

裴奚若把这个好消息告诉她。

“真的啊！”她眼里闪着兴奋的光，“那我岂不是很快可以做干妈了！”

“还早呢，给你预留着。”裴奚若笑眯眯的。

简星然：“刚听说你吐了，好点儿没？”

“现在不怎么难受。”

一不难受，裴奚若就很有精神。而且，这个宝宝来得也不算意外。

她和傅展行自上个月开始，就没有采取措施了，算是将“造宝宝”正式提上了日程。方才在医院，她拿到报告单后说的第一句话，就是惊叹他好有效率。

傅展行却没有像她那样眉开眼笑。他脑海里，满是方才她干呕的样子。

她不受控制地干呕，站都站不稳，眸中也蓄满了生理性的泪水，看起来那么柔弱、憔悴。如果可以重来一次，他舍不得要她生一个孩子。

这晚，两人相拥而眠。裴奚若搂着他的肩，很是得意：“现在你不能把我怎么样了。这就是母凭子贵吗？”

“说错了。”傅展行纠正，而且，她才是始终最珍贵的那个。

“不管，反正你不能动我。”她只认准这一个重点。

他亲了亲她：“不动你，睡觉了。”

这会儿夜深了，小雪悠悠地从夜空中落下，躺在床上看出去，有种静谧的美，室内温暖如春。裴奚若安心地被他搂在怀里，一夜好眠。

孕期的裴奚若被照顾得很好。度过了最初吃什么吐什么的阶段后，她身体圆润了很多。

傅展行找来各种育儿书籍，工作闲暇之余，会拿出来看。他看书的速度很快，却不是走马观花，连孕后期按摩防水肿的手法，都按教程学了个十成十，对她很有效。

相比之下，裴奚若只负责吃吃喝喝、睡懒觉，当然，还有不可或缺的简单锻炼。

这方面，傅展行精密得像个机器人，她撒娇耍赖，只有很小的概率有用。他出门上班，还会调整星期五的模式，让它变成冷酷无情的监视器。

某天，裴奚若想偷吃一个冰激凌，便盖住了星期五的眼睛，自以为万无一失。不料，男人的嗓音还是从它的身上传了出来：“昨天不是刚说肚子痛？”她吓得冰激凌都掉了。

后来，她才知道，星期五的“眼睛”只是个装饰，真正的摄像头，安装在它身上别的地方。至于安装在哪里，她百般努力，也没从傅展行口中套出话来。

在这种规律作息下，她次次孕检，医生都很满意。

裴奚若却不太满意。某天，她照镜子时，发现自己脸上居然长了很浅很淡的几个斑点，顿时觉得天崩地裂，有种被毁容的感觉。

傅展行很快发现，早上刷牙时，裴奚若不再照很长时间的镜子了。

他问起。她难得有一点儿小脾气：“有什么好看的，又不美了。”她曾经引以为傲的无瑕疵的好肌肤，就毁在了这几个斑点上。

傅展行揽过她的腰，不觉得有什么区别：“哪里不美了？”

“哪里都不美了。”

裴奚若是真的有点儿失落，半是因为孕期激素增加本就容易导致心态起伏，半是因为，她原先真的好自恋。现在，她连自恋的底气都没有了。

“如果你一直见到的是这样的我，一定不会爱上我。”她像一朵被雨水打进泥里的小水仙，彻底蔫巴巴了。

傅展行好笑道：“你都在想些什么？”

他带她去问了医生，说斑点的出现是正常现象，等生了孩子，它便会自动消去。这话，裴奚若听完，本应振奋起来。可是，她依旧提不起劲。

直到车子停在一家独立摄影工作室的门口。裴奚若起初没认出来，还是沈鸣在旁边提醒了一句，她才想起，这是和傅展行拍结婚照的地方。

“干吗呀？”她有点儿好奇。

傅展行却径直带她走进去：“拍照。”

摄影师对他们印象深刻。一方面，他们男俊女美，让人想记不住都难。另一方面，他对这两人的“塑料”夫妻情记忆犹新。

结果，这天，他们又是来拍结婚照的。

不光摄影师一头雾水，连裴奚若也全程发蒙。好在，面对镜头时，她依旧弯起唇来，笑得很美。

新的照片，两人之间没了原先那种假惺惺的气氛，神情自然又甜蜜，再也不是演出来的了。

裴奚若把照片拿到手中，看了又看。她发现，红底白衬衣，衬得她容色艳若桃李，依旧很美。

“你看，没骗你。”傅展行从身后揽住她。

裴奚若受打击很快，这会儿恢复得也很快，若有所思道：“看来是我们家里的镜子出了问题。”

“嗯，回去就拆了。”他很有昏君的风范。

裴奚若靠在他的怀中，弯唇一笑。

“不过，拍点儿别的照片不好吗？这个证件照，都不可以摆姿势。”她的自恋之魂重新回到身体，开始挑三拣四。

他道：“不好。”

“为什么啊？”

“因为这样，等于重新娶了你一次。”

这一次，他们都很乐意成为对方一生的伴侣。

漫长的孕期过后，终于到了预产期。九月一日，裴奚若顺利诞下一名男婴。

学生时代的她，曾对九月一日深恶痛绝、瑟瑟发抖。没想到，兜兜转转，她竟还是免不了在这日受苦。

唯一值得庆幸的是，过程很顺利，她没有痛太久。

傅展行推掉了所有工作，全程陪护在外。他原本想陪产，她坚决不同意。他没有去休息室，而是坐在离产房最近的长椅上，她痛了多久，他就焦灼了多久。

连二伯母都觉得稀奇，要知道，傅展行一直是个很能克服焦虑、恐惧等负面情绪的人，她还是第一次看到他这样。

裴父裴母也从申城专程赶来。几位长辈在一旁聊天，缓解自己的牵挂、担忧。

傅展行始终沉默。产房门被打开时，他大步向前，牵住她的手。

护士深知这一家的背景，面对傅、裴两家的长辈，笑容满面地将孩子抱了出来：“恭喜各位，是个男孩，六斤八两。”

裴奚若又累又困，眼皮都睁不开。方才在产房中，护士抱给她看时，她也只大概看了一眼，根本没瞧出什么来。这会儿，她倒是勉强集中精神，看仔细了。

在她的想象中，父母颜值都这么高，生下来的宝宝必定不赖，也许，宝宝刚出生就是个粉雕玉琢的小帅哥呢。

可谁知，她这一眼看到的是个皱巴巴、红通通的肉团，别说粉雕玉琢，连五官都看不出是好还是坏。她顿时泄气，两眼一翻：“我睡了……”

傅展行心疼又好笑，吻在她的额角，唇沾到了咸涩的汗水。

他低声道：“睡吧，若若。”

虽然出生时遭到了妈妈的嫌弃，不过，傅成蹊小朋友似乎先天就有一种不服输的精神，愣是在三个月后，就扭转了之前给人的印象，眉眼清俊，好看到可以去拍婴儿用品广告。

等两三岁时五官再长开一点儿，他已是个俊美的小帅哥了。

他长得更像傅展行一点儿，小小年纪，骨相清俊，气质淡定。

裴奚若一开始很满意，男孩子嘛，从外貌到性格都像傅展行，证明他将来也会是个靠谱的男人，如果像她，说不定就会变成祸害小姑娘的风流浪子。可是，随着傅成蹊小朋友年龄渐长，她的神色越来越凝重了。

傅展行问她原因。裴奚若望着在专心致志组装机器人的傅成蹊小朋友，忧心忡忡："我不会生了个小和尚出来吧？"

不怪她有这个担忧，毕竟，傅成蹊小朋友年纪尚小，已将"不近女色"这一条贯彻得十分到位。

某个幼儿园家长开放日，裴奚若与傅展行一同前往。她发现，傅成蹊班里，有许多漂亮可爱的小女孩。自由分组活动时，那些小女孩全都凑过来献殷勤："傅成蹊，你和我去玩吧。"

"和我去吧！"

一只只小手伸过来，一个个笑容像花一样甜美。

裴奚若眼睁睁地看着他一个个淡定地回绝。

"谢谢，我不喜欢画画。"

"谢谢，我不想玩积木。"

他唯一一次答应，是有个小女孩另辟蹊径，想要和他一起组装机器人。他点头："好。"

结果，其他小女孩也纷纷效仿，呼啦一下围成一大圈。小女孩们叽叽喳喳，欢呼雀跃，傅成蹊小朋友在一片"花丛"中，时不时要回答她们遇到的各种问题，甚至动手帮她们组装。

换作另一个同龄小男生，他的小辫子都要翘上天了。然而，傅成蹊小朋友却时不时地看向老师，目光里隐含着对活动结束的期待。

"你小时候也这样吗？"裴奚若不由得问身旁的男人。

傅展行看了片刻："他比我有耐心。"他遇到一群拥过来的小女孩的话，早就一个人走远了。

好吧，这是遗传无疑了。

裴奚若又看了眼傅成蹊。他向来清俊稚嫩的脸上，有几分无奈，虽然依旧在帮她们组装，但可能灵魂已经走远了。

裴奚若原本以为，直到自由活动结束，傅成蹊都会保持这个被迫营业的状态。可下一秒，意想不到的事情发生了。

有个极为漂亮的小女孩，身后跟着好几个小男孩，趾高气扬地出现在了他们的桌边。那小女孩长发扎成马尾，垂在挺拔的腰背上，仿若天然带着一种小女王的气场。她眉眼稚气，却不难瞧出明媚之色，自带光芒。

她像只小天鹅，昂首挺胸，一路走到傅成蹊的面前。

“傅成蹊，三天到了，你到底考虑好没，要不要做我的骑士！”

在幼儿园里的这半天，裴奚若已见识过班中小女孩种种献殷勤的方式。比如，趁老师不注意，她们偷偷把小点心塞给傅成蹊。再比如，他走到哪里，她们就跟到哪里，寸步不离。

只有这个明艳、霸道的小女孩与众不同。没看错的话，她刚才一直和另几个小男孩在室内攀爬架子，玩够了，才拍拍手，朝傅成蹊走过来。

一开口，她就要他做她的骑士。那骄矜的眉眼，不可一世的态度，几乎让人生不出拒绝的勇气。

裴奚若看到，傅成蹊放下手里的机器人零件，嗓音平淡：“不要。”

“好，那我再给你三天时间，你可要想清楚了。”小女孩也不纠缠，爽快地抬起手，对身后的小男孩们一招，“我们走！”

那几个小男孩一下子松了口气，拔腿追上去，不忘煽风点火。

“李琢言，我早跟你说了，他不会答应的！”

“就是，你以后都和我们玩吧，不要理傅成蹊了。”

“……”

那个叫李琢言的小女孩站定了，将眉一挑，多了几分稚嫩的英气：“不行，我就要傅成蹊做我的骑士！”

“为什么啊？”

“他最帅啊。”

他们顿时像霜打过的茄子，不说话了。

这时，旁边有一位年轻妈妈笑眯眯道：“小琢言，看到那边了吗？那是傅成蹊的爸爸妈妈，要不要过去打个招呼？”

李琢言看过去，就看到一对俊男美女，不愧是傅成蹊的爸爸妈妈。

裴奚若笑眯眯地朝她招了下手。她毫不怯场，立即跑过来，鞠了一躬，笑得稚气、甜美：“叔叔阿姨好！”

人与人之间讲究眼缘。那个叫李琢言的小女孩，就很合裴奚若的眼缘。

开放日，幼儿园提供午间餐食，裴奚若注意到李琢言的爸爸妈妈并没有来，于是，将她叫过来一起吃。她丝毫不扭捏，脸上洋溢着笑，说了声“谢谢”。

她登场时虽然一副骄纵小公主的派头，实际上对傅成蹊却没什么死缠烂打的行为。两个小孩坐在一块儿，只是静静地用餐。

裴奚若回家之后，百思不得其解。

“我觉得她很可爱呀。傅成蹊，你不觉得吗？”

傅成蹊在拆一本新的植物图鉴——是傅展行买给他的。

他把书放下：“觉得。”

哦？看来不是个小假正经嘛。

裴奚若疑惑道：“那你怎么对人家那么冷淡啊，都不和她一起玩。”

傅成蹊：“和她一起玩太麻烦了。”

“怎么啦？”

“她有十七个小骑士，”傅成蹊顿了下，眉头略略皱起，“很吵。”

傅展行自家长开放日结束后，就去了公司开会，他之前腾出大半天的时间参加活动，晚上不免多忙了几小时，这个点才到家。

他拿过裴奚若手里的毛巾，她仰躺在床上，享受着他的擦头发服务，惬意地眯起眼。

她把傅成蹊的烦恼转述了一遍。

据说，起因是之前某次文艺会演。李琢言作为班上的颜值担当，被选为小主持人。男主持人的名额，因为傅成蹊不感兴趣，便自动落到了名叫豆豆的小帅哥身上。会演那天，李琢言一身白色蓬蓬裙，像公主一样美。

然后，豆豆连续好几天玩什么都和李琢言在一起，走路恨不得插上大尾巴摇一摇。

结果，其他小男孩很不满，体育活动时，他们恰好看上了同一个球，谁都不肯让。新仇加旧恨，他们干脆打了一架，被老师狠狠地批评。

李琢言听说了，不以为意：“这有什么好打的，大家都是好朋友。”

“他们算骑士吗？能保护女生的那种骑士。”有小朋友出来讲话。

“那就做我的骑士吧。”李琢言懒得思考，大手一挥，对一众小男孩说，“你们以后都是骑士，大家一起玩，就不要打架了！”然后，她就开启了在幼儿园前呼后拥的小公主般的日子。

……

头发上的水差不多擦干了，裴奚若将手指往后伸，顺着他的手腕摸上去。她忽然坏笑：“我们儿子，都快青出于蓝了。”

傅展行扣住她的手，将她拉起来。他眸色沉沉，吻在她的耳际，一点儿点儿地往下。

这年，男人已过了三十岁，可长相依旧清俊。

裴奚若很快就无力承受。她忽然一惊，明白了他今日不太温柔的力道因何而来。

是因为……“青出于蓝”这个词……让他想起了她的“八个前男友”吗？

完蛋。

傅成蹊上小学这年，恰逢裴奚若的画入选国内某著名拍卖行。

在过去很长一段时间里，版画因其可复制性，一度被认为不具备较高的收藏价值。后来随着另一些观念的渗入，收藏家们才逐渐改变了看法。这些年，也有不少版画以高价成交的例子。

最后，裴奚若的画的成交价格高得令人不可思议，而且，买受人是她的忠实粉丝，并非傅展行请的托儿。

她更加愉悦，掏出卡来，请他吃饭——虽然最后刷完卡，照例是他的手机上跳出银行通知。

这次拍卖会过后，裴奚若的知名度又上了一个新台阶。

当年她因为颜值博主的身份，没少被批评浮躁、博人眼球。可随着时间的推移，这种声音便少了很多。剩下的，则是网红圈里那些酸溜溜的人。

她们平日里就是一群“塑料”姐妹，看到裴奚若嫁进名门，都等着看她的笑话。结果，她们左等右等，等到的却是她办画展、与国内知名潮品牌合作、接连不断地接受采访、画作被选入拍卖行……人生顺风顺水，毫无阻拦。

更可气的是，有一段时间，裴奚若在网上销声匿迹，连画作都没怎么发布。

众人还以为她“凉”了。结果，冷不丁有消息传来，裴奚若竟然是生孩子去了。带来八卦的人像是生怕她们不够嫉妒，还绘声绘色地描述了傅展行对她有多好，傅氏送了多少名车豪宅给她。

大多数人真心艳羡，经过这么些日子，也慢慢打消了攀比的心。却依然有一些人不甘心，其中，林菲儿就在网上买了通稿，暗示裴奚若婚姻不幸。

她从小就被家人把她和裴奚若放在一起比较，对裴奚若的嫉妒早已非常浓烈。这些通稿用了些“春秋笔法”，没真正爆料，可字里行间透露出一种知情人的语气，一度传得有鼻子有眼。

年初，傅展行接受某财经杂志采访时，破天荒地回答了一个私人问题，承认了孩子的存在。他本就因颜值出圈，这个消息被媒体一放出来，瞬间就席卷了网络。

网友跑到裴奚若的微博下，纷纷打卡。

“祝幸福！”

“从傅总的采访那里过来的，啊啊啊，仙仙也太好看了吧，怪不得傅总说起你和宝宝的时候在笑啊。呜呜呜，心脏受到了暴击。”

“……”

因为这个采访，之前网上关于两人感情破裂、已经在办离婚的谣言不攻自破。

裴奚若向来不在乎这些闲言碎语，不过，傅展行偶然听说后，倒是让法务将造谣的人揪了出来，诉诸法律。

于是，没几天后，裴奚若就接到了林菲儿泣不成声的道歉电话。

傅成蹊读小学之后，性格更沉静了。

裴奚若之前还想，他这样会不会交不到朋友。结果，她发现，虽然他不怎么讲话，可并不是独来独往的。

他身边有很多聒噪的小伙伴，都爱和他一起玩，其中就有随叙和简星然的儿子——随迢。

随迢的名字大有深意。据简星然说，随叙原本有感于自己“拒妻一时爽，追妻路漫漫”，取了个简单粗暴的“难”字。后来才用了“迢”字，意为“远”，不仅侧面反映出自己追人的艰辛，还暗藏“路漫漫其修远兮，吾将上下而求索”的含义。

“好有文化。”裴奚若听得一愣一愣的，“谁取的呀？”

“我爸。”简星然道。

简老爷子确实像走这种文学风路线的人。

说到这个，裴奚若忽然想起，自己还不清楚傅成蹊名字的由来。

倒是有个八字成语，叫“桃李不言，下自成蹊”，寓意非常高尚、美好。

当时，她以为就是这个意思。谁知，傅展行的回答，却是否定。他让她自己想。

裴奚若三分钟热度，没想出个所以然来，一不小心就忘了。

这天，她赶紧趁着还记得，立刻发消息问傅展行。

男人大概在开会，没有立刻回复。

等裴奚若和简星然看完电影，放映厅内光线骤然亮起的那一秒，她拿出手机，恰好瞥见屏幕亮起。

“臣服于奚。”

她抑制不住，嘴角弯起来。

在傅成蹊三年级这年的暑假，有两件事发生。

第一件，是他作为本校数学尖子生，入选参加本省中小学数学竞赛，即将去邻市，进行为期一个月的封闭训练。

当年，裴奚若和傅展行签婚前协议书时，曾悄悄恐吓他，说以后两人的宝宝怕是会智商很低。

幸好，傅成蹊大部分随了傅展行。他不仅记性好，脑子也很活跃，数学思维能力更是高出高年级学生一大截。他就像是傅展行小时候的翻版，却比傅展行幸运得多。

因为，傅成蹊小朋友有个完美幸福的家庭。他得以自由驰骋在数学的海洋中，领略它的魅力。

同样在“领略数学魅力”的，还有李琢言。两人似乎有种不解之缘，从幼儿园到小学，都在同一个学校。

不过，李琢言现在对他们的兴趣不大。她天天追着傅成蹊，说着各种花言巧语，想拐他回家。

傅成蹊幼儿园时不为所动，眼下，更不会被迷惑。李琢言干脆迂回作战，发奋学数学，和他一起进了集训营。毕竟，三年级的奥数题，对于聪明的孩子而言，并不算很难。

送傅成蹊上集训营的大巴时，裴奚若看见，李琢言早早占好了前排的位子。她头上戴着一顶白色棒球帽，笑得像花儿一样灿烂：“傅成蹊，坐在这里不会晕车！”

傅成蹊背着包，脚步稍顿，还是在她旁边坐下了：“谢谢。”

——虽然他不晕车。

将傅成蹊送进集训营之后，傅展行要去芬兰出差。裴奚若正好想给自己放个假，于是一同前往。

上次来芬兰，就在一年前，不过让她印象最深刻的，还是第一次跟傅展行来的时候。

处理完公事，两人去拉普兰那片密林故地重游。

芬兰正处于极昼期，风景与冬季大为不同。这里阳光明媚，密林是浓郁的绿色，那幢蓝色小木屋暴露在阳光中，像是被晒得褪了色。这幢小屋，前几年被傅展行买下，也有了更优质的通信网络，完美满足了裴奚若当年随口胡扯的愿望。

他还请建筑工人进行了一点儿改造。第二层的斜坡顶上开了扇大天窗，人可以从屋内的梯子爬出去，坐在斜坡房顶上看风景。

太阳下山之后，傅展行率先上去，然后，回身将裴奚若也拉上去。

两人坐在屋顶，眺望不远处的碧蓝湖水，手边还放着由黄莓和北极莓酿造的利口酒。傅展行不喝酒，裴奚若就喝一口咽下，再带着一点儿酒的香甜气息去吻他。

广袤的天空，将两人的身影尽收眼底。

这个七月，还有第二件事。

他们落脚小木屋的这天，恰逢风展科技的“Paradise”计划大获成功，数千颗低轨道通信卫星已经进入太空，将提供更为快速的通信网络服务，亦在竞争中夺得先机。

这是傅展行一手推进的战略性计划。当年，负责的总工程师是个颇有浪漫细胞的中年男子，给计划起名时，说：“就叫 Paradise 吧，乐园。”

“想不到，理工科男也这么浪漫。”裴奚若靠在他的怀中，呼吸都带着酒味，她仰头看他，狡黠一笑，“不过，我觉得他说得不对，乐园没在天上。”

傅展行扣着她的手，认同地一笑：“嗯。”

——而在此刻，他们的身边。

[番外一]

青涩

· · ·　　· · ·　　· · ·

BU MAN NI SHUO

今天之后，你甩不掉我了。

李琢言和孟森夏从便利店出来，恰好看到一辆大巴驶入校园。正是盛夏时节，阳光照在香槟金的车身上，几近灼眼。

李琢言抬手稍微遮挡了一下，往那边看去。

大巴停在升旗广场。车门打开，一个戴眼镜的男生斜背着书包走下来，然后陆续有人下车。

“是竞赛班集训回来了吧？听说这次题难到变态，好几个名校的学生大混战，不知道最后能选上几个。”孟森夏看热闹似的望了望，扭头道，“你要去找傅成蹊吗？”

李琢言撕开甜筒的包装，一圈包装纸打着卷地落下。她转了转甜筒，脸上露出一个漂亮的笑：“不去，我在这等他。”她像是已布好天罗地网，只待他一头撞上来。

孟森夏看得移不开目光。这是个连上课睡觉都漂亮的美人，何况此刻，她懒懒地倚在便利店玻璃门边，容色明丽。碎金样的阳光在她的裙子上跳跃，一双笔直的长腿白得晃眼，吸引着无数男生频频看来。

和她做了一周的同桌，她们上课、吃饭、买东西都形影不离。

不过，孟森夏深知，她们并非一路人。比如此刻，李琢言可以毫不在意地逃掉午休。

没等一分钟，李琢言果然看到傅成蹊往这边走来。少年穿了件白色短袖T恤，腕上一块黑色尼龙带手表，眉目干净清晰，在一片烈阳下，远远瞧着，很好看。

李琢言扬起明媚的笑意，刚想蹦过去打招呼。就在这时，他身后跑来一个女生，气喘吁吁地叫：“傅成蹊！”

傅成蹊停住脚步，回头。

“刚才高老师说的那道题，等会儿能给我讲讲吗？”女生跑近了，拢了拢长发。

傅成蹊问：“哪一道题？”

“无限整数序列那道。”女生这才意识到自己没说重点，阳光下脸有些红。

他点点头：“好。”

“太谢谢了，刚刚上课时我有点儿走神，没认真听。”

“不客气。”

“你要去买东西？”女生又问。答案显而易见的问题，傅成蹊还是应了声，往便利店看去。

门口空荡荡的，刚才倚在玻璃门边那个笑靥如花的少女，像是短暂出现了一瞬又很快消失的妖精。

大巴从集训营回来，开了三个多小时。和以往一样漫长的车程，为了驱散困乏，傅成蹊下车后第一件事，总是去买冰水。他像一台精密仪器，习惯一旦形成，就很少改变。

李琢言摸出这个规律之后，倚在他的桌边，坏坏地笑："傅成蹊，下次我就在你必经之路上蹲点了。除非你想上课睡大觉，不然，还是得和我见面。"

傅成蹊放下笔："我没说过不和你见面。"

"那就是准备从了我？"她眼睛一亮，身子跟着倾过来。

这是个不讲逻辑的对手，从幼儿园两人相识起，她就花式下套，把"从了我吧"当成了口头禅。他越搭理，她越来劲。

傅成蹊往后一靠，视线从窗边扫过："'阎王'来了。"话落，班主任闫信德果然迈进前门，视线第一时间扫向这边。

"阎王也救不了你，你注定要败在我的手下。"李琢言龇牙一笑。

话是这么说，不过下一秒，她还是像只花里胡哨的小蝴蝶，快速地飞回了自己的位子。

高二（16）班有两大话题人物。一个是英俊沉稳、竞赛奖牌拿到手软的天之骄子傅成蹊，另一个是张扬俏皮、以外貌出名的艺术生李琢言。他们的名字，也巧合得像出自同一人的手下。

闫信德接手这个班时，出于班主任的敏锐，将两人的座位调开，彼此离得最远。可惜，李琢言长了腿，下课动不动就跑到傅成蹊的桌边。

刚开学那阵子，班里的女生对此很不屑。她们是来好好读书的，像她这样成天缠着帅哥，像什么样子。有知道内幕的同学悄悄透露："李琢言纠缠了傅成蹊很多年，一直被拒绝。"

听说了这个后，有人心里舒坦了不少。

李琢言才不管他人怎么想，兀自乐在其中。

只是，今天有个小意外。她吃着冰激凌，小腹忽然一阵绞痛，一股热流流下。她连忙逃回寝室，哪还顾得上招惹傅成蹊。

这样潦草收尾，李琢言当然不甘心："你下车时没看到我，是不是很失望啊？"她斜靠在他的桌边，笑眯眯的。

傅成蹊翻开一本新的竞赛题集，他的字笔锋遒劲，就连简单在题号上打个钩，都别样好看。他边打钩边道："不失望。"

"别这么说嘛，"李琢言清了清嗓子，循循善诱，"你要坦诚地面对自己啊，我追着你跑了这么多年，你怎么还这么冷淡。"

斜前座有男生扭头看过来："李琢言，你搞错逻辑了吧。"

"赵初阳，闭嘴。"李琢言凶巴巴的。

赵初阳做了个鬼脸，转过去了。她干脆坐在赵初阳旁边，侧身专注地看傅成蹊，笑意堆满一张脸："你在干什么？"

傅成蹊耐心地回答："挑同类型题。"

"我一看到数学就头大，只有你会喜欢。"

"我记得你以前也喜欢。"

"那都是小学时候的事了，"李琢言扫了题集上的复杂图形两眼，语调坦然而欢快，"知道自己不是那块料，就趁早从歧途离开啦。"

这想法倒是对。傅成蹊点出："你现在……也是误入歧途。"

"不。"李琢言弯了下眼睛。

她不是多妩媚的长相，眼下有恰到好处的卧蚕，双眼明亮又甜美，可眼珠转啊转，总能增添那么几分灵动的风情，让人无法招架，像是下一秒就会被她拉进旋涡。

傅成蹊的笔尖顿了顿，在纸上留了个偏深的点。李琢言身边从不缺男生围绕，却总是来骚扰他。

这悠久的历史，可以追溯到幼儿园。那时，她就成天集结一帮小男生，对他威逼利诱，要他做她的第十八个骑士。后来，两人进了同一所小学、初中，直至高中再度同班，她收敛了几分刁蛮之气，却更加无孔不入。

有时候两人说着话，她上一秒手掌扇着风："今天真热。"下一秒她就可能扭头对他道，"不如你就从了我吧？我罩着你！"

傅成蹊从一开始的震惊，到面无表情，淡定以对。慢慢地，他总结出，这只是一句没有实质意义的口头禅。她曾经对另外十七个小男生也这么说。只不过，因为他没答应，她才挂在嘴边这么多年——大概是因为不甘。

平城八中作为市内屈指可数的老牌名校，历年高考不仅文化课成绩喜人，还往各大高校输送了不少优质的艺术特招生。

不过，艺考到底仍属小众选择，尤其在这样一所竞争激烈、尖子生不是被保送出国就是考取省市状元的名校里，更不被家长们所看好。

桓红雪就是这些家长中的一员。李琢言则是坚定地选了舞蹈的那个艺考生。两人之间的战争旷日持久，最后以李琢言瞒天过海通过中考特招，录取通知书被送到家中那一刻才分出胜负。

此后一年，桓红雪没给过她好脸色。这天，她打来的电话依旧保持了一贯的风格，就是冷冰冰的通知：“周末和我一起去许家吃饭。”

李琢言斜靠在楼梯拐角处的窗边，手指绕了下发梢，语调轻快：“看样子，我很快又要有新继父啦？”像是踩到对方的痛处，电话被突兀地挂断。

李琢言耸了耸肩，满不在乎的样子，把手机收起来，还吹了声口哨。

她刚抬眼，便撞见一个人影。傅成蹊一身校服，站在不远处的台阶上。八中的校服是为广大学子所诟病的运动款，傅成蹊穿这一套，清秀俊美，身姿挺拔，反倒成了力证校领导审美的代言人。这种赏心悦目的风景，很好地抚平了心头那一点儿情绪，李琢言的笑容一下灿烂起来，抬手打招呼：“嘿！”

傅成蹊对她点了下头，没说话，却并不显得失礼，视线投过来，短暂停了一两秒，才自然地错开，温和而有教养。

李琢言一下蹦上台阶，主动开启话题：“你去干吗？”

她像是要直接扑过来，傅成蹊不动声色地往后退了一步，才答：“上课。”

她假装没注意到：“哦，我听说，你们这次集训营讲的题目很难，前几名的人才有资格入围省赛吧？”得到他的默认，她眨了眨眼，倒是一本正经起来，“加油啊，为校争光。”

傅成蹊轻点了下头：“谢谢。”

两人一个往上走，一个往下走。李琢言边走边咬下腕上的皮筋，将长发高高扎起。落下的黑色发梢打在白皙的脖子上，少女脖子修长，整个人亭亭玉立。

傅成蹊走过拐角的平台，忽然叫住她：“李琢言。”

她一下子扭头，喜上眉梢：“怎么啦？”

“你是不是心情不好？”

李琢言像是没想到他会这样问，怔了片刻，很快被一种得逞的笑意取代。

“傅、成、蹊。”

他预感不妙，略蹙了下眉。果然，她飞快地跑了下来。

“忽然问这个，你是不是在关心我呀？”她一笑，不标准的杏眼眼角上扬，狡黠又带了几分艳丽的风情。

他用拒人于千里之外的冰冷语调说：“不是。”

“你不要害羞嘛，”李琢言倾身凑近，大胆伸手搭上他身侧的楼梯扶手，“我知道的，你是个善良心软的好同学。”

两人离得过近，傅成蹊稍微一低眸，就能对上她挺翘的鼻子。她迎上他的目光，眉开眼笑，将女土匪的形象深刻地演绎到极致。

傅成蹊深深地看她一眼，一言不发，从没被挡住的另一侧楼梯下楼。

“脾气真好，”李琢言看着他的背影，想，“这都没推开我。”

做完形体训练，李琢言回寝室简单冲了个澡，到食堂时已暮色四合，阿姨将盘子收得哐哐响。她点了玉米和白灼虾，刚坐下，冷不防听见一道吊儿郎当的声音。

“我可都看见了啊。”赵初阳端着餐盘，大大咧咧地坐在她对面。

李琢言：“看见什么了？”他扬眉提示，“下午，楼梯。”

她戳了戳盘子里的虾：“让他跑了。”

“他不跑，你还想干什么？”赵初阳好奇道。

“不知道，”她笑得很坏，又偏了下头，“再捉弄捉弄他？”

“得了吧，你也就放放嘴炮，从小就这样，哪正儿八经地欺负过人。”赵初阳丝毫没当回事，用勺子塞了满满一口饭到嘴里。

赵初阳和她从幼儿园小班到高二，一路同班，跟她说起话来，有种旁人难以比肩的自然、熟络。他盘子里的饭菜堆得很满，浓油赤酱，和她的形成鲜明的对比：“不过，话说回来，我觉得你没准还真有希望‘收编’他。”

李琢言挑眉：“哦？哪里看出来的？”他没答，反而抛了个问题出来：“你觉得傅成蹊是个什么样的人？”

她张口道：“心软、温柔、教养好，还有长得帅。”

“基本正确，”赵初阳道，“不过，他对过于热情的女孩子可不这样，一旦有苗头，立即敬而远之。我坐他的前座，见到的可多了。比如，昨天数学课代表给他写了封信，可两人今天再碰面，一句话都没说。”

李琢言咀嚼的速度慢下来：“你想说什么？”

“你是例外。”赵初阳点了点她，“从幼儿园就开始烦他，烦到现在，还能跟他正常说话的女生，除了你，没别人了。”

李琢言看了他好一会儿，似在回忆，末了，忽然道：“豆豆。”

赵初阳鸡腿没送进口中，一秒就奓毛：“别叫我这个名！我是身高八尺的刚猛大汉！”

李琢言哈哈大笑，撑着下巴看他，认真道：“你知道吧，言情文里，点醒女主的这种戏份一般都是安排给女二的。”

“你、你、你，”赵初阳气了个倒仰，“狗咬吕洞宾。”

“哈哈哈。”

隔着一排排长餐桌，远远看去，正值青春的少男少女，似在嬉笑打闹。随迢买好一块烤红薯，朝后门走去。夜色和灯光的交界处，站着一个身材颀长的男生。

“蹊哥，我买好了。”随迢叫了一声，顺着他的视线回头，“你在看什么？”

“没什么。”傅成蹊收回目光，“走吧。”

上着课，天边乌云攒聚，教室里潮气弥漫。闫信德刚讲完一页卷子，冷不丁窗外大亮，闪电伴随着雷声而来，窗框都仿佛跟着一震，继而，大雨噼里啪啦地砸下。学生们朝窗外齐齐探头。

横竖也快下课了，闫信德索性放下手中的卷子，敲敲桌，做了一番安全教育。他时间卡得刚刚好，说完最后一个字，下课铃声正好打响。

“那今天就讲到这里，回家的同学注意安全，留校的同学一定要遵守纪律，请假出校，按时回寝室。”话音刚落，早有积极分子拽着书包一跃而起。班里比室外的雷雨声还要吵闹。

李琢言懒洋洋地站起身，到后面拿扫把。孟森夏有点儿过意不去，都走出了教室门，还是绕回来跟她道了声谢。

“谢什么，我正好缺个晚走的理由。”李琢言觉得她好客气，弯眼笑道，“扫两下而已，很轻松。”

“我下次替你。”孟森夏仍旧不好意思。

李琢言毫不在意：“等我有事，再找你替啊。”

她扎了个简单马尾，穿八中统一的蓝白短袖校服，额头饱满，碎发落在两边，既纯美又有朝气。外头暴雨如注，她站在那里，却仿佛是点亮了一室灿烂的春阳。

她一定是从小泡在蜜罐里、无忧无虑长大的吧。孟森夏拉了拉书包带，不无艳羡地想。

八中每周上五天半的课，周六上午课程结束，准时放学。

李琢言以往都跟家里人说周六下午要补课留校，再从老师那骗一张假条，溜出校门去看电影或在商场消磨半天。隔日，她再去上舞蹈私教课，回校后写几样作业，日子过得无比潇洒。

不过，这招并不会百试百灵。每隔一段时间，桓红雪就会让司机来接她。母女两个回家吃餐饭，没聊两句，就会变成桓红雪一个人的“指点江山”。

“上周我跟你们校长吃了饭，听说这学期有两个转为普通生的名额，你去争取一下。

“跳舞，当兴趣可以，当事业绝对不行，我的态度早就摆明了。

“你的月考成绩排在五百名开外，当务之急是把数学、物理搞上来，周末我给你请个老师，K 大高才生。”

桓红雪扮靠谱家长扮得自我陶醉时，李琢言就坐在对面，猜测她今日用了哪款香水，对应约了什么样的男人，往往还挺准。

天色依旧阴沉，如墨水倾翻，关窗时，瓢泼大雨打在胳膊上，凉丝丝、湿答答的。

李琢言擦掉手臂上的雨珠，掌心一片水渍。兜里的手机震动不知几次，她这才回了条信息，语气无辜：还在值日，走不开，怎么办哪。

桓红雪的电话很快打进来，大概是身旁有别人，语气十分温柔："琢言，让其他同学替你一下不行吗？难得见面，许叔叔和他儿子都在等你呢。"

李琢言凑近，将玻璃当镜子照，答得漫不经心："知道了。"

她拨弄了下刘海，转身。其他值日生早已走了，教室里没有其他人，只有成摞的书堆在桌面上，寂静又空荡荡。桌子下方，是装着书的彩色透明塑料箱。一眼望去，拥挤到无处落脚。

只有两个人的座位例外，一个是她的，另一个是傅成蹊的。

从小时候起，傅成蹊似乎就有某种程度的洁癖。李琢言记得，幼儿园羊圈里养了很多小山羊，只有他摸完小山羊之后，会主动用香皂洗手。他也很少参加满地乱滚的游戏。他的桌面，更是像他这个人一样，干净到一尘不染。别说成摞的书，他连整理箱都没有。

就在这时，教室后门被谁推开。李琢言稍一抬眼，就看到傅成蹊走进来。少年穿着和她一样的蓝白色校服，胸口有蓝色徽标，手腕上一块机械表，黑色表带衬得手腕格外好看，带着清爽又沉稳的少年气。

这可真是意外之喜，她立即凑上去，双手啪地一下撑在他的桌面："傅成蹊，我们今天都晚走，真有缘。"

傅成蹊对上她的视线，眉梢有一点儿上挑："这是有缘？"

李琢言早有后招，笑得很甜："不然，就是你在故意等我？"

话音刚落，她瞄到了傅成蹊手里拿的一张纸——平城市江锦杯数学竞赛报名表。两人再对视，少年眼神平静，似是要她自己体会。

"喀。"李琢言干咳一声，溜了。

溜回座位，她一刻没停地挑出相关教材参考书，一股脑儿地全塞进书包，生怕赶不上和傅成蹊一起出门。没想到，她拉上书包拉链那一秒，他才起身离开座位。

李琢言在心中欢呼了一声"好运气"。两人一道出门。

"收拾这么久，你带了什么啊？"李琢言好奇道。他们之间倒也不完全是"你热我冷"的模式，毕竟认识了这么多年。她正常说话时，他也会正常回应。

傅成蹊道："一些参考书。"

“哦。”李琢言应着，顺手去摸了把他的书包。

他的书包是黑色运动款，只装两三本书的状态下最好看，不臃肿，又不显得多余。这会儿背在他的背上，将他衬托成了一位运动系学霸少年。

她掂了掂他的书包，嘀咕：“就两本书，你收拾这么久。”

他不答。李琢言也只是随口一说，很快就说起了别的话题。走到一楼门厅，她才想起自己没有带伞。

傅成蹊走在前面一点儿，大约是察觉到什么，回过头来。

“怎么办，没带伞呢。”她趁机道。

他抬头示意：“班里有无人认领的雨伞。”

“那要上四楼呢，好远啊。”

傅成蹊知道她在耍花招：“我去给你拿。”

“那还是算了，我不喜欢用别人的东西。”李琢言说着，望了望雨帘，叹气道，“唉，大不了就让这大雨把我淋湿，回家洗个澡吧，希望别感冒。”

他沉默了一会儿，叫她：“李琢言。”

“嗯？”

“我的伞也是别人的东西？”

哪知，李琢言立刻放弃原则，说起花言巧语：“你的当然是例外了，我巴不得天天摸着你的伞，放在枕边入睡。”

傅成蹊：“你怕不是变态。”

“我乐意。”她龇牙一笑，又催他，“傅同学，我家司机在外面等我呢，你就让我用一下你的伞吧，又不会占你的便宜。”

傅成蹊轻轻叹了口气，撑开伞。她脸上扬起得逞的笑。

因为和他一起走了这段路，连带着即将要进行的这场会面，也变得没那么讨厌了，李琢言深吸一口气，露出标准的微笑，上了自家的车。

她从小练舞蹈，表情管理最是擅长，哪怕对这位便宜继父不抱几分欣赏，也能让人挑不出错来。只是没有想到，桓红雪口中的“许叔叔”竟然并非陌生人。而他的儿子许济州，跟她也早有交集。

餐桌上觥筹交错，两个长辈情意绵绵，许济州自顾自地打游戏，李琢言戳了戳盘子里她最喜欢的扇贝，忽然笑了一声。两个大人的话题戛然而止，连许济州也奇怪地朝她看来。

李琢言这会儿倒不是刻意破坏气氛，只是忽然想到，她第一次见到许济州，是小学三年级那年。她好端端地上着体育课，冷不防劈头被一个沙包砸中，男孩子满脸戾气，凶狠野蛮地看着她：“你叫李琢言？我告诉你，我永远不要新妈妈！”

其他小孩一无所知，愣在一旁，李琢言却火冒三丈，当即指着他，道：“呸！谁稀罕要你爸爸！”激愤过去，她才察觉到鼻子发麻、发痛，抬手一擦，竟擦出两行鼻血，顿时怒意上涌，扑上去和他打成一团。

她到底是女孩子，力气上不如他。很快，他揪住她的领子，拽住她的头发。她的头皮被撕扯得极痛，疼出了眼泪，可还是咬紧牙关死不认输。

孩子们早已尖叫着四散奔逃，冷不防拽她头发的力量忽然没了，她踉跄两步，再回过头，许济州已经被另一个小男孩推开，按在地上打了一拳。

小男孩的个头不如许济州高，甚至也没有他结实，平日里成绩好又听话，是隔壁班最乖的好孩子。谁也没想到，这个小男孩会出手打人。而且，在许济州还手时，他并未退让，一直打得对方号啕大哭起来。

那是傅成蹊。老师赶过来时，他只整理了一下衣服，认真拍掉上面的灰。

这事牵扯到三个班级，连校长也被惊动了。

当天，三方家长坐在校长室，连带着两个挂了彩的孩子，还有一个“全须全尾”的傅成蹊。

那是李琢言第一次认识到，傅成蹊显赫的家世。三个孩子里，只有他的爸爸妈妈都来了，是她见过的一对俊男美女。不光校长、老师，连她妈妈和许济州的爸爸都对他们毕恭毕敬，恨不得按着许济州的脑袋，让他跪到地里去。

最终，许济州向李琢言道了歉。

要说这件事之前，李琢言追着傅成蹊跑，只是因为那点儿新鲜感的话，那么，之后，她完全是向往了。

她喜欢他爸爸妈妈，更喜欢他的勇敢，他是她的小男神。

回到教室以后，李琢言给傅成蹊写字条，表达了她的感谢。结果，她的小男神一点儿也不浪漫。他用初具笔锋的端正笔迹，在字条上帮她纠正了他名字的写法，还有好几个错误的拼音。

……

赵初阳说，傅成蹊对其他女孩子都保持距离，唯独对她，听之任之，在旁人看来，还有那么几分纵容的味道。李琢言却知道，这只是因为，傅成蹊是个温柔又有教养的好同学。

知道他有这个弱点，所以，她得不到回应时，就会可怜巴巴地望着他。往往，这时候，他也就不和她计较了。

这么多年，李琢言从不吝啬直白的表达，一张口就是要“强抢民男”般的霸道。傅成蹊呢？他大概是既要防止她装委屈、卖可怜，又要防止伤到她的心吧。

渐渐地，两人之间达成了一种微妙的平衡。她偶尔调戏他几句，他自动忽略。平日里，和她像普通同学那样相处。

那是一种再温和不过的拒绝。也许他是做君子习惯了，以为这样，总有一天能让她迷途知返。

殊不知啊，她倔强得很。

桓红雪这些年没少交男朋友，然而这次，李琢言无端有了种预感——怕是要成了。连曾经抵触情绪强烈、直接打上门来的许济州，也摆出了坦然接受的佛系状态。他说："认命吧，这可能就是拆不散的缘。"

这个多年未见的小学校友出落得还不错，就是眉宇间吊儿郎当的那股气质，总让她想起被沙包砸到脸的痛，不太舒服。

两人结识的方式比较特殊，不必假装礼貌。

李琢言道："你什么时候皈依佛门了？"

"我这叫通透。大人的事嘛，管他呢，"许济州短暂地放下游戏，"抓住你在乎的就好了。"她顺口问："那你在乎什么啊？"

许济州捡起游戏机，宝贝似的捧在手心："游戏机。"

李琢言无语，就这点儿出息。

餐后回家，李琢言算了下时间，打电话给李父。

刚知道父母离婚的真相那会儿，她很为他感到不值。

她在脑海里勾勒出那个第三者的模样，恨得咬牙切齿，也想过，以后等第三者过门，她势必要搅得那对狗男女鸡犬不宁。可没想到，离婚以后，桓红雪也没嫁给那个人。

于是，李琢言的一身本事，全转移到了桓红雪的历任男朋友上。仗着自己小女孩的身份，她捉弄戏耍他们。桓红雪越生气，她越幸灾乐祸，哪怕长大之后，也只是有点儿收敛，依旧表现得很难相处。

她短暂出神了一会儿，直到电话接通，传来一声"喂。"

"爸爸。"李琢言叫了声。

"言言啊，有事吗？"李父的声音还是那么温和。

李琢言没提桓红雪的事，随手翻了翻书包，无意看见一张留学机构的宣传单，倒是想起一茬："爸，我毕业想申请你那里的舞蹈学院。"

当初在抚养权之争上，李父因为经济条件，没能争过桓红雪。早些年，他还常说要接她出国。这几年，大概是她长大了，或者是时间久了，他也没有再提。

预想中的赞许声并未到来，相反，是长久的沉默，她忽然有了种不太好的预感。

李父终于开口："言言。"

"啊？"她的心莫名地悬空。

"爸爸有新家了。"

有几秒，李琢言没能领会其中的意思——有新家了，然后呢？她的指甲无意识地抠了下宣传单："哦……"

"她是个很温柔的女人，我们有一个女儿，今年三岁。"

剩下的内容，李琢言没有听得太清楚，只知道李父的意思是，他有了新家庭、新妻子、新女儿。她的到来，所有人都会介意，还是不要引起不必要的麻烦比较好。

李琢言茫然地挂了电话，也是在这一刻，她察觉到了一种难以形容的无措。

她对桓红雪的一个个男朋友冷脸相待，却不妨碍下一任的到来。她自诩正义使者，可事实是，李父早就有了新家。大概就算知道了她的"孤军奋战"，他也会温和地笑她是小孩心性。大家都走出来了，好像只有她在原地打转，即便三口之家的幸福时光又短又模糊不清。

她攥紧宣传单，慢慢靠着玻璃窗蹲坐下来，搜肠刮肚，找出词句来安慰自己。

都这么多年了，哪怕李父仍旧一个人，怕是也不知怎么面对她这个多年不见的女儿，何况，他还有新家了啊。这是人之常情，其实她不用难过的。

窗外的雨不知何时更大了，从没关紧的露台门处流进来，凉凉的。李琢言站起身去关窗，雨水打在手臂上，记忆忽然回到了几个小时之前。

那时她关完窗回身，就看到了傅成蹊。少年立在雨天的阴影中，如同一滴晕开的墨水。

许济州的话，听起来既浅薄又理想化，却很有道理——抓住你在乎的就好了。

这一刻，她多想见到傅成蹊。

傅成蹊冲完澡，边擦头发边从浴室出来。暴雨天气的平城弥漫着股黑沉沉的气息，像落下一块暗色帷幕，笼罩着这座钢铁森林。他从小性格独立，升上高中以后，大多时间住在学校附近的公寓里，周末才会回家。

这周恰好傅展行出差，裴奚若则陪简星然去考察酒店选址了。他便没回柏嘉府，下午和几个朋友在校内体育馆打篮球，出了一身汗，洗完澡才舒爽不少。

他倒了杯水，仰头喝完，随手把杯子放在大理石台上。就在这时，他接到了李琢言的电话。

和以往总是雀跃着的形象不同，这天他见到的李琢言，垂头丧气，没有一点儿精神。商场门口，她就这么坐在长椅上，目光放空。傅成蹊走近了，放缓脚步：

“李琢言。”

她一下抬起头来，眼里有了光：“你真的来了啊！”

傅成蹊倾身将伞往前递了一点儿：“嗯。”电话里，她的声音带了鼻音，闷得不行。见面，他才知道，她应该是哭了，这会儿眼圈都是红的。

他对此类事件没有经验，也没有贸然开口，只低声询问：“要走吗？”

“当然啦。”一瞬的工夫，刚才那只“小落汤鸡”好像已经消失不见，李琢言欢快地站起来，走到他的伞下，“傅成蹊，你是开心果成精吗？见到你，我一下就开心了。”

傅成蹊不适应地顿了两秒，余光扫过商场一面广告牌，上边印了满满的土味情话，其中就有她说的这句。

“李琢言，”他看了她一眼，“你可以再土一点儿。”

她笑得更开心了。不知道为什么，看到他一脸无可奈何，她的心头就会蹿起一股小小的得意。

从这里到公寓不远，两人共撑一把伞，肩膀偶尔轻轻碰在一处。雨势忽然收敛了几分，地上积了一摊摊水，映着街边的霓虹灯，时不时被落雨打碎，像搅乱了另一个小世界。

“你怎么跑出来了？”她听到少年沉静的嗓音，在混沌的雨夜里格外清越。

“医生看管不严，趁机就跑了。”李琢言张口道。

傅成蹊沉默。

“唉，不开玩笑了。”李琢言轻叹了口气，“是跟我妈吵架了。我跟我妈——”她的声音变得无所谓，“你知道的，就那原因呗。”

她之所以说他知道，是因为高一那年，她擅自以艺术生的身份进入八中，桓红雪一气之下打了她一巴掌，好巧不巧，让他看到了。

学霸的记性应该都很棒吧——虽然那不是什么值得骄傲的记忆。

今晚也是差不多的理由。桓红雪给她安排了明天的数学试课，一来二去，两人就起了冲突。李琢言有时候很不明白，明明她跳舞也跳得很好，怎么在桓红雪的眼里，就是低人一等。

傅成蹊“嗯”了一声：“不要介意。”

“知道啦。”李琢言笑着答。

他没有再说话，只将伞往她的头顶倾斜了些。那是透明的直杆伞，雨珠打在伞面上，和流光混成一片。她仰头看着，忽然深吸一口气：“好美啊。”

他随着她这句话，略微抬头。透明的伞面紧绷，雨珠从上面颗颗滚落，留下一道道浅而蜿蜒的水痕，她的侧脸，姣好、无瑕，美得像摄影杂志的插页。

傅成蹊想起放学时，两人共打一把伞。雨水瓢泼似的浇下，她没走两步，就往他那边靠，再走两步，靠得更近。她还振振有词，毫不心虚：“雨好大，伞这么小，不和你挨近一点儿，我淋湿怎么办呀。”

这次出门，他特意拿了把大伞。顿了顿，他还是说：“李琢言，你不用挨我这么近。”

“啊？你说什么？”她似乎没听清。

“伞很大。”

“嗯，确实啊，”她用力点头，望着夜空，道，“雨好大！”

他决定不浪费口舌了。

到了家里，傅成蹊给她拿了条干净的浴巾。她潦草地擦了两下，环顾四周。

这是她第一次来他家，新鲜又莫名地觉得熟悉。哪怕她之前没想象过，此刻也无端有种感觉——就该是这样的。屋子收拾得很干净，陈设简单而整齐，黑白灰的基调杂糅工业风，不乏造型奇特的艺术品点缀。客厅连着一个大露台，玻璃窗外，是平城灯火通明的夜色。

“有没有想好去哪里？”傅成蹊给她热了杯牛奶。

大概是太安静了，他开了电视，把遥控器放在她的面前。电视打开，自动跳到上次观看结束的地方，是部海洋纪录片。

李琢言捧着牛奶杯，认真地问：“不能住在这里吗？”

傅成蹊望着屏幕的眼睛一转，朝她看来。

“好、好、好，我开玩笑的，其实我也怕住在这里。”李琢言一本正经地说着，“不过，话是这么说，我除了手机，其他什么也没带。”

傅成蹊问道：“朋友呢？”

李琢言思考：“没什么朋友。”

“亲戚？”

“都是告状精。”

傅成蹊一时没开口。李琢言生怕他还在想什么把她赶走的鬼主意，连忙指着电视屏幕，转移话题：“这部纪录片叫什么呀？”

屏幕上的海洋纪录片正播到精彩之处，黑白色的胖子虎鲸在深海前行，将鲱鱼群驱赶到水面。它用尾巴拍出巨大的浪花，水压足以将鲱鱼弄晕，然后饱餐一顿。它捕猎结束，屏幕重回一片混沌的幽蓝。

傅成蹊道：“《蓝色星球》。”是上回小外甥来他家玩时放的。

“哦。好有意思，像小时候看的《动物世界》。”李琢言道，“不如，你让我看完这一集再走……”

她小算盘打得很美，一部纪录片看完，怎么说也要一个小时吧。然后，她看着看着，顺势睡着……他肯定不忍心把她赶走。

没想到，就这一分钟不到的工夫，虎鲸吃饱后拍拍尾鳍跑了，银色的鱼群也散了，片尾曲跟着响起，宣告着一集的结束。

李琢言就很尴尬了。

恰好在这时，傅成蹊站起身来。李琢言紧紧地盯着他，生怕他下一秒要“送客”。

幸好，他只是去书架上拿了个半成品模型，坐下来时，嗓音温和：“你没地方去的话，可以多待一会儿。”

李琢言愣怔，过了一会儿回过神来，慢慢弯起嘴角。

她这一晚上的情绪很乱，从和李父打完那一通电话，到和桓红雪发生争执，一气之下跑出家门，却发现自己莽撞之中，伞都没拿一把，然后很想见到傅成蹊，于是给他打了电话。

尽管知道他应该会来，可真正见到他的那刻，她还是觉得惊喜、意外。也许是因为体贴和某种良好的修养，从一开始，他就没深究她“离家出走”的始末。哪怕她赖在他家不肯走，他也没有沉下脸来。

这种温柔啊……李琢言从身旁拿起抱枕，蹲下来凑到他面前：“傅成蹊。”

少女身上带着的花香，与机械模型不搭，飘散在周围的每一寸空气中。

傅成蹊的手顿住，忽然有些心不在焉。他蹭了下指节：“嗯？”

“我多待一会儿，还是觉得没地方去。”她眼梢一弯，含了某种小小的狡黠，“打个商量，要不今晚我睡沙发吧？你要是害怕，把我捆起来也行啊。”

光线明亮的客厅里，她和他对视，眼中似是也映着澄澈的灯火。

傅成蹊知道，退这一步，她之后一定会进一大步。

李琢言最后到底没能睡成沙发。她被安排睡在了客房。

“你真的不用这么热情，其实我呢，睡沙发也是完全可以的。这间客房离你的房间这么近，万一我睡熟了梦游，很可怕的啊。”她占了便宜，还一脸为他着想的模样。

傅成蹊没有搭理，兀自走了一圈。客房久无人住，好在阿姨定时来打扫，床单被罩都很干净，可以睡人。

“哦，对了。”李琢言是一个人也可以继续话题的，又道，“你爸妈呢？他们突然回来怎么办呀？”

傅成蹊总算回答了：“他们不住这里。”

"真好。"李琢言由衷地感叹。要是她也一个人住，肯定快活似神仙。不过，她转念想想，傅成蹊的爸妈，男俊女美又有修养，和她爸妈不是同一个类型。哪怕和他住在一起，他们肯定也不怎么干涉他的。

"如果是我爸妈就更好了。"她又感叹着补充。

傅成蹊原本已走到门外，闻言，脚步稍停，回过头来："李琢言。"

"我开玩笑的！"她立即举手投降，毕竟寄人篱下，嘴上占完便宜，要及时撤退。

"不是这个，"他早就能自动忽略她的玩笑，自然不会计较这些有的没的，灯影下，他被镀上了一层温柔的光，低声问了句，"你还好吗？"

李琢言略略一愣。从小她就很擅长掩藏自己的情绪，哪怕心里难过，表现出来的也总是开开心心的。和她一起长大的同学，有不少都以为她是蜜罐里泡大的天之骄女，而她也不想解释。

在傅成蹊面前，她更想努力掩饰——在楼梯间那次是这样，这次也一样。她希望他眼里的她，永远都是很明朗、很漂亮的，而不是雨中那只湿淋淋的落汤鸡。

可冷不防被这样一问，像是心中最柔软的地方被戳中了一样，李琢言抿了抿唇："好多了呀。"顿了顿，她又道，"真心话。"

"嗯，"傅成蹊轻轻点了下头，"不早了，好好睡一觉。"

客房里不知放了什么味道的熏香，有种干净、柔和的味道。李琢言直觉，话题该在这里结束，才是个完美温柔的夜晚，可又不甘心就此咽下想说的话。

她忽然开口："傅成蹊，我教你一个摆脱我的办法。"

他像是没有预料到她会这样说，站在原地，略微疑惑地皱了下眉。

她径直往下道："不要教我做题，不要接我电话，不要觉得我们认识很久就不好意思拒绝我了。在学校里，装作不认识我，对我和其他人一样。我不喜欢'热脸贴冷屁股'，肯定很快就远离你了。要是你做不到——"没等他回答，她又深吸一口气，眉眼绽开笑意，志在必得地朝他宣布，"那我通知你一声——今天之后，你甩不掉我了。"

开学不久就是第一次月考。对于八中的学生来说，周考月考都是家常便饭。紧张的神经被日复一日地折磨上几遍，也就松了。

所以，当李琢言抱着试卷，跑过来夸张地叫道"啊，要考试了，好紧张，我什么也没准备，不会不及格吧"的时候，傅成蹊眼皮也不抬，很淡定地继续做题："即使你准备了，效果也差不多。"

李琢言噎了一下。从她那天大胆宣布之后起，他并没有对她敬而远之，可是，两人的关系也没拉近。问题目是跟学霸套近乎的最佳方式，然而，傅成蹊这位同学，别的都好，就是很多时候比较擅长无意中伤害学渣，比如此刻——

李琢言把试卷折了两下，顺势脸朝后跨坐在他的前座，撇撇嘴，道：“傅成蹊，你怎么可以诋毁同学的智商。你这样，会伤害我脆弱的心灵的。”

她的心灵到底哪里脆弱？傅成蹊轻叹了口气，放下笔：“哪道题？”

“就是呀……”李琢言一喜，把早早圈画好题目的卷子递过去。

她头发长，常常在脑后束一个马尾，头一歪，马尾跟着垂下来，乌黑柔顺，搭在校服T恤上。随着头发轻晃，有几根碎发卡进衣服里，让人想伸手轻轻拨开。

傅成蹊移开目光，扫了眼试卷，便把其中两道去掉了：“这是竞赛题型，你不用浪费时间。”话落，对上李琢言幽怨的目光，他又补充，“没有说你笨的意思。”

她怎么感觉更有了。

剩下的题，他给她一一讲解。

周日傍晚，同学们已经陆陆续续来教室了。中途，有值日生用拖把一路从过道那头拖过来。

李琢言收回长腿，搬着椅子往里挪了下。座位本就不宽敞，她往里一挪，肩膀无意撞到了赵初阳的手臂。他正奋笔疾书地抄着作业，冷不防手一抖，水笔在卷子上画出一条“绵延千里”的黑线。

“李琢言！”他用力把笔一扔，气势汹汹，一副来算账的架势。

李琢言呵呵讪讪地笑：“不好意思啦。”

“这是我辛辛苦苦写的试卷！”

她不忘纠正：“抄的。”

“你还有理了？”

就在这时，传来不轻不重两下笔尖叩击桌面的声响。李琢言回过头去，恰好对上傅成蹊的视线。少年唇线抿直，漫不经心地扫她一眼：“还听不听了？”

“啧啧啧。”赵初阳边走着路，边摇头晃脑。

“怎么了？”李琢言问道。

“你俩发生什么了？”

“少操点儿心，女配同学。”李琢言不知看见了什么，脚步忽然一顿，反手把水杯抛给他，“帮我接水！”

“晕！”他手忙脚乱地接住水杯，“你欠我一次啊！”

李琢言已经跑远了，举起手比了个“OK”的手势。

他低头看了眼，气得原地反悔：“李琢言，你给我回来，我不碰粉色水杯！”隔着几十米的距离，他的大嗓门威力不减，响彻云霄。

傅成蹊一行人下意识地朝那边看去，结果，就看到了李琢言往这边跑来。她穿简洁的校服，马尾上绑了条深红色发带，步伐轻快。

少女甜美又明媚，踩着树木投下的阴影，一路光影游弋，宛若电影画面。

“傅成蹊，”跑近了，她变戏法似的掏出一张粉色邀请卡，笑眯眯地递到他面前，“周六晚上，我在市文化中心演出，你要来看啊。”

她似乎又恢复了幼儿园时的霸道作风，邀请起人来，都不给别人拒绝的时间，丢下一句话就跑了。傅成蹊看着手中的邀请卡，粉色硬质光面卡纸，边缘有金色花纹点缀，随着他不断翻转，在阳光下熠熠生辉。

“周六晚上？小美女邀请的时机不太合适啊。”竞赛队里，有个学长搭上傅成蹊的肩膀，善意地提醒，“你别忘了，有个K大数学系教授的重要讲座。听人说，他在物色关门弟子，别错过。”

“知道。”傅成蹊点了点头。话是这么说，他倒也没有把邀请卡还给她。

从送出邀请卡开始，李琢言就美滋滋地在脑内构想了一系列画面。她是十足的乐观主义者：“你看傅成蹊都没当面拒绝，一定会来的。”

赵初阳还在为粉色水杯的事耿耿于怀，哗哗地泼起冷水：“那是因为你跑得太快，即使他想还给你，也没时间。”

李琢言：“赌不赌？”

“赌什么？”

“他来的话，你给我打一个月的水。他不来，我给你打一个月。”

赵初阳最不怕挑衅：“赌啊，谁怕谁。”

正值晚自习课间时分，夜风吹散白日的闷热。走廊上人来人往，两人靠着栏杆，俱是不服输的神情，对视两秒，噗地一笑，很快又聊起了别的话题。

赵初阳：“要月考了，你这次进步应该挺大？”

“为什么？”

“废话，有傅成蹊给你讲题。”

“讲归讲，”李琢言双手托腮，叹了口气，“但我完全听不进去。”

“太深奥了？”

“不是，”她顿了一下，像是想解释什么，但又放弃了，最后颇具深意地摇摇头，“算了，你不懂欣赏帅哥的痛。”

“晕，李琢言，你不要浪费资源！”

“那不是李琢言跟赵初阳吗？”走廊的灯光有些昏暗，女生甲眯了眯眼才看清，“他们关系很好呀，下午那会儿，我还看到赵初阳给她打水。”

“不会吧，李琢言不是老跟着傅成蹊吗？”女生乙说完，才惊觉主角之一就在旁边，连忙吐吐舌头，拉着女生甲跑了。

傅成蹊出来透气，还未走到走廊，便在教室门口听见这番对话。他脚步稍顿，朝那边看去。

教学楼走廊上微弱的灯光，隐隐约约照出了两个轮廓。赵初阳从小到大都和李琢言在同一个班，从某种程度上来说，他们之间的关系比和任何其他同学都熟稔。两人的性格也挺对盘，时不时就能聊起来。

这点，傅成蹊是一直知道的。她来问他题目时，没少跟赵初阳在前排拌嘴。此时却不知怎的，他越看他们，越觉得碍眼。

“李琢言。”一道平静的少年声线。

李琢言正眯眼眺望对面楼的教室，吹着夜风乘凉，冷不防听见这略熟悉的声音，立即回过头去。

走廊的光线半明半暗，傅成蹊站在门边，不知是不是因为一旁的瓷砖反射出冰冷的光，衬得他的声音也冷了几分：“过来订正错题。”好端端的，李琢言忽然感觉手臂上起了层鸡皮疙瘩。

她用叠声应着，走近了，又好声商量似的：“傅同学，你下次叫我，能不能温柔点儿啊？”刻意放软的声线，带着调侃的笑意，她一双眼珠滴溜溜地转，暗中观察他的表情。

可惜傅成蹊在此时转身，她看不见他的表情了。不过，她并不气馁，笑着跟了上去。

少男少女一前一后地走回教室，赵初阳斜靠在走廊栏杆上，将此看在眼中。

“也是周六晚上？那时间不是冲突了吗？”李琢言感觉大事不好地叫了一声。亏她刚才还因为他收下邀请卡而沾沾自喜，结果一回到教室，就听到这个坏消息。

傅成蹊“嗯”了一声：“还没有最终确定。如果教授的行程结束得早，讲座会提前到下午。”

她又突然抓住了希望似的，一下扑过来：“一定要提前啊。”

他稍稍往后：“我说了又不算。”

这会儿教室里没几个人，空调的冷气呼呼地吹，反而衬出一室的安静。

傅成蹊自觉话题结束，便伸手拿过她的试卷：“那……”

“那如果算呢？”冷不防，李琢言无缝衔接上了他的话。

她坐在对面，一只手肘抵着桌沿，另一只手撑着下巴，坐姿懒散、随意。

之前很长一段时间，他都认为她所谓的“游戏”不过是闹着玩的。她常常开玩笑，他从不往心里去。直到那个下雨的周末，她脆弱的神情以及那番话，混杂着窗外瓢泼般的雨水，把他的误解击碎。他向来淡定，却也有一瞬的惊愕。

明知她这是戏言，傅成蹊却拾起笔，笔尖在指节处轻轻一转，答了声：“嗯。”

这次演出中，有不少顶尖艺术高校的招生负责人会来，八中的老师也费了心思，选的是难度颇高的曲目《吉赛尔》——对表演技能和舞蹈技能都有着极高的要求。

李琢言跳的正是女主角吉赛尔。她从台上下来时，老师又提点了几句，末了，道：“状态很好，明天继续保持。”

李琢言扬起笑脸。回家的路上，她迫不及待地拿出手机：知道教授什么时候来了吗？

傅成蹊的消息过了会儿才进来：不知道。

车窗外景物飞快地后退，李琢言低头输入：教授好大牌。你吃饭了吗？

F：还没。

李琢言：那快去吃，我彩排完了。

发完消息，她顺手把手机收进包里。

在她的印象里，傅成蹊在学校一直很忙，也不爱闲聊，她默认对话就此结束，不料回到家中时，却早已有条消息静静地躺在屏幕上。

F：预祝顺利。

她弯了下唇，乘势打字：有你当观众才会顺利啊，所以，为了我校荣誉，你一定要来哦。

这次，傅成蹊没有回复了。不过，她脑补了一下他收到消息时的表情，还是美滋滋的，一夜好眠。

周六上午，舞蹈队统一请了假，一行人早早地到市文化中心准备。

一大早，李琢言打开手机，点进傅成蹊的对话框：教授来了吗？来了吗？来了吗？

她完全像只聒噪的小麻雀。

他们很久以前就加了彼此的微信，不过，话是最近才多说了几句。上上次的聊天记录还停在那个雨天的一通语音电话上。然后是九月一号，她祝他生日加开学快乐，他回了个“谢谢”。再往前，是大段的空白。

发完消息，等了两分钟，也没收到回复，李琢言放下手机，开始做基础训练。等她休息时间再看，傅成蹊的回复终于来了。

F：没有。

她往上翻了翻聊天记录，他的回复永远这么简单，冷漠又无情，好像多说一个字会少块肉似的。

李琢言心中无端升起一小股作劲儿，决定晾晾他，等他下次找她时再回复。可她等啊等，愣是没有等到下一条。

这个人……话也太少了吧。

李琢言双手捧着手机，转了个身，靠着把杆咬唇思索。

傅成蹊还没有看过她跳舞呢，平时她都穿校服，突然一下把头发盘起来，还穿上漂亮显身材的白色芭蕾舞裙，一定有种别样的美丽。她要绽放于他的眼中，给这个一心只有竞赛的尖子生有力的一击。

李琢言算盘打得啪啪响，怎料时间这一环就出了差错，真是出师不利。她想了想，打上一句：你来的话，要记住舞台上最亮眼的那个主角，就是我哦。

傅成蹊这下没有回应。

去忙了吗？

一场排练结束，中午大家草草补充了些能量，之后各自上妆。傍晚五点，演出快要开始，李琢言还是没有等到回复。她原本轻快雀跃的心，也沉下来几分。

两人的聊天页面上，她最后说的那句话，孤独地挂在那里，像是自作多情了。怎么说呢……虽然认识这么多年，她知道他这个人一向如此，不爱玩手机，回消息也简单明了不废话，可还是意外地有点儿烦躁。

《吉赛尔》这舞蹈总共两幕，第一幕轻快自然，第二幕瑰丽、离奇，对女主角各方面的素质都有着极高的要求。老师当初挑中李琢言，就是看中了她表演的灵气和扎实的基本功。

李琢言的表现果然没让老师失望，结束时，全场掌声雷动。

大家回到休息室，各自换衣收拾。李琢言第一时间奔去拿手机，看到屏幕显示有新消息时，差点儿喜极而泣。结果，她点进去，却是大大的失望。

赵初阳：他们竞赛班下午是不是有讲座啊？我先前去吃饭的时候，看见傅成蹊跟十四班那个女学霸，还有个年纪挺大的人应该是教授，一块儿从报告厅里出来。怎么样，他来看你演出没？

李琢言的视线从这几行字上滑过，最后落在某处。

十四班那个女学霸……好像是经常来班里找傅成蹊的那个吧，经常和他讨论题目，还有通知他一些事情。她长得秀气、文静，之前乘坐大巴从集训营回来的时候，也是她从身后叫住了他。

李琢言之前就在心里想：听讲座有那么忙吗？哪怕来不了，发一条消息给我也可以啊。

脑袋里的思绪乱成一团麻，李琢言泄了气般，一屁股坐在换衣凳上，仰望天花板出神。

尽管已经过去很久，李琢言仍然记得，自己最早把傅成蹊的名字挂在嘴边，完全是因为他长得帅。后来，长大了，她才渐渐开始思考，自己为什么执着于“骑士”这件事。

“这么多年，你还想着这件事？”初中时的朋友惊道。

“不知道，”她咬着冰激凌的勺子，“我就是很喜欢和他讲话啊。”哪怕她每次都会被他自动无视，可她像是被激发了某种胜负欲，乐此不疲地烦着他。

“除了喜欢和他讲话呢？”

“还有长得帅，脾气好？”

她记得那天恰逢运动会，跑道边的枫叶红得像火一样炽烈。两人一边吃冰，一边闲聊，具体聊了些什么，已记不清。她倒是记得话题七拐八绕，落在朋友一句颇有哲学深意的话上：“我不想欣赏任何人，因为这是很负面的情绪。”

当时李琢言不太理解。欣赏一个人，怎么会是负面的情绪？她欣赏傅成蹊，甚至愿意去面对枯燥的数学题。只要想到他，她就觉得灰蒙蒙的阴云消散，世界重新变得阳光灿烂。

直到此刻，她才知道——确实是负面的情绪。

他对她，到底只有礼貌的回应，还是也有那么一丝的欣赏。

她光是想这个，就觉得比想数学题都让人烦透了。

李琢言在更衣室磨蹭了很久，才打开门。舞蹈队的其他同学早已被各自的家长接回，走得一个不剩。

按理说，休息室里该空荡荡的。可是……

李琢言望着不远处站着的男生，眼睛不自觉地瞪大了。有赵初阳那条消息作为前提，她压根没有想到，还能在这里见到傅成蹊。可事实是，少年此刻穿着八中的校服，站在她的面前。

休息室的黑色沙发上放着暂未收拾的表演服装，乱糟糟的背景反衬出他的沉稳、洁净。仔细看，他胸膛微微起伏，像是刚经历过一场奔跑。

“你……怎么来了？”话音落下，李琢言就想咬断自己的舌头。

她问的这是什么话，好没水平。

“我、我、我是说，你什么时候来的，一直没给我回消息，然后又突然来了……”她有点儿语无伦次地找补，脸差点儿红了。她一边开口说着，一边暗暗唾弃自己，有什么好结巴的啊。

等余音从偌大的空间消失，她才渐渐察觉，她是在紧张。好奇怪，这突兀的一次见面，竟然会让她紧张。

与她相比，傅成蹊倒是很自然，递给她一个包：“刚在路上碰到你们舞蹈队的，说她拿错包了。”

“哦。”她下意识地想接过，又很快反应过来，“不对，最重要的问题，你一个都没回答。”

所以说认识多年就是这点不好，气氛被带到自然互动、无事发生的状态，简直太轻而易举了。

可这个时候，明明不该太自然。

“陈教授中午到校，讲座结束后，我打车过来，”傅成蹊顿了几秒，嗓音平淡，“然后手机没电了。”

李琢言眨了眨眼，和他对视两秒。他的手还伸在半空中，示意她接过包：“看我干什么？”

“没什么。”她弯唇一笑，甜丝丝的，“学霸难得也会犯糊涂哦。那你是不是还没吃饭呀？”

傅成蹊“嗯”了一声。

“我也没吃，这样吧，你请我吃饭，我就原谅你了。”李琢言接过包，自作主张。

他倒是没有异议。

“然后你下次还得看我一次演出，作为补偿。”她又道。

第一次听说有这种补偿的。傅成蹊道：“下次是什么时候？”

她狡黠地一笑，迈步去卸妆时，脚步已轻快起来：“放心，会尽量挑你有空的时候——答不答应？这可是你欠我的。”她像是攥住了某个把柄作为要挟。

可彼此之间早已有种默契，要挟者肆意妄为，是因为笃定被要挟者会心甘情愿地答应。

“好。”

傅成蹊对于这一下午的匆忙，只是一笔带过。事实上，讲座开始之前，他便被校方叫到了接待室，提前和老教授见了一面。

老教授年近七十，在国内数学领域地位极高，退休后被K大返聘。他身子骨虽健朗，不过毕竟年纪大了，稍稍了解内情的人都知道，他这次的来意，怕是要物色一名关门弟子。而傅成蹊这个名字，他亦有所耳闻。

见面后，老教授对傅成蹊更是青睐有加，以至讲座结束后，还单独留他询问了一会儿。老教授颇有点儿顽童气质，时不时抛一个刁钻的问题出来，傅成蹊一一思考应对，无暇他顾。等将老教授送到下榻的酒店后，他才拦了辆出租车前往市文化中心。

上车后，他才发现，手机早已没电。付车费时，他解释清楚原因，摘下腕上的手表作抵押。

“表我可不要，”司机说着，上下将他打量了一番，嘟囔着，“看你也不像骗子……手机没电了，现金也没带啊？”

可以说，在傅成蹊从小到大顺风顺水的人生中，还是第一次遭遇被怀疑的窘境。他留了对方的手机号，预备等手机充上电，就将车费打过去。临走前，司机还狐疑地频频回头。

傅成蹊顾不上别的，一路朝市文化中心狂奔，到二楼时，发现早已散场，要下楼时恰好碰上一个舞蹈艺术生匆匆返回，这才知道她还没走。

李琢言当然对他这一下午的经历很好奇，吃饭时，拐弯抹角地问。一开始，她问的还是无关痛痒的内容，例如讲座有没有趣，中午吃了什么之类的。但很快，她就将话题拐到了她想要聊的方向上。

“刚刚我看到你额角有汗，是不是一路跑得很辛苦啊？”时候已经不早，吃大餐太有负罪感，李琢言也并不打算敲竹杠。听说这附近有家出了名的馄饨店，他们一番七拐八绕，总算找到，两人各点了一碗馄饨。

她舀起一个虾仁馄饨，白色的瓷勺子，自然红的唇轻轻挨上勺子的边缘，先吸一口汤汁，再咬下去。她眯起眼来，仿佛吃得很享受，连问题也看似随口一抛，问得并不认真，却需要人打起精神来对付。

傅成蹊撇开汤水上浮着的小葱花：“还好。”

李琢言放下勺子，清了清嗓子，满怀期待地看着他：“那，你干吗要用跑的呢？”

是想快一点儿见到她？还是不想错过演出？或者怕迟到太久，她会生气？

李琢言美滋滋地发现，不管是哪个答案，她都愿意听。

馄饨店略显老旧，泛黄的灯光，灰白的墙上贴着裁剪下来的美食内容的报纸，有种年代感。她坐在店里，穿了件格纹吊带衫，像报纸里跃出来的美人，偏头朝他一眨眼。她眼睛的形状很好看，不笑也带着几分笑意，眼下自带卧蚕，衬得眼睛更加明亮、甜美。

傅成蹊一时并未开口，他想起随迢曾跑来跟他求证。

随迢说他对其他女孩子冷若冰霜，唯独不排斥李琢言，大家都传言，他们关系确实不错。

“你不知道，关于你们的事，都能编出上百个版本了。”随迢丝毫没有遗传到父亲的霸道总裁气质，聒噪起来，和李琢言有一拼，“我随便挑一个版本，这是我觉得最有说服力的，蹊哥，你听听看……”

傅成蹊兀自投篮，没有放在心上。在他眼中，她跟着他，是因为好玩。而他因为和她认识太久，一些忙总是愿意顺手帮，落在外人眼中，便像是“纵容”。

傅成蹊一直很理智，看待问题，更是愿意采取条分缕析的方式。对于他跟李琢言的关系，他也早已在心中一条条剖析得很明白。知道对方是爱玩闹的性格，和她相处起来，他便也并不觉得棘手。然而，不知从何时起，他对自己一直以来的想法产生了怀疑。尤其是，在休息室见到她时，那一瞬心脏产生的欣喜，哪怕此刻，依旧十分清晰。

她尚未来得及卸妆，肤白唇红，退了几丝少女的青涩、甜美，又多了几丝眼波潋滟的风情。那一刻，似乎有什么固有认知在被打碎。

他半晌没说话，李琢言觉得奇怪，正要伸手到他眼前晃一晃，恰好在这时，手机铃声突兀地响起，她被迫转移注意力：“喂？”

电话那端，传来孟森夏上气不接下气的哭声：“李、琢言，你方便……来找我一下吗？”

接到电话那一瞬间，李琢言有种时光倒转的错觉。上个周末，她和桓红雪大吵一架，打电话给傅成蹊的时候，也是这样，宛若抓住最后一根救命稻草。

她立即站起来：“傅成蹊，我要先走了。”

从方才的对话中，傅成蹊已能大致推算出事情的经过。他轻轻点了下头，并未多问：“我送你。”

孟森夏在离家不远的公园里。公园里很热闹，广场上有跳舞大军。只是，这一角的路灯坏了不久，还没来得及修，暗淡的月光起不了作用，四周漆黑一片。李琢言靠着一双视力五点三的眼睛，在长椅上捕捉到一个人形。

“孟森夏？”她试探性地叫了一声。

人形抬起头来，轻轻吸了吸鼻子：“嗯。”

李琢言松了口气。

夏夜的公园里，飞虫很多，孟森夏一时半会儿没有要走的意思，李琢言也陪她坐着。长久的安静中，孟森夏止住抽泣，心情慢慢平静下来。

像今天这样跟家里闹了一场，无处可归的情况，她本该打给最好的朋友寻求支援。可她是外地来的，平时在学校只知道一心读书，也没交什么朋友，翻遍通讯录，发现除了李琢言之外，别无人选。幸好李琢言没有嫌麻烦。

想到这里，孟森夏充满歉意。李琢言叫她不要多想，一副无所谓的语气："不麻烦啊，而且刚好我就在这附近。"

孟森夏微微松了口气，方才的混乱、紧张感也少了许多。她甚至有点儿庆幸自己把电话打给了李琢言。李琢言不会一惊一乍，也不会追根究底，或是用担忧的目光打量她。

跟李琢言走在回去的路上，孟森夏还是把情况大致吐露。早在两年前，孟家倾尽全力让她进入了八中，可以说，是把所有的希望都寄托在了她身上。可她的考试成绩，一次又一次不够理想。家人的脸色，也像晴雨表般变幻莫测。

虽然跟自己的情况不同，不过，李琢言还是很有共鸣。

"不瞒你说，其实我很羡慕你。"孟森夏鼓起勇气道，"可以做自己喜欢的事，家里也支持……"

"我家也不支持的。"李琢言道。

孟森夏很意外。这种话题，李琢言一般不跟人讲，可都起了个头，也就无所谓了。

"我妈很反对我跳舞，小时候以为我把它当爱好还好，等发现我想把它当成事业，她简直大发雷霆。"她道，"反正现在也经常吵架，我上周还离家出走呢。"

"啊。"孟森夏显然没想到，愣住了。

李琢言想起气愤事："她以前还想不顾我的意愿，辞掉我的舞蹈老师。"

"那怎么办？"

有蚊子嗡嗡从耳旁飞过，李琢言抬手啪地一打，干脆利落，伴随着她的话音，像一记干脆利落的回击："我拿她的卡，直接给老师转了之后五年的课时费。"

平城首屈一指的舞蹈老师，哪怕只是一节课，金额也非一般人可以负担。代入一下，孟森夏觉得自己肯定得挨打。

像是看出了她在想什么，李琢言一笑："然后我就挨打了。"

孟森夏"嗞"了一声。

"不过，我妈也没什么办法，她爱面子，不可能找我老师要回那笔钱，我都以她的名义说了续课，她只好妥协了。"李琢言颇为得意地一笑，"当然，以后我会还给她的。"她有个账本，记的是桓红雪这些年给她的所有花费。

孟森夏听得一愣一愣的。从小到大，她都被灌输了"要好好念书，以后报恩家里”的思想，这还是第一次发现，原来还有另一种形式。

“怎么光说我了啊，”李琢言打开大门的指纹锁，“你打算怎么办？”

孟森夏抿了抿唇：“我也想试一下，考上好大学，尽早把钱还给他们，独立起来。”

李琢言原本想问的是这次离家出走要如何收场，毕竟孟森夏跟她这种“离家出走专业户”不同，到时候回去，肯定少不了一番鸡飞狗跳。听孟森夏这样说，她倒是不由得竖起大拇指：“加油。”

桓红雪出差，李琢言把孟森夏带回家，安顿在离她最近的客房，叮嘱说有事就叫她。然后，李琢言回到房间，才脱力般地倒在床上。

这一晚上，先是演出，后来又走了那么长那么绕的一条巷子，馄饨还没吃几口，就又去接了孟森夏，她这会儿小腿都酸麻了。

缓了好一会儿，她才打起点儿精神，打开手机，准备联系傅成蹊。

出乎意料的是，屏幕上早已挂着他的消息。

F：接到人了吗？

F：到家了吗？

还有一则未接来电——一个小时前。

李琢言盯着那条系统通知，慢慢地，嘴角往上翘了一点儿。因为孟森夏那个意外的电话，在馄饨店里，她没有等到傅成蹊的答案。可此刻，她好像默契地知道了点儿什么。

赵初阳臭着脸给李琢言打水，往她桌子上放时，十分不爽：“李琢言，你是不是骗人呢？”

“骗什么人啊？”

“那天我明明看见，傅成蹊和十四班那个女生一块儿，还去见了教授呢，哪有时间看你演出。”

说到这个，李琢言可就要好好得意一番了。她眉梢一挑，挑出了好几分嘚瑟，朝他钩钩手指：“你凑近点儿。”

赵初阳一头雾水，还是照做。

“说实话，我也很奇怪，以为他不会出现了呢，后来你猜怎么着？他一结束教授那边的事，就马不停蹄地赶过去了哦，”李琢言慢慢咬字，笑眯眯的，“最后错过了演出，他还很遗憾呢，哭着要我再送他一张门票。”

听到后半段，赵初阳已经直起了身子，不屑道：“人设都崩了，你这显然是在造谣。”

李琢言耸耸肩："不过，他真的要再来看一场。"

"行吧，其实打赌的时候，我就感觉我赢不了。不过，"赵初阳撑着桌子，往后门的方向一歪头，提醒，"你看后门。"

李琢言看过去，一眼看到傅成蹊。

少年站在门边，一身普普通通的校服被他穿得挺拔、好看，清俊无比。他对面的女生正往他手里递什么东西，看起来像学习资料。他轻轻点了下头，脸上表情没什么波澜，看口型，像是说了个"谢谢"。

"十四班的，送老师发的竞赛试卷。刚给你打水回来时，我看到了。"赵初阳像个间谍，此刻在旁白。

李琢言看了半晌，扭头感动道："好姐妹。"

"……滚！"赵初阳气急败坏。

说着让她滚，上课铃声中，赵初阳自己倒是先"滚"回了座位。

李琢言这才收起嬉皮笑脸的样子，趴在桌上轻叹了口气。刚刚那一瞬间，看到傅成蹊和那个女生在一起，她脑海里涌出的第一个念头是——他们才是一个世界的。

不是外表，而是气质。那女生黑色短发，沉静、秀气的五官，随便谁来看，都知道是和傅成蹊处于同一个世界的尖子生。

有那么一瞬，仅仅是一晃而过的想法，李琢言想的是，要是她当年坚持学数学，是不是就会跟傅成蹊拥有更多共同语言，就能在同一个世界里。

旁边孟森夏正做着课前准备。自从想通之后，她卸下不少负担，目前处在"为自己好好念书"的状态下，积极性不降反升。察觉到李琢言的没精打采，她扭过头，往后门看了一眼，若有所思。

李琢言并非妄自菲薄的性子，更没时间伤春悲秋。她打定主意，就算没有跟傅成蹊身处同一个世界，也要杀出一条血路来。

八中每周会安排某一天下午的一小时，给各年级做内务整理。高二是在周四，恰好是今天。大部分同学会回寝室洗个舒服的热水澡再洗洗衣服什么的，李琢言自从桓红雪出差后，便天天回家住。傅成蹊也不是住校生，一下课，就跟班里几个男生去了篮球场。

他学习上拔尖，运动能力同样出色，加之一副俊逸的外表，是老师们茶余饭后谈起来都要啧啧称奇的优等生。

她决定去看他打篮球。她去便利店买了水，晚到了几分钟，恰好看到自己班的某个男生一跃而起，身形在空中画过一道舒展的弧线，准确无误地扣了个篮。

“哇！”在场女生齐齐欢呼、尖叫。

李琢言找了个干净的位子坐下，目光在人群中锁定傅成蹊。

他穿简单的白色T恤，黑色运动短裤，露出来的手臂和腿修长有力，这样的男生，哪怕在球场上站着不动，都是一道让人赏心悦目的风景，更别说是动态的了。

“太帅了！什么时候能看到傅成蹊投篮啊！他投篮好准的，今天好像还没投过。”旁边有女生攥紧拳头，说出了李琢言心中所想。

上半场结束后，傅成蹊跟方才扣篮的男生一起走到树荫下。对方在傅成蹊的肩上轻轻一拍，笑意飞扬：“谢了，兄弟！”刚才那个球，本来应该由傅成蹊来投，可以想象，这颜值再加个超帅的扣篮，势必引起全场沸腾。幸好他提前说了声——青梅竹马要来，自己想多出一点儿风头。

傅成蹊轻轻点了下头：“客气。”

对方的视线随即飞往看台上的青梅竹马，得意地一扬眉。看台上的女生显然也被刚才那个扣篮帅到，兴奋地回了一串掌声。

“秀给谁看呢！”一个男生跳出来，愤愤不平地嚷道，“蹊哥，下半场，我们不让他球。”

傅成蹊笑了一声，不置可否。

一场友谊赛，双方都不紧张，休息时间，喝水、擦汗、聊聊天。李琢言乘机跳下看台：“傅成蹊！”她嗓音清亮，从看台上一跃而下，恰好被阳光镀上了明媚的光，鲜亮无比。

傅成蹊稍愣——她什么时候来的？

“喏，给你送水。”李琢言把一瓶矿泉水递到他面前。

一块儿打篮球的还有别班的男生，此刻“噢噢”地叫着起哄。李琢言可不在乎这点儿小风浪，笑容更甜，伸出的手更是没有要缩回的意思。

旁边有男生故意煽风点火：“李琢言，蹊哥自己带了水的。你这瓶矿泉水有啥特别之处吗？”

这个人……李琢言磨了磨牙，在心里记了他一笔。她深吸一口气，扬起笑脸，刚准备说这水有益健康、“十全大补”，不料傅成蹊伸手接过，道了声：“谢谢。”

修长有力的手指轻松地拧开瓶盖，仰头喝下一口。他一副泰然自若的模样，倒叫旁边的人一下忘了要说什么。

两人走到一边。篮球场旁围了深绿色的围网，李琢言习惯性就往上面靠，可还没来得及挨着，肩膀便被他轻轻一带，拉了回来。

“脏。”傅成蹊言简意赅。

李琢言“哦”了一声，心脏跳得有点儿快。

此刻操场上有不少活动的人，傍晚阳光温柔，微风拂动绿浪，球砸地的砰砰声不绝于耳。她的视线四处飘，忽然眼尖地看到了十四班的那个女生，正朝篮球场走来。

傅成蹊见李琢言长久地看着某个方向，视线便跟着偏过去。赵初阳混在一群女生中间，正在和她们打排球。

傅成蹊再转过头来，她依旧看得目不转睛，还微微咬着牙。垂在身侧的手握着矿泉水瓶，不自觉地捏出凹陷，傅成蹊低声问：“想打排球？”

“啊？”李琢言一下没反应过来，“不了，没熟悉的人。”

他轻抬下巴：“赵初阳。”

“他啊，‘妇女之友’，”李琢言大半神思还在十四班那个女生身上，答也答得漫不经心，“跟我也就……”说到这里，她才反应过来。

她一下扭头，意味深长地笑：“嘿嘿，傅成蹊。”

“嗯？”

李琢言环抱手臂，也学着他的样子，朝某个方向抬了抬下巴：“别说我了，那个女生，和你也很熟吧。”

傅成蹊跟着看过去，没找到目标。

“那个十四班的，今天还给你递资料呢。”她点出来，“傅成蹊，你太受欢迎了。”

他无言片刻。

“这次吧，我觉得有点儿不一样，”她故意夸大了说，“你看她和你在一个竞赛班，温柔又文静，一看就跟你是同类人。”

傅成蹊没有开口，视线倒是落在不远处。然后，他喝了口水，慢慢拧上瓶盖。

“同类相斥，我不觉得合适。”

这话像是雨后初晴，一滴雨水啪嗒落在花瓣上，引人心弦微颤。李琢言眼眸亮了亮，正要说话，却被一声尖厉的哨声打断。下半场比赛要开始了，傅成蹊回到球场。

她拿着他的矿泉水，坐回了看台上。隔了几个位子，就是十四班那个女生。然而，她此刻不再有不安定感，反而心中充满了小雀跃。

之前扣篮的男生小跑到傅成蹊的身边：“蹊哥，下半场也拜托了。”

他本以为会和上半场一样顺利，哪知，傅成蹊轻轻调整了下护腕：“不好意思，下半场不行。”

男生一脸问号。

和大多数女生一样，李琢言也喜欢看男生运动，但很少刻意去看。听身旁的女生议论得头头是道，她才惊觉这好像是自己第一次专程来看傅成蹊打球。然后，她也明白了为什么今天看台上人数比以往多得多。

因为向来称霸于题海的尖子生，驰骋于球场时，就如同面对一道竞赛题，同样锋芒毕露，控场感拉到顶峰。饶是跟傅成蹊认识了很久，知道他长得帅，她还是没忍住全程激情喊加油。

也不知是那天喊得太投入，还是晚上回家受了寒，很快，她就感冒了。整个上午，她都趴在桌上，像被烈日晒蔫的花。

“感冒要多喝水。”孟森夏把她的水杯拧开，这才发现没水了，“我去给你接点儿。”暑假过后，八中在一楼安装了最新的直饮水系统，水质比原先的纯净水更佳，唯一的缺点是打水的地方有点儿远。十六班在四楼，快要上课了，现在跑一趟显然已经来不及。

“不用了，一会儿我让赵初阳去就行。”李琢言勉强抬起头来。

孟森夏顿了顿，想起这几天的流言蜚语，小声问：“你和赵初阳……”

“他跟我打赌，输了，欠我的。”李琢言解释。

孟森夏点点头，认真道：“那我下次听见别人传你的绯闻，帮你澄清。”

李琢言扑哧笑了，捏捏她的脸：“你都快把‘报恩’两个字写在脸上了，没什么大不了的。”

被说中，她有点儿赧然。她跟李琢言同桌的时间不长，却打心眼里觉得对方是个很好的女生，尤其是上次收留了自己，让她更想做点儿什么去回报。

下课以后，李琢言叫赵初阳去跑腿。这人跑个腿，总能带来新情报：“那女的又来了，这次，是在教室门口问数学题。我在旁边看了会儿，题目问完了，她还赖着不走。”

李琢言本来感冒已经很不舒服，闻言，咳了两下，有气无力地说：“赵初阳，你怕不是故意给我添堵。我现在病得这么娇弱，怎么上阵杀敌。”

“怎么说话的，我当然希望你赢了。”赵初阳不愧是“妇女之友”。

孟森夏也往那边看去。她握了握拳头，像是下定了某种决心，然后，默不作声地站了起来。李琢言以为她有事，也没在意。

“我们十一准备骑行到平山，一号出发，你要一起去吗？”

“不好意思，我有事。”

“啊，那多没意思呀，我问了一圈，大家基本会去呢，”女生略显俏皮的声音，

"那要是改个时间呢？"

孟森夏走近了，听到的便是这样的对话。她深吸一口气，佯装往办公室走去，与他们擦肩而过时，逼真地做出了个惊喜的表情，又夹杂着几分不确定："赵雨雨……是你吗？"

赵雨雨迟疑道："你是……"

"孟森夏，我是孟森夏呀，以前我们同一个小学的。"孟森夏努力装作一副自来熟的语气，笑得很灿烂。

"哦……"赵雨雨小学没毕业就来了平城，不怎么愿意被提起自己是外地人的身份，碍于面子，她礼貌地笑了一下，"有点儿印象。"

"没想到，你也在八中呀。"

"嗯。"赵雨雨回应得礼貌，目光却一直落在傅成蹊的身上。

"我们在同一个年级，居然一直没有碰到过。"孟森夏腼腆地笑笑，"太神奇了。"

赵雨雨心想：这个孟森夏就不觉得自己在尬聊吗？

正当她思索着该怎么保持形象地结束这个话题，傅成蹊却已礼貌地点点头："那你们聊。"

"等……"还没聊几句话呢。

赵雨雨刚想喊住他，却又被孟森夏小心翼翼的一句话拦住："对了，你在几班呀？"

她再看傅成蹊，他早已走远。她在心里恨恨地叹了口气。

傅成蹊回到位子上，习惯性地往侧前方看去。一个上午，李琢言都趴在桌上。虽然平日里她也是这样懒懒的，不过，似乎又有哪里不同。

他走过去。

"我嗓子喊坏了啊。"她可怜兮兮地说，"都是给你喊加油喊的。"

傅成蹊看了她一会儿，问："鼻塞也是喊出来的？"

李琢言碰瓷不成，干脆趴下来："反正跟给你加油脱不了干系。"

她鲜少有蔫巴巴的时候，少了几分狡黠劲儿，几缕柔软的头发搭在白皙的脸颊。鬼使神差般，傅成蹊"嗯"了一声。

"什么？"李琢言惊讶地抬头，"你居然认了。"

她的眼睛瞪得圆圆的，又有几分可爱。傅成蹊笑了下："嗯，所以我要怎么赎罪？"

少年的嗓音过了变声期，干净、沉稳，这种话从他口中说出来，也添了几分正经的意味，像是对她的碰瓷无可奈何，只好纵容。

李琢言一听这个就不困了，正要狮子大开口。不料，傅成蹊的视线在她的水杯上停留半秒，淡声道：“本来应该让你多喝水，看来有人给你打了水。”他像是不怀私心地道出事实。

李琢言可没那么好对付，嘀咕道：“那你还经常有女生来找，给你送资料呢。”

“那是同学。”

“赵初阳也是同……咯咯……”她嗓子眼发痒，没说完就咳了好几声。

傅成蹊给她拧开水杯盖，递过去：“你少说话。”

李琢言喝了几口温水，顺了一口气：“哼。”

“哼什么。”

“没什么。”

过了一会儿，李琢言重新开口，声调忧伤：“我和赵初阳打了个赌，他输了，只好任我差遣。唉，现在想想，幸好打了这个赌。

“不然，我都生病了，这么娇弱，爬上四楼都累死了，怎么多喝水啊。”她用眼神朝他暗示，“不如你做我的骑士吧，这样，我就可以心安理得地使唤你了。”话落，她笑意盈盈，等着他的答案。

可惜，铃声响起，“阎王”迈着大步走进来，她的注意力被打岔半秒，再回头，傅成蹊已离开。

也对，他们是“阎王”的重点监管对象，应该保持距离。

只是……李琢言咬了咬唇，又有点儿不甘心。

晚餐过后，李琢言回到教室，习惯性地使唤赵初阳：“赵初阳，没水了。”

“你是水牛吗！”赵初阳骂骂咧咧地走过来，一把拿走她的水杯，然后动作一顿，诧异道，“不是满的吗？”

“啊？”这下，连李琢言也呆了。

她半信半疑地拿起水杯，果真沉甸甸的，可去吃饭之前，明明还是空的。桌上的物理书旁边，还放了一盒橙子味的维C泡腾片——也不知是谁，什么时候放在那里的。

其实，也不是全然没有头绪，她扭头朝某个方向看去。

傅成蹊正坐在位子上，似是心无旁骛地写着题。她不动，就这么看着他，眼梢慢慢挑起。终于，尖子生也有装不下去的一天，他抬了下头，恰好对上她的视线。

傍晚时分的教室，最是嘈杂。灯光明晃晃，人来人往，水淋淋的拖把在地上留下蜿蜒的轨迹，静下来听，也不乏身旁翻动书页的细小声音。

她脚步轻快，如一只小蝴蝶，翩然在他的身前落座。

“傅同学，你这是什么意思呀？”

“就是你想的那个意思。”

[番外二]

平行世界

· · ·　　· · ·　　· · ·

BU MAN NI SHUO

“你什么时候和我在一起？”

有传闻说，隔壁K大校草，性情高冷，不近女色，是朵不可采摘的“高岭之花”。开学不过短短两个月，本校栽在他手上的女生就快有一个连了。

“太离谱了，”室友戚听十分不可思议，“这人是和尚吗？我们学校的女生质量已经够拔尖了。”

Z大，国内最好的传媒学院，与K大不过一街之隔，学生的风格却是两个极端。前者帅男靓女如过江之鲫，出过不少娱乐圈大红人。后者说是综合性大学，实则聚集了国内一等一的理科学霸，校风端正、肃雅。

裴奚若对镜化妆，偏了下头：“真的这么难搞定呀？”

“是啊，她们都准备招募绝世美女去一雪前耻了，成功的即是本届校花，”戚听说着，忽地眼前一亮，“若若，你去呀，你都搞不定的话，那就没人可以了。”

裴奚若对校花这个头衔没有兴趣。她只是好奇，这朵“高岭之花”，到底要长成什么样，才能引得无数美女争相采撷。结果，她发现，确实很难摘。

首先，这朵“高岭之花”到底生长在哪里就是个谜题。他是物理系高才生，却常驻天文实验室，时不时还要去参加各类活动。她跑空好几次，最后终于在大礼堂门前将人逮到。

那一刻，她满脑子只飘过四个字：“不虚此行。”

彼时，傅展行刚结束一场颇为正式的演讲，西装革履，俊逸出尘。他这干净、清俊的长相，兼具少年意气与成年人的沉稳，极有杀伤力。怪不得开学不久，他就帅到尽人皆知。

裴奚若是俗人，容易被男色所惑。本想看一眼就走，可真正见到人，她又不甘心就此收兵了。她绽开笑容，迎上去招手：“嘿，傅同学。”

他是很帅，可她也不赖。她方才凭借美貌这张通行证混入实验室大楼，一路不缺热心的男同学带路，便是最好的证明。

她鲜眉亮眼，等着他惊艳。他脚步稍停，似是猜出她的来意，语调略显平淡：“有事？”

“认识一下，我叫裴奚若。”她大大方方，直入主题。

“不好意思，没兴趣认识。”他丢下一句话，离去。

第一回合不超过一分钟。

“好熟练哪。”裴奚若一点儿没有被拒绝的沮丧，反倒有闲心望着他的背影感叹。

旁边带路的男同学酸溜溜地科普：“这种情况，他有时一天要遇上好几次。”

“不容易，”她同情一秒，又扬起嘴角，“那就让我收了他，永绝后患吧。”

隔几天，裴奚若再一次拦下傅展行：“嘿，傅同学，你记住我叫什么名字了吗？”

通往实验大楼的这条路，人不多，风送来他的嗓音，格外冷淡、清晰，答非所问：“你不是本校的学生。”

“被你发现啦，因为我长得太好看？”

第一次见到被拆穿却不心虚，反而打蛇随棍上的，傅展行不和她废话：“你走，还是我打安保处的电话？”

“别这么凶啊，”她眨眨眼，一副纯真无辜的样子，“我吧，虽然是隔壁的学渣，但一直特别向往 K 大。填志愿时，差一点儿就填的这里了。”

“是吗，那很可惜。”他敷衍，抬脚欲走。

“对啊，要不是差那么几百分，我们就是同学了。”她紧紧跟随。

傅展行忍了忍：“你这个情况，应该叫没考上。”

“哦、哦，对。”她似是虚心接受，却笑得比花儿都灿烂，“不过，傅同学，你跟我讲好多句话了呀。这是不是证明，我大有希望？”

他的唇线猛地绷紧。剩下一路，任她怎么抛出话题，他都没再开口。

裴奚若眼珠一转，又有了好主意。

“傅同学，你好，我叫裴奚若。”图书馆中，她拿着书坐到他的对面，笑靥如花。

在图书馆要保持安静是常识，她虽压低了嗓音，可还是不免打搅到旁人。

傅展行冷着脸起身，将她拉到饮水间：“你又来干什么？”

“我来看书呀，好好学习。”她答得有模有样。

“别坐在我对面。”

“凭什么呀，我想坐哪里就坐哪里，还是说——”她声调慢悠悠的，带着笑意，“你信不过你的定力？”话已至此，她摆明是赖上了他。

傅展行不和她纠缠：“随你。”

裴奚若本以为，这招激将法，怎么也能让他留下来。谁知等她上了个洗手间回到自习室，却只看见一个空荡荡的座位。还真是郎心如铁。

“我就当你怕自己没定力好了。”她不知从哪里弄来他的电话号码，笑眯眯地发过去一条信息——当然没有回音。

最近物理系传言，他们系的天之骄子、“高岭之花”，好像被外校一个大美女追到了。

有人看见他们在去实验大楼的路上，并肩而行；有人看见图书馆里，他将她拉到角落，距离很近；有人根据经验推测：“傅展行拒绝起人来不是一向干脆利落吗？都过了这么久，那美女还来，多半有戏呀。”

种种猜测，不一而足。殊不知，这一切只是因为她脸皮太厚。

傅展行以往拒绝人，用几个字就够，可对她，连冷着脸都无效。良好的教养亦不允许他口出恶言。从某种程度上来说，她比物理难题还难对付。

又一次“偶遇”。他和她讲明：“我没有在大学谈恋爱的打算。”

“为什么啊？”

“影响正事。”

“什么正事呀，搞天文学研究？”她追问到底。

他默认。

“没关系，我会努力做一个很懂事的女朋友的。”裴奚若嗓音甜甜的，“别看我这样，我也是有正事的，不会太打扰你。”

“你什么正事？”

“画画呀。我可是网红画家。你有微博吗？互相关注一下？”

“不了。”

“好吧，以后再关注也不迟，”她倒是很好说话，“那最大的问题解决了，你什么时候和我在一起？”

破天荒地，他答：“这个月三十一号。”

裴奚若意外极了，喜上眉梢：“真的？那岂不是很快。”

——直到回到宿舍，被戚听告知这个月没有三十一号，裴奚若才后知后觉，傅展行望向她时，神色为何那样复杂。

转眼便到了一年一度的大学生运动会。平城内数所高校的莘莘学子同台竞技，场面蔚为壮观。

这天阳光灿烂，裴奚若穿了套运动装，短款上衣，露出一抹纤腰。她抬手在额前，搭了个凉篷，很快捕捉到某个身影。

“嘿！”她这天没加后缀，可听到声音时，傅展行脑海中自动加上了后三个字——傅同学。

什么话从她口中叫出来，显得分外不正经。

“什么事？”他走到树荫下。

“我来还会有什么事，当然是骚扰你了。”她很有自知之明，“顺便给你加加油。”

“那边才是你的学校。”

“是呀，我都为你背叛了自己的学校，多感人。”她声情并茂，疯狂地暗示。

每逢这时候，傅展行便会更深切地体会到，眼前这位是表演系的学生，什么令人羞耻的台词都说得出口。

单论脸皮的厚度，他已输她一成。何况，他的才能从不体现在打嘴仗上，本身做研究的人，性格安定、寡淡，也就遇上她这半个多月，他的话才多了几句。

傅展行参加的是男子组五千米长跑。

“不愧是我迷上的男人，辛苦啦。”裴奚若蹦过去，“傅同学，你跑起步来也好帅。”

长跑过后，他没有急着坐下，慢慢平顺呼吸。

“喝点儿水吧？”她拿出早早准备好的水，“是你同学让我送的哦。”

傅展行知道，她不知用什么方式买通了班里几个男生，为她提供他的行程。不然，两人也不会经常“偶遇”。至于送水，多半也是她主动揽的活。

刚跑完五千米，他不欲费力气跟她胡扯，接过水，道了声谢，拧开盖子喝了几口，往看台走去。

裴奚若走在前面，偶尔回头和他说几句话。她穿的白色运动裙，有丁点儿痕迹都会分外显眼。

傅展行的视线掠过某处，凝固。

“裴奚若。”他第一次叫她的名字。

“原来你记住我的名字了啊？”她面露惊喜，可还来不及多高兴，就因他下一句话愣在当场——“你裙子上有东西。”

女厕所里，裴奚若欲哭无泪——怎么会在这个时候来“大姨妈”！

生在传媒学院，哪怕不打算进娱乐圈，她也有不小的偶像包袱。那一片浅浅的血迹，她试着用清水清洗，反复几次都弄不干净，不由得哀叹一声：“天要亡我。”

就在这时，手机进了条信息。那万年没回复的号码，跟她说：出来一下。

裴奚若迈向门口的步子，如有千钧重。方才她被提醒，便捂着污渍处一路狂奔，这会儿才想起自己一直穿着沾了“大姨妈”的裙子在他面前晃来晃去，还自以为美上天。

救命了。尴尬如一只无形的大手，扼住她的咽喉。

“什么……事啊？”她挪到门口，探出半个头。

傅展行递给她一条裙子，言简意赅：“找朋友借的。”

“哦，谢谢。”她快速接过，将门一关。

回去的路上，裴奚若宛如一朵蔫了的花，再也没调戏傅展行。

运动会结束后，她给他发消息：傅同学，你自由了。在把这尴尬的记忆抹掉之前，我不会去找你了。

傅展行看到这条信息，不免好笑。

裴奚若还真如自己所说，好长一段时间没去K大。

其实，单论弄脏裙子这件事，造成的心理障碍还没那么大，关键那天，她是故意走在傅展行前面，朝他展露纤腰、美腿的。

都怪她自作聪明，白惹得这一身尴尬。可能都被他看出来了。

傅展行呀……其实她还是很想他的。

没想到的是，傅展行会主动联系她，给她发了一条简单的短信：裴同学，裙子。

裴奚若“啊”了一声。她差点儿忘了，久借不还，确实不妥。

出门前，裴奚若照了八百遍镜子，确定今日美貌也有正常营业。一路上频频回头的各路男生，助长了她的自信，让她这朵蔫掉的小花重新绽放开来。

站到K大实验大楼门口，裴奚若已满血复活。她决定静观其变。

没等几分钟，有两个身材颀长的男生往这边走来。傅展行站定，朝她解释：“不好意思，刚下课。”

“没关系呀，等你，我愿意。”她冲他一眨眼。

“咯。”旁边的男生好像被呛到。

“随叙。”傅展行面不改色地介绍，也许已经习惯了她的口无遮拦，“你的裙子就是问他借的。”

“喂，别说得那么奇怪啊，”随叙接过袋子，连忙澄清，“是我女朋友的。”

“哦。”裴奚若弯了下眼睛，“谢谢。”

“没什么，其实我们都快忘了，还是阿行……”

随叙话说到一半，傅展行便望向一侧，淡声道：“你女朋友来了。”

裴奚若的注意力很快被吸引过去。

随叙是风流公子哥的长相，他女朋友叫简星然，干练、漂亮，还是经济系才女。两人站在一处，很般配。

裴奚若和她聊了几句，便很投缘。

“你还没吃饭吧？要不要一起呀？我们二食堂的饭可好吃了。”简星然热情地邀请。

就这样，晚饭变成了四人一块儿吃。

随叙看起来吊儿郎当，实际上挺会照顾人，取饭、取汤，都一手给简星然包了。绅士如傅展行，尽管不是裴奚若的男朋友，也周到地替她取了餐。

裴奚若拿起勺子，视线却落在他的身上。有阵子没见，他似乎又帅了一点儿，让她大饱眼福。

“傅同学，”餐后，两人独处，裴奚若忙不迭地展开今日份的攻势，“你看，你室友都有女朋友了，每天看他们出双入对，你不觉得很孤单吗？”

“不觉得。”他的回答还是那么不解风情。

“那你长得这么帅，给他们当电灯泡也不妥啊。”

难得，他并未表示反对，若有所思地看着她。她再接再厉：“如果你和我在一起，就可以避免这种尴尬的处境。”

“照你这么说，”他顺着她的话，理性地分析，“我该找个能和我出双入对的同校生。”

裴奚若连忙制止他这个危险的想法：“不、不、不，兔子不吃窝边草，你可千万别冲动啊。”

见她一脸惊恐，他倒是心情很好似的：“哦。所以，不用找了？”

“也不是，”她忙不迭地推销自己，“找我这样的就很好。人美、声甜、身材好，性格乖巧，不黏人，还可以陪你上自习、做实验，随叫随到。”

她哪里性格乖巧？傅展行道：“你这是虚假宣传。”

“是不是虚假宣传，你试一试才知道呀。”她凑近，狐狸眼一勾，笑得诱惑力满满。

近来，K大物理系的学生发现，传言非虚，他们物理系的系草兼校草，真的有女朋友了。

这次的证据有力得多。

有人看见他们手牵手，走在夕阳西下的林荫道上；有人看见临近上课，傅展行才从隔壁学校返回，身边带着个美艳动人的女友，还有人看见，光线昏暗的教学楼拐角，他俯身吻她，神色沉迷。

大家啧啧感叹：“不愧是隔壁校花，好有手段的一个狐狸精，天天勾着傅展行不放。”

对此，裴奚若只想说自己太冤了——明明是他缠着她。

她也有委婉地相劝过：“昨天见过面了，今天就不要见了吧？傅同学，学业要紧哪。”

“两者不冲突。”他语调淡定。

“你以前明明不是这么说的。”

“是吗？忘了。”

总之，摘到“高岭之花”不过三天——

裴奚若就有种掉进陷阱的感觉。

【全文完】